HEYNE <

Das Buch:
Christine und Joe sind für einander bestimmt. Sie lernen sich auf dem College kennen und heiraten bald. Doch ihr Kinderwunsch bleibt lange Jahre unerfüllt, und als Christine endlich schwanger wird, erleidet sie eine Fehlgeburt und kann nun keine Kinder mehr bekommen. Über den schrecklichen Verlust schweigen beide. Schließlich verlässt Christine ihren Mann aus Liebe, um ihn frei zu geben. Er soll mit einer anderen Frau glücklich werden und die lang ersehnten Kinder bekommen können. Christine stürzt sich in ihre Karriere und wird zur erfolgreichen Moderatorin einer Fernsehshow.
Joe wird währenddessen von seiner Vergangenheit eingeholt: Vor 20 Jahren rettete ein Freund ihm das Leben. Dieser Mann drängt Joe nun, seine Tochter Marina zu heiraten, um sie vor einem schlimmen Schicksal in ihrem Heimatland zu bewahren. Joe willigt ein, doch Marina wollte nie in die USA: Sie versucht verzweifelt, zurück in ihre Heimat zu fliehen, und der einzige Ort, von dem ihr keine Flucht gelingen kann, ist das alte Haus von Joe und Christine.
Dort treffen alle drei aufeinander, und Marina erzählt ihre Geschichte: Sie ist schwanger und todkrank. Die Ereignisse bringen Joe und Christine einander wieder näher …

Die Autorin:
Barbara Bretton, 1950 in New York geboren, ist Autorin von über 40 erfolgreichen Romanen und wurde bisher in über 12 Sprachen übersetzt. In den USA wurden ihre Bücher mit zahlreichen Preisen ausgezeichnet.
Sie lebt mit ihrem Mann in Princeton, New Jersey.

BARBARA BRETTON

Tage der Rosen

ROMAN

Aus dem Amerikanischen
von Ingeborg Ebel

WILHELM HEYNE VERLAG
MÜNCHEN

HEYNE ALLGEMEINE REIHE
Band-Nr. 01/13678

Titel der Originalausgabe
MAYBE THIS TIME

Umwelthinweis:
Dieses Buch wurde auf
chlor- und säurefreiem Papier gedruckt.

2. Auflage

Redaktion: Birgit Groll
Deutsche Erstausgabe 03/2003

Der Wilhelm Heyne Verlag ist ein Verlag der
Ullstein Heyne List GmbH & Co. KG
Printed in Germany 2003
Umschlagillustration: photonica/Jake Wyman
Umschlaggestaltung: Nele Schütz Design, München
Gesetzt aus der Berkeley
Satz: Buch-Werkstatt GmbH, Bad Aibling
Druck und Bindung: Elsnerdruck, Berlin
http://www.heyne.de

ISBN: 3-453-86445-X

1

»Es ist das letzte Haus in der Marlborough Street«, sagte Christine Cannon zu dem Chauffeur, als sie an einer Ampel am Ortsanfang von Hackettstown in New Jersey hielten. »Ungefähr eine halbe Meile von hier.«

Der Chauffeur deutete mit beiden Daumen auf die Seitenfenster der Limousine. »Rechts oder links?«

»Zweimal nach links, dann scharf nach rechts bei der weißen Kirche mit der roten Tür. Das Haus steht auf der Hügelkuppe.«

»Mann o Mann«, sagte der Chauffeur und schüttelte den Kopf. »Warum haben Sie denn ein Haus am Ende der Welt gekauft, Mrs. Cannon? Ich sehe Sie eher in den Hamptons oder einem ähnlichen Ort wohnen.«

»Aufgrund einer Hoffnung«, antwortete Christine leise. »Nichts anderes als Hoffnung.«

Damals hatten alle ihre Bekannten zu Joe und ihr gesagt, dass sie verrückt seien, ein Haus zu kaufen. Es sei nicht der richtige Zeitpunkt, der falsche Ort und der falsche Preis.

»Immobiliengeschäfte funktionieren genauso wie der Handel mit Aktien an der Börse«, hatte Christines Vater ihnen beiden erklärt. »Man muss billig kaufen und teuer verkaufen. Nicht anders rum. Wozu habt ihr studiert, wenn ihr nicht einmal das wisst?«

»Allein die Lage zählt«, hatte Joes Vater gemeint. »Und die stimmt bei eurem Haus nicht.«

Das Problem war nur, dass keines dieser Argumente zählte,

wenn man auf ein Wunder hoffte. Und sie beide waren überzeugt gewesen, dass dieses Haus ein Wunder vollbringen würde. Es war das Letzte in der Straße, ein Monstrum aus Stein und Holz an einem sanften Abhang gelegen, das den darum wachsenden Eichen, Fichten und Kiefern den Platz streitig machte.

Die Fenster waren undicht und klapperten in den Rahmen. Die Böden mussten erneuert werden. Die Grundsteuer war unverschämt hoch und eine Gebäudeversicherung unbezahlbar.

»Wir kaufen es«, hatte Joe erklärt.

Sogar die Immobilienmaklerin war überrascht gewesen. »Ach, du meine Güte«, hatte sie gesagt und sich auf die Unterlippe gebissen. »Ist das nicht etwas überstürzt, Mr. McMurphy? Sie haben das Webster-Haus noch nicht gesehen.«

»Nein, das ist das richtige Haus«, hatte sich Christine eingemischt. »Dieses Haus wollen wir haben.«

Die Immobilienmaklerin hatte nervös in ihrer Liste mit den zum Verkauf stehenden Objekten geblättert. »Ein paar Meilen weiter unten in der Straße habe ich einen Neubau im Angebot. Große Panoramafenster, Fußböden aus Marmor – damit können Sie nichts falsch machen.«

»Aber dieses haben wir sofort ins Herz geschlossen«, hatte Joe gesagt. »Und das ist das Entscheidende.«

Damals hatten sie beide noch einmal von vorne anfangen wollen, denn in ihrer Ehe war vieles schief gelaufen. Sie hatten einen Ort gebraucht, wo ihre Wunden heilen und sie einander neu entdecken konnten. Und das alles würde in diesem wundervollen Haus geschehen. Doch nüchtern betrachtet war das zu viel von einem Haus verlangt.

Die Limousine bog in die Marlborough Street ein und Christine wurde von Erinnerungen überwältigt. Als der Immobilienmarkt zusammenbrach, zerbrach auch ihre Ehe. Trotzdem kamen sie überein, das Haus als gemeinsamen Besitz zu behalten. Es zu vermieten, falls sich ein Mieter fände, oder es Freunden und Verwandten zur Verfügung zu stellen, wenn die Vermietung nicht klappte.

Joe hatte ein paar Mal während der Skisaison im Haus gewohnt – jedenfalls vermutete sie das –, doch Christine war nie wieder hierher zurückgekehrt. Bis heute. Vielleicht hatte sie diesen Ort instinktiv gemieden, weil er seit ihrer Scheidung mit zu schmerzlichen Erinnerungen verbunden war, die sie bisher erfolgreich verdrängt hatte. Oder sie war nicht hergekommen, weil sie einfach die Vergangenheit hinter sich lassen wollte. Aus welchen Gründen auch immer, seit sechs Jahren hatte sie das Haus nicht mehr betreten und plötzlich fragte sie sich, ob sie es überhaupt sehen wollte.

Das ist keine gute Idee, Christine, sagte sie sich. Besser, du hättest eines dieser schicken Lofts in TriBeCa am Hudson River oder ein rotes Sandsteinhaus in der Nähe des Central Parks gemietet.

Eine Bleibe, so modern und nüchtern wie ihre Wohnung in Los Angeles mit viel Glas und ein paar teuren Kunst-Objekten, die ihrem Vermögensberater besser als ihr gefielen.

Aber sie hatte ein paar Wochen für sich haben wollen, etwas Zeit zum Ausspannen, ehe sie nach New York umzog und ihr neues Leben begann. Ihr Erfolg hatte sie harte Arbeit gekostet, doch dieser plötzliche Aufstieg von einer Journalistin zur berühmten Fernseh-Moderatorin hatte sie erschöpft, irgendwie atemlos gemacht. Zwar war der Ausblick – stand man oben auf der Leiter – großartig, doch die Luft dort wurde immer dünner.

Obwohl sie es niemals irgendjemandem – und am wenigsten sich selbst – eingestehen würde, hatte sie manchmal das Gefühl, das Beste in ihrem Leben aufgegeben zu haben, als sie sich von Joe und ihren gemeinsamen Träumen getrennt hatte.

Nämlich die Menschen, die sie beide liebten.

»Komm doch und besuch uns für ein paar Tage«, hatte ihr Vater, Sam, sie vor kurzem am Telefon eingeladen. »Deine Mutter und ich wissen ja, dass es zu unserer Goldenen Hochzeit nicht klappt, aber auf deinem Weg nach Osten könntest du doch einen Zwischenstopp einlegen.«

»Tut mir Leid, Pop«, hatte sie überstürzt abgelehnt. »Ich

habe noch jede Menge Termine. Doch ich versuche, zu Thanksgiving zu kommen.« Sie bedauerte es, so schnell abgesagt zu haben, aber nicht die Absage als solche. Denn sie hatte gelernt, dass sie hart sein und die Menschen meiden musste, die sie am meisten liebte, wenn sie ihr seelisches Gleichgewicht behalten wollte.

»Wir sind da, Mrs. Cannon«, sagte der Chauffeur und hielt oben auf der Hügelkuppe. »Es sieht aus, als wäre das Haus lange nicht bewohnt gewesen. Wenn Sie wollen, öffne ich die Fensterläden und sehe nach, ob alles in Ordnung ist.«

»Nein, danke. Laden Sie nur das Gepäck aus«, meinte Christine und knipste automatisch ihr Lächeln an. Sie deutete auf den leise schnarchenden Mann neben ihr. »Ich wecke inzwischen den schlafenden Prinzen.«

Der Chauffeur kicherte und stieg aus.

»Wach auf«, sagte sie und schüttelte sanft die Schulter des jüngeren Mannes. »Willkommen in New Jersey.«

Slade murmelte Unverständliches und grub sich tiefer in den weichen Sitz ein.

Kein Wunder, dachte Christine mit Blick auf die leere Champagnerflasche neben ihm. Allein während des Flugs von Los Angeles nach New York hatte er so viel Schampus getrunken, dass ein Schiff darin hätte schwimmen können.

Sie knipste das Licht an und sah, wie er schützend seinen dünnen Arm über die Augen legte. Wenn er schlief, blieb nichts mehr von seinem weltgewandten und geistreichen Getue übrig, deshalb schlief er wohl auch so wenig. Slade so ungeniert zu betrachten, empfand Christine plötzlich als Eindringen in seine Privatsphäre, und sie knipste das Licht schnell aus. Joe hätte das Absurde dieser Situation gefallen, denn schließlich lebte sie davon, dass sie in das Privatleben anderer Leute eindrang.

»Ich weiß nicht, ob du mir dafür dankbar sein wirst«, hatte ihre Freundin Terri Lyons eines Morgens gesagt, »aber ich kenne einen jungen Fotografen, mit dem ich dich bekannt machen möchte.«

»Warum sollte ich dir dafür nicht dankbar sein?«, hatte Christine gefragt. »Versteht er sein Metier nicht?«

»Ganz im Gegenteil«, hatte Terri geantwortet, die damals für denselben Zeitungsverlag wie Christine in Los Angeles gearbeitet hatte. »Er ist ein phantastischer Fotograf, aber ein mieser Typ.«

»Wie mies?«

»Total opportunistisch.«

»Das ist doch jeder in unserem Beruf. Ist er wenigstens ein talentierter Opportunist?«

»Absolut. Er wird's noch weit bringen, Chris. Und ich habe mir gedacht, dass er vielleicht der richtige Mann für die Fotos dieser Story ist, an der du gerade für dieses Klatsch-Magazin arbeitest.«

»Bring ihn her«, hatte Christine geantwortet. »Dann sage ich dir, was ich von ihm halte.«

Das war vor zwei Jahren gewesen und Christine wusste noch immer nicht, ob Slade ein Sünder oder ein Heiliger war. Aber das könnte auch mehr mit seinem Alter als mit seiner Moral zu tun haben – oder mit dem Fehlen derselben.

Eigentlich war Slade ein großes Kind, was Christines mütterlichen Instinkt ihm gegenüber weckte. Sie beschützte ihn; er brauchte Ruhe und Hilfe, jemanden, der ihm den richtigen Weg wies. Er wartete auf ein Wunder und wenn der richtige Zeitpunkt gekommen war, würde er mit ihrer Unterstützung die Gelegenheit beim Schopf packen, das wusste Christine.

Im Moment hatte er so gut wie gar nichts – er war nicht verheiratet, war kinderlos und besaß weder eine Wohnung noch ein Auto. Zigaretten schnorrte er von Models und fahren ließ er sich von Produktionsassistenten. Seine Garderobe bestand aus zwei Paar Jeans und einem Hemd und seine Fotoausrüstung fand Platz in einer Ledertasche, nicht viel größer als Christines Einkaufstasche. Er hatte nie Zeit oder genug Geld, aber sein Talent war größer als das von drei guten Fotografen.

Und sie liebte ihn. Nicht auf die Weise, wie er gern von ihr geliebt worden wäre, sondern sie liebte ihn, wie sie einen ihrer jüngeren Brüder liebte.

Oder auf die Weise, wie sie ihren Sohn geliebt hätte.

»Verdammt noch mal!«, flüsterte sie und presste den Kopf gegen die kühle Fensterscheibe, froh über die Dunkelheit. Mit eisernem Willen war es ihr gelungen, ihre Gefühle unter Kontrolle zu halten, manchmal monatelang, so dass es aussah, als hätte sie überhaupt keine. Nie war sie auf Mütter eifersüchtig gewesen, die sich wie Glucken um ihre Kinder kümmerten.

Doch als sie es am wenigsten erwartet hatte, als sie erschöpft und wehrlos war, wurde sie von diesen lange unterdrückten Emotionen förmlich überwältigt. Und das tat weh.

Wie seltsam, dass dieses Mal ein redegewandter Brite mit wachem Blick der Auslöser dieses Gefühlssturms war. Alle ihre Freundinnen wären ihm an die Wäsche gegangen. Offenbar funktionierten ihre Hormone nicht richtig. Anstatt jüngere Männer in ihr Bett zu zerren, adoptierte sie sie.

Du gibst ein erbärmliches Weib ab, Christine, dachte sie, und würdest nicht einmal die Gelegenheit ausnützen, wenn der Typ nackt vor dir strippen würde.

Ein einziges Wort von ihr hätte genügt und Slade wäre zu allem bereit gewesen. Es war lange her, seit sie mit einem Mann geschlafen hatte. So lange, dass sie sich nicht einmal an wilde Sexphantasien mit einem Fremden erinnern konnte – oder mittelmäßigen Sex mit einem Bekannten. Denn seit ihrer Scheidung hatte sie ihre ganze Energie und ihre ganze Zeit ihrer Karriere gewidmet. Sie war mit ihrer Arbeit verheiratet und ihre Arbeit ersetzte ihr ebenfalls das Kind. Wenn sie nicht glücklich war, so war sie doch wenigstens zufrieden. Und das war wahrscheinlich mehr als achtzig Prozent der Bevölkerung von sich sagen konnte.

Eigentlich sollte ihr das genügen. Man versucht die Götter, wenn man mehr verlangt. Das hätte sie schon vor Jahren begreifen müssen, als sie noch mit Joe verheiratet war und glaubte, ein Recht darauf zu haben, glücklich zu sein, anstatt das Glück als ein Geschenk zu betrachten.

»Komm jetzt«, sagte Christine, diesmal lauter. »Ich muss den Chauffeur bezahlen.«

»Kaffee«, murmelte Slade und unterdrückte ein Gähnen.

»Steig aus, dann koche ich dir Kaffee.«

Christine überließ Slade sich selbst, stieg aus und quittierte den Voucher für den Fahrer, während Slade, vor sich hin brummend, seine Siebensachen zusammenraffte.

»Es war schön, Sie wieder fahren zu dürfen, Mrs. Cannon«, sagte der Chauffeur und tippte an seine Mütze. »Sie haben uns hier gefehlt.«

Daran zweifelte sie nicht, denn sie gab immer zu viel Trinkgeld. Dann kam das Mädchen vom Land aus Nevada wieder zum Vorschein, das immer mit den Großstädtern Schritt halten wollte, was ihr nie gelang. Joe hänselte sie früher ständig, weil sie in diesem näselnden Tonfall sprach, sobald sie aufgeregt oder wütend war. Doch dass er stets breiten New Yorker Slang redete, hatte ihn nie im Geringsten gestört.

Aber Joe war jemand, der sich immer wohl in seiner Haut fühlte. Er wusste, was er im Leben wollte und wie er es bekommen konnte. Schon in der Schule hatte sie ihn dafür abwechselnd beneidet und gehasst und sich gewünscht, wenigstens einen Bruchteil seines Selbstvertrauens und seiner Begabung zu haben. Alles, was sie besaß, musste sie sich hart erarbeiten. Doppelt so lange gelernt, doppelt so lange gearbeitet und doppelt so gut ausgesehen.

Slade schwang seine Beine aus dem Wagen, atmete tief ein und fiel in den Sitz zurück.

»Soll ich ihn ins Haus bringen, Mrs. Cannon?«

»Wir schaffen das schon«, sagte sie mit ihrem strahlendsten TV-Lächeln. »Wenn erst etwas Koffein in seinen Adern zirkuliert, geht es ihm wieder gut.«

»Dann will ich ihm mal auf die Beine helfen. Das kann nicht schaden.«

Christine ging langsam den Weg zum Haus hoch und atmete den Geruch der Erde und den der Wildblumen ein. Die Rhododendren neben der Haustür waren so gewachsen, dass sie den Weg überwucherten. Jeden der fünfzehn Ziersträucher hatte sie eigenhändig gepflanzt sowie die Spindelsträucher und die beiden Hartriegelbäume vorm Küchenfenster.

»Heb dir noch ein paar Pflanzen für nächstes Jahr auf«, hatte Joe gesagt, »weil wir dieses Haus lange haben werden, Christie.«

Was stimmte.

Ihre Ehe war vorbei, aber das Haus besaßen sie immer noch.

Als Joe mit Marina in der West Side angekommen war, fing die zweite Mrs. McMurphy zu weinen an. Zwar zeigt sich New York an einem Donnerstagabend im Juli während der Rushhour nie von seiner besten Seite, doch außer ein paar Verlegern auf dem Weg zu den Hamptons hatte Joe noch nie jemanden gesehen, der sich deswegen aufregte.

Der Taxifahrer warf den beiden im Rückspiegel verstohlene Blicke zu und Joe ahnte, was der Typ dachte: Kindesentführer, Pädophiler, Möchtegern-Woody Allen.

»Sie hätten fast eine Nonne überfahren. Passen Sie lieber auf den Verkehr auf!«

Der Taxifahrer blieb stumm, was nicht verwunderte, denn wahrscheinlich sprach er kein Wort Amerikanisch.

»Warum weinst du?«, fragte Joe das neben ihm sitzende Mädchen. Es waren die ersten Laute, die Marina von sich gab, seit sie in London-Gatwick umgestiegen waren.

»Ich hasse dich«, antwortete sie zwischen zwei Schluchzern. »Das wollte ich nicht.«

»Ich wollte das ebenso wenig«, entgegnete Joe. »Aber dein alter Herr hat es so bestimmt. Jetzt sitzen wir beide in der Tinte.«

»Das müsste aber nicht sein«, entgegnete sie mit ihrem schönsten britischen Internats-Akzent und deutete auf die Straße. »Lass mich einfach hier aussteigen. Ich bin clever. Ich schaffe es auch allein nach Hause.«

»Wie denn?«, fragte Joe. »Du hast weder Geld noch Pass. Denn dein Pass steckt in meiner Brieftasche.«

»Es gibt immer Möglichkeiten«, entgegnete sie finster. »Du wärst erstaunt, wenn du wüsstest, wie einfach es ist, die Bürokratie zu umgehen.«

»Ach? Und ich dachte, ich müsste dich beschützen«, sagte Joe und musterte Marina eindringlich.

»Ha!«, schnaubte sie verächtlich. Der Zorn hatte ihre Tränen mit erstaunlicher Geschwindigkeit zum Versiegen gebracht. »Mein Vater ist ein machtgieriges Monster. Er hat nur eins im Sinn: dass ich mich seinem Willen beuge! Aber ich krieche nicht vor ihm, immer …« Sie schwieg abrupt.

»Warum redest du nicht weiter?«, sagte Joe. »Jetzt, wo es interessant wird.«

»Mehr kann ich nicht sagen«, erwiderte sie und warf ihm einen verstohlenen Blick zu.

»Das muss in der Familie liegen«, murmelte Joe, lehnte sich zurück und schloss die Augen, während das Taxi im Stau stand.

Vor vierundzwanzig Stunden war er in einer Stadt Osteuropas an Bord einer Maschine gegangen, die ihn wieder in den Westen brachte. Ein halbes Jahr hatte er das Land auf der Suche nach dem Mann – einem alten Freund – durchstreift, der dem Nachbarland des einstigen Jugoslawiens eventuell Frieden bringen könnte. Qualifiziertere Leute als Joseph McMurphy hatten bereits vor Wochen die Suche nach diesem Mann aufgegeben – nicht aber Joe.

Denn Joe hatte immer für die Verlierer gekämpft: den Preisboxer mit Glasauge angefeuert, auf das älteste Pferd im Rennen gewettet. Und jedes Mal, wenn er verloren hatte, war er erstaunt gewesen, dass kein Wunder geschehen war. Hätte er während des amerikanischen Sezessionskriegs gelebt, er hätte für die Südstaaten gekämpft – für die Konföderierten –, obwohl er ein Yankee war. So wie dieser Bürgerkrieg für den Süden zum Desaster geworden war, kämpfte Joe gern für aussichtslose Sachen. Das empfand er als nobel und ein solcher Kampf berührte ihn wie sonst nichts auf der Welt.

Doch sogar er musste Niederlagen akzeptieren und hatte einsehen müssen, dass es Zeit war heimzukehren.

Eben noch hatte er am Flughafen von den häuslichen Annehmlichkeiten geträumt – einer heißen Dusche und einem kalten Bier – und kurz darauf stand er in einem zerbombten Haus und wurde mit einer nicht sehr attraktiven Neunzehnjährigen verheiratet, die er nicht einmal kannte.

Joe war Auslandskorrespondent. Für ihn zählten nur Fakten. Doch selbst jetzt noch fiel es ihm schwer, die Kette der Ereignisse nachzuvollziehen, die zu dieser Heirat geführt hatte.

»Ich bin seit Dezember hier, Ric. Und habe dich nicht gefunden. Warum bist du erst jetzt aufgetaucht?«

»Aus Sicherheitsgründen.«

»Geht's um deine Sicherheit?«, hatte Joe erstaunt gefragt.

»Nein«, hatte sein Freund – der zukünftige König – geantwortet. »Um deine.«

»Es muss doch eine andere Möglichkeit geben. Irgendeinen anderen Mann. Ich bin hier, weil ich Reportagen schreibe, nicht wegen deiner Tochter.«

»Marina ist in großer Gefahr. Nur dein Land kann ihr eine sichere Zuflucht bieten.«

»Dann kommt sie einfach mit mir mit«, hatte Joe geantwortet. »Ich besorge ihr ein Apartment und helfe ihr bei ihrem Studium an der New York University, wenn du das willst. Aber bitte mich nicht, sie zu heiraten.«

»Du bist meine letzte Hoffnung.«

»Ich bin für niemanden die letzte Hoffnung. Hast du's schon vergessen? Ich trinke zu viel, ich rauche zu viel, ich bin ein arroganter Mistkerl, der …«

»… nicht verheiratet ist.«

»Geschieden ist.« Seit sechs Jahren. Und das sollte eigentlich nicht mehr weh tun. Tut es aber immer noch.

»Du hast Pech gehabt«, hatte Ric entgegnet. »Das verstehe ich nur zu gut. Aber Tatsache ist, dass ich dir einmal vor langer Zeit das Leben gerettet habe und jetzt bitte ich dich, das meiner Tochter zu retten. Das scheint mir nur fair.«

»Du erwartest doch nicht etwa, dass ich die Ehe vollziehe, oder?«

»Solltest du es auch nur versuchen, kriegst du es mit mir zu tun.«

Joe hatte seinen alten Freund bei den Schultern gepackt und eindringlich gesagt: »Komm mit. Nimm dein Kind, deine Krone und verabschiede dich von deiner Heimat. Das Land, das du geliebt hast, existiert nicht mehr. Und es wird nie wieder so sein wie früher. Denk nur einmal an dich selbst.«

»Das kann ich nicht. Ich bitte dich nur, Marina zu beschützen, bis sich die Situation hier entspannt hat. Ich habe bereits meine Frau in diesem Bürgerkrieg verloren und will nicht auch noch meine Tochter verlieren. Sicher kannst du am besten verstehen, was das bedeutet …«

Beide hatten geschwiegen. Die Worte schienen förmlich in der Luft gehangen zu haben und immer schwerer geworden zu sein. Joe hatte ein Päckchen Zigaretten aus der Tasche genommen und seinem Freund eine angeboten.

»Diese Dinger sind tödlich.«

»Das Leben auch«, war Joes Antwort gewesen. Das hatte er schon vor vielen Jahren an einem Sommermorgen gelernt.

Als das Taxi rumpelnd durch ein Schlagloch fuhr, machte Joe die Augen wieder auf. Er sah seine Frau an.

»Schau mich nicht so an!«, blaffte Marina. »Ich mag das nicht.«

»Und mir gefällt nicht, was ich sehe!«, gab er zurück und fragte sich, wie es kam, dass zwei so gut aussehende Menschen wie Ric und seine verstorbene Frau eine so hässliche und aggressive Tochter bekommen konnten. Ihr Haar war glatt und stumpfbraun. Ihre Augen besaßen dieselbe braune Farbe. In ihren Gesichtszügen gab es nichts Bemerkenswertes. Ihre nur etwa ein Meter dreiundfünfzig große Gestalt steckte in grünen Kampfhosen, darüber trug sie einen ausgeleierten, unförmigen beigen Pullover. Zudem sah sie wie ein quengelndes Kind aus, das man mit Stubenarrest bestrafen muss.

Das sollte seine Frau sein? Du meine Güte!

»Wie viel hat dir mein Vater bezahlt, damit du mich heiratest?«, murmelte Marina.

»In ganz Fort Knox gibt's nicht genug Geld dafür, Kid. Ich zahle nur eine alte Schuld zurück.«

»Pah!«, zischte sie wütend. »Schon wieder diese blöde Lawinengeschichte? Das ist doch eine Ewigkeit her.«

»Aber die Geschichte ist gut«, sagte Joe. »Vielleicht gefällt sie dir.«

»Sie ödet mich an.«

»Aber da ist doch alles drin: Action, Abenteuer und ein glückliches Ende. Der Königssohn rettet dem armen Jungen aus Brooklyn das Leben, als er beim Skilaufen in Colorado unter einer Lawine zu ersticken droht. Eine herzerwärmende und zu Tränen rührende Geschichte.«

»Mich rührt sie nicht zu Tränen.«

»Ja. Weil du sie schon seit langem kennst.«

»Ich will nicht mehr reden.«

»Schön. Dann eben nicht. Ist mir auch recht«, entgegnete Joe.

Zehn Minuten später hielt der Taxifahrer vor Joes Apartment in dem Mietshaus in der 72th Street West. Noch ehe Joe nach seiner Brieftasche greifen konnte, hatte Marina die Tür aufgestoßen und sich kopflos in den Verkehr gestürzt. Sie schrie auf, als ein Bus auf sie zukam, rappelte sich aber sofort wieder hoch, schleuderte ihre Schuhe von den Füßen und rannte. Joe zögerte keine Sekunde und lief hinter ihr her.

Joe litt unter Jetlag, das zeigte sich jetzt. Fast hilflos umrundete er zwei alte Damen und wäre fast mit einem Typen zusammengestoßen, der an einem Zeitungsstand in einem Magazin blätterte. Er verlor noch ein paar Sekunden, als er das Titelblatt der *Time* betrachtete. Kurz hatte er den Eindruck, dass ihm seine erste Frau darauf entgegen lächelte.

Reiß dich zusammen!, McMurphy, schalt er sich. Du hast bereits Ehefrau Nummer eins verloren und wenn du deinen Arsch jetzt nicht bewegst, verlierst du auch Nummer zwei.

Marina hatte bereits die halbe Strecke zum Central Park zurückgelegt, ehe er sie endlich einholte.

»Lass mich los!«, schrie sie und trat ihn mit ihren kleinen, schmutzigen Füßen. »Monster! Biest!«

Er packte sie an der Taille und versuchte, ihren Tritten auszuweichen. »Wenn du nicht sofort den Mund hältst …«

Sie schrie noch lauter. »Hilfe! Hilfe! Ich werde gegen meinen Willen festgehalten!«

Die Arme hatte keine Ahnung, wie dieses Benehmen auf New Yorker wirkte.

Zwei tuschelnde Frauen machten einen großen Bogen um die beiden, während ein junger Mann in Jeans und T-Shirt interessiert zuschaute.

»Wir sind verheiratet«, erklärte Joe die Situation. »Frisch vermählt sozusagen.«

Der Typ nickte, als würde das alles begreiflich machen. Dann ging er weiter.

In Manhattan konnte er mit Marina nicht bleiben. Sie würde jedes Mal einen Fluchtversuch unternehmen, wenn er sie aus den Augen ließ.

»Du kannst mich nicht ewig festhalten«, sagte sie und boxte ihn mit Fäusten auf den Rücken.

»Wie wär's dann mit Fußfesseln«, entgegnete er, als neben den beiden ein Bus hielt und Fahrgäste ausstiegen.

»Ich bin eine politische Gefangene und Folter ist gegen das internationale Recht.«

»Das ist keine Folter, Kid. Das sind die Freuden des Ehelebens.«

Der Bus reihte sich wieder in den Verkehr ein und fuhr an dem auf sie wartenden Taxi vorbei. An der Rückseite des Busses klebte ein großes Plakat. Strahlendes Lächeln mit vielen weißen Zähnen, honigblondes Haar und riesige türkisblaue Augen.

Die Frau sah ganz wie ein Filmplakat von Christine aus, wenn auch etwas unscharf, aber feurig und herzergreifend zugleich. In dicken Letter stand darüber: IM HERBST ZURÜCK. CHRISTINE CANNON!

»Du meine Güte!«, flüsterte Joe, als der Bus die Straße hinunterfuhr. *Seine* Christine? Zwar wusste er, dass sie in Kalifornien erfolgreich war. Aber das hier sah nach Erfolg in einer ganz anderen Größenordnung aus.

»Das Blut steigt mir in den Kopf«, sagte seine Ehefrau, die über seiner Schulter lag. »Lass mich sofort los.«

»Gleich. Noch etwas Geduld, Kid. Ich muss eine Zeitschrift kaufen.«

Er drehte um und marschierte zum Zeitungsstand zurück. »Die *Time* bitte.«

Der Mann gab ihm das Gewünschte. »Sieht so aus, als hätten Sie alle Hände voll.«

»Kann man wohl sagen.« Joe klemmte sich die Zeitschrift unters Kinn, änderte Marinas Position etwas und grub in seinen Taschen nach Kleingeld.

»Au!«, Marina bohrte ihr Knie in seine Brust. »Es ist einfach unverschämt, wie du mich behandelst.«

Joe gab dem Zeitungshändler zwei Dollar.

»Wer ist sie denn?«, fragte der Mann und deutete auf Marina. »Ihre Tochter?«

Joe wartete nicht aufs Wechselgeld. Mit seinem Pech würde er noch wegen Freiheitsberaubung einer schlecht gelaunten Minderjährigen festgenommen werden.

»Legen Sie das Gepäck wieder in den Kofferraum«, sagte er zu dem Taxifahrer, der mit ausdrucksloser Miene den ganzen Zirkus beobachtet hatte.

Dann ließ er Marina auf den Rücksitz plumpsen und stieg gerade noch rechtzeitig ein, ehe sie wieder fliehen konnte.

»Ich hasse das, Kid«, sagte er zu ihr. »Aber du lässt mir ja keine andere Wahl.«

Mit großen Augen sank sie in ihrem Sitz zusammen. Zweifellos sah sie sich schon mit Eisen an den Füßen. »Du hast meinem Vater geschworen, dass du mir nichts antust.«

»Was ich vorhabe, ist viel schlimmer«, sagte er, als sich der Fahrer wieder hinters Steuer klemmte. »Denn ich bringe dich nach New Jersey.«

»Traurig«, sagte Christine und fischte einen aufgeweichten Schokoriegel aus ihrer Handtasche. »Wirklich traurig.«

Mrs. TV-Shootingstar musste sich mit einem alten Milky Way und einem Päckchen Erdnüssen aus dem Flugzeug zum Abendessen begnügen. Zum Glück lag Slade in halb komatösem Zustand auf dem Sofa, denn sie war nicht gewillt, ihr karges Mahl mit jemandem zu teilen, nicht einmal mit einem mageren und heruntergekommenen Fotografen.

Wie konnte sie nur so wesentliche Dinge des Lebens wie Essen und eine Transportmöglichkeit vergessen? Sie hatte doch dafür gesorgt, dass im Haus nicht nur der Strom und das Telefon angestellt wurden, sondern auch ihr Büro funktionierte, samt Computer, Fax und Laser-Drucker. Morgen musste sie sofort ein Auto mieten und gleich zum Supermarkt fahren.

In den vergangenen sechs Jahren war sie so weit die Karriereleiter aufgestiegen, dass sie sich um alltägliche Dinge nicht mehr kümmern musste. Erst letzte Woche hatte sie zu einem Hollywood-Produzenten gesagt: »Meine Leute rufen dann Ihre Leute an«, und war in lautes Lachen ausgebrochen, während ihre Mitarbeiter nicht einmal gelächelt hatten. Joe hätte bei dieser Szene sicher auch losgeprustet. Er liebte das Absurde und ganz besonders mochte er es, wenn man einem aufgeblasenen Ego die Luft entzog.

Nachdem sie die letzten Nüsse gegessen hatte, ging sie in die Küche, um ein Glas Wasser zu trinken. Das war mindestens das sechste Mal, dass sie an ihren Ex-Mann dachte, seit sie vor ein paar Stunden ihr Haus betreten hatte. Nun, aber wie sollte sie hier nicht an Joe denken? In diesem Haus hatten sie schließlich ihr Leben geplant und wollten ihre Kinder großziehen.

Als sie ihr Glas füllte, gurgelte es in den Leitungsrohren.

»Das muss alles erneuert werden«, hatte ihnen der Klempner schon vor sechs Jahren geraten. »Eines Tages werden Sie den Hahn aufdrehen und es kommt nichts mehr raus.«

Aber sie hatten sich taub gestellt, genauso wie sie das Donnergrollen und die aufziehenden Gewitter in ihrer Ehe überhörten. Wenn sie nicht darüber redeten, würden die Unwetter schon vorbeiziehen. Und wenn sie so taten, als würden ihre Herzen nicht brechen, dann würden sie es auch nicht hören, wenn es wirklich zerbrach.

Sie nahm das Glas und ging ins Wohnzimmer zurück. Slade lag auf dem Rücken, ein Bein hing vom Sofa herunter. Das Gesicht hatte er in einem Kissen vergraben. Es war ein Wunder, dass er atmen konnte. Es sah entsetzlich unbequem aus, wie er dalag in seinen engen Jeans und seinem Pullover. Aber schließlich war noch niemand an unbequemer Kleidung gestorben.

Sie hockte sich auf die Sofaecke, trank einen Schluck Wasser und sagte zu dem Schlafenden: »Und was jetzt? Möchtest du vielleicht eine Runde durch die Nachtclubs machen?«

Nicht, dass es hier Nachtclubs gegeben hätte, nur zwei ganz gewöhnliche Kneipen.

Slade veränderte seine Lage und eine Haarsträhne fiel ihm in die Stirn. Christine beugte sich vor und strich sie ihm aus dem Gesicht. Sein Haar fühlte sich seidig an. Seine Haut war kühl. Sie wartete auf eine Reaktion, irgendetwas, ein Gefühl, das sich in ihr regte. Aber nichts geschah.

Es musste ja kein Feuerwerk sein. Ein sanftes Glühen hätte es auch getan. Eine kleine, flackernde Flamme. Nur so viel, damit sie wieder spürte, dass Christine Cannon mehr war als nur für Spitzen-Einschaltquoten verantwortlich.

Als im Licht der Scheinwerfer das Schild mit der Aufschrift Hackettstown sichtbar wurde, sagte Joe zum Taxifahrer, er solle die Ausfahrt nehmen.

Sofort erkannte er die Umgebung wieder. Die Bank vor der Kirche. Die Pizzeria an der Ecke. Die gewundene, mit Schlaglöchern übersäte Straße den Hügel hinauf zu ihrem Haus.

»Diese verdammte Straße wird unsere Stoßdämpfer ruinieren«, hatte er am Einzugstag gesagt.

»Was macht das schon?«, hatte Christine mit einem Schnippen ihrer schlanken Finger geantwortet. »Wenn wir reich und berühmt sind, lassen wir uns eine eigene Straße bauen.«

Fünf Minuten später stand er mit Marina oben auf der Einfahrt und sah, wie die Rücklichter des Taxis in der Dunkelheit verschwanden. Ihre Reisetasche aus Leinen lag auf seinem abgenutzten Lederkoffer neben der Treppe. Er rührte keinen Finger, um das Gepäck reinzutragen.

»Und das ist dein Haus?«, fragte Marina verdrießlich.

»Ja, das ist mein Haus«, antwortete Joe.

»Dann mach die Tür auf.«

»Geht nicht.«

»Natürlich geht das. Du schiebst einfach den Schlüssel ins Schloss und schon ist sie offen.«

»Wie klug du bist, Kid. Wenn du mir den Schlüssel gibst, tue ich es.«

»Wer braucht schon Schlüssel«, entgegnete sie leichthin. »Ich knacke das Schloss.«

Sie hielt Wort. Eine halbe Minute später stieß sie die Tür auf und winkte ihn ins Haus.

»Bist du sicher, dass du nicht ein paar Jahre in Brooklyn gelebt hast?«, fragte Joe.

Ric hatte ihm erzählt, seine geliebte Tochter habe Jahre in einem teuren Internat in England verbracht. Er fragte sich, ob der Vater stolz sein würde, wenn er wüsste, dass Marina ein Diplom als Einbrecherin besaß.

»Wo ist das Badezimmer?«, fragte sie.

»Ganz hinten, der Küche gegenüber.«

Sie nickte und verschwand. Joe tastete an der Wand nach dem Lichtschalter. Gleich darauf war der Flur hell erleuchtet.

»Verdammter Mist!«, schimpfte ein Mann. Die Stimme kam aus dem Wohnzimmer. »Mach das Scheißlicht aus!«

Sofort hatte sich Joe den Typen geschnappt, zerrte ihn hoch und schubste ihn dann gegen die Wand. Er hatte Haare wie ein Punk und uralte, schäbige Klamotten an.

»Ich gebe dir zehn Sekunden. Erklär mir, was du hier machst, sonst hole ich die Cops«, sagte er drohend.

Der Typ starrte ihn mit glasigen, haselnussbraunen Augen an. »Ich bin hier, weil ich betrunken bin.«

»Das reicht nicht.«

»Weil ich brillant bin.«

»Noch fünf Sekunden«, warnte Joe ihn, »oder du bist erledigt.«

»Meine Hände sind tödliche Waffen«, nuschelte der Typ und rülpste. »Hüte dich, mich anzurühren!«

Nach dem letzten Wort glitt er langsam an der Wand hinunter und blieb wie ein Häufchen Elend zu Joes Füßen liegen.

Dieser Säufer ließ sich seine Exzesse etwas kosten, dachte Joe, als er die leere Champagnerflasche auf dem Sofa sah. Dann überprüfte er die Seitenfenster und die Hintertür, konnte aber keine Spuren eines Einbruchs entdecken. Ein schrecklicher Gedanke kam ihm: Konnte der Typ ein Mieter sein, mit gültigem Vertrag und einem gierigen Anwalt, der ihn – Joe – nur zu gern bluten lassen würde?

»Scheißkerl!« Er rannte über den Flur zu den Schlafzimmern. Er brauchte nur eine zerbrochene Fensterscheibe. Fußabdrücke auf dem Sims. Irgendetwas als Beweis, dass der Typ in sein Haus eingebrochen war.

Joe überprüfte das erste Schlafzimmer. Nichts. Dasselbe beim zweiten Schlafzimmer.

Nun blieb nur noch das eheliche Schlafzimmer übrig, der Raum, den er früher einmal mit Christine geteilt hatte. Seit ihrer Scheidung hatte er ihn nicht mehr betreten, sogar dann nicht, als er ein paar Mal in seinem Haus gewohnt hatte. Zu viele Erinnerungen waren mit diesem Zimmer verbunden. Zu viele Träume. Doch jetzt war keine Zeit für Gefühlsduseleien.

Er drehte den Türknopf und trat ins Zimmer. Die Fenster standen offen und die Vorhänge bauschten sich in der nächtlichen Brise. Die Rollläden waren unten und intakt. Sekundenlang glaubte Joe, Christines Parfüm zu riechen. Eigentlich wollte er nicht hinschauen, aber sein Blick wanderte zu der Tapete mit dem Blumenmuster, dem Schminktisch in der Ecke und dann zu der Frau, die in dem Himmelbett schlief …

»So ein Mist«, murmelte er und wich zurück. Das Haus war vermietet. Er hatte den Typen im Wohnzimmer rumgeschubst und jetzt schnüffelte er fremden schlafenden Frauen nach. Sie würden ihm ihre Anwälte so schnell auf den Hals hetzen, dass ihm schwindelig werden würde. Er ging zur Tür und blieb dann stehen. Irgendetwas an der Schlafenden verwirrte ihn, zog ihn automatisch zu ihr zurück. Viel konnte er von ihr nicht erkennen, denn sie hatte die Decke bis über die Schultern hochgezogen. Es war verrückt, aber die Fremde erinnerte ihn an Christine.

Christine? Unmöglich. Seine Ex war in Los Angeles, wo sie mit den Filmstars auf du und du stand. Vorhin erst hatte er ihr Foto auf dem Titelblatt der *Time* gesehen. Was sollte sie wohl in ihrem Haus in Hackettstown, New Jersey?

Joe trat näher an das Bett heran. Die Fremde schlief auf der Seite, ganz so wie Christine zu schlafen pflegte. Ein Knie gebeugt, das andere Bein gestreckt umarmte sie das Kissen – ganz wie sie ihn früher umarmt hatte, ehe alles in die Brüche ging. Er beugte sich über die Frau und atmete den Duft von Vent Vert ein ... Und in diesem Moment war er wieder einundzwanzig und bis über beide Ohren in seine Traumfrau verliebt.

»Du lieber Himmel!«, murmelte er. Es *war* Christine. Ihr Haar war kürzer und blonder. Wie ein Schleier aus Seide fiel es über ihre Wange. Die Decke verrutschte etwas und entblößte ihre, von der kalifornischen Sonne leicht gebräunte Schulter. Er fragte sich, ob sie unter der Decke nackt war. Und dann sagte er sich, dass ihn das überhaupt nichts angehe.

Christine bewegte sich. Die Decke rutschte noch etwas tiefer.

Er machte eine Bewegung, doch dann wurde ihm schmerzlich bewusst, dass dies dieselbe Frau war, die ihn verlassen hatte; um zu sich selbst zu finden. Und deswegen hatte sie alles aufgegeben, wovon sie beide jemals geträumt, was sie jemals geteilt hatten. Den Mut, ihm das ins Gesicht zu sagen, besaß sie nicht, sondern sie ging, als er in Washington den Vizepräsidenten interviewte. Nichts war ihm geblieben als ein kümmerlicher Zettel mit dürren Worten als Erklärung – und seine Erinnerungen, für die er am liebsten seine Seele verkauft hätte, um sie zu vergessen.

Christine nackt und bereit.

Christine voll glühender Begeisterung über einen neuen Auftrag.

Sie rollte sich auf den Rücken. Jetzt verrutschte die Decke und entblößte die sanfte Rundung ihrer Brüste.

Christine nackt …

Joe räusperte sich.

Sie murmelte etwas im Schlaf.

Er gab ihr einen kleinen Stups.

Sie legte sich wieder auf die Seite.

»Christine.«

»Geh weg«, murmelte sie und legte den Arm über ihre Augen. »Es ist schon spät.«

»Komm, Chris. Wach auf.«

Sie murmelte lauter, aber nichts Verständliches.

Früher hätte er ihr die Decke weggezogen und sich neben sie gelegt, den Duft und die Wärme ihres Körpers genossen, während er sie mit zärtlichem Streicheln geweckt hätte. Die Erinnerung an vergangene Tage war so stark, dass sie sich mit der Gegenwart gefährlich zu vermischen begann.

»Himmel noch mal, Slade!«, murmelte Christine. »Es ist mitten in der Nacht. Kannst du dich denn nicht allein amüsieren?«

»Wer, zum Teufel, ist Slade?«

Seit wann hatte Slade einen amerikanischen Akzent? Noch präziser, seit wann hatte er den Akzent ihres Ex-Mannes?

Gott sei Dank war das unmöglich. Joe war Tausende von Meilen entfernt in einem namenlosen Land, wo er für Gerechtigkeit und Demokratie focht, während sie für einen Oscar oder eine Emmy oder einen Grammy kämpfte.

Christine machte die Augen auf und betrachtete den Mann

neben ihrem Bett, dann schloss sie die Augen wieder. Das war ein Traum in einem Traum, nichts anderes. So etwas passierte in ihrem sorgfältig geplanten ordentlichen Leben nicht.

»Zu spät«, sagte Joe. »Ich weiß, dass du wach bist.«

Da atmete sie seinen Geruch ein und ein Schauder durchlief ihren Körper. Ein sinnliches Begehren, das sie schon vergessen glaubte.

Trotzdem dachte sie: Geh weg, Joe. Ich will dich nicht hier haben. Verschwinde nach Europa, da gehörst du hin.

Wieder öffnete sie die Augen und setzte sich auf, die Bettdecke bis ans Kinn hochgezogen. »Um Himmels willen, was tust du hier?«

»Dasselbe könnte ich dich fragen.«

Er sah älter aus. Nach sechs Jahren war das nicht verwunderlich. In seinem Gesicht waren Falten, die sie nicht kannte. Und er hatte Schatten unter den Augen.

»Ich renne schließlich nicht in Europa rum.«

Joe schwieg, hob nur leicht die linke Braue.

»Du hast gute Artikel geschrieben. Ich habe sie gern gelesen.«

»Du hast sie also gelesen.«

»Ich habe sie gelesen.« Die Decke verrutschte und Christine zog sie schnell wieder hoch.

»Du bist gar nicht nackt«, sagte Joe. »Also brauchst du keine Angst zu haben.«

»Woher willst du das wissen?«

»Ich habe nachgeschaut.«

»Das glaube ich nicht. Hättest du das getan, wüsstest du, dass ich nackt bin.«

Sie sahen sich in die Augen. Christine war, als würde ihr Herzschlag kurz aussetzen. Dann beugte sich Joe vor und musterte ihr Gesicht.

»Seit wann hast du blaue Augen? Früher waren sie grau.«

»Ich hatte schon immer blaugraue Augen.«

»Aber nicht so blaue.«

Sie fing an zu lachen. Nicht einmal ihre engsten Mitarbeiter in L.A. hatten einen Kommentar zur Farbe ihrer Augen abgegeben. »Kontaktlinsen«, antwortete Christine. »Sie können Wunder vollbringen.«

»Das Grau hat mir besser gefallen.«

»Aber Blau sieht vor der Kamera besser aus.«

»Hast du deshalb auch dein Haar gebleicht?«

»Ich habe mein Haar nicht gebleicht«, sagte sie. Und fügte nach einer Pause hinzu: »Das sind Strähnen.«

»Es sieht blonder aus.«

»Das soll es auch.«

»Für die Kamera?«, fragte Joe lakonisch.

»Für mich.«

»Was hast du sonst noch geändert?«

»Nichts, was dich interessieren dürfte.« In dem Moment hörte Christine Stimmen im Flur und fragte: »Mit wem redet Slade da?«

»Ich hab dich schon mal gefragt: Wer ist Slade?«, sagte Joe mit zusammengepressten Zähnen.

»Hast du jemanden mitgebracht?«, fragte Christine.

Eigentlich ging es sie überhaupt nichts an, was Joe wo tat. Aber der Gedanke, dass er hier, in ihrem gemeinsamen Haus, mit einer anderen Frau zusammen war, wurmte sie.

»Wenn du meine Frage beantwortest, beantworte ich deine.«

»Ich war zuerst hier«, entgegnete Christine und klang dabei wie eine Fünfjährige.

»Ja«, gab Joe zu. Aber ich habe zuerst *gefragt.*«

»Ein Lächeln für die Kamera, Leute!« Ein Blitzlicht erhellte das Zimmer. »Ich hatte dich doch um ein Lächeln gebeten, Chris, Schätzchen.«

»Kannst du nicht klopfen?«, rügte sie Slade in scharfem Ton und kam sich plötzlich wehrlos und ausgenutzt vor. »Wir sind hier nicht auf einem Bahnhof.«

»Die Tür war offen«, entgegnete Slade und kam ins Zimmer, als wäre er hier zu Hause, keine geringe Leistung in Anbetracht seines Alkoholspiegels. »Übrigens, du brauchst uns nicht vorzustellen. Ich habe Rambo bereits kennen gelernt.«

»Wovon redet er?«, fragte Christine, an Joe gewandt.

»Ich habe ihn mir kurz vorgeknöpft«, sagte Joe obenhin. »Denn ich hielt ihn für einen Einbrecher.«

»Ja, Sie haben mich tätlich angegriffen«, sagte Slade und stürzte sich mit vor Wut funkelnden Augen auf Joe. »Ich verlor das Bewusstsein.«

Joe schob ihn beiseite, als hätte er eine lästige Fliege verscheucht. »Einen schönen Lügner hast du da an Land gezogen, Christine. Viel Spaß. Du zeigst wirklich ein unglaubliches Geschick in der Wahl deiner Freunde.«

»Verdammter Scheißkerl!«, brüllte Slade und hielt seine Hasselblad schützend vor die Brust.

Joe ballte die Hand zur Faust, trat einen Schritt zurück, bereit zuzuschlagen – da erhob Christine ihre Stimme.

»Raus hier! Alle beide!«, befahl sie und versuchte, autoritär zu klingen. »Das ist mein Schlafzimmer und wenn ihr nicht gleich verschwindet, rufe ich die Polizei und lasse euch einsperren. Das ist mein voller Ernst.«

Nicht nur, dass die Männer nicht reagierten, in dem Augenblick tauchte eine dritte Person im Türrahmen von Christines Schlafzimmer auf.

»Joseph«, sagte das unscheinbare Mädchen in den Kampfhosen und dem verlotterten übergroßen Pullover. »Wie kannst du mich nur mit diesem betrunkenen Irren allein lassen?«

Die anderen schienen für sie nicht zu existieren.

Doch Slade drehte sich schnell um und machte zwei Aufnahmen von ihr. »Du hast vergessen zu lächeln, Schätzchen.«

Das Mädchen wollte nach seiner Kamera greifen und giftete: »Kein Mensch hat das Recht, mich ohne meine Erlaubnis zu fotografieren.«

Doch Slade hielt seine Hasselblad außerhalb ihrer Reichweite. »Wenn du diese Kamera anrührst, ist das das Letzte, was du tust.«

Aus den Augen der kleinen Person schossen wütende Blitze, sie stürzte sich wie eine Furie auf den Fotografen, während sie eine Reihe unflätiger Flüche ausstieß, was Christine veranlasste, die Kleine mit einer Mischung aus Entsetzen und Bewunderung anzustarren.

»Sag ihr, wer ich bin!«, flehte Slade Christine an.

»Sag ihm, wer ich bin!«, befahl das Mädchen Joe und trat Slade vors Schienbein.

»Du zuerst«, sagte Joe, an Christine gewandt.

»Das ist Slade«, gab Christine nach. Sie wünschte sich sehnlichst, sie hätte sich in einem ruhigen Hotel mit Zimmerservice und einem Schloss an der Tür eingemietet. »Er ist mein Fotograf.« Dann deutete sie auf das hässliche kleine Ding. »Und wer ist sie?«

»Ich bin Marina«, antwortete das Mädchen und schritt in den Raum, als wäre sie zur Königin geboren. »Und ich bin Josephs Frau.«

2

»Sehr lustig«, sagte Christine laut lachend. Und fügte, an Joe gewandt, hinzu: »Und wer ist sie wirklich?«

Joe lachte nicht. »Sie ist meine Frau, Chris.«

»Du machst Witze.« Das musste ein Witz sein. Das Mädchen hätte seine Tochter sein können.

»Ich mache keine Witze«, antwortete er, noch immer ohne ein Lächeln. »Willst du die Heiratsurkunde sehen?«

»Du schleppst dieses Dokument mit dir herum?« Christine warf Marina einen kurzen Blick zu. Die junge Frau starrte beide mit unverhüllter Neugier an. Wieder an Joe gewandt, fuhr sie fort: »Wenn ich es mir richtig überlege, ist das vielleicht keine schlechte Idee.«

»Was soll das denn heißen?«

Sie schüttelte ihr Kopfkissen zurecht und setzte sich kerzengerade hin. »Hast du schon mal das Wort ›minderjährig‹ gehört?«

»Minderjährig?«, echote Slade vom Türrahmen her.

»Verschwinde und koch Kaffee!«, befahl Christine ihm. »Und leg endlich diese Kamera weg.«

Joe sah seine Ex fragend an. »Behandelst du neuerdings deine Freunde so?«, sagte er mit einem ironischen Unterton.

»Slade ist nicht mein Freund.«

»Du schläfst doch mit ihm, oder nicht?«

»Das geht dich nichts an.«

»Ja«, entgegnete Joe finster. »Also schläfst du mit ihm.«

»Soll ich die Polizei rufen?«, fragte Slade und trat näher. »Die beiden sind hier eingebrochen. Das reicht doch für ein paar Tage Knast. Sogar in New Jersey.«

»Wir sind nicht eingebrochen«, sagte Marina. »An der Tür ist kein Schaden entstanden. Ich habe das Schloss einfach geknackt.«

»So jung und so praktisch veranlagt. Sie ist richtig lustig. Du musst ein glücklicher Mann sein, Joe.«

»Niemand kann eingesperrt werden, weil er in sein eigenes Haus eingebrochen ist«, entgegnete Joe.

»Ich dachte, es sei dein Haus«, sagte Slade zu Christine.

»Es ist mein Haus«, erwiderte Christine mit wachsender Verärgerung.

»Was soll das eigentlich?«, fragte Joe, nun ebenfalls verärgert.

»Verdammt noch mal!«, blaffte Christine. »Es ist *unser* Haus, okay?«

Slade musterte Joe mit übertriebener Geringschätzung und meinte dann zu Christine: »Mit dem da hast du ein Haus gekauft?«

»Wir waren damals verheiratet und das schien uns eine gute Idee zu sein«, antwortete sie.

»Du warst mit *ihr* verheiratet?«, fragte die Kindfrau Joe.

»Ich habe volles Verständnis für ihre Verwirrung. Schließlich bin ich schon seit längerer Zeit volljährig.«

»Lass sie in Ruhe, Christine«, warnte Joe seine Ex. »Das alles ist ganz anders als du denkst.«

»Wie kannst du wissen, was ich denke?«, sagte sie. Wie konnte er das wissen, wenn sie es selbst nicht einmal wusste?

»Worüber redet ihr überhaupt?«, mischte sich Slade ein. »Über Bigamie?«

»Leider muss ich Sie enttäuschen, mein Junge«, sagte Joe. »Denn wir sind geschieden.« Christine fragte er: »Wo hast du den denn aufgegabelt?«

»Slade fotografiert mich für einen Artikel in *Vanity Fair*.«

»Und?«

»Und nichts. Das ist alles.«

»Das tut weh«, sagte Slade. »Ich dachte, ich würde dir mehr als meine Stroboskoplampe und ein rosa Filter vor meinem Objektiv bedeuten.«

»Joseph.« Die Kindfrau trat ans Fußende des Betts. »Ich brauche ein Bad.«

Eine dunkle Vorahnung beschlich Christine. »Du und deine … Frau … ihr wollt doch nicht etwa hier bleiben?«

Joe schien diese Aussicht ebenso wenig zu begeistern wie Christine. »Hmm. Doch. Ja. Das hatte ich geplant«, sagte er zögernd.

»Unter den gegebenen Umständen scheint mit das keine sehr gute Idee zu sein.«

»Du und Glade …«

»Slade.«

»Wie auch immer er heißen mag. Ihr beide könnt euch doch anderswo etwas suchen.« Er machte eine Pause. »Natürlich komme ich für die Kosten auf.«

»Dein Geld brauche ich wirklich nicht«, sagte Christine lachend. »Ich verdiene inzwischen ganz gut, Joe.«

Grinsend verzog sie den linken Mudnwinkel. Ach, wie er früher dieses Grinsen an ihr geliebt hatte. Aber jetzt tat es weh.

»Na ja. Schließlich hast du's bis aufs Titelblatt der *Time* gebracht, Christine. Also wirklich bis nach ganz oben.«

»Du hast die *Time* gesehen?«, fragte sie und dachte: Fast alle meine Träume sind wahr geworden, Joe. Kannst du mir sagen, warum ich dann nicht glücklich bin?

»Ja, ich habe die *Time* gesehen und ein Poster auf der Rückseite eines Busses. Du hast wohl die beste aller PR-Firmen für dich engagiert, oder sehe ich das falsch?«

Joe sah wirklich beeindruckt aus. Irgendwie freute Christine das mehr als jeder andere Erfolg der letzten Monate.

»Um diese Dinge kümmert sich der Sender, damit hab ich nichts zu tun«, antwortete sie und versuchte, lässig zu klingen. »Ich muss nur präsent sein.«

Beide wussten, dass das nicht stimmte. Christine hatte sich jeden Erfolg hart erarbeitet; und Joe hatte früher viel dazu beigetragen. Nichts war ihr in den Schoß gefallen. Das musste er wissen. Sie hatte doppelt so viel lernen müssen wie er und dreimal so viel Zeit investiert, um auf dem College mit ihm Schritt halten zu können. Selbst nachdem sie beide ihren Hochschulabschluss gemacht hatten, änderte sich daran nichts. Joe schrieb seriöse Artikel, die Menschen bewegten, während Chrisine ihre ersten Erfolge mit Storys über Filmstars bei irgendwelchen Eröffnungen hatte.

Als Marina plötzlich leicht schwankte, ging Joe schnell zu ihr und zog sie an seine Seite. Eine einfache Geste. Sie war so klein und mager. Er hielt sie wie man ein Kind hält und tröstet.

Wie kannst du nur, Joe?, dachte Christine. Das sind Gesten, von denen ich glaubte, dass sie nur mir gehören. Was für ein idiotischer Gedanke, schalt sie sich gleich darauf. Was er auch immer und mit wem auch immer tat, ging sie überhaupt nichts an.

»Sie braucht Schlaf«, sagte Joe plötzlich. »In welches Zimmer darf ich sie bringen?«

Christine brauchte eine Sekunde, um ihre Fassung wiederzugewinnen. »Ins … ins hintere Schlafzimmer.« Sie räusperte sich. »Das mit dem Doppelbett.«

Ihre Blicke trafen sich. Christine konnte den Anblick der schon fast schlafenden Kindfrau in Joes Armen nicht mehr ertragen. Sie schaute weg.

»Morgen früh reden wir über alles«, sagte er über den Kopf seiner Frau hinweg.

»Ja. Morgen früh«, antwortete Christine und nickte.

Am liebsten hätte sie mit den Fingern geschnippt und die ganze Bande verschwinden lassen. Joe und seine kleine Frau. Slade mit seinen wissenden Augen. Und dieses Haus voller Erinnerungen, die sie längst vergessen glaubte. Sie hasste dieses Gefühl der Verletzbarkeit und Einsamkeit. Sie kam sich ärmlich vor und glaubte, ihr Herz würde gleich brechen.

»Das ist also dein Ex«, sagte Slade, als sich die Schlafzimmertür hinter Joe und seiner Frau geschlossen hatte.

»Darüber will ich nicht reden, Slade.«

»Ein unhöflicher Kerl, aber photogen ist er. Das muss man ihm lassen. Du hättest eine schlechtere Wahl treffen können.«

»Hör auf damit!«, warnte sie ihn. »Ich bin nicht in Stimmung.«

»Was ärgert dich denn, Schätzchen? Dass er verheiratet ist oder dass du es nicht bist?«

Eine Antwort hatte Slade nicht erwartet.

Feingefühl oder Takt waren für ihn Fremdworte und trotz seines Mangels an Sensibilität hatte er etwas in Christines Blick gesehen, das ihm sagte, er dürfe im Moment nicht weiterbohren. Innerhalb von Sekunden war ihm klar geworden, dass noch immer eine intensive Beziehung zwischen Christine und ihrem Ex-Mann existierte und mit ihrer Scheidung noch längst nicht alles zu Ende war. Es sei denn, sie gehörten zu jener Kategorie Menschen – wie Slade – die ihre Gefühle beliebig an- und ausknipsen konnten.

Leider war der Champagner alle. Die leere Flasche glitzerte zwischen den Sofakissen. Und leider verlor Christine auch nie die Kontrolle über sich. Doch er war überzeugt, dass sie ihm nach ein paar Gläsern Schampus ihre Geheimnisse anvertrauen würde.

Er ließ die Sektflasche auf den Boden fallen und sah, wie sie unter den Couchtisch rollte. Im Haus war es still. Ihm fehlte die Hektik des Großstadtlebens, der lärmende Verkehr, die Sirenen, die quietschenden Reifen, das laute Geschrei und Fluchen der Menschen. Denn er liebte die Anonymität, in der er untertauchen und in jede beliebige Person schlüpfen, sich ständig neu erfinden konnte, bis er mit dem Resultat zufrieden war.

Die Couch war für seine langen Beine zu kurz, doch er streckte sich ganz aus und ließ sie einfach über die Lehne hängen. Seine Nikes waren vergammelt und dreckig, Gefährten seines unsteten Lebens, quer durch die USA von Flughafen zu Flughafen und die Kneipen, die die VIPs frequentierten. Er hasste seine beschissenen Nikes. Der Pöbel in Queens trug diese miesen Schuhe; und Slade hatte sich schon früh geschworen, nie etwas zu tragen, das auf der falschen Seite des East River in war.

Er hatte erwogen, auf Doc Martens umzusteigen, aber diese Marke war für seinen Geschmack zu vulgär. Seine Mutter war in den 60er Jahren aus Schottland nach London gegangen und Slade hatte von Flowerpower und Hippies samt deren Jesuslatschen endgültig die Nase voll.

Schon als kleiner Junge wollte er die Sachen haben, die für ihn unerreichbar waren. Er hatte zugesehen, wie die verwöhnten Bälger in ihren schicken Uniformen der Privatschule von ihren Eltern in schicken Limousinen abgeholt wurden und dann aufs Land ins Wochenende fuhren. Jede Einzelheit war ihm im Gedächtnis haften geblieben: der Haarschnitt, der maßgeschneiderte marineblaue Blazer mit dem diskreten Emblem auf der Brusttasche. Und die glänzenden Schuhe, die wahrscheinlich mehr kosteten als seine Mutter jeden Monat für ihre Wohnung ohne warmes Wasser bezahlte.

Manchmal schloss er sich im Internat im Klo ein und übte diesen britischen Upperclass-Akzent, der ihn von seinen Schulkameraden noch mehr zu trennen schien als seine schäbige Kleidung. Doch er merkte sehr schnell, dass er mehr als Diktion und Garderobe brauchte, um von diesen Kreisen akzeptiert zu werden, weil ihm selbst unter diesen Voraussetzungen der Zugang zur Elite verschlossen blieb.

Und dass er diese Türen schließlich mit einem Teleobjektiv hatte öffnen können, erfüllte ihn mit großer Genugtuung. Noch war es nicht so weit, dass er seine Nikes gegen ein paar italienische Straßenschuhe eintauschen konnte, doch bald würde er es geschafft haben.

Slade schloss die Augen und sah Christine: die Art und Weise wie sie ihren Ex-Mann angesehen hatte. Und er lächelte.

Gucci, Größe 46, von der Farbe alten Cognacs.

Nur eine Frage der Zeit.

Im Schlaf sah Marina noch jünger aus, so jung, dass Joe so etwas wie väterliche Sorge für sie empfand. Er hatte sie mit ihren Kleidern aufs Bett gelegt und mit einer Decke zugedeckt, die er im Wandschrank gefunden hatte. Sie schlief auf dem Bauch und umklammerte ihr Kopfkissen so fest, als hätte sie Angst, jemand wollte es ihr entreißen.

Ric hatte ihm erzählt, seine Tochter habe mit einer Bande Aufständischer in den Bergen gelebt. Sie war so klein und mager, dass Joe zum ersten Mal begriff, warum Ric derart besorgt um ihre Sicherheit gewesen war, obwohl sie in geistiger Hinsicht bei weitem kompensierte, was ihr an Körpergewicht und Größe fehlte.

Eigentlich wollte er das gar nicht verstehen, denn er hatte noch immer mit den Gefühlen zu kämpfen, die Christine in ihm ausgelöst hatte. Die Situation war absurd. Wer schon betrachtete in der Hochzeitsnacht seine schlafende zweite Frau, während die erste im Zimmer nebenan schlief?

»Scheiße«, murmelte er. Wem machte er etwas vor? Für Christine wäre die Wahrheit ein gefundenes Fressen. Vielleicht würde seine Ex sogar ihren Paparazzo auf sie beide hetzen und dann die ganze verdammte Geschichte in ihrer TV-Show publik machen. Was die Quoten in ungeahnte Höhen treiben würde.

Am liebsten wäre er in ihr Schlafzimmer gestürmt und hätte sie bis zum Wahnsinn geküsst. Er wollte ihren Körper fühlen, ach, wie er sich nach ihr sehnte …

Dann wieder hätte er sie am liebsten vergessen.

Wie hatte er gekämpft, um sie aus seiner Erinnerung zu streichen! Er suchte Vergessen im Alkohol, in der Arbeit und sogar mit anderen Frauen. Ohne Erfolg. Christine Anne Cannon war noch immer präsent.

Und jetzt saß er zwischen zwei Stühlen. Marina konnte er seit ihrem Fluchtversuch in Manhattan nicht trauen. Sich selbst traute er jetzt in New Jersey nicht.

»Mist! Mist! Mist!« Christine schlug mit der geballten Faust in ihr Kopfkissen.

Vor sechs Jahren hatte sie Joe verlassen und jetzt tauchte er hier mit einer Frau auf, die ihre gemeinsame Tochter hätte sein können. Wenn es so etwas wie ein Karma gab, musste diese Situation wohl irgendeinen Sinn ergeben, den sie jedoch nicht nachvollziehen konnte. Deshalb hatte sie das seltsame Gefühl, Gott mache sich über sie lustig.

Noch vor ein paar Stunden hatte sie den Verlust ihrer Libido betrauert und gehofft, Slade attraktiv finden zu können, weil Slade jung, dynamisch und offensichtlich an ihr interessiert war. Diese Hoffnung hatte sich als total falsch erwiesen. Und dann kam ihr Ex daherspaziert und sie hatte das Gefühl, ein Vulkan wäre in ihr ausgebrochen.

Die Gefahr dieser Situation war ihr nur zu bewusst: dauerte sie an, würde sie ihr das Herz brechen. Das war schon einmal passiert. Deshalb hatte sie ihn verlassen – ihre Koffer gepackt, die Hälfte des gemeinsamen Geldes genommen und war gegangen. Er verdiente mehr als sie ihm geben konnte; er brauchte eine Frau und eine Mutter für seine Kinder und keine von Ehrgeiz zerfressene Journalistin, in deren Notizbuch sich zwar alle Privatnummern der Filmstars befanden, die ihm aber keine Kinder gebären konnte.

Marina war vielleicht nicht die Frau, die sie sich für Joe gewünscht hätte, aber der schlichte goldene Ring an ihrem Finger sprach Bände. Sie war jung und konnte wahrscheinlich Kinder bekommen und es war genauso wenig ihre wie Christines Schuld, dass das Schicksal Christine in der Hinsicht die schlechteren Karten gegeben hatte. Deswegen durfte sie das Mädchen nicht hassen.

Da Christine schon seit Jahren unter ihrer Kinderlosigkeit litt und die neue Mrs. McMurphy Joe früher oder später ein Kind gebären würde, verspürte Christine plötzlich den schmerzlichen Drang, das Mädchen aus Joes Bett zu zerren. An der Stelle sah sie sich, wie Joe ihren Körper mit seinem bedeckte und …

Entschlossen schob sie diese Vision beseite, schwang die Beine aus dem Bett und ging zur Frisierkommode, wo sie ihre Arbeitsunterlagen aufgestapelt hatte. Tauchen Probleme auf, dann arbeite! Jahrelang war das ihre Devise gewesen. Doch in letzter Zeit funktionierte dieser Leitspruch nicht mehr. Zwar machte sie ihr Erfolg stolz und manchmal auch glücklich – aber er war nicht alles.

Natürlich genoss sie den Ruhm, auf der Straße erkannt zu werden, die besten Tische in Restaurants zugewiesen zu bekommen und Autogramme zu schreiben. Aber das war nicht genug.

Sie schnappte sich ein paar Akten und ging zurück ins Bett. Hunderte Ausschnitte aus Zeitungen und Magazinen priesen Christine Cannons Qualitäten, die zuverlässigste und beliebteste Persönlichkeit im Fernsehen nach der Sommerpause.

»Billigen Journalismus«, hatte eine ihrer Freundinnen diese Artikel hinter Christines Rücken genannt. Dem konnte sie nicht widersprechen. Meistens war sie mit ihrer Arbeit zufrieden und stolz darauf, ganz oben angekommen zu sein. Doch manchmal schmerzten die Kritiken sie zutiefst. Dann war sie froh, dass ihr Ex nichts davon wusste und sah, was aus ihren früheren idealistischen Plänen, die Welt zu retten, geworden war.

Denn niemand konnte die Welt retten. Niemand konnte auch nur ein kleines Stück Welt retten. Bestenfalls konnte man die Not etwas lindern. Und genau das tat sie. Sie linderte die Not, indem sie die Menschen ablenkte. Denn die Faszination der Massen für die Reichen und Berühmten ist zeitlos, so alt wie die Menschheit selbst.

Als Caesar und Kleopatra ihre Affäre hatten, klatschten die Diener und Sklaven sicher genauso wie heute und fragten sich, was in Kleopatras Schlafzimmer passierte. Christine tat dasselbe. Sie gewährte ihrem Publikum einen aufreizenden Blick hinter die Kulissen und hatte nicht die geringste Lust, sich für diesen Beruf – in dem sie äußerst erfolgreich war – zu entschuldigen.

Davor hatte sie ein paar Jahre mit dem Versuch verbracht, die Welt zu retten. Joe und sie waren als Studenten von einem blauäugigen Optimismus über die *Conditio humana* – die menschliche Beschaffenheit und Bestimmung – erfüllt gewesen. Diese Überzeugung hatte während ihres ganzen Studiums und auch noch einige Zeit danach angehalten. Doch sie hatte ihre Naivität vor sieben Jahren an einem Sommermorgen verloren, Joe hingegen nie. Dessen war sich Christine sicher.

Nach ihrer Scheidung hatte sie – auf Oprah Winfreys Spuren wandelnd – als Reporterin für eine Tageszeitung in Chicago gearbeitet und bald darauf wegen ihrer scharfsinnigen Kommentare und wegen ihres telegenen Aussehens einen Job als Fernsehmoderatorin im lokalen Nachrichtensender bekommen. Danach wechselte sie zu einem Sender in Los Angeles und war innerhalb von Wochen zum dortigen Talkshow-Star geworden.

Sie hatte eine Nase für heiße Storys, noch ehe das kleinste Gerücht im Umlauf war, jemanden, der ihr an Hand der Kennzeichen die Besitzer der Autos verriet, von Malibu bis San Diego, und Spione bei jedem Treffen der Anonymen Alkoholiker im Umkreis von zweihundert Meilen. Niemand war vor ihr sicher. Sie erkannte auf zehn Meter Entfernung, wer sich den Busen hatte vergrößern lassen, und selbst in einem überfüllten Ballsaal, wessen Nase korrigiert worden war. Und sie wusste sofort, wer Lügen erzählte, was sie allerdings nicht daran hinderte, den Mist zu verbreiten.

Doch als sie jetzt mit ihren Akten in dem Bett saß, das sie früher einmal mit Joe geteilt hatte, der jetzt mit seiner neuen Frau ein paar Schritte weiter in einem anderen Zimmer schlief, konnte sie an nichts anderes denken, als dass sie allein war und er nicht.

Marina wusste nur, dass sie in New Jersey waren. Als das Taxi durch den Holland Tunnel gefahren war, hatte sie sich nur schwer orientieren können. Ihre Kenntnisse in amerikanischer Geographie waren nur minimal, trotzdem war sie ziemlich sicher, dass New Jersey westlich von der Metropole lag.

Wären sie in Manhattan geblieben, hätte sie irgendeine Möglichkeit gefunden, wieder nach Hause zu kommen. Das war jetzt ausgeschlossen. Vielleicht war ihr frisch angetrauter Ehemann ein Monster, aber dumm war er nicht. Er wusste nur zu gut, dass ihr erster fehlgeschlagener Fluchtversuch nicht ihr Letzter bleiben würde und deshalb hatte er sie in eine Art Niemandsland verfrachtet.

Auf dem Highway hätte sie am liebsten vor Wut und Verzweiflung laut geheult. Doch das kam jetzt nicht mehr in Frage. Tränen waren eine mächtige Waffe und sie hatte diese Waffe bereits überstrapaziert. Umsonst. Also durfte sie sie erst wieder einsetzen, wenn der Erfolg garantiert war.

Trotz dieser guten Vorsätze brannten Tränen in ihren Augen und sie zwinkerte heftig. Innerhalb von nur zwei Jahren war ihr ganzes Leben aus den Fugen geraten.

Ihre Mutter war tot. Ihr Vater kämpfte wie Don Quijote einen Kampf gegen Windmühlen, weil er König eines Landes werden wollte, das keinen König mehr brauchte. Niemand auf dieser Welt verstand ihre Einsamkeit, eine tief in ihrem Herzen schmerzende Einsamkeit und das Bedürfnis, irgendwohin zu gehören, zu jemandem zu gehören. Durch die Rückkehr in ihre Heimat hatte sie geglaubt, einen Platz für sich zu finden, aber der Versuch war fehlgeschlagen.

Jedenfalls hatte sie das geglaubt, bis sie Zee kennen gelernt hatte. Er war der Mann ihrer Träume: stark und leidenschaftlich und einem Ideal verpflichtet, einem Ideal, das schnell auch das ihre wurde.

Und er liebte sie. Sie, die so unscheinbar, so unattraktiv war. Aber er hatte in ihr den stählernen Willen eines Kriegers, gepaart mit dem weichen Herzen einer Frau erkannt.

Zee hatte sich nie geirrt, ganz gleich, ob seine Beurteilung ihrem Vater galt, der unter der Sowjet-Herrschaft aufgewachsen war, oder ihrem Großvater, einem Königstreuen.

»Deinem Vater wurde die Macht in die Wiege gelegt«, hatte

Zee gesagt, wobei sein schöner Mund vor Zorn ganz schmal geworden war. »Und der Wille, diese Macht auszuüben, liegt ihm im Blut. Doch wir kämpfen für die Machtlosen, die Unterdrückten.«

Diese Überlegungen hatte Marina zwar nicht ganz nachvollziehen können, aber Zee war sehr überzeugend. Außerdem liebte sie ihn nicht nur, sie bewunderte ihn auch. Also hatte sie dem nichts entgegenzusetzen. Denn sie liebte ihn mehr, als sie jemals irgendetwas oder irgendjemanden geliebt hatte.

Sie warf einen Blick in die Zimmerecke zu dem Mann hin, der auf einem improvisierten Bett aus Decken schlief. Das war nicht ihr Ehemann, sondern ihr Gefängniswärter, der sie hier gegen ihren Willen gefangen hielt. Er stand auf der Seite ihres Vaters, aber schon bald würde er merken, dass er mit ihr zu rechnen hatte.

Joe wachte auf, als der Morgen dämmerte. Er fühlte sich zerschlagen und steinalt. Während Marina den ungestörten Schlaf der Jugend schlief, hatte er die Nacht unbequem auf seinem Lager verbracht. Jetzt hatte er das Gefühl, nie wieder aufrecht gehen zu können und außerdem einen scheußlichen Geschmack im Mund.

Gähnend stand er auf. Sein Kopf war leer. Noch so eine Nacht und er war reif für den Chiropraktiker. Mist!, dachte er, als er sein Hemd zuknöpfte. Noch so eine Nacht und ich bin auch reif für den Psychiater.

Normalerweise war Joe für Grübeleien nicht besonders empfänglich, aber letzte Nacht hatte er lange Zeit in dem alten Haus wach gelegen und sich gefragt, ob der Fotograf später noch zu Christine ins Bett gestiegen war. Jedes Knarren und Knacken im Gebälk hatte seine Phantasien entfacht, bis er sich selbst verflucht hatte. Schließlich ging es ihn einen feuchten Kehricht an, was seine Ex tat und wo sie es tat.

Er machte sich auf den Weg zur Toilette. Ein kleiner Umweg an ihrem Schlafzimmer vorbei konnte nicht schaden, um in Erfahrung zu bringen, ob sie mit dem Typen schlief. Dann würde ihn die Ungewissheit nicht mehr quälen. Das sparte Energie. Denn die brauchte er jetzt, um Marina vor potenziellen Gefahren zu beschützen.

Als Erstes stellte Joe fest, dass das zweite Gästezimmer leer war. Sehnsüchtig starrte er das Bett darin an. Doch da durfte er auf keinen Fall schlafen, sonst wäre seine Story als glücklicher, frisch vermählter Ehemann sofort wie eine Seifenblase geplatzt. Er ging ins Wohnzimmer und entdeckte sofort die leere Champagnerflasche unter dem Couchtisch. Das Sofa sah aus, als hätte jemand darauf geschlafen. Doch dann erinnerte er sich, dass der Typ dort gelegen hatte, als er gestern Nacht mit Marina gekommen war. Aber dass der Fotograf anfangs da geschlafen hatte, musste nicht bedeuten, dass er hierher zurückgekehrt war.

Christines Schlafzimmertür war geschlossen. Er stand davor und kämpfte mit sich: Sollte er klopfen, ihren Namen rufen oder einfach ins Zimmer stürmen? In dem Moment wurde die Tür aufgerissen und er stand seiner Ex-Frau gegenüber.

»Kannst du nicht klopfen?«, fragte sie und zupfte an dem Gürtel ihres Morgenrocks aus weißem Satin.

Er hob die Hand und klopfte an den Türrahmen. »Du bist mir zuvorgekommen. Das wollte ich gerade tun.«

»Wer's glaubt, wird selig.« Sie ging an ihm vorbei zur Küche. »Hast du schon Kaffee gemacht?«

»Vielleicht hat sich dein britisches Wunderkind darum gekümmert.«

»Er joggt. Außerdem hat er einen Namen.«

»Glade, oder?«

»*Slade*«, entgegnete sie und warf ihm einen Blick über die Schulter zu, als sie die Küche betraten. »Der Name ist doch nicht kompliziert, Joe.«

»Da hast du Recht«, antwortete er leichthin. »Kompliziert ist er nicht, aber dämlich.«

»Nicht jeder kann Joseph heißen.« Die Art, wie sie seinen

Namen aussprach, klang, als hätte sie Kunibert oder Anselm gesagt.

Joe lehnte sich an die Theke und verschränkte die Arme vor der Brust. »Na ja, vielleicht bin ich ja dämlich, aber ich kapiere nicht, wie man einem Kind den Namen eines Kaufhauses oder eines Duftsprays geben kann.«

»Zwar geht dich das nichts an, aber Slade ist sein mittlerer Name.«

Joe sah seiner Ex zu, wie sie die Türen des Einbauschranks aufriss und nach Kaffee suchte. »Also, wie heißt er richtig?« Er machte eine kleine Pause. »*Joseph*?«

Sie öffnete die Kühlschranktür und murmelte etwas ins Butterfach.

»Ich hab dich nicht verstanden, Chris«, sagte er gedehnt und genoss die Situation.

»Verdammt noch mal! Er heißt Rainbow«, erwiderte Christine und drehte sich wütend um. »Bist du jetzt zufrieden?«

»Rainbow?«, wiederholte Joe. Er konnte nicht anders und musste laut lachen.

»Seine Mutter war ein Hippie-Mädchen aus Schottland«, erklärte Christine und ihre Mundwinkel zuckten verräterisch.

»Da hat er ja noch Glück gehabt. Es hätte noch schlimmer kommen können.«

»Glaub ja nicht, dass er das nicht weiß.«

»Also, und woher kommt Slade?«

»Das war die Lieblingsshow seiner Mutter im Fernsehen.«

»Sie muss die britischen Traditionen über alles geliebt haben.«

Christine grinste und lächelte dann breit. »Und das aus deinem Munde, wo du nach dem Lieblings-Barkeeper deines Vaters benannt wurdest.«

»Nach seinem Lieblings-Buchmacher«, korrigierte Joe Christine, ebenfalls grinsend. »Mein mittlerer Name ist der des Barkeepers.«

Sie lehnte sich gegen den Kühlschrank. »Wie geht's deinem Vater?«

»Da hat sich nichts geändert«, antwortete Joe gequält. »Er lebt. Noch immer in Brooklyn. Und noch immer wütend auf die ganze Welt.«

»Hast du ihn schon besucht, seit du aus dem Ausland zurück bist?«

»Ich bin noch nicht einmal vierundzwanzig Stunden hier, Chris.«

»Dann bist du also direkt vom Flughafen hierher gefahren?«

»So ungefähr.«

»Kein Wunder, dass sie so müde war.«

»Die letzten Tage waren ziemlich turbulent.«

»Du und deine … Marina und du, ihr hattet Ärger?«

»Dazu sind wir noch nicht lange genug verheiratet.«

»Wie lange seid ihr denn verheiratet?«, fragte Christine, jetzt mit einem etwas verkniffenen Lächeln.

»Das wird dir nicht gefallen, Chris.«

»Nur zu.«

»Seit gestern Nachmittag.«

»Soll das heißen, dass letzte Nacht eure Hochzeitsnacht war?«

»Ja«, antwortete Joe. Er war sich nur zu bewusst, dass er sich auf gefährlichem Terrain bewegte. »Technisch gesehen, stimmt das.«

»Technisch gesehen? Was soll das heißen?«, fragte Christine und ihr Lächeln wurde noch verkniffener.

»Nicht das, was du meinst.«

»Wie kannst du wissen, was ich meine?«

Er versuchte es anders herum. »Du hast sie doch letzte Nacht gesehen. Sie war total groggy.«

»Du wirst die verlorene Zeit schon aufholen, da bin ich mir sicher.«

Joe dachte an seine Hochzeitsnacht mit Christine vor acht Jahren. Dazu fielen ihm nur die Worte *überschwänglich* und *unglaublich* ein. Aber er sagte: »Was ist nun mit dem Kaffee? Hast du mal im Kühlschrank nachgeschaut?«

»Weich mir nicht aus, Joe.«

»Na, ich dachte nur …«

»Liebst du sie?«

»Warum fragst du mich das?«

»Das weiß ich nicht«, antwortete sie. »Vielleicht betest du sie an; vielleicht kannst du ohne sie nicht leben; vielleicht ist die Welt für dich jetzt schöner, nur weil sie existiert.«

»Hast du kürzlich wieder Liebesromane gelesen, Chris?«

»Ich will dich sagen hören, dass du sie liebst.«

»Was ich für sie empfinde, spielt keine Rolle.«

»Du lieber Himmel, Joe. Sie ist deine *Frau*. Wenn du sie nicht liebst, warum hast du sie dann geheiratet?«

»Ich habe nicht gesagt, dass ich sie nicht liebe.«

»Und du hast nicht gesagt, dass du es tust.«

»Wo hat denn dein Freund die letzte Nacht verbracht?«, fragte Joe, weil ihm gerade eingefallen war, dass das Gästezimmer nicht benutzt worden war.

»Im Gästezimmer, nehme ich an.«

»Bist du sicher?«

»Soll das ein Verhör sein?«

»Du hast meine Frage nicht beantwortet.«

»Ich bin dir keine Antwort auf irgendetwas schuldig«, sagte sie mit einem gefährlichen Blitzen in ihren schmalen zusammengekniffenen Augen.

»Bingo!« Er fuchtelte mit dem Zeigefinger in der Luft herum. »Halt dich zurück, Chris«, warnte er sie. »Mach mich nicht zu einem Objekt deiner nächsten Story.«

Seine Worte taten ihr weh. Niemand hätte das gemerkt, aber Joe erkannte ihre Reaktion an der Art und Weise wie sie ihre Schultern straffte und die Kontrolle über sich zurück gewann. Wie gerne hätte er sie in die Arme genommen und ihr alles erzählt.

Aber er hatte Ric versprochen, über Marinas Identität Stillschweigen zu bewahren. Und hätte er Christine informiert, wäre die Geschichte so publik geworden, als hätte sie auf der Titelseite der *New York Times* gestanden. Die Nachricht wäre in null Komma nichts von der Sensationspresse ausgeschlachtet worden und Marinas Sicherheit nicht mehr gewährleistet gewesen.

»Es ist kein Kaffee da«, sagte Christine und ging zur Küchentür. »Ich ziehe mich an und gehe in die Stadt.«

»Hast du ein Auto?«

»Ich gehe zu Fuß.«

»Das sind über zwei Meilen.«

»Die schaffe ich schon.«

»Ich begleite dich.«

»Nein«, sagte sie mit eiskalter Stimme. »Das tust du nicht. Du musst hier sein, wenn deine junge Frau aufwacht.«

Frisch verheiratet, dachte Christine, als sie Jeans und ein T-Shirt anzog. Die beiden sind *frisch verheiratet*.

Gestern Nacht hatte sie geglaubt, nichts könne sie mehr verletzen als die Tatsache, dass Joe wieder geheiratet hatte. Sie hatte sich geirrt. Der Gedanke, dass Joe am Anfang dieser neuen Ehe stand, machte sie regelrecht krank.

Sie setzte sich auf die Bettkante, zog Sachen an und suchte mit Blicken nach ihren Slippern. Wenn er nur eine Woche früher gekommen wäre, nur einen Tag früher, dann vielleicht …

»Was soll der Mist?«, sagte sie laut und betrachtete sich im Spiegel.

Es war vorbei.

Joe hatte eine neue Frau und ein neues Leben und Christine würde heute noch dafür sorgen, dass er auch in eine neue Bleibe umzog.

3

»Ich kann keinesfalls hier ausziehen«, sagte Christine später, als sie in der Küche saßen und das Problem besprachen. »Ich habe eine Menge Arbeit, die ich koordinieren muss.«

Joe schnaubte verächtlich, worauf sie ihm einen wütenden Blick zuwarf. »Und ich habe eine Menge Dinge bestellt, die hierher geliefert werden.«

»Ich lasse dir die Sachen nach Manhattan bringen«, sagte Joe und kippte seinen Stuhl zurück, bis er nur noch auf zwei Beinen balancierte.

»Geh du doch nach Manhattan«, schoss sie zurück. »Schließlich erwartest du keine Lieferungen.« Dann starrte sie Marina an, die sich gerade eine Tasse Tee aufbrühte. »Oder doch?«

»Langsam, Christine«, sagte er. »Du warst schon mal besser.«

»Da hast du Recht. Soll ich mich anstrengen?«

»Spare dir deinen Atem. Mir gehört das halbe Haus. Ich bleibe.«

»Ich war zuerst hier.« Tolles Argument, dachte sie. Verwirre ihn mit deiner Kindergartenlogik.

»Mir macht es nichts aus, wenn du bleibst.«

»Wie außerordentlich großzügig von dir«, sagte sie gedehnt und war sich bewusst, dass Slade hinter ihr in der Tür stand.

Joe beugte sich nach vorn und die Stuhlbeine knallten auf den Küchenboden. Er lehnte sich weit über den Tisch und sprühte vor mühsam unterdrücktem Zorn. »Im Abhauen hast du doch Erfahrung, Chris. Warum zeigst du uns nicht, wie man das macht?«

Eine lastende Stille machte sich breit. Christine fühlte sich wie erstarrt. Marina stand am Herd und umklammerte mit ihren schmalen Händen den Teebecher. Ihr entging kein Wort, keine Geste. Mit jeder Faser spürte sie Christines Unbehagen. Und sie wusste, dass nur eine entsetzliche Angst Slade davon abhielt, die hässliche Szene zu fotografieren.

Christine atmete tief ein, schob langsam ihren Stuhl zurück und stand auf. »Mach, was du willst«, sagte sie viel ruhiger als sie innerlich war. »Aber erwarte nicht von mir, dass ich dich und deine … deine Frau verköstige. Sorge für dein Essen, für ein Auto und halte dich aus meinem Leben raus!«

Auch Joe stand auf. »Das hätte ich nicht besser formulieren können. Das Haus ist groß. Also gibt es keinen Grund, warum wir uns nicht aus dem Weg gehen könnten.«

»Schließlich sind wir erwachsen«, stimmte Christine zu, »und sollten mit dieser Situation fertig werden.«

Sie streckte ihre rechte Hand aus. Er sah ihre Hand an, dann in ihr Gesicht und ergriff ihre Hand. Sein Griff war fest und Vertrauen erweckend – warm. Und sie erinnerte sich, wie diese großen Hände ihren Körper streichelten …

»Alles in Ordnung?«, fragte Joe.

»Ja, alles in Ordnung«, sagte sie und nickte.

»Wirklich?«

»Wirklich«, antwortete sie mit gequältem Lächeln.

Er ließ ihre Hand los.

Sie ging Richtung Tür und sagte: »Ich muss arbeiten. Sollte mich jemand brauchen, ich bin in meinem Schlafzimmer.«

Als die Schlafzimmertür krachend ins Schloss fiel, schaute Joe von seiner Kaffeetasse auf. Im Zeichensetzen war Christine immer gut gewesen.

Jetzt setzte sich Marina mit ihrem Teebecher Joe gegenüber. Slade machte sich über die Bagels her.

»Möchtest du auch ein Brötchen?«, fragte der Fotograf Marina.

»Gern«, sagte sie und nickte.

»Iss es lieber nicht«, riet Joe der jungen Frau. »Wie ich Christine kenne, hat sie sie gezählt.«

Da fischte Slade einen Vierteldollar aus seiner Tasche und schnippte die Münze über die Küchentheke neben die Tüte mit den Bagels. »Dazu lade ich dich ein.«

Er legte ein Brötchen vor Marina auf den Tisch, nahm sich selber eins und ging mit seinem Kaffeebecher aus der Küche. Jetzt war Joe mit Rics Tochter allein.

Bei Tageslicht sah sie noch jünger aus. Und – wie Joe feststellte – noch viel zerbrechlicher. Fast sittsam, obwohl das übertrieben war. Er konnte es kaum glauben, dass sie ihn gestern bei ihrem Fluchtversuch wie ein Straßenjunge getreten und gekratzt hatte. Sie trug eine abgetragene schwarze Hose und denselben formlosen übergroßen Pullover, den sie schon gestern angehabt hatte.

»Hast du nichts anderes anzuziehen?«, fragte er und deutete auf den Pullover.

Sie nippte an ihrem Tee. »Kleidung ist mir nicht wichtig. Mode ist etwas für Spießbürger.«

»Ich rede nicht von Mode«, sagte Joe. »Ich rede von bequemen Kleidern. Sollte das deine gesamte Garderobe sein, wird es schwierig, wenn du sie mal waschen musst.«

Wieder nippte sie an ihrem Tee. Ein taktisches Manöver. »Ich kümmere mich darum. Damit es dich nicht mehr ärgert.«

»Warum sollte mich das ärgern?«, fragte er. Ihre Gewitztheit überraschte ihn. »Was soll dieser Sinneswandel? Gestern noch hättest du mich erdolcht, wenn du dadurch frei geworden wärst.«

»Gestern hatte ich noch nichts kapiert«, sagte sie, mit niedergeschlagenem Blick. »Heute habe ich begriffen.«

»Ach ja? Ganz plötzlich bist du zu der Einsicht gekommen,

dass dein alter Herr Recht hatte, dich mit mir zu verheiraten?«

»Ich bin zu der Überzeugung gelangt, dass gewisse Dinge aus gewissen Gründen entstehen«, antwortete sie und sah ihm in die Augen. »Du wirst keine Problem mehr mit mir haben, Joseph.«

»Ich glaube, ich spinne!«, murmelte er. »Fast glaube ich dir. Aber nur fast.«

Ein leichtes Lächeln umspielte ihren Mund. Ganz kurz sah Joe in diesem Lächeln die Schönheit ihrer Mutter.

»Wir müssen doch nicht hier bleiben«, fuhr Marina fort und brach ein Stück Bagel ab, das sie in ihren Tee tunkte. »Wenn du lieber in Manhattan lebst, können wir …«

»Ach, so läuft der Hase, wie?«, sagte er und nahm sich auch eins von Christines Brötchen. »Vielleicht traue ich dir in Hackettstown, aber Manhattan, das steht auf einem ganz anderen Blatt.«

Als Joe aus der Küche ging, lachte er laut, was Marina noch vor ein paar Stunden mächtig geärgert hätte. Ihrer Erfahrung nach lachten Amerikaner immer, wenn sie etwas nicht verstanden – oder auch, wenn sie sich um etwas Sorgen machten. Diesen Charakterzug hatte sie bei jedem ihr bekannten Amerikaner bisher festgestellt: einen gewissen Unwillen, durch ernsthaftes Nachdenken zu einer pragmatischen Lösung zu kommen.

Doch Joe war um vieles cleverer als Marina anfangs gedacht hatte. Sie tunkte noch ein Stück Bagel in ihren lauwarmen Tee, während sie ihre Lage überdachte.

Dass er ihren Vorschlag, nach Manhattan zurückzukehren, akzeptieren würde, hatte sie nicht erwartet. Sie wollte damit auch nur ihre wahren Pläne kaschieren – denn jetzt war sie dazu verurteilt, mit Fremden irgenwo in New Jersey zusammenleben zu müssen.

Aber es gab Entschädigungen hier. Lächelnd trank sie noch einen Schluck Tee. Zee hatte immer behauptet, sie sei trotz ihrer Herkunft und Erziehung die findigste und einfallsreichste Frau, die er je kennen gelernt habe. Denn sie verstünde, dass das einfache Volk Bedürfnisse habe, die befriedigt werden müssten, und dass sie nicht zögere, zu deren Befriedigung beizutragen, selbst wenn das für sie mit großen Risiken verbunden sei.

Der Plan jedoch, den sie jetzt ins Auge fasste, war nur wenig riskant.

Ehe sie heute Morgen gebadet hatte, war sie auf der Suche nach Handtüchern und Seife in dem Wandschrank im Flur auf einen großen Vorrat an teuren, noch original verpackten Parfüms gestoßen. Lange hatte sie diese unverhoffte Beute angestarrt und versucht, sich vorzustellen, was für einen schändlichen Luxus diese Dinge repräsentierten.

Und diese Parfüms waren erst der Anfang. Tiefer hinten im Schrank stapelte sich feinstes Porzellan, standen Kristallbecher, teure Bett- und Tischwäsche und Stoffe. Und all das in Originalverpackungen. Unberührt. Sie fragte sich, ob die anderen Schränke ebenfalls mit solchen Schätzen gefüllt waren, wie in einem Märchen aus *Tausend und eine Nacht*. Nach amerikanischen Maßstäben war dieses Haus groß. Es gab einen Dachboden, einen Keller und eine Garage; alles Räume, die darauf warteten, von ihr erforscht zu werden.

Kein Mensch auf der Welt hatte solche Reichtümer verdient, wenn viele Menschen überhaupt nichts besaßen. Und das Schlimmste war, die Leute hier schienen sich nicht mal an ihre Besitztümer zu erinnern.

Bei diesem Gedanken war Marina außerordentlich wütend geworden, aber dann erkannte sie, dass auch niemand merken würde, wenn diese Schätze verschwänden.

Das würde Zeit in Anspruch nehmen. Eine Flasche Parfüm hier, ein Kristallbecher da. Im Wandschrank des Gästezimmers, das sie mit Joseph teilte, hatte sie ein Versteck an der Decke entdeckt, ein perfekter Ort, um ihre Beute zu horten, bis sie diese zu Geld machen und Zee in seinem Kampf unterstützen konnte.

Bei ihrem Ausflug am frühen Morgen in die Stadt hatte Christine einen Wagen gemietet, der kurz nach Mittag gebracht wurde.

»Ein Buick?«, fragte Joe enttäuscht. »Seit wann fährst du Buick?«

»Andere Autos hatten sie nicht«, antwortete Christine. »Außerdem frage ich mich, was daran verkehrt sein soll?«

»Gar nichts ist daran verkehrt«, sagte Joe. »Nur siehst du wirklich nicht wie eine Frau aus, die Buick fährt.«

Der Angestellte, der das Auto gebracht hatte, sah erst Joe, dann Christine an. »Wollen Sie den Wagen nun haben, oder nicht?«, fragte er sie.

»Natürlich will ich ihn haben.« Sie griff nach dem Klemmbrett mit der Empfangsbescheinigung. »Ich unterschreibe, dann ist die Sache erledigt.«

»Haben Sie keinen Maserati?«, fragte Joe den jungen Mann.

»Nur eine Corvette«, antwortete er. »Aber die Lady wollte den Wagen nicht haben.«

»Was, du verschmähst eine Corvette?«, sagte Joe zu Christine.

Sie ignorierte ihn, unterzeichnete den Vertrag und gab das Klemmbrett samt Kugelschreiber dem Angestellten zurück. Dann schaute sie ihm nach, wie er die Auffahrt hinunterging, in ein wartendes Auto stieg und davonfuhr.

»Wie kannst du es wagen, mich derart in Verlegenheit zu bringen?«, herrschte sie ihren Ex an.

»In Verlegenheit bringen? Wie hätte ich dich in Verlegenheit bringen sollen?«, fragte er, völlig verwirrt.

Sie musste es ihm klar machen. »Du hättest Schauspieler werden sollen«, giftete sie. »Mir scheint fast, du weißt nicht einmal, was du gerade getan hast.«

»Nein, das weiß ich nicht.«

»Der Typ geht jetzt in seine Firma zurück und erzählt überall rum, dass Christine Cannon zu geizig ist, um eine Corvette zu mieten.«

»Du spinnst. Wir haben doch nur über Autos geredet.«

»Vielleicht hast du das getan. Aber der Typ hat etwas anderes gehört.«

»Du hast zu lange im Dreck rumgestochert, Chris. Du brauchst Abstand von dem allen. Frische Luft.«

»Ich weiß, wie solche Dinge funktionieren, Joe. Eine winzige Geschichte wie diese. Und schon fangen die Gerüchte an.«

»Das kann dir doch, verdammt noch mal, egal sein«, entgegnete er stoisch.

»*Mir* ist das überhaupt nicht egal. Denn ich muss auf meinen guten Ruf Rücksicht nehmen.«

»Ach? Nimmst du auch immer so viel Rücksicht auf den guten Ruf anderer Leute?«

»Ich berichte nie über etwas, das nicht mindestens von zwei verschiedenen Quellen bestätigt wird.«

»Ganz recht«, entgegnete er. »Und Schweine können fliegen.«

Christine riss die Autotür auf und setzte sich hinters Lenkrad. »Warum gehst du nicht ins Haus und passt auf deine junge Frau auf? Sie braucht einen Babysitter.«

Er stand zwischen Wagen und offen stehender Tür. »Nimmst du mich mit in die Stadt?«

»Es ist ein netter Spaziergang dorthin«, antwortete sie. »Der könnte dir gut tun.«

In dem Moment erschien der allgegenwärtige Slade auf der Bildfläche, die Kamera in der Hand.

»Christine, Schätzchen, ich brauche unbedingt einen Schuss Zivilisation.«

»Du schläfst mit ihm«, murmelte Joe.

»Halt den Mund!«, fuhr sie ihren Ex an. »Ich schlafe mit niemandem.« Als sie den zufriedenen Ausdruck in seinen Augen sah, bereute sie ihre Worte sofort.

Slade schlenderte zum Wagen und sagte: »Ein Buick, Schätzchen?«

Christine legte ihre Stirn aufs Lenkrad und unterdrückte das dringende Bedürfnis, laut zu schreien.

»Ich fahre jetzt in die Stadt«, sagte sie zu Slade. »Doch

wenn du noch ein einziges Wort über den Wagen sagst, lasse ich dich hier stehen.«

Der Fotograf stieg bescheiden hinten ein, während Joe mit den Händen einen Trichter formte und rief: »Marina! Komm her! Wir fahren in die Stadt.«

»Fährt er auch mit?«, fragte Slade.

»Er hat sich selbst eingeladen«, antwortete Christine sauer. Sie sah Joe an, der noch immer die Tür blockierte. »Warum lässt du Marina nicht hier? Sie sieht erschöpft aus.«

»Sie geht dahin, wohin ich gehe«, sagte Joe.

Christine versuchte, die Eifersucht zu ignorieren, die diese Worte in ihr auslösten. Als sie mit ihm verheiratet gewesen war, hatte sie sich stark und unabhängig gefühlt – gleichwertig – und war sehr verliebt gewesen. »Du bist ja ein richtiger Neandertaler geworden«, murmelte sie.

»Ja«, bestätigte Joe. »Wir beide sind unzertrennlich.«

Christine horchte auf. Nicht so sehr, was Joe sagte, zählte, sondern wie er es sagte. In seinem Ton war keine Liebe, keine Zärtlichkeit, nichts, was auch nur entfernt an die Fürsorge eines Ehemanns erinnerte. Auch hatte sie bis jetzt nicht den kleinsten erotischen Funken zwischen den beiden entdeckt. Warum hatte sie das nicht früher bemerkt? Sie küssten sich nicht verstohlen, wenn sie sich unbeobachtet glaubten. Sie tauschten keine sehnsüchtigen Blicke. Sie hielten nicht einmal Händchen. Wären sie nicht verheiratet, hätte Christine schwören können, dass sie sich nicht einmal leiden konnten.

Marina trat aus der Haustür. Sie sah aus, als hätte sie gerade geschlafen. Joe bedeutete ihr mit Gesten, sie solle sich beeilen, aber sie achtete nicht auf ihn und schlenderte langsam zum Wagen. Der formlose Pullover schlabberte um ihre schmale Gestalt und mit den tief in den Taschen ihrer ausgebeulten Hosen vergrabenen Händen sah sie fast mitleiderregend aus. Christine hätte ihr am liebsten einen neuen Haarschnitt verpasst, die mausbraune Mähne gestutzt, ihr etwas Schick verliehen …

Fast hätte sie laut gelacht. Sicherlich war sie keine Expertin im Umgang mit Ex-Männern und deren neuen Frauen, aber hier war der Unterschied zwischen der alten und der neuen Frau zu offensichtlich. Die neue brauchte dringend ein paar Tipps, was ihr Äußeres betraf.

»Ich habe keine Lust, in die Stadt zu fahren«, verkündete Marina, als sie am Wagen angekommen war. »Ich möchte lieber hier bleiben.«

»Das soll mir recht sein«, sagte Christine.

Slade zuckte nur mit den Schultern.

Joe sah das natürlich anders. »Los, steig ein!«, befahl er. »Ich lasse dich hier nicht allein.«

»Nein«, entgegnete Marina.

»Hör mal, Mädchen. Du weißt, dass ...«

»Ich denke, deine Frau ist alt genug, um allein zu Hause bleiben zu können«, unterbrach Christine die beiden.

Marina lächelte sie dankbar an. Christine lächelte zurück.

»Ich liebe große schwarze Autos«, sagte Marina.

Da packte Joe seine Frau und stieß sie unsanft auf den Rücksitz neben Slade.

»Ist das nicht toll?«, sagte Christine, als sie rückwärts aus der Auffahrt fuhr. »Eine richtig glückliche Familie.«

»Halt den Mund und fahr«, sagte Joe.

Marina blieb plötzlich mitten in einem der Gänge des Supermarkts stehen, einen Ausdruck äußersten Erstaunens im Gesicht.

»Was ist denn los?«, fragte Joe. »Hast du noch nie Frühlingszwiebeln gesehen?«

»Grüne Zwiebeln«, korrigierte Marina ihn automatisch. Sie sah sich um wie ein Kind unterm Weihnachtsbaum. »Aber ich habe noch nie so viele Zwiebeln auf einem Haufen gesehen.«

Joe schob seinen Einkaufswagen neben sie. »Ich weiß, dass du eine Weile in den Bergen gelebt hast, aber du bist doch in London aufgewachsen. Gibt's da etwa keine Supermärkte?«

»Natürlich gibt's die da«, entgegnete sie mit einem vernichtenden Blick, der präzise zum Ausdruck brachte, was sie von seinem Intelligenzquotienten hielt. »Aber da hatten wir Personal, das unsere Einkäufe erledigte.«

»Wie konnte ich nur annehmen, dass dein Vater kein Geld hat«, sagte Joe und runzelte die Stirn.

»Der Gedanke liegt nahe, weil mein Vater ein materialistischer Faschist mit den humanitären Idealen eines Wildschweins ist.«

»Ich hab's doch gesagt, dein Vater schwamm in Geld.«

»Man muss nicht reich sein, um sich in moralischer Hinsicht wie ein Parasit aufzuführen«, sagte Marina angeekelt. »Mein Vater wurde in dem Glauben erzogen, dass andere Menschen nur auf der Erde sind, um seinen Befehlen zu gehorchen.«

»Und mit seiner ihn so liebenden Tochter klappt das nicht so richtig, oder?«

Sie griff nach einer Zucchini. »Mit diesem Gemüse hier könnte man in meiner Heimat ein ganzes Dorf ernähren.«

»Prima«, sagte er, tappte aber nicht in die Falle. »Dann kannst du von heute an kochen.«

»Kein Wunder, dass mein Vater dich als Kidnapper für mich ausgesucht hat. Du bist genauso lieblos und gleichgültig wie er.«

Joe hätte jetzt das Gegenteil behaupten und seine Referenzen auflisten können – angefangen bei seinen Bemühungen um den Fortbestand der Wale bis hin zu dem Versuch, ihr Land zu retten –, aber er bezweifelte, dass sie ihm zuhören würde. Außerdem vermutete er, dass es kaum eine Rolle spielte, was sie über ihn dachte. Auch er war einmal so jung gewesen und auch in ihm hatten diese Feuer der Selbstgerechtigkeit gebrannt. Doch das Leben hatte eins nach dem anderen ausgelöscht. Früher oder später hörte man auf, gegen Windmühlen zu kämpfen. Und dann suchte man sich seine Schlachtfelder sorgfältiger aus, in der Hoffnung, auch einmal einen dieser Kriege gewinnen zu können.

Ein Kid wie Marina hätte das sicher Zynismus genannt. Joe nannte es heute, sich dem Unabänderlichen beugen zu müssen. Das Leben setzt einem Grenzen, Grenzen, die man mit dem Älterwerden immer weniger ignorieren kann. Deshalb muss man seine Energien bündeln und auf eine Sache konzentrieren und darf sich von Rückschlägen nicht entmutigen lassen.

Aber so etwas kann man mit neunzehn Jahren nicht begreifen. In diesem Alter geht es noch um unerfüllte Träume und ewige Liebe.

Während Marina und Joe in ihren kleinen Disput vertieft waren, kümmerte sich Christine um ihre Einkäufe, prüfte Tomaten und Melonen auf ihre Reife. Einer Diskussion war Joe noch nie aus dem Weg gegangen und es war offensichtlich, dass er und seine junge Frau eine Meinungsverschiedenheit hatten. Christine ging zu den Bananen und spitzte die Ohren. Vielleicht konnte sie etwas von der Unterhaltung aufschnappen.

Da ließ Slade eine Ananas in ihren Einkaufswagen plumpsen und sie schrak zusammen.

»Ärger im Paradies«, sagte er. »Vielleicht ist das eine Chance für dich, Schätzchen.«

Die Schamröte stieg ihr ins Gesicht, weil er sie beim Lauschen ertappt hatte. »Rede keinen Unsinn, Slade. Die Geschichte mit Joe und mir ist gelaufen.«

»Ganz recht«, sagte Slade. »Und deshalb versuchst du, jedes einzelne Wort mitzukriegen.«

»Ich bin Journalistin. Ich finde es immer faszinierend wie sich Menschen verhalten.«

Slade lachte noch immer, als er zur Feinkostabteilung schlenderte, während Marina zur Käsetheke stürmte.

So fanden sich Christine und Joe plötzlich gegenüber und starrten sich – eine Pyramide köstlicher Äpfel zwischen ihnen – an.

»Komisch, dich hier zu treffen«, meinte Christine schnippisch.

Joe grunzte etwas Unverständliches.

»Ihr beide scheint eure Ehe nicht gerade im Himmel geschlossen zu haben.«

Sie umrundete die Apfelpyramide und griff nach einem Bündel Frühlingszwiebeln. »Ich bin absolut professionell in meinem Beruf, Joe. Früher oder später komme ich dir auf die Schliche.«

»Phantastisch!«, sagte er. »Wenn du es geschafft hast, lass es mich wissen. Damit ich mal richtig lachen kann.«

Dann ging er zu den Kartoffeln, Christine ihm auf den Fersen.

»Sie mag dich nicht besonders, oder?«

»Sie mag niemanden besonders«, antwortete Joe, offensichtlich unbeeindruckt.

»Sie vermisst sicher ihre Familie.«

Joe schwieg.

»Und ihre Freunde?«

Joe schwieg noch immer.

»Verdammt noch mal, Joe! Was soll das? Ihr beide kommt mir eher wie zwei Knastbrüder in derselben Zelle vor als wie ein frisch verheiratetes Ehepaar. Du kannst mir doch nicht weismachen, dass das normal ist. Nicht so wie bei uns, als …«

Er packte sie hart am Handgelenk. »Als was, Chris? Als wir stundenlang im Bett lagen und uns liebten?« Seine Finger bohrten sich in ihr Fleisch. »Oder wie wir uns schworen, dass wir uns nie trennen würden?«

»Die Zeiten ändern sich«, sagte sie und versuchte, den Schmerz in ihrem Arm zu ignorieren. »Du solltest froh sein, dass ich dich sang- und klanglos verlassen habe. Sonst hättest du Marina nie kennen gelernt.«

»Jaaa«, sagte er und ließ sie abrupt los. »Ich muss dir wirklich dankbar sein.«

»So geht's dir doch viel besser«, sagte sie und ging. Sehr viel besser.

Seine Stimme schallte hinter ihr her. »Diese Entscheidung hättest du mir überlassen sollen, Christine. Dann hätten wir eine Chance gehabt.«

»Kann ich Ihnen helfen, Miss?« Marina drehte sich um. Hinter der Fleischtheke stand ein Mann mittleren Alters mit blutbeschmierter Schürze und einer Papiermütze auf dem Kopf. Er lächelte breit.

»Nein, danke«, sagte sie eisig.

»Sie stehen hier und starren seit mindestens zehn Minuten das große Steak an.«

»Und Sie haben mich genauso lange angestarrt.«

»Sollten Sie etwa vorhaben, das Steak klauen zu wollen, das können Sie vergessen«, sagte er und sein Lächeln erlosch. »Wir haben Sicherheitskräfte, die die Türen überwachen.«

Sie beugte sich über die Theke und sagte mit wütend blitzenden Augen: »Sie haben was? Leute, die das *Fleisch* bewachen?«

»Klar tun wir das. Man kann dieser Tage nicht vorsichtig genug sein.«

»Wer stiehlt denn schon ein Stück Fleisch?«

»Arme Rentner, Obdachlose ...«, sagte der dicke Metzger schulterzuckend.

»Leute, die Hunger haben«, unterbrach Marina den Mann. »Der einzige Mensch, der ein Stück Fleisch stiehlt, wäre ein Mensch, der hungert.«

»Das geht mich nichts an«, sagte der Metzger. »Ich arbeite nur hier. Wenn Sie etwas essen wollen, kaufen Sie es. So läuft das Geschäft.«

Marina reckte ihr Kinn und entgegnete: »Ich rühre Ihre kostbaren Steaks nicht an. Das können Sie mir glauben.«

Der Metzger sah nicht so aus, als würde er ihr glauben. Er musterte abschätzend ihre Kleidung und überlegte wohl gerade, wie solvent dieses Mädchen war.

»Amerikaner sind oberflächlich. Sie urteilen nur nach Äußerlichkeiten«, sagte sie leichthin. Sie stellte sich sein blödes Gesicht vor, wenn sie ihm sagen würde, dass sie die Tochter eines Königs sei.

Der Metzger packte sein Hackmesser. »Wer behauptet das?«

»Haben Sie mich nicht verstanden?« Marina trat noch einen Schritt näher. »*Ich* sagte, dass Amerikaner …«

In dem Moment packte Slade sie von hinten um die Taille, hob sie hoch und wirbelte sie herum.

»Ich habe überall nach dir gesucht, Schätzchen«, sagte er und zwinkerte dem Metzger zu. »Sie ist ein kleines Biest, sonst aber harmlos.«

Dann stellte er sie neben der Gebäckabteilung wieder auf die Füße. »Politik in Supermärkten, das funktioniert nicht, Schätzchen. Die Yankees trennen diese Sachen. Irgendjemand hätte dir erklären müssen, dass kluge Mädchen sich nicht mit Männern anlegen, die Hackbeile schwingen.«

»Hast du diesen Kerl gesehen?«, giftete sie empört. » Wie kann er es wagen, mich wie eine Küchenschabe anzustarren, die er gleich zertreten will?«

»Mit einer Bemerkung hast du allerdings Recht gehabt«, sagte Slade und strich ihr mit einer brüderlichen Geste eine Haarsträhne aus dem Gesicht. »Äußerlichkeiten sind in diesem Land alles.«

»Das ist widerwärtig!«

»Nicht für mich«, entgegnete er lächelnd. »Denn ich habe meine Augen auf ein Paar Schuhe von Gucci geworfen – meine Eintrittskarte für den besten Tisch in den besten Restaurants.«

»Du verlangst viel von einem Paar Schuhe.«

Slade legte Marina den Arm um die Schultern. »Christine und der Pfadfinder sind noch eine ganze Weile hier. Warum machen wir beide nicht inzwischen einen Bummel durch die Stadt? Zwei verwandte Seelen und …«

Sie schaute zu ihm hoch und lachte. »Als Erstes möchte ich zum Bahnhof gehen.«

4

Es herrschte Schweigen im Auto, als die vier über die Marlborough Route zum Haus zurückfuhren.

Christine hielt das Lenkrad fest umklammert, obwohl die Sonne schien und kein Verkehr war. Für Joes Geschmack fuhr sie zu schnell, doch er hielt den Mund. Er hatte andere Sorgen. Sollte sie auf den Brummi vor ihnen auffahren, war das nichts, gemessen an der Katastrophe, die er am Bahnhof gerade noch hatte verhindern können.

Er warf einen Blick über die Schulter zu den beiden Verschwörern auf der Rückbank. Slade und Marina saßen ganz still da. Wahrscheinlich wurden sie unter Joes Einkäufen fast erdrückt. Nicht so sehr die Tatsache, dass Marina wieder einen Fluchtversuch unternommen hatte, machte ihm Sorgen, sondern die Frage, wie viel der Fotograf wusste.

Marina war nicht das naive Kind, für das er sie anfänglich gehalten hatte. Bei weitem nicht. Sie war so schlau und gerissen wie ihr Vater und bereit, alles zu riskieren, wenn die Situation es erforderte. Und dieser Tommy-Bastard war ein Opportunist ersten Ranges. Die beiden zusammen waren eine teuflische Kombination.

Das Schweigen zerrte an Joes Nerven. Er überlegte, ob er das Radio einschalten sollte. Aber ein Blick in Christines Gesicht sagte ihm, es lieber bleiben zu lassen. Noch ein Problem, mit dem er fertig werden musste. Sie, die immer so stolz auf ihre Selbstbeherrschung in der Öffentlichkeit war, hatte im

Supermarkt die Fassung verloren. Und jetzt machte sie sich Vorwürfe deswegen.

Er konnte es kaum fassen, dass seine Heirat mit Marina sie derart mitgenommen hatte. Schließlich hatte sie ihn verlassen, nicht er sie. Und außer den häuslichen Arrangements konnte er sich keine Gründe vorstellen, warum Christine sich um ihn oder Marina kümmern sollte.

Sie hatte doch alles, wovon sie immer geträumt hatte: eine traumhafte Karriere; Freunde, die ihr in den Hintern krochen, wie dieser britische Fotograf; ein Apartment in L.A.; ein Haus auf dem Land; und ein fast bezugsfertiges Penthouse in Manhattan. Auch wenn sie in New Jersey einen Buick gemietet hatte, würde er seine liebsten Jeans verwetten, dass in ihrer Garage in Kalifornien ein Maserati oder ein BMW stand.

Du hast alles erreicht, Christine, dachte er und betrachtete ihr fein geschnittenes Profil. Du bist schön, reich und berühmt. Wahrscheinlich musste sie die Männer mit einem Stock wegprügeln.

Oder vielleicht prügelte sie sie gar nicht weg? Vielleicht gab es da einen Typ an der Westküste, dem ihr Herz gehörte? Ein Typ, an den sie nachts dachte und den sie sich in ihr Bett wünschte, in dem sie früher mit Joe geschlafen hatte.

Nicht, dass ihm das etwas ausmachte.

An dem Tag, an dem Christine ihn verlassen hatte, hatte er aufgehört sie zu lieben.

Wenn er doch nur aufhören könnte, sie zu begehren!

Als sie zu Hause ankamen, wartete bereits der Lieferwagen der Firma Offices Extra vor der Tür. Endlich eine Situation, mit der sie problemlos fertig werden konnte. Vorhin hatte sie sich zum Narren gemacht und diesen Moment der Schutzlosigkeit wollte sie so schnell wie möglich vergessen.

»Was ist mit dem Essen?«, fragte Slade, als sie aus dem Auto stieg.

»Mach damit, was du willst«, rief sie über die Schulter und ging zum Lieferwagen. Frier's ein, koch's oder brate es, das ist mir egal. Ich habe Wichtigeres zu tun, als mich um Lebensmittel zu kümmern. Mein Schreibtisch, mein Fax und mein brandneuer Computer sind da.

Sie brauchte zwei Stunden, bis alle Geräte zu ihrer Zufriedenheit installiert waren, der Computer mit Drucker in ihrem Schlafzimmer, Fax und Anrufbeantworter im Wohnzimmer.

»Kriegen Sie jetzt all den heißen Klatsch aus Hollywood?«, fragte einer der Techniker, als er das Faxgerät anschloss.

»Das hoffe ich doch«, sagte sie und unterschrieb den Lieferschein.

»Oh, Mann, ist das ein Job!«, redete er weiter und gab Christine die Durchschrift. »Sie brauchen bloß rumzusitzen und zu warten, bis die Leute was tun, worüber Sie berichten können.«

»Ja, so ähnlich ist das«, sagte Christine mit falschem Lächeln. Man macht diesen Job nur richtig, wenn er nicht nach Arbeit aussieht, dachte sie. Manchmal wünschte sie, sie würde Gräben ausheben, damit die Leute sahen, wie hart sie ihr Geld verdiente.

»Ein Fax-Gerät«, sagte Joe und marschierte mit einer Dose Bier in der Rechten und einem großen Sandwich in der Linken ins Wohnzimmer. »Prima. Dann kann ich dem Zeitungsverlag gleich meine Belege für die Ausgaben schicken.«

Slade kam hinterhergetrottet, mit einer Flasche Perrier und einem gebutterten und mit Himbeermarmelade bestrichenen Croissant. »Christine, Schätzchen, du hast doch nichts dagegen, wenn ich meinen Partnern eine Nachricht schicke, oder? Ich habe ihnen deine Nummer gegeben.«

»Und was ist mit Ihnen?«, fragte Christine Marina, die mit einer Tasse Tee, Keksen und einem Apfel am Fenster saß. »Wahrscheinlich möchten Sie gerne WordPerfect lernen, damit Sie von meinem Computer Briefe nach Hause schicken können.«

»Ich beherrsche bereits drei Computer-Sprachen«, antwortete Marina zum Erstaunen aller, »und würde gern Ihren Computer benutzen, wenn Sie ihn nicht brauchen.«

»Wir arrangieren uns«, entgegnete Christine, plötzlich mit einer weicheren Haltung Marina gegenüber.

»Danke«, sagte Marina.

»Gern geschehen«, sagte Christine.

Joe sah Slade an, der genauso überrascht wie Christines Ex war. »Weibliche Solidarität«, sagte Joe. »Das ist doch großartig, oder?«

Christine warf Joe wütende Blicke zu, die Joe mit stoischer Unschuldsmiene quittierte. Worauf Slade schnell ein paar Fotos schoss. Christine wandte sich angeödet von der Kamera ab und fragte sich, ob Prinzessin Diana sich auch so gefühlt hatte, als sie ständig von der Presse gejagt wurde – entblößt und verletzlich.

»Ein lausiges Gefühl, nicht wahr?«

Beim Klang von Joes Stimme schrak sie zusammen. »Ich weiß nicht, wovon du redest.«

»Natürlich weißt du das. Kommen dir da nicht ein paar Gedanken bezüglich der Sensationspresse?«

»Ich denke vielmehr darüber nach, warum ich mit dir in einem Haus wohne.«

»Das Haus gehört uns beiden. Hast du das vergessen?«

Während der nächsten Woche kümmerte sich Christine fast nur um häusliche Probleme. Denn trotz seiner Größe war das Haus als gemeinsame Wohnung für vier so unterschiedliche Charaktere nicht groß genug.

Marina schlief viel und blieb für sich. Sie aß wenig und redete noch weniger, doch nicht etwa, weil sie schüchtern war – fand Christine – sondern, weil sie nicht reden wollte. Manchmal vergaß sie sogar, dass Marina hier lebte. Aber wenn sie das Mädchen dann ins Gästezimmer gehen sah, das die junge Frau mit Joe teilte, litt sie unsäglich.

Eines Tages rief Terri Lyons – eine alten Freundin von Christine – sie aus ihrem Ferienhaus in den Hamptons an.

»Du tust *was*?«, kreischte Terri, als Christine ihr von der seltsamen Wohngemeinschaft erzählt hatte. »Hast du denn vollständig den Verstand verloren, Mädchen?«

»Ich weiß, es klingt komisch«, sagte Christine, »dass ich hier mit Joe und seiner neuen Frau lebe. Aber wir sind schließlich erwachsene Menschen und können damit umgehen.«

»Nicht mal ein Seelenklempner könnte damit umgehen. Schmeiß sie alle raus!«, befahl Terri. »Ich habe gehört, dass es in New Jersey Hotels geben soll. Sag ihnen, sie sollen umziehen.«

»Wir besprechen das beim Lunch«, hatte Christine leise erwidert. »Dann kannst du mir die Leviten lesen.«

»Setz doch wenigstens Slade vor die Tür«, beharrte Terri. »Es sei denn, du willst auf dem Titelblatt des *National Enquirer* glänzen. Ich sehe schon die Schlagzeile: *Ich war Christine Cannons Liebes-Sklave.*«

Christine hatte lachen müssen, so absurd waren ihr Terris Befürchtungen vorgekommen. »Glaub mir, Terri. Ich erkläre dir alles später beim Essen.«

Denn Slade war nicht das Problem.

Joe war das Problem – unabhängig davon, ob sie sich im selben Zimmer aufhielten oder nicht. Sie konnte seine Anwesenheit förmlich durch die Wände spüren. Sie fühlte ihn mit jedem Atemzug. Wann immer möglich, ging sie ihm aus dem Weg und nahm ihre Mahlzeiten auf der Terrasse oder Veranda ein. Abends aß sie in ihrem Zimmer. Nicht, dass es etwas nützte, denn sie musste ständig an ihn denken.

Am dritten Tag ihres erzwungenen Kommune-Lebens kam die Haushälterin. »Nicht eine Minute zu früh!«, verkündete die resolute Mrs. Cusumano und bewaffnete sich mit einem Mop.

Natürlich fand Mrs. Cusumano Joe äußerst charmant. Das taten die meisten Frauen. Jeden Morgen servierte sie ihm frisch gepressten Orangensaft und sorgte dafür, dass seine Kaffeetasse nicht leer wurde. Als Slade etwas über bevorzugte Behandlung brummte, überhörte sie seine Proteste. Während sie Joe verwöhnte, ignorierte sie Marina – da das Mädchen kaum in Erscheinung trat. Was Marina erboste.

»Wie kannst du dich von dieser alten Frau nur so bedienen lassen?«, hatte Christine Marina Joe fragen hören.

»Weil sie ihre Arbeit liebt«, hatte er geantwortet.

Dieses Argument konnte Marina nicht begreifen, aber für Christine machte es Sinn. Denn Joe war einer jener glücklichen Menschen, die einfachen Arbeitern und Arbeiterinnen ebenso viel Achtung entgegenbrachten wie hoch qualifizierten Personen. Er schätzte jede Arbeit – außer Christines.

Eines Tages fuhr sie mit dem Auto zu einem Interview nach Manhattan und wollte auf diese Weise dem Druck im Haus entgehen. Doch der kleine Trip geriet zur Katastrophe.

Slade hatte sich zu dem Ausflug eingeladen und geriet am Ausgang des Lincoln Tunnels mit einem der ambulanten Fensterputzer in Streit, der damit endete, dass sie einem herbeigeeilten Cop die Situation erklären musste.

»Scheiß Faschist!«, hatte Slade gemurmelt.

»Wer? Der Cop oder der Fensterputzer?«, hatte sie erstaunt gefragt. »Du hast sie beide angepöbelt.«

»Ach, was sind wir heute doch kritisch, Schätzchen. Gehen dir der Pfadfinder und seine kleine Frau so auf die Nerven oder kriegst du deine Tage?«

Sie hatte nicht geantwortet. Sie konnte einfach nicht mehr. Entweder war der Verkehr an diesem Tag so schlimm oder die Tatsache, dass sie sich verspätet hatte. Jedenfalls konnte sie Slades endlose Kommentare über Joe und Marina nicht mehr ertragen.

Und es würde fast unmöglich sein, ihrer Freundin Terri die ganze Situation später beim Lunch zu erklären. Christine und Terri kannten sich seit ihrer Studienzeit. Beide hatten sie nur dank eines Stipendiums studieren können. Doch während Terri fand, das Studium stünde ihr zu, hätte sich Christine am liebsten dafür entschuldigt.

»Warum erzählen mir die Leute immer, dass sie schwarze Freunde haben?«, hatte Terri einmal geklagt. »Vielleicht sollte ich rausposaunen, dass ich eine blonde Freundin habe?«

Christine, Terris blonde Freundin, hatte geantwortet: »Damit wollen sie demonstrieren, wie liberal sie sind. Das ist doch nicht schlimm. Viel schlimmer ist es, wenn ich ständig gefragt werde, warum ich so komisch rede. Ich stamme aus Nevada und komme nicht vom Mars.«

»Aber du redest komisch«, hatte Terri geantwortet. »Ich glaube, du hast früher zu viel mit deinen Pferden gesprochen, Cowgirl.«

Ihre Verschiedenheit hatte ihre Freundschaft begründet, doch mit der Zeit stellten beide fest, dass sie in wesentlichen Dingen einer Meinung waren. Beide waren sehr ehrgeizig, beide wollten eine Familie gründen und beide hatten den festen Glauben, in der Gunst der Götter zu stehen.

Nun waren sie beide geschieden. Aber es gab einen Unterschied. Terri hatte zwei schöne Töchter, während Christine keine Kinder hatte.

»Okay«, sagte Terri Stunden später, als sich die beiden in eine Nische im russischen Tee-Salon setzten. »Gib's zu. Unser britischer Freund treibt dich in den Wahnsinn.«

»Nein«, antwortete Christine und dankte dem wie ein Kosak gekleideten Kellner, der ihr die Karte reichte, mit einem Kopfnicken. »Es geht nicht um Slade, nein. Die ganze Situation zerrt an meinen Nerven.«

Terri legte ihre Karte beiseite und musterte ihre Freundin liebevoll mit ihren schönen braunen Augen. »Dann musst du sie eben ändern. Du brauchst nicht einmal nach Hackettstown zurückzufahren. Ich habe viel Platz zu Hause. Komm mit mir nach Long Island. Du kannst bleiben, bis dein Loft fertig ist.«

Das Angebot klang verlockend. »Verbringen deine Töchter den Sommer bei dir?«, fragte Christine.

»Celina fährt nächste Woche nach Maine zu ihrem Vater. Ayeesha bleibt bei mir«, antwortete Terri und verdrehte die Augen. »Sie leidet unter gebrochenem Herzen und pflegt ihren Kummer. Den ganzen Tag hockt sie in ihrem Zimmer, hört Musik und schreibt Gedichte«, fügte Terri seufzend hinzu. »Ich hatte ganz vergessen, wie man sich mit sechzehn fühlt.«

»Mir kommt es vor, als sei es erst gestern gewesen, als sie heulte, weil sie einen Busen bekam.«

»Das *war* gestern, Chris. Das ist ja das Unheimliche an der

Geschichte. Das Leben wird immer schneller und schneller. Man merkt das erst richtig, wenn man Kinder hat.«

Ein peinliches Schweigen senkte sich nach diesen Worten über den Tisch.

»Ja, die meisten Leute haben Kinder«, sagte Christine schließlich. »Das weiß ich auch. Und ich verstehe es.«

»Aber es tut noch immer weh, nicht?«

»Ja, es tut noch weh.«

Terri war Christine sowohl während der Schwangerschaft als auch nach der Fehlgeburt eine gute Freundin gewesen. Sie hatte Joe informiert. Die Beziehung zwischen den beiden Frauen war innig.

»Wie wär's denn, wenn ich dir Ayeesha für ein paar Tage schicke?«, fragte Terri mit hinterhältigem Grinsen. »Eine Prise Teenager-Herz-Schmerz könntet ihr vier vielleicht gut gebrauchen?«

»Nein, danke. Teenager-Probleme haben wir selbst genug. Joes Frau ist nicht gerade ein fröhlicher Mensch.«

»Ach, Mädchen! Langsam.« Terri beugte sich über den Tisch. »Wie alt ist die strahlende Braut eigentlich?«

»Neunzehn oder so«, antwortete Christine und verfluchte sich, weil sie das Thema aufs Tapet gebracht hatte.

»Midlifecrisis«, stellte Terri weise fest. »Die machen auch die besten Männer früher oder später durch. Potenzverlustängste usw. Ich habe letztes Jahr im November darüber geschrieben und die Auflage ist mächtig in die Höhe geschnellt. Jede Frau in Connecticut hat die Symptome wieder erkannt.«

»Dafür ist Joe noch zu jung«, sagte Christine und musste gegen ihren Willen lachen. »Außerdem glaube ich nicht, dass es zwischen den beiden richtig läuft.«

»Was soll das heißen?«

»Ich weiß nicht«, druckste Christine herum und suchte nach den richtigen Worten. »Da ist keine Leidenschaft. Nichts. Nicht mal ein Fünkchen.« Sie lehnte sich zurück und zuckte mit den Schultern. »Vielleicht bilde ich mir das auch nur ein, weil es mir in den Kram passen würde.«

»Ach? So also läuft der Hase! Deshalb muss auch Slade bei dir bleiben.«

»Slade bleibt, weil er dafür bezahlt wird«, sagte Christine und merkte, wie gepresst ihre Stimme klang. Aber sie konnte es nicht ändern. »Er macht Fotos für die Story in *Vanity Fair.*«

»Huh, huh, huh«, sagte Terri. »Und es gibt ja keinen anderen Fotografen in New York, der diesen Job machen könnte. Frag doch mal Annie Leibowitz oder Jill Krementz.«

»Er ist sehr gut, Terri. Du hast das doch als Erste erkannt.«

»Joe glaubt doch, dass du mit ihm schläfst, oder?«, fragte Terri, unbeirrt weiter bohrend.

»Ich habe keine Ahnung, was Joe glaubt«, antwortete Christine und wurde puterrot.

»He, du redest mit mir, Chris. Nicht mit einer deiner Produktionsassistentinnen. Plötzlich kommt dein Ex mit einer attrakiven jungen Frau zurück. Warum solltest du es ihm nicht heimzahlen, indem du ihn in dem Glauben lässt, dass du das Bett mit einem heißen britischen Fotografen teilst?«

»Ich habe Joe gesagt, dass zwischen uns nichts ist«, entgegnete Christine mit einem unterdrückten Grinsen.

»Sehr schön«, sagte Terri. »Und dann hast du gebetet, dass er kein Wort davon glauben möge.«

»Ich habe ihm die Wahrheit gesagt«, erwiderte Christine laut lachend. »Ich kann doch nichts dafür, wenn er mir nicht glaubt.«

Auch Terri lachte jetzt. Trotzdem machte sie sich Sorgen. »Ich will nicht, dass du leidest, Chris. Slade hat für die Sensationspresse gearbeitet, das wissen wir beide. Was ist, sollte er auf den Gedanken kommen, ein paar Scheine nebenher zu verdienen, indem er eine hübsche Foto-Story über euren Vierer-Haushalt verkauft?«

»Das ist ganz und gar ausgeschlossen«, sagte Christine und hätte am liebsten auf Holz geklopft. »Wenn er jetzt an die Sensationspresse verkauft, kommt er nicht ans große Geld. Doch bei *Vanity Fair* hat er diese Chance. Und die wird er sich nicht verpatzen.«

»Hoffentlich hast du Recht.«

»Ich *habe* Recht«, sagte Christine. »Außerdem, warum sollte ich mir von Joe und Marina meine Pläne vermasseln lassen? Das Haus gehört auch mir und ich lasse mich nicht daraus verjagen, bloß weil er beschlossen hat, jetzt dort zu wohnen.«

Der Kellner nahm die Bestellungen entgegen und dann redeten die beiden Freundinnen über alles Mögliche, nur nicht über Joe und Marina.

»Du meine Güte, wie hast du mir gefehlt«, sagte Christine nach dem Essen beim Kaffee. »Ich bin so froh, dass wir wieder für denselben Sender arbeiten.«

Sie schloss nur schwer Freundschaften; Terri war die beste Freundin, die sie jemals gehabt hatte, ein Mensch, an den sie sich wenden konnte und der ihr helfen würde, wenn es ihr nicht gut ging.

»Da gibt's noch einen kleinen Unterschied, mein Mädchen. Ich strampele mich noch immer nach Storys ab, während du die Story *bist!*«

Es war schon nach drei, als sie das Restaurant verließen.

»Sommer in New York!«, stöhnte Christine, als ihnen die feuchte Hitze draußen wie eine Welle entgegenschlug »Wie konnte ich das nur vergessen?«

»Mein Angebot gilt noch immer«, sagte Terri, während die beiden in Richtung Fifth Avenue gingen. »Eine kühle Brise vom Meer, frische Nächte, ein Zimmer mit einem grandiosen Ausblick und meilenweit keine Ex-Ehemänner.«

»Ein verlockendes Angebot«, sagte Christine. »Aber ich bleibe, wo ich bin. Ich war zuerst da. Soll sich Joe mit seiner kleinen Missus doch was anderes suchen!«

»Bestechende Logik«, kommentierte Terri. »Celina war ganz groß darin.« Sie warf ihrer Freundin einen schrägen Blick zu. »Ich glaube, damals ging sie in die vierte Klasse.«

»Sehr komisch. Ich komme aus Nevada«, sagte Christine. »Und wir sind sehr bodenständig. Ich habe meinen Claim abgesteckt. Deshalb muss er gehen.«

Sie marschierten ein paar Blocks weiter, direkt an Terris Wohnhaus vorbei.

»Fährst du nicht nach Hause?«, fragte Christine.

»Ich möchte erst noch unseren kleinen Paparazzo begrüßen«, sagte Terri und schüttelte den Kopf.

»Glänzende Idee«, meinte Christine. »Muss das unbedingt sein?«

Doch wie sich herausstellte, hätte sie sich keine Sorgen zu machen brauchen. Slade war nicht in der Parkgarage. Terri wartete noch eine halbe Stunde auf ihn, dann ging ihr Zug zu den Hamptons.

»Sei vorsichtig!«, riet Terri ihrer Freundin, als sich die beiden zum Abschied umarmten. »Slade denkt nur an sich. Loyalität ist für ihn ein Fremdwort. Er weiß nicht mal, was das bedeutet. Das darfst du nie vergessen.«

Christine wartete noch eine Stunde auf den Fotografen. Schließlich fuhr sie nach Hause. Er saß auf der Veranda, ein kaltes Bier in der einen und seine Hasselblad in der anderen Hand.

»Wenn du auch nur eine einzige Aufnahme machst, bist du ein toter Mann«, warnte sie ihn, als sie aus dem Buick stieg. Ihr Leinenblazer sah aus, als hätte sie darin geschlafen und ihr Make-up hatte den Tag im schwülheißen Manhattan nicht überlebt – beides zusammen würde phantastisch auf dem Titelblatt von *Vanity Fair* aussehen.

»Lächle doch mal, Schätzchen«, sagte er und schoss zwei Fotos. »Das ist doch das richtige Leben, oder?«

Sie setzte sich auf die oberste Stufe und lehnte sich gegen das Geländer. »Wenn ich nicht so müde wäre, würde ich dir den Schädel einschlagen, weil du mich hast warten lasssen.«

Er warf ihr einen gespielt zerknirschten Blick zu und sagte unterwürfig: »Verzeih mir, Christine. Es war überhaupt nichts los und da bin ich lieber früher gefahren.«

»Ja, ja«, entgegnete sie. »Du hattest wohl Angst, es könnte dir hier etwas entgehen?«

Er schenkte ihr eines seiner die-Katze-hat-den-Kanarienvogel-gefressen-Lächeln.

»Mein Privatleben ist tabu, Slade. Wage es ja nicht …«

»Hast du etwas zu verbergen?«

»Joe ist nicht berühmt. Er hat es nicht verdient, in einer deiner miesen Postillen durch den Dreck gezogen zu werden.«

»Du tust mir weh, Schätzchen. Du kennst doch den feinen Unterschied zwischen Nachrichten und Gerüchten.« Sein Lächeln wurde breiter. »Der Unterschied zwischen seriösen Informationen und billigem Geschwätz besteht allein in der Höhe des Honorars für den Reporter.«

Christine lief ins Haus. Was war nur mit den Menschen los? Vor allem Slade hatte keinen Grund, ihr Knüppel zwischen die Beine zu werfen. Ehe er sie kennen lernte, hatte der Typ seinen Lebensunterhalt damit verdient, vor schicken oder berüchtigten Clubs rumzulungern, in der Hoffnung, einen Star mit runtergelassenen Hosen zu erwischen. Allerdings war er viel talentierter als seine bisherige »Karriere« vermuten ließ. Sie würde jedoch ernsthaft in Gefahr geraten, wenn er sein Benehmen nicht änderte.

Das alles ist Joes Schuld, dachte sie, als sie sich in ihrem Schlafzimmer umzog. Ehe Joe auf der Bildfläche auftauchte, habe ich mit Slade überhaupt keine Probleme gehabt. Nein, wir haben uns prima verstanden, steuerten pragmatisch auf dasselbe Ziel zu, weil wir beide ehrgeizig sind. Und wir hofften, dass der Artikel in *Vanity Fair* Slade zum Star-Fotografen machen würde – zum Shootingstar am Firmament der Eitelkeiten.

Wütend zerrte sie an ihrer Lieblings-Jeans und schlüpfte in ein altes New York University T-Shirt. Noch ein Tag wie heute, und ich schieße Slade mit bloßen Händen direkt in den Himmel.

Dass Joe den Weg, den sie beruflich eingeschlagen hatte, verachtete, war kein Geheimnis. Sie konnte sich nur zu gut vorstellen, wie ihr Ex Marina und Slade mit netten kleinen Geschichten aus ihren Hungerleiderjahren unterhielt, als sie beide noch glaubten, die Welt verändern zu können. Was konnte sie denn dafür, dass sie in Hollywood Erfolg hatte anstatt in Beirut oder Bosnien? Und sie konnte weit und breit niemanden sehen, der Joe die Tür einrannte, weil er mit ihm eine Show zur Hauptsendezeit machen wollte.

Sie war auf dem Weg in die Küche, um ihm das zu sagen, als das Telefon läutete.

»Himmel noch mal, Christine, wo hast du denn gesteckt?«

»Hallo, Natalie«, begrüßte Christine ihre Schwester, die Höflichkeitsfloskeln für überflüssig hielt. »Wie es scheint, hast du schon öfter angerufen, oder?«

»Dreimal«, dröhnte Natalie. »Hörst du deinen Anrufbeantworter nicht ab?«

Christine atmete tief ein und zählte bis zehn. »Ich bin gerade nach Hause gekommen, Nat. Was gibt's?«

»Ich habe nur eine Minute Zeit, weil ich gerade eine abessinische Katze kastriere. Daddy ist krank. Und wir brauchen dich hier.«

Christine ließ sich schwer auf die Sofakante fallen. Natürlich musste ihre Tierarzt-Schwester erst die Katze erwähnen und dann vom Vater sprechen. »Was soll das heißen, Daddy ist krank?«

»Wir glauben nicht, dass es etwas Ernstes ist, aber er hat immer Schmerzen in der Brust und ...«

»Schmerzen in der Brust? Wann haben diese Schmerzen angefangen?«

»Na ja. Vielleicht hätte ich mich anders ausdrücken müssen. Ma hat Angst, er könnte Schmerzen in der Brust bekommen, wenn er sich weiterhin so viele Sorgen macht wie momentan.«

»Hat er sich untersuchen lassen? Wurde ein EKG gemacht? Braucht er einen Bypass?«

»Im Augenblick braucht er nichts anderes als seine Familie anlässlich der Goldenen Hochzeit. Seine ganze Familie.«

»Nat, du hast mich zu Tode erschrocken!«, schimpfte Christine, weil ihr Herz erst Stunden später wieder normal schlagen würde.

»Es würde ihm unendlich gut tun, wenn du hier aufkreuzt.«

Plötzlich bekam Christine Heimweh. Trotzdem sagte sie: »Ihr seid doch alle da. Warum sollte er mich vermissen? Dazu hat er überhaupt keine Zeit.«

»Du bist sein Lieblingskind, Christie.«

Ihr Heimweh wurde stärker.

»Außerdem weißt du selbst, dass die anderen dich genauso vermissen.«

»Versuch's nicht auf die Schuldgefühltour, Nat. Daddy versteht, dass ich nicht zur Goldenen Hochzeit komme, selbst wenn du …«

»Was für eine Goldene Hochzeit?«, fragte Joe. Den Mund voller Chips nahm er den Hörer in der Küche ab.

»Das geht dich gar nichts an«, sagte sie zu ihm. Und dann zu Natalie: »Das ist jetzt nicht der richtige Zeitpunkt, Nat.«

Joe strahlte. »Redest du mit Dr. Nat, der besten Tierärztin in Nevada?«

»Höre ich da etwa Joes Stimme im Hintergrund?«, fragte Natalie.

Joe griff nach dem zweiten Hörer. »Hey, Nat! Wie geht's?«

»Joe! Du bist es *wirklich!* Mein Gott, Junge, wo hast du dich nur versteckt? Seit Ewigkeiten habe ich deine Stimme nicht mehr gehört.«

»Ich habe ein paar Monate in Europa verbracht …«

»Doch nicht in …«

»Ja. Mitten in dem ganzen Schlamassel.«

Sie redeten wie ein altes Ehepaar miteinander, beendeten die angefangenen Sätze des Gesprächspartners und lachten über ihre Witze. Christine fand dieses Telefonat richtig widerlich.

»Ich möchte euch beide ja nicht unterbrechen«, fuhr sie dazwischen, »aber ich habe mit Natalie etwas besprochen, ehe du dich eingemischt hast, Joseph.«

»Joseph!«, wiederholte Natalie laut lachend. »Meine Schwester spinnt.«

»Also, was gibt's sonst noch Neues?«, fragte Joe.

»Ich würde dir gern erzählen, was es Neues in Joes Leben

gibt«, sagte Christine in den Hörer. »Warum erzählst du Nat nichts von deiner kleinen süßen Frau?«

»Was habe ich da gehört, Christie?«, fragte Natalie. »Die Verbindung ist schlecht. Ich kann dich nicht verstehen.«

»Also, was ist jetzt mit dieser Goldenen Hochzeit?«, fragte Joe lachend und sah Christine an. Sie wäre ihm am liebsten an die Kehle gesprungen.

»Mom und Daddy sind fünfzig Jahre verheiratet«, sagte Natalie begeistert. »Mein Gott, Joe! Ich weiß, wie gern sie dich wieder sehen würden! Du warst immer wie eins ihrer Kinder.« Dann klang sie richtig schüchtern, als sie fortfuhr: »Vielleicht könntest du mit Christine ...«

»Musst du nicht eine Katze kastrieren?«, fragte Christine.

»Du meine Güte! Spanky Baldwin liegt schon in der Narkose. Ich muss jetzt los. Du kommst doch, Joe? Du weißt, dass unser Haus dir immer offen steht.«

»Sag mir, wann das Fest steigen soll, dann komme ich«, sagte er.

»Am ersten August«, antwortete Natalie. »Aber je früher du kommst, umso besser. Umso mehr freuen wir uns.«

Natalie legte auf.

»Das kannst du vergessen«, sagte Christine zu Joe. »Du gehst nicht zur Goldenen Hochzeit meiner Eltern.«

»Hast du damit ein Problem?«, fragte Joe unschuldig, aber offensichtlich belustigt.

»Darauf kannst du wetten. Und was für ein Problem ich damit habe«, blaffte Christine, als sie in die Küche stürmte. »Findest du diese Situation nicht etwas prekär?«

»Ja«, meinte Joe. »Jetzt, wo du es erwähnst, kommt sie mir wirklich ungewöhnlich vor. Aber, verdammt noch mal, warum fährst du nicht zur Goldenen Hochzeit deiner Eltern?«

»Ich möchte ja gern, aber ich kann einfach nicht. Ich muss meine Show vorbereiten, da habe ich keine Zeit«, sagte sie mit dem gerade angemessenen Grad an Bedauern.

»Das ist doch Scheiße!«

Christine spülte ein bereits sauberes Saftglas noch einmal,

um Zeit zu gewinnen. Wenn du dich schon neu erfinden musst, dann sorge wenigstens dafür, dass dein Ex nicht Zeuge deiner Metamorphose wird, sonst erinnert er dich ständig daran, wer du wirklich bist.

»Meine Familie versteht das schon«, sagte sie nach einer Weile, mit einem unsicheren Blick in seine Richtung. »Aber eigentlich geht dich das Ganze gar nichts an.«

»Ich liebe deine Familie«, sagte er mit entwaffnender Ehrlichkeit. »Als ich sie verlor, war das für mich fast so schmerzvoll wie dich zu verlieren.«

»Verdammt noch mal, Joe!«, sagte Christine und lehnte sich gegen die Spüle. »Ich wünschte, du würdest so etwas nicht sagen.«

»Die Wahrheit verschwindet nicht, bloß weil du sie nicht anerkennst.«

»Ich danke dir für deine philosophische Unterweisung.«

»Wie lange willst du noch davonlaufen, Chris?«, fragte er und ging auf sie zu. »Hast du es nicht langsam satt, ständig irgendwelche Zugeständnisse machen zu müssen?«

»Du hast zu viele Talk-Shows gesehen«, sagte sie und spielte die Coole. »Nicht alle Menschen sind scharf darauf, das Ursprüngliche in sich zu entdecken.«

»Eins will ich dir mal sagen, Lady. Du bist so eiskalt wie eine Hundeschnauze geworden. Geh doch zurück und lass dich von den Typen in Hollywood bejubeln!«

»Das gehört zu meinem Job.«

»Natürlich tut es das«, erwiderte er und fing an zu lachen. »Alle diese Affen in handgenähten italienischen Slippern, ohne Socken …«

Christine boxte Joe in die Brust. »Du gehst mir wirklich auf die Nerven!«, sagte sie schrill. »Behalt deine Kommentare über meine Karriere für dich.«

Doch Joe lachte weiter. »Nein. Im Gegenteil. Eine reiche Lady wie du sollte mich dafür derart auslachen, dass ich die Flucht ergreife. Warum macht dir das überhaupt was aus, dass ich dich kritisiere?«

»Weil du abscheulich bist und es dir Vergnügen bereitet, mich zu ärgern. Das macht mich noch wahnsinnig.«

»Vielleicht regst du dich ja so auf, weil ich Recht habe.«

»Sei nicht eingebildet, Joe.«

»Vielleicht liegt der Grund darin, dass du das Gefühl hast, mehr leisten zu können.«

»Jetzt reicht's mir!«, sagte sie und ging zur Tür.

»Ja, geh nur! Wenigstens weiß ich jetzt, dass sich gewisse Dinge nie ändern, Chris. Noch immer läufst du davon, wenn dich etwas zutiefst berührt.«

»Dieses Gespräch ist einfach lächerlich«, rief sie über die Schulter. »Fahr doch zur Goldenen Hochzeit meiner Eltern und besauf dich dort besinnungslos. Dann kannst du sie fragen, ob sie dich adoptieren wollen. Das ist mir alles scheißegal.«

Joe packte sie bei den Schultern, drehte sie um und zwang sie auf diese Weise, ihm ins Gesicht zu sehen.

»Hör mal gut zu! Menschen leben nicht ewig. Eines Tages wirst du aufwachen und Sam und Nonie sind tot. Und dann fragst du dich, warum du sie nie besucht hast.«

»Heb dir deinen Sermon für deine Frau auf. Ich muss mir das nicht länger anhören.«

»Wann hörst du endlich auf, nur an dich zu denken und überlegst einmal, was dieses Fest deinen Eltern bedeutet?«

»Verdammt noch mal, Joe! Lass mich los!«

Sie wollte sich freikämpfen, aber er hielt sie fest. Sie waren einander sehr nahe – zu nahe. Die Intensität seiner Ausstrahlung überwältigte sie, diese Mischung … Seine blauen Augen waren die eines Träumers, aber seine energische Kinnlinie zeugte von Realismus. Um die Fähigkeit zu träumen, hatte sie ihn immer beneidet, denn sie hatte diese Kunst im Laufe ihres Aufstiegs verloren.

»Lass mich los, Joe«, sagte sie, dieses Mal sanfter. »Diese Diskussion ist sinnlos.«

Joe wollte etwas sagen, aber die Worte blieben ihm im Hals stecken. Unter dem getönten blonden Haar und hinter den blauen Kontaktlinsen steckte noch immer das Mädchen, in das er sich auf der Treppe zur Universitätsbibliothek in New York verliebt hatte. Noch immer besaß sie eine Macht über sein Herz, wie keine Frau vor oder nach ihr.

»Chris.«

Sie sah ihn an. Er las Trotz in ihren Augen – und noch etwas anderes.

Er lockerte seinen Griff, weil sich sein Zorn in ein tieferes und gefährlicheres Gefühl verwandelte. Sechs Jahre hatten nicht gereicht, den Schmerz zu lindern und sein Begehren erwachte heftiger denn je. Keine Macht auf Erden hätte ihn jetzt davon abhalten können, sie an sich zu ziehen und zu küssen.

Sie schmeckte nach verloren gegangenen Träumen, bitter und süß und schmerzhaft vertraut. Früher war sie die Hälfte seines Ichs gewesen, seine einzige Seelengefährtin, sein Blitzableiter – und als sie ihn verließ, hatte sie die Sonne mitgenommen. Alles, was er tat, alles, was er war oder wie er sein wollte – irgendwie war das alles mit Christine verbunden.

Sie wünschte, sie könnte ihn hassen.

Er hatte kein Recht, sie zu berühren, kein Recht, sie zu umarmen, kein Recht, sie atemlos vor ungestillter Lust zu küssen. Denn sie wusste, sie würde sterben, wenn er damit aufhörte.

Und sie hatte kein Recht, ihn gewähren zu lassen.

Gefühle, die sie längst nur noch ihrer Vergangenheit zuordnete, überwältigten sie. Und in dieser Sekunde stand sie lachend im Sommerregen und nahm seinen Heiratsantrag an.

Und sie stand in der hellen Sonne Nevadas und hielt Joes Hand, während ihr Vater einen Toast auf das Brautpaar aussprach und über die herrliche Zukunft der beiden redete.

Und sie stand in der Schlafzimmertür und erzählte ihrem Mann, dass manchmal Wunder geschähen, wenn man schon jede Hoffnung aufgegeben habe …

Zorn übermannte Joe und sein Kuss wurde heftiger, worauf

sie mit Bedauern reagierte. Nichts hatte sich geändert – und alles. Sie kannte die sinnliche Fülle seiner Unterlippe, die Glätte seiner Zähne, den Duft seiner Haut und den Laut – der jetzt tief aus seiner Kehle kam –, als er sie noch fester an sich zog. Und sie begehrte ihn, wenn auch ihr Verstand sich mit aller Macht dagegen wehrte. Sie begehrte ihn.

Hör auf damit!, befahl ihr eine leise verstandesmäßige Stimme in ihrem Kopf. Wir haben keine Zukunft …

Sie beide schleppten zu viel altes Gepäck mit sich herum, sie hatten einander zu viele Schmerzen zugefügt, um noch einmal von vorn anfangen zu können. Oder vielleicht doch?, flüsterte ihr Herz. Vielleicht gibt es einen Weg, eine Möglichkeit … Na klar!, sagte die Stimme der Vernunft. Es gäbe einen Weg, wenn er nicht verheiratet wäre …

Mit der kümmerlichen Kraft des letzten Rests ihrer Selbstbeherrschung stemmte sie ihre Hände gegen seine Brust und schob ihn von sich.

»Das darf nie wieder passieren«, sagte Christine mit zitternder Stimme. »Ich darf es nicht zulassen.«

»Aber es hat nichts mit Marina zu tun, wenn du das meinst.«

»Ich meine gar nichts«, platzte sie heraus. »Ich erlaube dir einfach nicht mehr, mich zu küssen.«

»Du denkst zu viel, das ist dein Problem. Verdammt noch mal, folge doch einfach deinem Gefühl.«

»Wenn ich das tue, landen wir sofort im Bett.«

»Wäre das denn so schlecht?«

»Wenn ich dich erst daran erinnern muss, dass du ein frisch verheirateter Mann bist, habe ich keine hohe Meinung mehr von dir.«

»Die Dinge sind nicht immer das, was sie zu sein scheinen, Chris.«

»Das sind sie doch nie, wenn ein Mann mit einer Frau ins Bett gehen will.«

»Ist das alles, was du dazu zu sagen hast?«

»Die Dinge sind nicht immer das, was sie zu sein scheinen«, konterte Christine. »Und warum erklärst du sie mir dann nicht?«

Seine Verschwiegenheit und Zurückhaltung in diesem Punkt verletzten sie zutiefst. So viel zu ihren Träumen …

»Chris, ich …«

»Gib dir keine Mühe«, sagte sie und hatte das Gefühl, ein Stein läge in ihrer Brust. »Ich hab's kapiert. Ein Quickie um der guten alten Zeiten willen, dann husch zurück zum Eheweibchen. Du bist nicht der Erste, der das probiert, Joe. Und du wirst auch nicht der Letzte sein. Eigentlich habe ich mehr von dir erwartet.«

Doch Slade hatte genau darauf gehofft.

Von Joe hatte er das erwartet. Aber Christine? Das stand auf einem ganz anderen Blatt. Und die Tatsache, dass sie ihm nicht sofort eine geknallt hatte, war äußerst aufschlussreich. Mehr brauchte Slade gar nicht zu wissen.

Diese Geschichte war noch längst nicht vorbei.

Als er Marinas Schritte auf dem Flur hörte, stellte er sich ihr in den Weg.

»Lass mich vorbei«, sagte sie in diesem verärgerten Ton, in dem sie zu jedem außer mit Christine sprach.

»Du möchtest da sicher nicht hineingehen, Schätzchen«, sagte er und legte ihr die Hand auf die schmale Schulter.

»Beweg dich!«, befahl Marina und warf ihm einen bösen Blick zu. »Ich will mir mein Abendessen kochen.«

»Nicht jetzt.«

»Ich beherrsche gewisse Kampftechniken«, sagte sie mit tödlichem Ernst in ihrem kleinen Gesicht. »Und ich zögere nicht, meine Kunst an dir auszuprobieren.«

»Okay, du charmantes Weib«, sagte Slade, gegen seinen Willen über ihre Haltung amüsiert. »Aber geh nicht gleich in die Küche.«

Als sie um ihn herumflitzen wollte, fing er sie schnell ab. Sie neigte den Kopf und lauschte dem Stimmengemurmel aus der Küche. »Christine und Joseph sind da drin, nicht wahr?«

Slade schwieg. Er blockierte nur weiter Marinas Weg.

»Streiten sie?«

Er zuckte mit den Schultern.

Ein seltsamer Ausdruck huschte über ihr Gesicht. »Manchmal frage ich mich …« Dann schüttelte sie den Kof. »Ach, das spielt überhaupt keine Rolle.«

Marina stellte Vermutungen an. Slade konnte es in ihren Augen lesen. Es gab zwei Möglichkeiten, wie er sein Spiel spielen konnte. Er konnte Marina in das nette Tête-à-Tête platzen lassen und zuschauen, wie die Hölle losbrach. Oder er konnte die Spannung noch eine oder zwei Wochen schmoren lassen und somit erhöhen, während er in der Zwischenzeit ein paar Nachforschungen über den Reporterknaben und seine hässliche Frau anstellte.

Doch ihm blieb keine Zeit, eine Entscheidung zu treffen. Denn plötzlich ging die Tür auf und knallte laut krachend gegen die Wand. Christine stürmte aus der Küche. Sie sah die beiden nicht einmal. Ja, sie war wütend. Aber in ihrem Gesicht war noch etwas anderes. Ihre Wangen waren gerötet und in ihren Augen funkelten gefährliche Lichter. Sie *lebt*, dachte Slade mit einem Schock. Christine sah leidenschaftlich aus, so lebendig, wie er sie noch nie gesehen hatte. Und man musste kein Genie sein, um den Grund dafür zu erraten.

Der Pfadfinder starrte Slade im Flur an. »Was glotzen Sie so?«

Slade grinste. Der Bastard hat Schuldgefühle, dachte er zufrieden. Zwei Weiber unter einem Dach. Vielleicht sogar zwei Weiber in einem Bett. Ihm wurde ganz schwindelig bei dem Gedanken. Und mit etwas Glück würden diese Tatsachen sein Bankkonto noch vor Ende des Sommers mächtig fett werden lassen.

5

Jetzt stürmte Marina wie ein Racheengel in die Küche. »Was hast du mit Christine gemacht?«, fragte sie und verstellte nun Joe spontan den Weg. »Warum kannst du sie nicht höflich behandeln?«

»Kümmere dich um deinen Kram, Kid«, riet er ihr in einem so verächtlichen Ton, wie Männer ihn nur Frauen gegenüber wagen, wenn sie sie demütigen wollen.

»Antworte mir!«, befahl sie mit aller ihr zur Verfügung stehenden Autorität. Wieder einmal war sie dankbar für ihre angeborene Arroganz, ein Vorzug ihrer königlichen Geburt. »Christine ist ein feiner Mensch. Sie verdient eine respektvolle Behandlung!«

»So was läuft immer nur auf Gegenseitigkeit.«

»Du warst mit ihr verheiratet. Allein schon deshalb gebührt ihr dein Respekt.«

»Sie hat mich verlassen«, blaffte er zurück. »Ich bin ihr überhaupt nichts mehr schuldig.«

»Und ich bin jetzt deine Frau. Was schuldest du mir?«

»Deine Sicherheit. Dafür bin ich verantwortlich«, entgegnete er. »Weil ich deinem Vater das versprochen habe.«

»Deine Loyalität meinem Vater gegenüber ist bewundernswert«, sagte sie trocken, »aber schlecht platziert. Sie gilt der falschen Person.«

Er deutete auf den Garten. »Schau mal. Draußen scheint die Sonne. Warum gehst du nicht raus zum Spielen?«

»Jetzt verstehe ich, warum Christine nicht länger deine Frau sein wollte. Es ist ein Wunder, dass sie dich überhaupt geheiratet hat.«

Er ging zum Kühlschrank und holte sich eine Flasche Bier, die er demonstrativ mit einem Knall öffnete. Weder erklärte er noch entschuldigte er sein Verhalten, was Marinas Zorn um einige Grad steigen ließ.

Ihr Abendessen hatte sie vergessen. Sie stürmte aus der Küche und an Slade im Flur vorbei. Ihrer Meinung nach wäre es besser gewesen, wenn ihr Vater Joseph McMurphy nicht aus der Lawine gerettet hätte. Sie sah ihren Mann jetzt deutlich vor sich, wie er langsam in den Schneemassen versank, bis aus dem weißen Berg nur noch eine Haarsträhne hervorschaute – und dann auch diese Strähne verschwand. Dieser Gedanke erfreute sie unendlich. Er war ein furchtbarer Mensch. Christine gab sich alle Mühe, es ihm recht zu machen und er hackte ständig auf ihr rum – morgens, mittags und abends.

Es geschah ihm ganz recht, dass er diese Frau verloren hatte. Er war ohne Manieren und ekelhaft, während Christine höflich und fürsorglich war – wenn auch nicht ihrem Ex gegenüber. Natürlich interessierte sich Christine mehr für Mode als Joe, aber Marina war geneigt, eine derartige Schwäche zu übersehen.

Marina war, was Christine betraf, zutiefst zwiespältig, denn sie fühlte sich von einer Frau angezogen, die alles repräsentierte, was sie verachtete. Warum reagiere ich so?, fragte sie sich. Bin ich genauso blöde wie die meisten Leute, die sich nach dem Unerreichbaren sehnen, oder bin ich nur entsetzlich einsam und wage es nicht, diese Einsamkeit den anderen einzugestehen?

Marina stieß die Haustür auf und trat in die milde Abendsonne hinaus. In der leichten Brise aus Westen lag der Duft von Rosen und Klee. An solchen Sommerabenden hatten sie und Zee oft alle ihre Sorgen vergessen können und so getan, als wären sie nur ein Liebespaar.

Sie setzte sich auf die oberste Treppenstufe und umschlang

ihre Knie mit den Armen. Einmal hatte sie Zee ihre Träume anvertraut. Doch daraufhin hatte er sie angeschaut, als hätte sie chinesisch gesprochen. Er strebte nach Höherem, dem fernen Ziel der Freiheit entgegen. Mit Mondschein und Rosenduft konnte er nichts anfangen. Da hatte sie sich mit dem begnügt, was er ihr geben konnte und nie nach mehr gefragt.

Doch an einem Abend wie heute fiel es ihr schwer, nicht an Sternennächte und geflüsterte Versprechungen zu denken, obwohl sie sich kaum Illusionen über sich selbst machte. Sie war so hässlich wie ihre Mutter schön gewesen war. Schon als kleines Mädchen hatte sie festgestellt, dass ihr jener spezifische Zauber, der Frauen für Männer unwiderstehlich macht, fehlte. Aber als sie Zee kennen gelernt hatte, schien dieser Mangel nicht zu zählen. Denn er sah etwas anderes als eine körperlich schöne Frau in ihr und in seinen Armen hatte sie endlich den Sinn ihres Lebens gefunden.

Marina schloss die Augen und versuchte, sich Christine und Joseph als junges Liebespaar vorzustellen. Doch so sehr sie sich anstrengte, diese Vision blieb unscharf. Sie konnte sich Christine nicht als unsichere und schüchterne Frau vorstellen, auch nicht als devotes Weibchen, das an Josephs Lippen hing. Bei diesem Gedanken musste Marina laut lachen. Denn Christine war eine Frau, der die Männer zu Füßen lagen. Eine Frau, die Marina nie sein würde.

Da wurde hinter ihr die Haustür geöffnet und kurz darauf leise wieder geschlossen. Der Duft von Christines Parfüm mischte sich mit dem der Rosen, dann knarzte die Stufe, als sie sich neben Marina setzte.

»Haben Sie schon zu Abend gegessen?«, fragte Christine.

»Nein, noch nicht«, antwortete Marina kopfschüttelnd.

»Ich weiß nicht, wie es Ihnen geht, aber ich habe keine Lust zum Kochen«, sagte Christine und klimperte mit den Autoschlüsseln. »Ich gönne mir jetzt eine Pizza. Wollen Sie mitkommen?«

Marina zögerte. Joseph hatte sie gewarnt, gesagt, ihr könne sogar in den USA von der Opposition Gefahr drohen. Aber sie konnte sich nicht vorstellen, dass ihr in diesem verschlafenen Städtchen in New Jersey etwas zustoßen könnte. Außerdem musste sie noch seinen Zornesausbruch mit in Betracht ziehen, sollte sie …

»Macht nichts«, sagte Christine in diesem Moment und stand auf. »Ich habe nur mal gefragt.«

»Ich liebe Pizza«, platzte Marina da heraus. »Aber ich darf ohne Joseph nicht aus dem Haus gehen.«

Hätte Marina ihr gestanden, eine Satansbraut zu sein, wäre Christine nicht überraschter gewesen. »Sie machen doch Witze, oder?«

»Mehr kann ich dazu nicht sagen«, antwortete Marina mit verschlossenem Gesicht.

»Sie gehören ihm nicht. Wir leben in Amerika – da ist jeder frei, zu tun, was er will und wann er es will.«

»Es gibt Gründe dafür«, antwortete Marina geheimnisvoll.

Und gerade diese Gründe waren es, die Christine neugierig machten. Aber sie sagte, Gleichgültigkeit vortäuschend: »Na gut. Wenn sie sich mit Ihrer Rolle als Sklavin zufrieden geben wollen, habe ich Verständnis dafür.«

Dann ging sie zum Wagen und dachte: Komm schon, Mädchen. Du bleibst doch nicht den ganzen Abend hier hocken, oder?

Marina war noch vor ihr am Buick. Christine musste sich enorm anstrengen, ihr Lächeln zu verbergen. Die Reaktionen der Kleinen waren vorhersehbar, aber sie strahlte einen seltsamen Charme aus, der Christine gegen ihren Willen gerührt hatte.

»Schnallen Sie sich an«, sagte sie, als sie den Wagen startete. Und sie merkte sofort, dass sie wie die Mutter der jungen Frau klang und nicht wie deren Vorgängerin. Du wirst alt, Cannon!, schalt sie sich. Was ist aus dem grünäugigen Monster geworden, das du früher einmal warst?

»Ich schnalle mich nicht an«, verkündete Marina.

»Das tun wir alle nicht gern. Aber das Gesetz schreibt es vor.«

Marina gehorchte noch immer nicht.

»Dann können Sie wieder aussteigen und mit den Männern zusammen essen.«

Sie hatte gewonnen. Marina schnallte sich an. Lächelnd setzte Christine den Buick in der Auffahrt zurück und fuhr zu *Angelo's Pizzeria* in der Stadt.

»Jetzt erzählen Sie mir doch mal, war es Liebe auf den ersten Blick?«, fragte Christine direkt, als die beiden sich in der Pizzeria an einen Fenstertisch setzten. Während der Fahrt war keine Unterhaltung in Gang gekommen. Deshalb hatte sie sich jetzt für die Attacke entschieden.

Marina reckte ihr Kinn in der ihr angeborenen königlichen Weise und verkündete: »Mit Fremden rede ich nicht über private Dinge.«

»Ich schon«, entgegnete Christine mit ihrem entwaffnenden Lächeln.

Mit diesem Lächeln hatte sie Stars wie Elizabeth Taylor, Sylvester Stallone und die Prinzessin von Wales zum Schmelzen gebracht. Mir können Sie alles anvertrauen, sagte dieses Lächeln. Absolut alles. Und auf diese Weise gelang es Christine stets, mehr aus ihren Gesprächspartnern herauszuholen als sie preisgeben wollten. Das war das Geheimnis ihres Erfolgs und auch der Grund, warum sie ganz oben blieb.

Jetzt beugte sie sich über den Tisch und sagte mit einem verschwörerischen Unterton in der Stimme: »Sie müssen doch zugeben, Marina, dass wir uns momentan in einer ziemlich ungewöhnlichen Situation befinden. Noch nie habe ich mit einem Ex-Mann und seiner neuen Frau zusammen in einem Haus gelebt.«

»Und ich war davor noch nie verheiratet«, entgegnete Marina mit einem leichten Lächeln.

»Da haben wir doch schon etwas Gemeinsames, meinen Sie nicht?«

»Außer Joseph?«

»Sie haben Sinn für Humor«, stellte Christine grinsend fest. »Das hätte ich gar nicht von Ihnen erwartet.«

»Amerikaner legen auf solche Äußerlichkeiten viel zu viel Wert«, sagte Marina und ihr Lächeln schwand. »Sinn für Humor ist ein Luxus, den sich nicht alle Menschen leisten können.«

Endlich ein Einstieg, dachte Christine und fragte: »Und was ist Ihnen im Leben wichtig, Marina?«

»Nun, die wesentlichen Dinge.«

»Wie zum Beispiel?«

»Die Freiheit.«

»Von Ehemännern, die ihre Frauen unterdrücken?«

»Nein. Von Angst frei zu sein.«

Christines Neugier wurde noch größer. »Sie machen auf mich aber den Eindruck einer Frau, die kaum Angst kennt«, sagte sie, weil Marina eine Stärke ausstrahlte, die im Widerspruch zu ihrem Äußeren stand.

»Ich habe Angst vor Ihnen.«

Christine verschluckte sich an ihrer Cola. »Ihr Mann interessiert mich nicht, wenn Sie das meinen«, sagte sie, obwohl sie Joe geküsst hatte. Aber sie würde auf einen Stapel Bibeln schwören, dass das nie wieder passierte.

»Es geht nicht um Joseph«, entgegnete Marina mit einer abfälligen, aber sehr eleganten Handbewegung, die Christine ihr nie zugetraut hätte. »Sie repräsentieren alles, was ich nicht mag«, fuhr die junge Frau offen fort. »Und trotzdem bewundere ich Sie.«

»Und das macht Ihnen Angst?«

»Ja«, bestätigte Marina. »Sie sind ein perfektes Beispiel dieser scheußlichen Dekadenz, dieser unsäglichen Exzesse. Und ich habe die letzten Jahre versucht …« Abrupt hörte sie auf zu reden.

»Was haben Sie versucht?«, drängte Christine.

»Das ist unwichtig geworden«, entgegnete Marina und schüttelte den Kopf.

Christine lehnte sich in ihrem Stuhl zurück. »Sie brauchen keine Angst zu haben, mich mit Worten zu beleidigen. Ich habe ein bemerkenswert dickes Fell.«

Sie wäre mit ihrem Paparazzo-Jouralismus als dünnhäutige Reporterin nicht weit gekommen und konnte allerhand einstecken.

»Sie führen ein eitles und nutzloses Leben«, sagte die junge Frau. »Und trotzdem sind Sie sehr erfolgreich darin. Eigentlich sollte ich Sie als eine gesellschaftliche Parasitin verurteilen, doch ich habe herausgefunden, dass ich mehr wie Sie sein möchte.«

»Sie sind sehr offenherzig«, murmelte Christine.

»Ich wollte Sie nicht verletzen«, entgegnete Marina mit großen Augen.

»Gut«, sagte Christine und schüttelte den Kopf. »Wenn Sie das tun möchten, lasse ich es mir auch nicht gefallen.«

Jetzt beugte sich Marina zu Christines Erstaunen über den Tisch und legte eine Hand auf den Arm der Journalistin. »Sie sind eine schöne Frau«, sagte Marina einfach. »Und die Welt ist für schöne Frauen eine andere.«

»Ich muss mir große Mühe geben, damit ich aussehe, wie ich aussehe«, antwortete Christine, nach Worten suchend. »Dahinter steckt viel Arbeit.«

»Vielleicht«, sagte Marina. »Aber ich könnte noch so hart daran arbeiten, und das Resultat wäre nie dasselbe wie bei Ihnen.«

»Kosmetische Artikel können Wunder vollbringen.«

»Ich bin hässlich«, sagte Marina. »Sie können nicht begreifen, wie das ist.«

Ein Kellner brachte die Pizzas und stellte sie mitten auf den Tisch. Die beiden konzentrierten sich auf die Mahlzeit. Christine aß automatisch. Sie achtete kaum auf die fein abgestimmten Gewürze der Tomatensoße und den scharfen Geschmack der Pepperoni. Doch Marina verzehrte ihr Essen mit sichtlichem Genuss.

Christine kaute auf einem Bissen Pizza herum und betrachtete die junge Frau. Joe war ein sehr sinnlicher Mann, ein Mann, der allein durch seine Präsenz wahre Stürme der Leidenschaft in einer Frau wecken konnte. War es möglich, dass sich das junge Paar jede Nacht solchen Ausschweifungen hingab, und Christine es nicht einmal merkte? Dabei gehörte es zu ihrem beruflichen Alltag, solche Schwingungen zu spüren. Sollte es also auch nur ein Fünkchen Leidenschaft zwischen Marina und Joe geben, hätten bereits alle Alarmglocken bei ihr geschrillt.

Nein, mit Erotik und Sex hatte diese Ehe nichts zu tun. Und auch nicht mit Liebe. Was immer die beiden zusammengebracht hatte, war für Christine ein Geheimnis. Doch sie verfügte über Möglichkeiten, das herauszufinden. Und so würde es nicht lange ein Geheimnis bleiben.

Joe machte sich ein Sandwich, leerte eine Dose Bud dazu und hörte Slade beim Fluchen am Herd zu.

»Was machen Sie denn da?«, fragte er, als der Fotograf gegen die Backofentür trat.

»Die blöden Knacker spritzen. Verdammt, ich kann kaum noch etwas sehen.«

Aus respektvoller Entfernung spähte Joe in die Bratpfanne. »Würstchen«, sagte er und trat zurück. »Wir nennen die Dinger Bratwürste.«

»Ich nenne sie verdammte Bastarde«, sagte Slade und spießte eine Wurst mit der Gabel auf. Er zuckte zusammen, als heißes Fett auf seinen Arm tropfte.

Joe sah zu, als Slade die Würstchen an den Rand der Pfanne schob und dann zwei Eier in das zentimeterhohe Fett darin schlug. »An dem Fraß werden Sie krepieren.«

»Wollen Sie auch was davon?«, fragte Slade grinsend.

»O ja«, sagte Joe. »Genau das Richtige im Moment.«

Slade schlug noch zwei Eier in die Pfanne. Und beide schauten zu, wie Eier und Würstchen spritzten und brutzelten.

»Ekel erregend«, sagte Joe.

»Es dreht einem den Magen um«, stimmte Slade zu.

»Ich frage mal Chris und Marina, ob sie mitessen wollen. Wir können den beiden doch nicht das ganze schöne Cholesterin vorenthalten, oder?«

»Glänzende Idee«, sagte Slade und griff nach mehr Eiern.

Joe ging über den Flur. Seit einiger Zeit überlegte er, wie er das gestörte Verhältnis zu seiner Ex wieder verbessern könnte. Sie zu küssen, war dämlich gewesen, aber er hatte ihr in dem Augenblick einfach nicht widerstehen können. Ihrem Charme hatte er noch nie widerstehen können. So viel zu seiner Immunität ihren Reizen gegenüber. Er war kläglich gescheitert. Noch immer brachte sie sein Blut in Wallung und ließ ihn sogar auf ein Happy End hoffen – ein gefährlicher Gedanke. Dieses fette Essen war ein guter Vorwand, wieder Kontakt mit ihr aufzunehmen, denn sie würde über das Junk-Food ein paar spitze Bemerkungen loslassen, worauf er nicht minder scharf kontern würde. Und alles würde wieder normal werden. Na ja, jedenfalls so normal, wie die Situation es zuließ.

Und über den Kuss in der Küche würden sie nie wieder sprechen.

Zuerst blieb er vor dem gemeinsamen Schlafzimmer mit Marina stehen. »Hey, Kid«, sagte er und klopfte an die geschlossene Tür. »Wie wär's mit was zu essen?«

Keine Antwort.

Er öffnete die Tür. Das Bett war gemacht. Das Fenster stand offen und ließ die abendliche Brise herein. Sein Laptop stand auf der Kommode. Alles war so, wie es sein sollte, warum beschlich ihn dann diese komische Vorahnung, als er weiter zu seinem ehemaligen Schlafzimmer ging? Die Kleine saß wahrscheinlich auf der Verandatreppe und brütete über die Exzesse des American Way of Life nach.

Christines Tür war angelehnt. Er steckte den Kopf ins Zimmer. »Chris?«

Auch hier keine Antwort. Er betrat den Raum und versuchte, den in der Luft hängenden Duft ihres Parfüms zu ignorieren. Ein blassrosa Nachthemd aus Seide lag am Fußende ihres Betts. Mit den Fingerspitzen berührte er den weichen Stoff und sah sofort, wie sich ihr verführerischer Körper unter dem dünnen Hemd abzeichnete.

»Dämlicher Hund!«, murmelte er. »Ich habe ihr doch gesagt, dass sie nicht ...« Joe unterbrach sich gerade noch rechtzeitig. Slade stand in der Tür, den Kochlöffel in der Hand.

»Die Cholesterinbombe ist fertig. Wo steckt die kleine Missus?«

Vorsichtig, McMurphy! Reiß dich am Riemen!, flüsterte eine Stimme in Joes Kopf. Die Lage war schlimm genug. Er durfte dem Fotografen nicht noch mehr Munition liefern. »Die treibt mich noch in den Wahnsinn!«

»Das Essen wird kalt.«

Joe nahm seine Autoschlüssel aus der Tasche. »Ich bin gleich zurück.« Er lief zu seinem gemieteten Lexus, den britischen Bastard noch immer auf den Fersen.

»Müssen Sie nicht noch ein paar Eier braten?«, fragte er den Fotografen, als er sich hinters Steuer quetschte.

Slade knallte den Kochlöffel auf das Armaturenbrett und schnallte sich an.

»Ich nehme keine Fahrgäste mit.«

»Ich bin kein Fahrgast. Ich arbeite. Das ist meine Aufgabe hier.«

»Warum gehen Sie nicht zum Haus zurück und durchwühlen die Mülltonne wie Ihre Freunde beim *Enquirer?*«

Der Motor sprang beim zweiten Versuch an.

»Was kümmert Sie das eigentlich?«, fragte Slade, als Joe, laut röhrend, die Straße hinunterdonnerte. »Ich habe hier die heißeste Story direkt vor meiner Nase. Lolita-Ehefrau und Sexy-Ex-Weib. Dazu einen jähzornigen Journalisten ...«

»Scheren Sie sich zum Teufel!«, murmelte Joe.

Doch Slade lehnte sich lachend im Sitz zurück.

Marina verspeiste den letzten Bissen Pizza und starrte die *calzone* begierig an.

»Sie machen doch Witze, oder?«, fragte Christine. »Niemand kann sich jetzt noch eine Pizza einverleiben.«

»Ich weiß nicht, was in mich gefahren ist«, sagte Marina mit einem dümmlichen Grinsen.

»Ich habe nur Spaß wegen der *calzone* gemacht. Wenn Sie noch Hunger haben, können wir …«

»Nein, nein«, entgegnete Marina und hob die Hand. »Das passiert mir sonst nie. Ich neige nicht zu Exzessen.«

»Sie brauchen sich für Ihren gesunden Appetit nicht zu entschuldigen. Und über Kalorien müssen Sie sich auch keine Sorgen machen«, sagte Christine, denn sie musste sich noch heute Abend vor dem Schlafengehen ihre halbe Pizza am Hometrainer abstrampeln.

Die junge Frau machte den Mund auf, klappte ihn aber gleich wieder zu.

»Sie wollten etwas sagen, Marina?«

»Ach, eigentlich nichts Wichtiges«, antwortete sie und Röte überzog ihre Wangen. »Nur etwas, das mir auffiel.«

»Raus damit.«

Christine war an allem interessiert, was etwas mehr Licht auf diese seltsame Ehe warf. Bisher hatte sie nur Bruchstücke sammeln können, die kein Gesamtbild ergaben. Und Marina schien ihren Schutzwall abzubauen. Christine brauchte nur noch etwas Zeit. Sie hatte Geduld, wenn sie hinter einer saftigen Story her war.

Unglücklicherweise stürmte genau in diesem Moment Joe in das Restaurant, Slade hinter ihm her. Ihr Ex sah wütend wie ein gereizter Bär aus, während Slade für Christines Geschmack viel zu glücklich wirkte.

Joe hatte die beiden Frauen sofort entdeckt und stürzte an ihren Tisch.

»Was, zum Teufel, tust du hier?«, fragte er Marina.

»Wir leben in einem freien Land, Joe«, mischte sich Christine ein. Das Wort »Neandertaler« kam ihr in den Sinn. »Sie ist deine Frau, nicht deine Sklavin.«

Er sah ihr in die Augen. Oh, wie gut sie diesen Blick kannte! Nicht einen Millimeter würde er jetzt nachgeben. »Das hat mit dir nichts zu tun.«

»Den Teufel hat es. Schließlich habe ich sie hierher eingeladen.«

Joe deutete auf Marinas mit Tomatensoße befleckten Pullover. »Offensichtlich gegen ihren Willen«, meinte er trocken. »Du hast sie wohl zwangsernährt.«

»Sie hatte Hunger«, sagte Christine. »Sie wollte Pizza essen. Seit wann ist das ein Verbrechen?«

»Sie kann zu Hause essen.«

»Marina hat mir erzählt, dass du ihr verboten hast, aus dem Haus zu gehen.«

Joes Blick schnellte zu Marina, die seinem wütenden Starren mit gelassener Ruhe begegnete. »Das hast du ihr gesagt?«

»Ja«, bestätigte Marina. »Weil es genau das ist, was du gesagt hast.«

»Zwar warst du schon immer ein sturer Kerl, Joe, aber autoritär warst du nie. Was soll das jetzt?«

»Herrgott noch mal!«, explodierte Joe. »Ich habe mir Sogen um meine Frau gemacht. Ist das ein Verbrechen?«

Er macht sich wirklich Sorgen um sie, dachte Christine. Was auch immer die Gründe für diese Ehe gewesen waren, in dieser Hinsicht log Joe nicht. Ein immer stärker werdender Schmerz erfüllte ihre Brust, denn es fiel ihr unendlich schwer zu begreifen, dass Joe etwas mit Marina verband, das außerhalb ihres Verständnisses lag.

Ich wünschte, du schliefst mit ihr. Ich wünschte, ihr würdet euch in Leidenschaft füreinander verzehren, dachte sie.

Sexualität und Sinnlichkeit waren Dinge, die sie verstand. Für diesen Kampf war sie gerüstet. Joe war ein Herzenseroberer, ein Retter einsamer und verlorener Seelen – und offensichtlich sah er etwas in Marina, das er in ihr nie gefunden hatte. Dieses tiefe Band zwischen den beiden vermittelte ihr ein nie zuvor gekanntes Gefühl des Verlorenseins.

Joe spürte Christines Einsamkeit, diese tiefe innere Leere, die durch nichts gefüllt werden konnte. Er fühlte das alles und verstand es und hätte sie am liebsten sofort in die Arme genommen und Versprechen in ihr Ohr geflüstert, die er nicht halten konnte.

Da sah ihn seine Frau mit neugierigen braunen Augen an und dieser dämliche Fotograf stand lauernd da und machte die Situation noch komplizierter.

Er war noch nie ein Süßholzraspler gewesen und konnte seine Gefühle nur schlecht in Worte kleiden. Das war wohl einer der wesentlichen Gründe gewesen, warum Christine ihn verlassen hatte.

Es fiel ihm leicht, die Qualen eines hungernden Kindes zu beschreiben, aber der Frau, die er geliebt und verloren hatte, zu erklären, dass die Dinge ganz anders lagen, dazu war er außer Stande.

6

Am nächsten Morgen wusste Christine, dass sie so schnell wie möglich aus New Jersey verschwinden musste.

Die ganze Nacht hatte sie wachgelegen und sich eingeredet, dass Joe ihr nichts mehr bedeutete. Aber dann hatte sie dem leisen Lachen aus dem Gästezimmer gelauscht, das ihr Ex mit Marina teilte.

Als sie bei Sonnenaufgang nicht ein einziges anderes Geräusch gehört hatte, war sie zu erschöpft, um darüber Erleichterung zu empfinden.

»So kannst du nicht weiterleben«, sagte sie zu ihrem Spiegelbild vor der Frisierkommode. Dunkle Ringe umgaben ihre Augen, ihr Haar war verfilzt und auf ihrer rechten Wange zeichneten sich die eingedrückten Falten des Kopfkissens ab. Ihre Maskenbildnerin, Clay, hätte sie einen ganzen Tag in die Mangel genommen.

Dieser Urlaub war als Verjüngungskur gedacht gewesen und nicht dazu da, sie in eine alte Hexe zu verwandeln. In knapp drei Wochen musste sie vor den Fernsehkameras stehen und ihre neue Show präsentieren. Mit ihrem momentanen Aussehen würde sie die Zuschauer von ihren Bildschirmen verjagen und wieder zu Radiohörern machen.

Sie hatte zwei Möglichkeiten: Entweder sie blieb hier in Hackettstown, oder sie fuhr zu ihren Eltern nach Nevada zu deren Goldener Hochzeit. Sowohl hier als auch zu Hause würde ihr Herz brechen – die Frage war nur, in welchem Maß.

»Kaffee«, sagte sie zu der alten Lady im Spiegel. »Zuerst trinke ich Kaffee. Dann treffe ich eine Entscheidung.«

Es war kurz nach sieben Uhr morgens. Mrs. Cusumano arbeitete nur halbtags, damit sie sich am Nachmittag um ihre schwangere Tochter kümmern konnte. Über den Flur breitete sich bereits köstlicher Kaffeeduft aus. Christine atmete das Aroma gierig ein.

Schon als kleines Mädchen hatte sie die frühen Morgenstunden geliebt. In ihrer Familie waren alle Frühaufsteher, doch sie war immer die Erste gewesen, weil sie etwas so Süßes und Reines in der Morgendämmerung gefühlt hatte, dass sie den Morgen mit ausgebreiteten Armen in ihrem jugendlichen Überschwang begrüßen und an ihr Herz drücken musste.

Bei der Erinnerung daran und an das Zwitschern der Vögel, hoch oben in den Pappeln, musste sie lächeln. Ihr Dad fand sie dann immer im Stall, wo sie die über den Bergen aufgehende Sonne beobachtete, die Kuppen ganz in Gold getaucht.

»Zeit zum Träumen«, pflegte er damals zu sagen und setzte sich neben sie.

Er hatte bereits vor Sonnenaufgang die Arbeit eines ganzen Tages erledigt und noch einmal so viel Arbeit vor sich, aber für Christine fand er immer Zeit. Er verstand sie wie sonst niemand – ihre Hoffnungen, ihre Träume und … ihre Ängste. Außer Joe hatte niemand sie verstanden und sie hatte sich so sehr gewünscht, ihr Dad möge stolz auf sie sein. Wenn doch nur …

Nein. Nein. Sie wollte nicht länger darüber nachdenken. Weder was das Heimweh noch was das Verlangen betraf, das sie jedes Mal überkam, wenn sie Joe nur ansah; und auch nicht über die Tatsache, dass aller Erfolg dieser Welt ihre Einsamkeit nicht verdrängen konnte.

Sie eilte an den geschlossenen Schlafzimmertüren vorbei den Flur entlang. Joe und seine Kindfrau schliefen sicher noch. Gestern Abend hatte sie Slade ihren Wagen für einen

Trip nach Manhattan geliehen, weil er ein paar Fotos in den Clubs schießen wollte. Da er erst vor einer Stunde zurückgekommen war, würde er sicher nicht vor Mittag auftauchen.

Falsch.

Er stand mitten in der Küche und führte sich auf wie ein Feuer speiender Drache. Mrs. Cusumano – ebenfalls in Drachengestalt und Feuer speiend – stand ihm in nichts nach.

Als Christine in der Tür erschien, erklärte sie: »Ich gehe! Ich kann nicht für Leute arbeiten, die mich für eine Diebin halten!«

»Eine Diebin?« Ein mittleres Erdbeben auf nüchternen Magen. Ganz wie in früheren Zeiten auf der Ranch. »Wer bezichtigt wen des Diebstahls?«

»Ich vermisse drei Objektive und ein paar Goldmünzen, die ich in San Juan gekauft habe«, antwortete Slade, an Christine gewandt.

»Sind Sie kürzlich mal in seinem Zimmer gewesen?«, fragte Mrs. Cusumano. »Da sieht es aus wie in einer Räuberhöhle.«

»Kaffee«, japste Christine und ging zur Kaffeemaschine auf dem Küchentresen. Sie goss sich einen Becher ein und nahm einen großen Schluck.

»Warum glaubst du, Slade, dass Mrs. Cusumano etwas mit deinen verschwundenen Objektiven zu tun haben könnte?«

»Wer sollte es denn sonst sein?«, fragte er wütend. »Der Pfadfinder kommt dafür wohl nicht in Frage und die kleine Lolita ist versorgt.«

»Vielleicht hast du sie verräumt. Dein Ordnungssinn ist nicht besonders ausgeprägt.«

»Wenigstens bin ich nicht anal fixiert.«

»Besser, anal fixiert als ein fieser Tpy«, schoss Christine zurück. »Ich weiß wenigstens, wo ich meine Sachen habe.«

»Da wäre ich mir nicht so sicher, Schätzchen«, entgegnete Slade. »Vermisst du nicht deine goldenen Ohrringe und das Diamantarmband, das dir der Sender anlässlich deines Vertrags geschenkt hat?«

»Die liegen wahrscheinlich noch im Tresor.«

»Richtig überzeugt klingst du nicht, Christine, Schätzchen.«

»Das bin ich auch nicht«, gab sie zu. »Aber das heißt noch längst nicht, dass Mrs. Cusumano sie gemopst hat.«

»Ich will einen Anwalt«, verkündete Mrs. Cusumano und marschierte zum Telefon. »Ich kenne meine Rechte.«

Christine trank noch einen Schluck Kaffee und wünschte, es wäre Scotch. »Niemand beschuldigt Sie, irgendetwas getan zu haben.«

»Doch. Er tut es«, sagte die Frau und deutete mit dem Zeigefinger auf Slade. »Und Sie, Mrs. Cannon, scheinen von meiner Unschuld auch nicht ganz überzeugt, wenn ich das so sagen darf.«

»Setzen Sie sich«, sagte Christine und schob der Haushälterin einen Stuhl hin. »Versuchen wir, die Dinge zu klären. Es muss doch einen plausiblen Grund für das Verschwinden dieser Gegenstände geben.«

Jemand der Hillary Clinton interviewt hatte, musste auch mit einem häuslichen Problem fertig werden.

»Sie wollen nur nicht, dass ich meinen Anwalt anrufe«, sagte Mrs. Cusumano.

»Das stimmt«, sagte Christine und goss der Frau auch einen Kaffee ein. »Wir beschuldigen Sie nicht. Wir wollen nur darüber reden.«

In dem Moment platzte Joe in die Küche. »Hat jemand meine verdammte Uhr gesehen?«

Christine vergrub ihr Gesicht in den Händen. »Es wäre wohl besser, wenn Sie jetzt Ihren Anwalt anrufen, Mrs. Cusumano«, sagte sie mit einem Seufzer.

Als Marina die wütende Haushälterin mit dem Anwalt telefonieren hörte, presste sie sich enger an die Wand. So hatte sie das nicht geplant. Seit Tagen hatte Joseph seine Uhr nicht mehr getragen und sie hatte gedacht, er würde deren Verschwinden nicht einmal bemerken, bis sie sie zu Geld gemacht hatte, – um Zee zu unterstützen. Wie hätte sie ahnen können, dass ihr nervtötender Ehemann plötzlich wieder die genaue Uhrzeit wissen wollte?

Als ob Zeit eine Rolle spielte. Monoton und vorhersehbar reihten sich die Tage aneinander. Ein leeres, bedeutungsloses Leben. Slade machte kaum etwas anderes, als hinter Christine herzutrotten und sie in jeder Situation zu fotografieren.

Und Christine verbrachte offensichtlich viele Stunden damit, über die VIPs nachzudenken und wie sie ihnen ihre dunklen Geheimnisse entreißen und an die Öffentlichkeit zerren könne. Marina konnte sich keine nutzlosere Beschäftigung auf dieser Welt vorstellen.

Joseph war auch keinen Deut besser. Oh, ja, ihr Vater hatte davon geschwärmt, dass Joe ein überzeugter Kämpfer für die Freiheit sei, doch bisher hatte sie noch nichts davon bemerkt. Er hatte schlechte Manieren, war ständig übel gelaunt und hackte bei jeder kleinsten Gelegenheit auf Christine herum.

Gestern Abend hatte sie ihm zum hundersten Mal gesagt, er solle seine Ex-Frau in Ruhe lassen. Doch er hatte nur gelacht und geantwortet: »Kümmere dich um deinen Kram, Kid.« Dann hatte er sich auf seinem improvisierten Nachtlager ausgestreckt.

Die Spannung im Haus wurde unerträglich. Manchmal kam sich Marina in New Jersey verfolgter vor als in den Bergen ihrer Heimat mit Zee. Mit Zee war die Gefahr wenigstens erkennbar gewesen: eine Kugel, eine Bombe, etwas, das man sehen konnte.

Hier manifestierte sich die Gefahr auf subtilere Weise. Auch ihre Laune wurde von Tag zu Tag schlechter. Ängste und ihre eigene Einsamkeit machten ihr schwer zu schaffen. Manchmal wäre sie am liebsten auf und davon marschiert und zu Zee gegangen – da gehörte sie hin. Aber es gab Gründe, die dagegen sprachen, zwingende Gründe, die nicht einmal ihr rebellisches Herz ignorieren durfte.

Und deshalb machte sie weiter und versuchte sich einzureden, dass die Beute in ihrem Versteck das alles wert sei. Wie sie das Diebesgut in Geld verwandeln konnte, stand auf einem anderen Blatt. Nie schien sie Zeit für sich selbst zu haben. Irgendwer saß ihr immer im Nacken oder spähte um Ecken wie sie es jetzt gerade tat.

Am Küchentelefon jammerte Mrs. Cusumano in den Apparat: »Sie müssen mir helfen, Sol! Ich habe nichts gestohlen, aber die Leute wollen die Polizei holen.«

Und dann Christines leise Stimme: »Vielleicht *sollten* wir die Polizei holen, Slade …«

Du musst was tun, dachte Marina und schlich in ihr Zimmer. Die Haushälterin gehört zu den Unterdrückten, zu den Sklaven, die für die Reichen schuften müssen. Nie im Leben habe ich gewollt, dass sie für die Konsequenzen meines Handelns büßen muss!

Im Wandschrank öffnete sie das geheime Versteck und betrachtete ihre bisherige Beute. Josephs Uhr und ein Objektiv. Das sollte genügen, um die Wogen wieder zu glätten. Als Christines Armband ihr entgegenfunkelte, hatte sie kurz ein schlechtes Gewissen.

Gegen ihren Willen mochte sie Christine. Christine war wie diese Diamanten, sie war schön und strahlte und sie war bemerkenswert stark – auch wenn sie ihre Kraft und Stärke an einen eitlen Beruf verschwendete.

Und Christine hatte noch einen königlich ausgestatteten Schmuckkasten in der oberen rechten Schublade ihrer Frisierkommode. Der Verlust dieser Preziosen dürfte sie nicht besonders stören.

Irgendwie hatte Marina aber das Gefühl, dass Christine von all diesem Schmuck den einfachen Goldring am meisten vermissen würde.

Als sie Joseph gefragt hatte, warum er nicht mehr mit Christine verheiratet sei, hatte er nur mit den Schultern gezuckt und gemurmelt: »Sie hat die Ehe beendet.«

Was Marina im Hinblick auf seinen miesen Charakter nicht erstaunte.

Doch wenn sie Christine und Joseph zusammen erlebte und sah, wie Christine von innen heraus förmlich zu glühen schien, wenn ihr Ex-Mann im Raum war, fragte sich Marina, ob Christine Joseph nicht noch immer liebte.

»Du kannst ihn gerne haben«, murmelte sie, als sie mit dem Objektiv und Josephs Uhr in Richtung Küche ging.

Lieber heute als morgen hätte sie sich von Joseph getrennt. Sie wollte nicht seine Frau sein. Dann könnte sie zu Zee zurückkehren und für Christine und Joseph wäre es möglich, wieder zu heiraten. Und Slade könnte von allen Fotos machen und sie dieser entsetzlichen amerikanischen Sensationspresse verkaufen und alle wären glücklich.

Diese Amerikaner glaubten immer, die Welt zu verstehen, aber sie wussten überhaupt nichts. Sie hatten keine Ahnung wie wenig Mühe es machte, eine für sie wichtige Person zu verstecken, einfach unsichtbar zu machen.

Sie hatten auch keine Ahnung, wie es ist, wenn man Menschen ihrer Identität beraubt – ganz gleich, ob es sich dabei um Ärzte, Anwälte, Lehrer oder Wissenschaftler handelte –, sie zwingt, fast nackt nachts durch die Wälder auf der Suche nach ihren Familien zu irren, mit nur dem einen Wunsch: überleben zu können.

»Ich halte sie für die Diebin«, sagte Christine zu Joe. Die beiden standen vor der Hintertür und sprachen über Marina.

Joe wedelte mit der Hand Richtung Küche, wo Marina mit Slade am Küchentisch saß. »Mrs. Cusumano?«

»Deine Frau.«

»Du spinnst.«

»Wirklich?«, entgegnete Christine. »Dass sich deine Uhr in der Bettdecke wieder gefunden hat, kann ich akzeptieren. Aber Slades Objektiv? Das kommt mir spanisch vor.«

Zwar hatte Joe ebenfalls Marina in Verdacht, doch das würde er Mrs. Sherlock Holmes nicht erzählen. »Was könnte sie denn mit einer ramponierten Seiko und einem Objektiv anfangen?«

»Ich vermisse auch Schmuck«, sagte Christine mit jenem Glitzern in den Augen, das sie jedes Mal hatte, wenn sie einer Story hinterherjagte.

»Ich denke, der liegt in deinem Safe in L.A.?«

»Vielleicht. Vielleicht auch nicht. Ich glaube, dass ich den Schmuck mitgebracht habe.«

»Aber du bist dir nicht sicher?«

»Ich könnte darauf wetten.«

»Nehmen wir mal an, du hast Recht. Dann könnte doch auch unser lieber Freund Glade ihn genommen haben.«

»Nein. Sein Objektiv wurde doch gestohlen.«

»Ich hätte dich für schlauer gehalten«, sagte Joe und hob erstaunt die Hände. »Ein reines Ablenkungsmanöver.«

»Das ist lächerlich«, sagte sie zornig.

»Marina zu beschuldigen, ist ebenso lächerlich.«

»Vielleicht solltest du ihr mehr Taschengeld geben. Dann muss sie nicht stehlen. Wie auch immer. Auf Mrs. Cusumano müssen wir nun verzichten.«

»Aber das kannst du mir nicht in die Schuhe schieben«, grinste Joe. »Denn schließlich mochte sie mich.«

»Du hast frei und kannst tun und lassen, was du willst«, sagte Christine zu Slade, als sie Jeans und T-Shirt in ihren Koffer legte. »In einer Woche oder zwei bin ich wieder zurück.«

»Du kannst mich doch nicht mit den Turteltauben hier allein lassen«, sagte Slade. »Ich begleite dich, Schätzchen.«

»Das ist eine Familienfeier, Slade. Du wirst dich zu Tode langweilen.«

»New Jersey ist auch nicht gerade ein Freudenfest. Da kann es in Nevada nur lustiger sein.«

»Solltest du Las Vegas im Kopf haben, das kannst du vergessen.«

Er zückte seine Hasselblad und schoss ein paar Aufnahmen von ihr. »Nichts, was du tust, enttäuscht mich, Christine, Schätzchen. Außerdem hätte ich dich immer schon liebend gern in einem Cowgirl-Outfit vor der Kamera gehabt. Das könnte ein Spitzen-Cover für *Vanity Fair* abgeben.«

Trotz ihrer schlechten Laune musste sie lachen. »Du hast zu viele Western gesehen.«

»Jippy-jippy-jeah!«, schrie Slade und ließ seine Hasselblad wie ein Lasso über dem Kopf kreisen.

Er sei ein eiskalter Opportunist, hatte Terri behauptet. Sei vorsichtig. Aber Christine war so erschöpft, so leer und so einsam, dass der Gedanke, allein nach Hause zu fahren, sie den Tränen nahe brachte.

»Die Goldene Hochzeit«, sagte Christine nach einer Weile. »Da könntest du Aufnahmen machen.«

»Sorgfältig arrangierte Porträts, von deiner Familie und deinen Freunden?«

»Entweder das oder New Jersey.«

Slade linste durch eine imaginäre Kamera. »Bitte lächeln, Schätzchen.«

Als Joe mit Marina in die Stadt fuhr, um ihr etwas Anständiges zum Anziehen zu kaufen, nutzte Christine die Gelegenheit zur Flucht. Sie warf ihr Gepäck in den Kofferraum des Buick und wartete ungeduldig auf Slade, der noch seine Sachen zusammenpackte.

Die beiden fuhren sofort zum Newark Airport, weil Christine es vorzog, den Jumbos ein paar Stunden beim Start und bei der Landung zuzuschauen, als noch eine Minute in der Gegenwart ihres Ex-Mannes zu verbringen.

Slade amüsierte sich mit Wetten, während Christine Telefonate erledigte. Einer ihrer Anrufe galt Terri.

»Du bist völlig durchgeknallt, Chris«, konstatierte Terri mit flacher Stimme. »Wenn du schon mal dabei bist, warum wirfst du dich nicht gleich vor einen Airbus? Das spart Zeit.«

»Genau diese Eigenschaft liebe ich so an dir«, entgegnete Christine. »Du siehst die Dinge immer in der richtigen Dimension.«

»In dem Punkt kannst du mir vertrauen. Du beschwörst die Katastrophe ja geradezu herauf.«

»Ist das nicht etwas übertrieben, Terri?«

»Ich rede hier von skrupellosem Ehrgeiz. Slade ist ein Relikt aus den achtziger Jahren. Er hält die Spielregeln nicht ein,

Christine.« Terri lachte bitter. »Slade weiß nicht einmal, dass Regeln *existieren.«*

Obwohl Christine versuchte, die Worte der Freundin zu vergessen, hinterließen sie einen unangenehmen Nachgeschmack. Denn Terri war ein grundehrlicher Mensch mit einem scharfen Verstand, für die die Regeln des Berufs auch im Privatleben galten.

Doch dieses Mal täuschst du dich, dachte Christine, als sie ihren Laptop aufklappte und arbeitete. Ich weiß genau, was ich tue.

Die Zeit verging schnell. Es war wohl seit ihrer Abreise aus L.A. der erste Tag, an dem sie richtig arbeitete. Und das gab ihr ein gutes Gefühl: das Wissen, dass es noch Bereiche in ihrem Leben gab, die sie völlig unter Kontrolle hatte.

Dann lud sie Slade zum Dinner in einen exklusiven Club ein, dessen Mitglied sie war, und als sie an Bord der Nachtmaschine nach Las Vegas gingen, war sie entspannt und stolz, weil sie ihre schwierige Lage in eine einigermaßen angenehme verwandelt hatte.

»Guten Abend, Mrs. Cannon«, sagte der Steward lächelnd. »Wir freuen uns, dass Sie mit uns reisen. Und ich kann Ihre neue Show im Herbst kaum erwarten.«

Christine erwiderte sein Lächeln. Wenn man berühmt war, hatte das auch Vorteile. »Haben wir gutes Wetter für den Flug heute Nacht?«, fragte sie, als der Mann sie und Slade zu ihren Plätzen geleitete.

»Ausgezeichnetes Wetter«, antwortete der Steward und warf Slade einen neugierigen Blick zu, weil der Fotograf den Fenstersitz für sich beansprucht hatte.

»Bringen Sie uns Champagner, guter Mann«, sagte Slade mit einer aristokratischen Geste. »Und sehen Sie zu, dass er uns nicht ausgeht.«

»Der Junge ist harmlos«, sagte Christine zu dem Steward und legte ihren Beautycase in das Handgepäckfach über ihrem Kopf.

Das Lächeln des überaus höflichen Stewards wurde noch breiter, dann zog er sich zurück.

»Die zeigen doch einen Film, oder?«, fragte Slade, während er flüchtig das Bordmagazin durchblätterte. »Ich habe *Groundhog Day* noch nicht gesehen.«

»An deiner Stelle würde ich lieber Schäfchen zählen und versuchen, etwas zu schlafen. Wenn wir in Vegas gelandet sind, haben wir noch mehrere Stunden Fahrt vor uns.«

Christine schob das winzige Kopfkissen in ihren Nacken, setzte sich bequem hin und schloss die Augen. Nur vage nahm sie noch das Rumoren um sich herum wahr, das Murmeln der anderen Fluggäste, wenn sie sie erkannten – aber es spielte keine Rolle.

Du läufst davon, Cannon, dachte sie. Ja, es stimmt. Genau das tue ich.

Wovor hast du Angst? Du liebst ihn doch nicht, oder?

Auf keinen Fall. Außerdem ist er verheiratet.

Du hältst das doch nicht für eine richtige Ehe, wie?

»Ach, halt den Mund«, murmelte sie leise. Das Letzte, was sie wollte, war eine hitzige Diskussion zwischen ihrem Herzen und ihrem Verstand.

Vor der Gefahr zu fliehen, war das einzig Vernünftige. Das lernte man als Erstes auf dem Weg zum Erwachsenwerden. Und sie war eine kluge Frau. Sie erkannte die Gefahr und reagierte darauf.

Sie lief um ihr Leben.

Aus ihren Träumen drang plötzlich eine Stimme in ihr Bewusstsein: »Schon seltsam, dir hier zu begegnen.«

Eine glühende Hitze breitete sich in ihrer Brust aus und strahlte nach außen. Sie wollte dieses Gefühl nicht, diese Intensität, so schmerzvoll lebendig zu sein. Denn diese Situation war so ausweglos, dass sie zu nichts als einem fürchterlichen Kummer führen konnte.

»Sag mir, dass ich träume«, antwortete sie und ließ ihre Stimme bewusst leicht und verärgert klingen. »Du bist nicht wirklich hier.«

»Hast du etwa geglaubt, ohne mich abreisen zu können? Hast du das wirklich geglaubt?«

Als sie die Augen öffnete, stand Joe im Mittelgang und schaute auf sie hinunter.

»Sehr lustig«, sagte sie. »Jetzt hast du deinen Spaß gehabt. Hör mit deinem idiotischen Grinsen auf und steig aus.«

Er wedelte mit seiner Bordkarte vor ihrer Nase. »Ich habe mir ein Ticket gekauft, Christie«, sagte er gedehnt wie ein drittklassiger Schauspieler in einem Western. Der perfekte Fiesling.

»Das ist doch nicht dein Ernst, oder?«

»Elfhundert Dollar sind eine ernst zu nehmende Tatsache, findest du nicht?«, entgegnete er mit einem Blick auf sein Ticket.

»Du fliegst also erster Klasse?«

»Du hast mich gekränkt«, sagte er unschuldig. Diese Ratte, dachte sie.

»Das ist nicht dein Stil, Joe. Früher hast du dein Geld nicht zum Fenster rausgeworfen.«

»Du bist nicht die Einzige, die zurzeit Geld verdient«, sagte er und ließ sich in den Sitz ihr gegenüber sinken. »Jetzt möchte ich mal wissen, wie die anderen leben.«

Plötzlich ging Christine ein Licht auf. »Sonst war wohl nichts mehr frei, wie?«

»Investigativen Journalistinnen kann man wohl niemals etwas vormachen, stimmt's«, meinte Joe grinsend.

Christine bewarf ihn mit der *Time* und sagte ihm, er solle den Mund halten.

Marina – offensichtlich kurz vor einem Wutanfall – kletterte über Joes Beine und ließ sich auf den Fenstersitz plumpsen. Jetzt trug sie einen formlosen marineblauen Pullover und beige Hosen. Die Sachen waren neu, aber ohne jeden Schick.

»Ich bin nur hier, weil ich dazu gezwungen wurde!«, verkündete sie finster.

»Na, prima!«, sagte Joe und schlug die Zeitschrift auf. »Wir werden das nicht vergessen.«

Marina schoss ihm einen so bösen Blick zu, dass Christine lächeln musste.

»Du bist mein Mann und nicht mein Vater. Ich dulde keine Bevormundung.«

»Oh, die süßen Klänge der Anarchie«, nuschelte Slade, leicht betrunken. »Das ist Musik in meinen Ohren.«

»Das ist die Musik aus einer Menge Schampus«, sagte Joe. »Sind wir jetzt glücklich, oder was ist los?«

Christine hörte, wie die Crew sich bereit machte, die Tür zu schließen. Noch ist es nicht zu spät, flüsterte eine Stimme in ihr. Noch kannst du aussteigen. Solange der Flieger am Boden ist, habe ich eine Fluchtmöglichkeit.

»Warum tust du das?«, fragte Christine, als sich die Maschine langsam auf die Startbahn zu bewegte. »Du gehörst nicht mehr zur Familie. Was geht dich die Goldene Hochzeit meiner Eltern an?«

Verdammt noch mal, sie waren geschieden! Kannte er die Regeln familiären Zusammenlebens nicht? Geschiedene teilten das Tafelsilber und die Bankkonten. Sie kämpften nicht darum, die angeheiratete Familie behalten zu dürfen.

»Da du mir diese Frage stellst, Christie, kannst du die Antwort auch nicht begreifen.«

»Ach, und was soll das nun wieder heißen, verdammt noch mal?«, blaffte sie. »Ich hasse es, wenn du in Rätseln sprichst.«

Und nenn mich nicht *Christie.* Christie war ein anderer Mensch, eine junge Frau, voller Hoffnung, die geglaubt hatte, die Welt nach ihrem Willen formen zu können. Eine Frau, die an Happy Ends glaubte.

»Und was ist mit dir?«, konterte Joe. »Noch gestern wolltest du um keinen Preis auf dieser Welt heimfahren. Was soll dieser plötzliche Sinneswandel?«

»Das geht dich einen Dreck an.«

»Leidest du etwa unter einem Anfall von Elternliebe?«

»Ja. Ich liebe meine Eltern«, sagte sie und ihre Stimme zitterte. Vor allem Joe sollte das doch verstehen. Warum musste sie ihm das Offensichtliche erklären? »Und wage es ja nicht, mir etwas anderes zu unterstellen.«

»Wenn du deine Eltern so sehr liebst, warum hast du sie dann so lange nicht besucht?«

»Ich schulde dir keine Erklärung dafür.«

»Mir vielleicht nicht, aber ihnen schuldest du ein paar.«

»Das geht nur meine Eltern etwas an – und mich.«

Er beugte sich über den Gang und sah ihr mit seinen blauen Augen direkt ins Gesicht, bis sie weder denken noch atmen oder auch nur den Blick abwenden konnte.

»Früher oder später nützt es dir überhaupt nichts mehr, davonzulaufen, Christine Cannon.«

»Willkommen an Bord der Maschine, Inlandflug Nummer eins siebenundzwanzig, nonstop von Newark nach Las Vegas«, sagte da der Steward lächelnd. »Wir möchten Sie nun mit unseren Sicherheitsvorkehrungen vertraut machen ...«

Wie soll ich es nur schaffen, dass mein Herz nicht bricht?, dachte Christine. Oder war es bereits zu spät dafür?

7

Noch ehe die Maschine ihre endgültige Flughöhe und Reisegeschwindigkeit erreicht hatte, war Slade eingeschlafen. Marina kämpfte gegen den Schlaf, nickte aber vor dem Dinner ein.

»Toller Champagner«, sagte Joe und leerte das zweite Glas. »Die armen Leute in der Touristenklasse schmachten bei Wasser und Brot.«

»Wie hat dir der Shrimp-Cocktail geschmeckt?«, fragte Christine.

»Er war gut, aber zu wenig.«

»Du hast vier davon verschlungen«, sagte sie. Slades, Marinas, ihren und seinen. »Der Steward hat geglaubt, du wolltest ins *Guiness Buch der Rekorde* aufgenommen werden.«

»Hast du noch ein paar Erdnüsse? Ich habe meine schon gegessen.«

Christine schüttelte den Kopf und blätterte in der neuesten *Newsweek*. »Eigentlich müsstest du so dick wie ein Fass sein, denn du isst wie ein Scheunendrescher und nimmst kein Gramm zu.«

»Das ärgert dich noch immer, wie?«

»Das hat mich noch nie geärgert.«

»Natürlich tut es das.«

»Das ist lächerlich. Warum sollte ich mich darum kümmern, wie viel du isst?«

»Du tust es aber.«

»Ein natürliches Phänomen kann man schlecht übersehen, Joe. Dein Appetit ist legendär.«

Er ließ sich vom Steward ein paar Päckchen Erdnüsse geben. »Weißt du noch, was dein Dad immer gesagt hat?«

Mit der tiefen, gedehnten Sprechweise eines Ranchers in Nevada fuhr er fort: »Junge, wenn du das Zeug weiter pausenlos isst, wirst du eines Tages mit einem fetten Wanst und einem verfetteten Herzen aufwachen.«

Christine lachte. »Das war an deinem vierzigsten Geburtstag«, sagte sie. Lichtjahre schienen inzwischen vergangen zu sein.

»Glaubst du, dass Sam Recht behält?«

»Angelst du nach Komplimenten?«

»Hat man Zweifel, sollte man direkt fragen.«

»Frag doch Marina«, sagte sie spitz. »Es ist nie zu früh, seiner Frau beizubringen, wie sie das männliche Ego zu pflegen hat.«

Joe deutete mit dem Kopf in Slades Richtung. »Na, der gute alte Glade hat ja mächtig einen in der Krone.«

»O ja, gute Gelegenheiten verpasst *Slade* nie.«

»Du magst ihn, nicht?«

»Ja, ich mag ihn«, antwortete sie und nickte.

»Er ist doch gar nicht dein Typ.«

»Das weiß ich«, entgegnete Christine und warf Joe einen schrägen Blick zu. »Aber das warst du wohl auch nicht.«

»Stimmt«, sagte er. »Wenn mich meine Erinnerung nicht täuscht, bist du immer auf diese dürren intellektuellen Typen abgefahren.«

Ein Grinsen unterdrückend, antwortete sie: »Meiner Erfahrung nach schließen Muskeln und Intellekt einander aus.«

»Ich habe Muskeln«, sagte Joe und spannte seinen linken Bizeps an.

»Ich bleibe bei meiner Meinung.«

»Wenn das stimmt, muss Paparazzo also so clever wie Einstein sein.«

»Ihr Muskelprotze seid doch alle nur neidisch, oder?«

»Du hast mir nie erzählt, ob du mit ihm schläfst.«

»Das werde ich auch nicht«, antwortete sie mit einem rätselhaften Lächeln.

»Das heißt also, dass du mit ihm schläfst.«

»Nein, das heißt es nicht.«

»Also schläfst du nicht mit ihm.«

»Das habe ich nicht gesagt.«

»Du kannst viel bessere Männer als ihn haben.«

»Das unterstellt, dass ich überhaupt eine Beziehung habe.«

»Lebst du etwa ganz allein?«

»Du gehst zu weit, Joe. Hör auf damit!«

»Mach dir keine Sorgen«, sagte er. »Unser Gespräch findest du nicht auf der ersten Seite der *New York Post* wieder.«

Im Sitz neben Joe bewegte sich Marina. Im Schlaf sah sie blutjung aus, fast wie ein Engel. Christine kam sich schäbig vor, weil sie Joe an jenem Morgen in der Küche geküsst hatte. Jetzt reagierte sie auf die einzige, ihr mögliche Weise.

»Sie schläft wie ein Baby. Es fehlt nur wenig und sie lutscht gleich am Daumen. Dieses unschuldige Lächeln willst du doch nicht ruinieren, Joe?«

»Nicht schlecht«, entgegnete Joe. »Nicht besonders originell, aber nicht schlecht.«

»Wann hast du eigentlich angefangen, an Grundschulen nach Freundinnen zu suchen?«

»Sie ist älter als sie aussieht«, sagte er und bewarf Christine mit dem zusammengeknüllten leeren Erdnussbeutel.

»Das muss sie ja sein, sonst säßest du im Knast.«

Christine atmete tief ein. Irgendein Dämon hatte von ihr Besitz ergriffen. Sie musste einfach weiterbohren, auch wenn das jetzt kein Fairplay mehr war. Sie wollte alle Einzelheiten dieser Geschichte erfahren und zwar sofort.

»Wo hast du sie kennen gelernt?«

Er zögerte. Und sie glaubte, das Herz würde ihr in der Brust zerspringen.

»Wir wurden einander vorgestellt«, antwortete er schließlich.

»Während deines Aufenthalts in Europa?«

»Was spielt das für eine Rolle?«, fragte er besorgt.

Und diese Fürsorge machte sie traurig und gab ihr das Gefühl, sehr alt zu sein.

»Wer hat euch einander vorgestellt? Ihr Babysitter?«

Ein kurzes Zögern und dann: »Ihr Vater.«

»Also eine geduldete Kindesentführung. Die Völker auf der anderen Seite des Großen Teichs sind wirklich zivilisiert, das muss man schon sagen.« Christine räusperte sich. Sie war weit gegangen, jetzt konnte sie auch bis zum bitteren Ende gehen. »Liebe auf den ersten Blick?«

»Nicht gerade.«

»Und wie würdest du es nennen?«

»Es reicht jetzt, Chris«, warnte er sie. »Das geht dich nichts mehr an.«

»Hast du Angst, dein sauberes Pfadfinder-Image könnte Schaden nehmen?«

Joe schwieg. Gehässige, eifersüchtige Bemerkungen einer einsamen Ex-Frau verdienten keine Antwort. Deswegen durfte sie ihm nicht böse sein.

Diese Spiel verlierst du, Cannon, dachte Christine. Er könnte denken, dass du ihn noch immer magst.

Als sie Indiana überflogen, wurde das Licht gedämpft und der Film begann. Joe lehnte die Kopfhörer ab. Bill Murrays Kampf mit einem abartigen Murmeltier interessierte ihn nicht. Müde war er auch nicht, aber die Flucht in den Schlaf schien ihm sicherer, als die verbale Auseinandersetzung mit Christine. Ihre Bemerkungen waren ihm unter die Haut gegangen, aber nicht aus den Gründen, die sie vermutete.

Ich würde dir so gern die ganze Wahrheit erzählen, Christie, dachte er und warf ihr im Halbdunkel einen Blick zu.

Trotz ihrer Scheidung und trotz seines Zorns hatte er immer das Gefühl behalten, es gebe so etwas wie ein festes Band zwischen ihnen beiden. Und wenn er ihre Reaktion auf seine Ehe mit Marina richtig deutete, fühlte Christine genauso.

Was natürlich überhaupt keinen Sinn machte, wenn man bedachte, wie sie ihn verlassen hatte. Ohne eine einzige Erklärung oder Entschuldigung. Und ohne Bedauern. Jedenfalls hatte er das bis heute gedacht. Doch was den letzten Punkt anging, war er sich nicht mehr so sicher. Sie hatte alles erreicht, was sie sich als Studentin erträumt hatte: Schönheit, Geld, Ruhm …

Doch Christine hatte sich noch nie mit den gegebenen Tatsachen abgefunden. Immer strebte sie nach Perfektion. Alles musste noch größer und schöner werden.

»Kann ich etwas für Sie tun, Sir?«, fragte da der Steward. »Noch etwas Champagner?«

»Kaffee bitte. Schwarz mit einem Stück Zucker.«

Der Steward verschwand im Gang.

Joe lehnte sich bequem in seinem Sitz zurück und schloss die Augen. Er lebte von Tag zu Tag. Während der vergangenen sechs Jahre hatte er zu viele Sorgen in zu vielen Flaschen ertränkt und sich nie mit dem eigentlichen Problem beschäftigt: Was würde ich tun, sollte ich Christine jemals wieder sehen?

Lange Zeit war er so verletzt und wütend gewesen, dass er ihr am liebsten den Hals umgedreht hätte. Weiter war er in seinen Gedanken nie gegangen.

Doch nun, da die hypothetische Situation Realität geworden war, musste er feststellen, dass da ein Gefühl existierte, das er weder gewollt noch erwartet hatte.

Leidenschaft und Begehren. Heiß und sinnlich.

Allein der Gedanke an diese Frau brachte ihn an den Rand des Wahnsinns. Diese langen Beine. Dieses wunderschöne Gesicht. Dieser scharfsinnige Verstand. Und das Ganze mit einer Lebenslust verbunden, die geradezu atemberaubend war.

Die früher einmal da gewesen ist, dachte er. Das war der Punkt.

Der Steward brachte den Kaffee, Joe merkte es kaum.

Während der letzten zwei Wochen hatte er den Unterschied zwischen der früheren und der jetzigen Christine herauszufinden versucht. Jetzt, da er ihn gefunden hatte, war die Antwort einfach.

Der Funke war erloschen. Die sprühende Lebensfreude dieser Frau verbarg sich jetzt hinter getönten Kontaktlinsen und unter getöntem Haar und einer Verletzbarkeit, die zu ihrer glänzenden Erscheinung nicht passte. Das Schlimmste daran war jedoch, er hätte überhaupt nicht bemerkt, dass Christine in eine Rolle geschlüpft war, hätte er sie nicht im Schlaf beobachtet.

Da war ihr Gesicht sanfter, und er hatte die Frau wieder gesehen, in die er sich vor langer Zeit verliebt hatte.

Doch nicht einmal Joe konnte diese Vision auf Dauer aufrechterhalten. Christine hatte eine neues Leben, neue Freunde und eine Karriere, die sie für eine Spitzenposition in den Medien prädestinierte. Wie er es auch drehte und wendete, einen Platz an ihrer Seite konnte er in diesem Szenario nicht finden. Abgesehen davon war er ein Mann, der noch Ideale hatte und vieles für weitaus wichtiger hielt, als berühmt zu werden.

Christine hatte sich verändert – doch er war anscheinend noch immer das alte Schlachtross wie vor zehn Jahren, das vergeblich für die Rettung der Welt kämpfte.

Wenn man die Dinge auf diese Weise betrachtete, wäre es vielleicht besser gewesen, Ric hätte ihm nicht das Leben gerettet.

Trotz ihrer Erregung beim Anblick der Lichter auf dem Flughafen hatte Christine das überwältigende Gefühl, auf eine Katastrophe zuzusteuern.

Ich hätte es ihnen vorher sagen müssen, dachte sie, als sie ihr Handgepäck einsammelte. Wie schwer wäre es für sie gewesen, ihren Vater zu informieren, dass Joe eine blutjunge Frau zu seiner Goldenen Hochzeit mitbringe. Beim letzten Telefongespräch mit Natalie war ihr die Begeisterung in der Stimme ihrer Schwester über ihre eventuelle Versöhnung mit Joe – dem liebsten Ex-Schwiegersohn der Cannons – nicht entgangen.

»Das ist undenkbar«, murmelte sie, als sie auf den Mittelgang trat.

»Was ist undenkbar?«, fragte Slade, dicht hinter ihr.

»Stell mir keine Fragen«, sagte sie finster. »Meine Eltern wissen nichts von Marina. Und ich vermute, dass sie für Joe und mich eine Party geben wollen.«

»Wirklich?«

»Bleib auf dem Teppich. Er ist verheiratet, solltest du das noch nicht bemerkt haben.«

»Und wenn er das nicht wäre? Wie steht's mit dir? Wärst du dann noch im Rennen?«

»Du liebe Güte, nein! Ich sorge mich nur um die Reaktion meiner Eltern«, antwortete Christine und überlegte, ob sie ihm ihren Kosmetikkoffer auf den Schädel knallen sollte. »Meine Eltern glauben an Happy Ends. Sie waren am Boden zerstört, als wir uns scheiden ließen.«

Vor allem Sam, ihr Vater, hatte gelitten. Man war nicht fünfzig Jahre glücklich verheiratet, ohne an die Formel »in guten wie in schlechten Tagen« und »bis der Tod euch scheidet«, zu glauben.

»Nichts hat Bestand«, sagte Slade. »Warum sollte es deiner Ehe anders ergehen?«

Genau das hatte sich Christine, seit sie Joe verlassen hatte, auch immer wieder gesagt. Aber das machte die Situation nicht einfacher. In ein paar Stunden würde sie die Auffahrt zum Haupthaus hochfahren, wo die ganze Familie sie erwartete. Was sollte sie nur tun, wenn alle die verlorene Tochter und den Ex-Schwiegersohn umarmen wollten?

»Christie!«, hörte sie ihren Vater bereits, mit weit ausgebreiteten Armen dröhnen. »Lass dich umarmen, mein Mädchen.« Und ihre Nase an seiner Brust vergraben, würde sie wieder seinen unverwechselbaren Geruch nach Sonne, Seife und Leder einatmen. »Du bist viel zu dünn, verdammt noch mal«, würde er fortfahren. »Du brauchst was Anständiges zu essen, damit du wieder etwas Speck auf die Rippen kriegst.«

Und dann würde es passieren. Ihr Vater würde Joe sehen.

Er würde einen Juchzer des Entzückens ausstoßen und ehe er ihn in die Arme schließen konnte, würde Marina aus dem Auto steigen und Sam mit dem ihr eigenen ernsten Blick mustern. Christine fragte sich, warum sie überhaupt aus New Jersey abgereist war.

Die beiden trafen Marina und Joe vor einer Reihe Einarmiger Banditen, die ein Typ mit einer Kansas-City-Baseballkappe mit Vierteldollar-Münzen fütterte. Marina starrte ihn verwundert an, als er die Geldstücke einwarf und dann schnell die Hebel der vier Automaten herunterzog.

»Willkommen in Las Vegas«, sagte Christine lächelnd. »Tut euch keinen Zwang an.«

»Wow! Ja!«, röhrte der Spieler, weil der Automat in diesem Moment zu klingeln anfing und gleich darauf klirrend Münzen ausspuckte.

»Ekelhaft!«, sagte Marina kopfschüttelnd. »Was für eine widerliche Art, Geld zu verschwenden.«

»Hat jemand mal 'nen Vierteldollar?«, fragte Slade und suchte in seinen Taschen nach passenden Münzen.

Joe steckte bereits Kleingeld in einen Spielautomaten namens Triple Cherry.

Christines Laune wurde immer schlechter. Sie ließ ihr Handgepäck vor Joes Füße plumpsen und sagte: »Pass auf meine Sachen auf. Ich hole inzwischen die Autoschlüssel von dem Mietwagen.« Er knurrte etwas Unverständliches und sie boxte ihn leicht in die Rippen. »Joe! Hast du mich verstanden?«

»Ich passe auf deine Sachen auf«, sagte Marina.

»Danke«, sagte Christine und wünschte wieder einmal, sie könnte das Mädchen nicht leiden. »Die beiden haben auch noch den Rest ihres Verstandes verloren.«

»Ich bin von Joseph enttäuscht. Anfangs dachte ich, er hätte mehr Ideale.«

»Das Leben ist voller Enttäuschungen«, sagte Christine und wandte sich zum Gehen. »Daran müssen Sie sich gewöhnen.«

Marina setzte sich auf Joes Reisetasche, stützte ihr Kinn in die Hand und beobachtete ihren Mann und Slade beim Spielen an den Einarmigen Banditen. Sie hatte mit ihrer Bemerkung über Joseph Christine nicht verärgern wollen. Doch wie tief musste Christine noch verletzt sein, dass eine so flüchtige Feststellung eine derart zynische Reaktion bei der Amerikanerin hervorrufen konnte.

Alles deutete darauf hin, dass Joe am Zerbrechen der Ehe die Schuld trug. Warum sonst wäre Christine noch so verletztbar? Er musste etwas Unverzeihliches getan haben, sonst hätte sich Christine nicht scheiden lassen.

Um ganz sicherzugehen, prüfte sie die Frage noch einmal unter einem anderen Aspekt. Natürlich war es seine Schuld. Mehr als einmal hatte sie gesehen, *wie* Christine noch heute ihren Exmann ansah.

Sie liebt ihn noch immer, dachte Marina und Tränen stiegen ihr in die Augen, obwohl sie geschieden waren.

Der Gedanke machte sie frösteln. So hätten die Dinge nicht laufen sollen – denn die Liebe überwindet alle Hindernisse, die das Schicksal dem Menschen in den Weg legt. Sie und Zee waren zwar durch die Umstände getrennt, aber an ihren Gefühlen für Zee hatte sich nichts geändert. Sie liebte ihn jetzt sogar noch mehr als zuvor und würde bis zu ihrem letzten Atemzug nicht aufhören ihn zu lieben.

Und sollte sie sich jemals von Zee trennen, wäre der einzige Grund eine andere Frau. Eine Frau, die ihn nachts in ihren Armen halten und ihm zuhören würde, ihn wärmen und trösten – alle die Dinge täte, die sie getan hatte und mehr …

Hatte Joe eine andere Frau gefunden? Sie versuchte, sich eine Frau vorzustellen, die Christine das Wasser reichen konnte. Es gelang ihr nicht. Christine war blond und schön, erfolgreich und reich. Sie repräsentierte den amerikanischen Traum – und gewiss erfüllte sie auch die Idealvorstellung eines Mannes von einer Frau.

Trotzdem war diese Ehe zerbrochen. Was pflegte ihre Mutter zu sagen, wenn sie sich vor dem Spiegel zurechtmachte?

»Sogar Champagner wird langweilig, wenn man ihn jeden Tag trinkt.«

Konnte ein Mensch zu perfekt sein? Sollte das stimmen, fand sie den Gedanken sehr tröstlich.

»Marina?«

Beim Klang von Christines Stimme schrak sie zusammen und war plötzlich wie desorientiert, erstaunt, im Flughafengebäude von Las Vegas auf der Reisetasche ihres Mannes zu sitzen.

»Geht es Ihnen gut?«

»Ja«, antwortete Marina und straffte die Schultern.

»Ich frage, weil Sie geweint haben«, sagte Christine, die jetzt neben der jungen Frau kauerte, damit sie ihr in die Augen sehen konnte.

»Ich habe doch nicht geweint«, stritt Marina ab. Christine war viel zu scharfsinnig und einfühlsam. »Warum sollte ich weinen?«

Christine berührte sanft Marinas Wange mit den Fingerspitzen, schwieg aber.

Marina hatte das Gefühl, als könnte Christine ihr direkt ins Herz sehen. Sie wollte den Blick abwenden, konnte es aber nicht. Christine sah sie mit so viel Wärme und Verständnis an, dass Marina am liebsten den Kopf an die Schulter der Älteren gelehnt und ihr alles erzählt hätte.

Sie führt etwas im Schilde, dachte Joe, als die vier an Bord des Flughafen-Shuttle stiegen, der sie zum Mietwagen brachte. Warum hatte Christine seine Frau an ihren Busen gedrückt, als wären die beiden Schwestern? Er hätte fast einen Herzanfall bekommen, als er sah, wie die beiden verschwörerisch die Köpfe zusammensteckten, so wie Frauen immer tuscheln, wenn sie über Männer reden.

Vielleicht wollten sie ihn jetzt gemeinsam austricksen. Vielleicht hatte Marina Christine alles erzählt und seine Ex-Frau schmiedete jetzt einen Plan, wie sie die heiße Story am wirksamsten an die Öffentlichkeit brachte.

Er sah das Ganze direkt vor sich: Christine geschminkt und aufgedonnert in einem dieser Versace-Fummel, breit in die Kamera lächelnd. »Willkommen zur Premiere der *Christine-Cannon-Show*«, würde sie mit einem verführerischen Klimpern ihrer strahlenden Augen sagen. »Heute Abend haben wir alles: ein Königshaus, eine Tragödie und Sex!«

Gütiger Himmel! Allein bei diesem Gedanken brach ihm der kalte Schweiß aus. Und wie die beiden da drüben zusammengluckten. Marina warf ihm wie immer finstere Blicke zu, während Christine einfach durch ihn hindurchsah. Er kannte diesen Ausdruck. Wann immer sie eine besonders kniffelige Aufgabe zu lösen hatte, runzelte sie die Brauen, senkte die Lider und reckte das Kinn störrisch vor.

Oh, ja! Sie wusste etwas. Na gut. Die Frage war nur: Was wusste sie? Wie viel wusste sie? Fragte er sie, legte er seine Karten auf den Tisch. Fragte er sie nicht, könnte das fatale Folgen haben.

Er warf seiner derzeitigen Ehefrau einen Blick zu. Ihr finsterer Ausdruck hatte sich zu etwas Mörderischem in ihren Augen verstärkt.

Du lieber Himmel, kann sie nicht einmal freundlich aussehen?, dachte Joe und fragte: »Hast du ein Problem?«

Das letzte Mal, dass ihn jemand so angesehen hatte, war während eines Streits um den einzigen Parkplatz in der Nähe der Vereinten Nationen gewesen.

Marina schüttelte den Kopf, aber ihre Miene hellte sich nicht auf.

»Ihre kleine Frau mag Sie nicht, Kumpel«, verkündete Slade. »Da frage ich mich schon, warum das so ist.«

»Sind Sie verheiratet?«, fragte Joe.

Slade tat so, als würde es ihm kalt über den Rücken laufen. »Ich doch nicht.«

»Und waren es auch noch nie?«

»Noch nie.«

»Stellen Sie mir diese Frage noch mal, wenn Sie eine Ehe hinter sich haben. Dann reden wir weiter.«

Eine billige, aber sehr effektive Antwort. Mit etwas Glück würde er geschieden sein, wenn ihn der Paparazzo das nächste Mal fragte.

Natürlich hätte sich Slade von dem Pfadfinder nicht so einfach abspeisen lassen müssen, aber Macht bestand zu zehn Prozent aus Informationen und zu neunzig Prozent daraus, wie man dieses Wissen nutzte. Und jetzt war nicht der Moment, davon Gebrauch zu machen.

Nachdem sie ihr Gepäck im Kofferraum verstaut hatten, sagte Joe zu Christine: »Ich fahre. Dann kannst du etwas schlafen.«

»Danke, nein. Ich fahre.«

»Du bist doch fix und fertig. Du schläfst noch hinter dem Lenkrad ein.«

»Ich habe im Flugzeug geschlafen«, sagte sie verbissen. »Außerdem habe ich den Wagen gemietet, also fahre ich ihn.«

»Scheißmist«, sagte Slade. Er hockte auf einem Kotflügel. »Gib mir den Schlüssel, dann fahr ich das verdammte Auto.«

Joe ignorierte ihn und Christine fauchte ihn an, er solle die Klappe halten.

»Das geht dich überhaupt nichts an«, sagte Marina, die auf dem anderen Kotflügel hockte. »Das müssen die beiden unter sich ausmachen.«

Slade sah die Kleine an und lachte. »Sie streiten doch nur darüber, wer fährt. Aber du redest, als würde es sich um eine Auseinandersetzung unter Liebenden handeln.«

»Das ist doch absurd!«

Irgendetwas in ihrem Ton sagte Slade, dass er der Wahrheit sehr nahe gekommen war.

»Eigentlich müsstest du Christine doch die Augen vor lauter Eifersucht auskratzen, oder?«

»Die beiden haben eine gemeinsame Vergangenheit«, antwortete Marina gelassen. »Das hat mit mir überhaupt nichts zu tun.«

»He! Du bist mit ihm verheiratet«, erinnerte Slade sie, auch wenn er überzeugt war, dass den beiden das so gut wie nichts bedeutete.

»Das weiß ich.«

»Und du bist nicht eifersüchtig?«

»Nicht im Geringsten«, sagte sie kopfschüttelnd.

»Das solltest du aber.«

Marina musterte den Fotografen abschätzend und sagte: »Möchtest du mir vielleicht etwas Bestimmtes sagen, Slade?«

Woher hatte sie nur diese Selbstsicherheit?, dachte Slade. Ich kann es kaum glauben, dass sie erst neunzehn ist. Manchmal kam sie ihm vor, als wäre sie die Älteste von ihnen vier.

Er hätte ihr von dem heimlichen Kuss in der Küche erzählen können, aber dafür war noch nicht der richtige Moment.

»Mir wird bei langen Fahrten im Auto immer schlecht«, sagte er stattdessen. »Vielleicht möchtest du vorne sitzen.«

»Mir wird auch schlecht«, sagte Marina mit einem zaghaften Lächeln. »Vielleicht gehören wir zusammen.«

Sie schauten sich an und brachen in Gelächter aus.

Aus dem Mund einer anderen Frau hätte diese Bemerkung zweideutig geklungen, aber nicht aus Marinas. Und das passte Slade. Nicht in ihr Bett wollte er, sondern über ihre Bettgeschichten Bescheid wissen.

Ich bin der nette Junge von nebenan, dachte Slade, als die beiden hinten im Wagen Platz nahmen. Mir kannst du alles erzählen. Deine heimlichen Lüste, deine hässlichen Träume und die Wahrheit über deine Ehe.

»Anschnallen!«, befahl Christine und setzte sich hinters Lenkrad. Mit einem scharfen Klick befestigte sie ihren Gurt.

Marina gehorchte wie ein braves Kind. Auch Joe. Nur Slade tat so als ob. Es war schon schlimm genug, dass seine Füße in abgetragenen Nikes anstatt handgefertigten Gucci-Slippern steckten. Da konnte er nicht noch mehr Zwang ertragen, selbst wenn Christine den Wagen gegen ein Gatter fahren sollte.

»Ich muss mal aufs Klo«, verkündete Marina, als sie auf den Highway fuhren.

»Ich brauche einen Anschluss im Internet«, sagte der Pfadfinder auf dem Beifahrersitz.

Christine warf dem Fotografen einen Blick im Rückspiegel zu. »Und du, Slade? Du möchtest doch sicher eine Runde durch die Casinos machen, oder?«

»Nett, dass du daran denkst, Schätzchen. Aber im Moment reicht es mir, wenn ich telefonieren könnte.«

Er brauchte Christines Gesicht nicht zu sehen, um zu wissen, dass sie die Schnauze bis obenhin voll hatte.

»Ich halte nur einmal. Wenn wir Las Vegas hinter uns haben, kommt ihr erst wieder auf der Ranch mit der Zivilisation in Berührung.«

»Du machst doch Witze, Schätzchen, oder?«

»Fünf Stunden Fahrt, kein fließendes Wasser«, sagte Joe. »Kommen Sie damit zurecht, Cowboy?«

Wäre Joe nicht so muskulös gewesen, Slade wäre ihm an die Kehle gesprungen. »Sie können mich mal!«, sagte er stattdessen.

Zehn Minuten später fuhr Christine auf den Parkplatz des *Mirage Hotel*. »Fünf Minuten«, sagte sie. »Wenn ihr nicht rechtzeitig zurück seid, fahre ich ohne euch weiter.«

»Die berühmte Gastfreundschaft des Wilden Westens«, sagte der Pfadfinder mit diesem süffisanten amerikanischen Grinsen, das Slade inzwischen hasste. »Ist sie nicht phantastisch?«

»Kommst du, Joseph?«, fragte Marina.

Der von beiden Ladys geliebte Ehemann schüttelte den Kopf. »Ich bleibe hier und passe auf das Auto auf.«

»Das ist nicht nötig«, sagte Christine, »weil ich hier bleibe.«

Du willst ihn haben, Schätzchen, und du weißt es nicht einmal, wie sehr du dich nach ihm sehnst, dachte Slade. Dieses feurige Glänzen war wieder in ihrem Blick; und Slade sah die Titelseite von *Vanity Fair* in greifbarer Nähe. Genau das war das Foto, auf das er seit Wochen wartete: die perfekte Mischung aus Schönheit, Geist und brodelnder Leidenschaft. Die allein ließ die Auflage in schwindelnde Höhen steigen.

Und Slades Karriere.

»Ich weiß nicht, wo die Toiletten sind«, sagte Marina mit der Stimme eines bockigen kleinen Mädchens.

Dies war die Gelegenheit, die er nicht verpassen durfte.

»Komm, Schätzchen«, sagte Slade und legte ihr den Arm um die Schultern. »Ich helfe dir, das Klo zu finden. Und du hilfst mir, das Telefon zu finden.«

Christine und Joe standen neben dem Ford und sahen den beiden hinterher wie sie im Hotel verschwanden.

»Glaubst du, dass wir sie jemals wieder sehen?«, fragte Joe.

Christine wollte mit einer witzigen Bemerkung darauf reagieren, doch dann brach sie zu ihrem eigenen Entsetzen in Tränen aus.

»Ja, um Himmels willen ...«, stotterte Joe und sah fassungslos auf sie hinunter.

»Hör auf, m... mich anzustarren«, murmelte sie und bedeckte ihr Gesicht mit den Händen. »Du hast mich doch schon heulen sehen.«

»Noch nie auf einem Parkplatz.«

»Ich wünschte, ich wäre nie hierher gekommen«, schluchzte sie. »Ich wünschte, ich wäre in New Jersey geblieben.«

»Und ich wünschte, ich hätte das auf Tonband«, sagte Joe und tätschelte ihr verlegen die Schulter. »Ich wette, das ist das erste Mal, dass jemand sagt, er wäre lieber in New Jersey geblieben.«

»B... bring mich n... nicht zum Lachen«, sagte sie, noch immer weinend. »Ich will mein Elend genießen.«

»Ja, das ist die Christine Cannon, die ich kenne. Eine Frau, die weiß, was sie will.«

»M... machst du dich über mich lustig?«

»Nein«, sagte er und zog ihr sanft die Hände vom Gesicht. »Ich mache mich nicht über dich lustig, Christie.«

Sie wollte ihn nicht ansehen, aber es lag so viel Intensität in seinem Blick, dass sie nicht anders konnte.

»Niemand nennt mich jetzt noch Christie; außer meiner Familie«, sagte sie, nicht mehr so heftig weinend.

»Ich war deine Familie«, sagte er. »Hast du das vergessen?«

»Nein«, flüsterte sie. Sie hatte das Gefühl, ihr Herz würde gleich brechen. Und sie bezweifelte, ob ein gebrochenes Herz mehr weh tun könnte als ihre Einsamkeit.

»Warum hast du das getan, Christie? Was ist so schief gegangen, dass du ohne ein Wort zu sagen weggelaufen bist?«

»Ich kann dir darauf nicht antworten, Joe«, sagte sie und versuchte, sich von ihm zu lösen. »Das ist zu schwer. Das kannst du nicht von mir verlangen.«

»Sechs lange Jahre habe ich gegrübelt, ob ich etwas getan oder gesagt habe, was dich verletzt hat. Aber du hast mich einfach im Regen stehen lassen.«

»Wir können die Vergangenheit nicht ändern. Warum haken wir sie nicht einfach ab und leben unsere Leben weiter?«

»Weil du mir eine Antwort schuldig bist!«

Er packte ihre Arme und zwang sie, ihm in die Augen zu sehen. »Du bist nicht die Einzige, die gelitten hat«, sagte er leise, aber eindringlich. »Und du bist nicht die Einzige, die etwas Wichtiges verloren hat.«

Wieder drohte Christine von Tränen überwältigt zu werden, doch sie biss sich auf die Lippen.

»Die beiden kommen gleich zurück. So dürfen sie uns nicht sehen.« Sie wischte sich die Tränen vom Gesicht. »Joe, bitte, wenn du mich jemals geliebt hast, tu so etwas nicht in Gegenwart meiner Familie. Ich flehe dich an …«

Helles, fröhliches Lachen war zu hören.

»Marina?«, fragten beide unisono.

»Ich wusste gar nicht, dass sie lachen kann«, sagte Christine.

»Ich auch nicht«, sagte Joe.

Sie drehten sich um. Das junge Mädchen und der Fotograf schlenderten auf sie zu. Jeder hatte eine riesige Eistüte in der Hand. Und die beiden schienen glänzender Laune zu sein.

»Das gefällt mir nicht«, sagte Joe.

»Mir auch nicht«, sagte Christine.

»Er ist viel zu alt für sie«, sagte Joe.

»Sie ist mit *dir* verheiratet«, sagte Christine.

Er schaute mit einem seltsamen Lächeln auf sie hinunter. »Danke, dass du mich daran erinnert hast.«

»Gern geschehen«, sagte sie. Vielleicht mussten sie beide daran erinnert werden.

»Slade hat einen Haufen Geld aus einem der Automaten bei den Toiletten gewonnen«, verkündete Marina.

»Ich dachte, du hältst das Glücksspiel für ein Laster«, sagte Joe zu seiner Frau.

»Das ist es auch«, sagte Marina zwischen zwei Attacken auf ihr Eis. »Aber es ist trotzdem ein erstaunliches System.«

»Noch eine, die sich zum Kapitalismus bekehrt hat«, murmelte Joe.

»Ihr habt uns kein Eis mitgebracht«, sagte Christine betrübt.

»Wir wollten nicht zu spät kommen«, sagte Slade mit einem hässlichen Grinsen in Christines Richtung. »Das hasst du doch, nicht wahr, Christine, Schätzchen?«

»Ein Eis wäre schön gewesen«, antwortete sie und kam sich ausgenutzt vor.

»Jetzt passen wir aufs Auto auf, dann könnt ihr euch Eis kaufen«, sagte Marina.

Joe und Christine schauten sich an. Sie sah ihre Vergangenheit in seinen schönen blauen Augen und sie sah die Zukunft – ein flüchtiger Blick nur, aber trotzdem voller Hoffnung.

Was ist los, Joe? Siehst du es auch?

»Ich denke, wir sollten weiterfahren«, sagte Joe, ohne den Zauber zu zerbrechen. »Es ist schon Mitternacht.«

»Ja«, sagte Christine leise. »Wir sollten fahren.«

Sie standen da wie gebannt – bis Slade sie in die Seite knuffte und den Zauber brach.

Und Joe lächelte sie an wie früher. Sie erwiderte sein Lächeln, wie vor Jahren, als die Welt noch ihnen gehörte.

Ich kann es kaum fassen, dachte Christine, als sie sich hinters Steuer setzte und den Motor startete. Du hast es also auch gefühlt.

Die Luft war voller Magie und Hoffnung, ein Gefühl, das Christine gefürchtet hätte, wäre sie in einer normalen Verfassung gewesen. Aber das war sie nicht. Sie war verwirrt und benommen, sie war von dem Gefühl überwältigt, mit voller Geschwindigkeit auf etwas zuzufahren, das sie wahrscheinlich nicht beherrschen konnte – und dass Joe ebenfalls auf dieses Unbekannte zufuhr.

Möge der Himmel ihnen gnädig sein, sollten sie zusammenstoßen!

8

»Ich dachte, du würdest dich nach hinten zu deiner Frau setzen«, sagte Christine zu Joe, als sie die Glitzerstadt Las Vegas hinter sich ließen.

»Sie schläft. Außerdem kann ich dir helfen, dich zurechtzufinden.«

»Marina schläft nicht«, sagte Christine, nach einem Blick in den Rückspiegel. »Und die Ranch meiner Eltern finde ich auch ohne deine Hilfe.«

»Bist du dir da sicher? Du warst jahrelang nicht da.«

»Vier Jahre sind keine so lange Zeit.«

Natürlich hatten sie sich gesehen. Ihre Eltern kamen öfters zu Besuch nach Los Angeles, wie auch ihre Geschwister mit deren Familien.

»Ich hätte es ohne diese Ranch nicht vier Jahre ausgehalten.«

»Du bist da ja auch nicht aufgewachsen«, sagte Christine. »Ich kann mir kaum vorstellen, dass du vom Leben auf dem Land noch so begeistert wärst, hätte man dich dort nur mit Pferden und Kühen als Gesellschaft achtzehn Jahre lang gefangen gehalten.«

»Das war immer noch besser als die Nachbarn in Brooklyn.«

»Du hast von Anfang an romantische Vorstellungen vom Leben auf einer Ranch gehabt, Joe«, sagte sie und ging vom Gas als ihnen ein Streifenwagen entgegenkam. »Dazu gehört eine Menge mehr als Lassoschwingen und Lieder singen am Lagerfeuer.«

»Ich würde liebend gern sehen, wie du das tust. Dafür würde ich sogar viel Geld bezahlen.«

»Das wird nie passieren«, entgegnete sie und musste grinsen. »Ich bin eine Städterin, die zufällig auf dem Land geboren wurde.«

»Und ich bin im Grunde meines Herzens ein Junge vom Land, der zufällig in Brooklyn geboren wurde.«

»Eine Ironie des Schicksals«, sagte Christine leichthin.

Ihre Worte hallten noch lange nach.

Eine Ironie des Schicksals, dachte Joe und schaute Christine von der Seite an. Ihm war schwer ums Herz. Sie sah wie eine Wikinger-Fürstin aus, so wie das Mondlicht jetzt ihr feines Profil in halbdunkle Schatten tauchte. Phantasievorstellungen waren nicht gerade seine Stärke, aber Christine war ein Frau, für die ein Mann im Kampf sein Leben wagen würde. Die klassische Linie ihrer Gesichtszüge wurde durch das trotzig hervortretende Kinn ihrer Perfektion beraubt, was ihre Ausstrahlung aber nur noch verstärkte – und das Geheimnis ihres Wesens.

Es hatte eine Zeit gegeben, wo er glaubte, den Rest seines Lebens mit der Aufdeckung dieses Geheimnisses verbringen zu können; sie zu beobachten, wie sie mit Grazie und Geist anmutig durchs Leben schritt.

Und jetzt war es eine Ironie des Schicksals, dass sie beide unter sternenübersätem Himmel über eine Straße in Nevada fuhren, während seine Kind-Frau auf dem Rücksitz schlief.

»Ich weiß, was du denkst«, sagte Christine leise, fast zärtlich.

»Dass wir schon einmal so nachts gefahren sind?«

»Genau.« Und nach einem Blick in den Rückspiegel: »Aber es war etwas anders als heute.«

Die Erinnerung an jene Nacht überwältigte ihn schier: »Wir saßen in dem alten Chevy, den wir von einem Zocker-

Kumpel meines Vaters gekauft hatten. Und wir fuhren zur Ranch, um deiner Familie zu sagen …«

»Hör auf!« Ihre Stimme versagte und sie räusperte sich, um die Fassung wieder zu gewinnen. »Rede über was du willst. Aber nicht darüber, Joe.«

»Das waren schöne Zeiten, Christie. Eine Zeit lang hätte es nicht schöner sein können. Eigentlich sollten wir in der Lage sein …«

»Nein!«, sagte sie schrill. Und er merkte, wie sie sich anstrengte, um ihre Stimme wieder unter Kontrolle zu bringen. »Wir können die Dinge nicht ändern. Wir können sie nicht ungeschehen machen.«

»Aus diesem Grund fährst du also nicht mehr nach Hause, habe ich Recht?«

Die ganze Zeit hatte die Wahrheit vor ihm gelegen und er hatte sie nicht gesehen. »Weil es dir zu weh tut?«

»Ich besuche meine Familie nicht so oft wie ich gern möchte, weil mein Beruf das nicht zulässt.«

»Das ist doch Unsinn, Christine!«

»Ich weigere mich, diese Unterhaltung fortzuführen.«

»Und ich muss zugeben, dass du mich fast überzeugt hättest. Aber nur fast. Das klappt jetzt nicht mehr.«

»Ob es klappt oder nicht, ist mir scheißegal. Das geht nur meine Familie und mich etwas an. Du hast damit nichts zu tun, Joe. Absolut nichts.« Sofort wurde er wütend, war außer sich vor Wut. Sechs Jahre Qualen – ein ständig latenter Schmerz – wallten in ihm auf. Er beugte sich zu ihr, bis der Sicherheitsgurt über seiner Brust spannte, und er erkannte ihre Angst. Aber das war ihm egal. Sie verletzte ihn, jetzt wollte er sie verletzen. Und es war Zeit, dass sie das merkte.

»Sieh mich nicht so an!«, sagte Christine und Joe bewunderte ihren Mut angesichts der existierenden Gefahr. »Kümmere dich um deinen Kram, dann gibt's keine Probleme.«

»Du hast nur eins vergessen, Christine«, sagte er mit tödlicher Ruhe. »Dieses Kind, das du verloren hast, war auch meins.«

Slade öffnete ein Auge und schielte auf den Recorder in seiner linken Hand. Trotz des Dämmerlichts sah er, dass sich das winzige Tonband drehte.

Ja.

Geräuschlos nahm er eine bequemere Position ein und sah Marina an. Sie hatte sich neben ihm eingerollt und sie atmete tief und regelmäßig.

Das hast du verpasst, Schätzchen, dachte er. Aber ich kenne nun das Geheimnis.

Fast tat ihm die Kleine Leid. Denn gegen Christine hatte Marina keine Chance – oberflächlich gesehen. Aber es gab ein wichtiges Detail: Marina hatte den Pfadfinder und Christine nicht.

Das Band zwischen Joe und Christine war viel stärker als Slade vermutet hatte. Es hatte also eine Fehlgeburt gegeben. Er hatte sich oft gefragt, warum sie kinderlos geblieben war, aber angenommen, dass die Mutterrolle nicht zu ihren ehrgeizigen Plänen passte. Ehepaare lassen sich jeden Tag scheiden, doch es gab Dinge, die man nicht einfach hinter sich lassen konnte. Und eine missglückte Schwangerschaft war eines davon.

Mit sexy Fotos und Sex-Storys lässt sich immer schnelles Geld machen, dachte er. Aber dies ist eine Tragödie und steht auf einem anderen Blatt.

Und Slade würde die Hand aufhalten, wenn die Zeit für diese tragische Geschichte reif war.

Sie hielten noch zweimal, damit sich Marina – wenn auch murrend – hinter einer Yucca-Palme erleichtern konnte. Christine war ihr nicht böse. Sanitäre Einrichtungen mit fließend heißem und kaltem Wasser hatten unbestreitbare Vorzüge.

Nach dem zweiten Halt kroch Marina ins Auto zurück und schlief bereits wieder, als Christine und Joe einsteigen wollten.

»Du siehst fix und fertig aus«, sagte Joe, weil Christine ein Gähnen unterdrückte. »Lass mich fahren.«

Dieses Mal zeigte sie sich einsichtig, entgegnete aber: »Ich weise dir den Weg.«

»Die Straße ist schnurgerade, Chris«, sagte er und glitt hinters Lenkrad, während sie sich auf den Beifahrersitz setzte. »Das schaffe ich auch ohne dich.«

»Nein«, wandte sie ein. »Ich habe ein besseres Gefühl, wenn ich auf die Route achte.«

»Mach, was du willst.«

»Danke«, sagte sie schnippisch. »Das tue ich auch.«

Er trat aufs Gas und der Ford machte einen Satz nach vorn.

»Joe!«

»Ich habe ihn nur ausprobiert.«

Joe beschleunigte den Wagen auf eine angenehme Reisegeschwindigkeit und Christine war wie hypnotisiert von dem ins Unendliche reichenden Band der Straße vor ihnen. Im Mondschein wirkte die Landschaft wie eine Studie aus Licht und Schatten, mit den scharfen Konturen der Yuccas und Kreosotsträucher dazwischen und den schwarzen Umrissen der Berge, die in den sternenübersäten Himmel reichten.

»Warum glaube ich, dass gleich John Wayne auf uns zu galoppiert kommt?« fragte Joe mit so sonorer, leiser Stimme, die zu diesem Szenario passte.

»Vielleicht weil hier schon Hunderte von Western gedreht wurden«, antwortete Christine kichernd.

Er deutete auf einen Felsvorsprung in der Ferne. »Schau mal da hin! Ich könnte schwören, da steht ein Indianer zu Pferd und beobachtet uns.«

»Deine Phantasie geht mit dir durch, Joe.«

»Nein. Dazu braucht man nicht viel Phantasie, wenn man wie ich mit *Rauchende Colts* und *Tausend Meilen Staub* aufgewachsen ist. Aber ich hätte meinen Fernseher verkauft, wenn ich dadurch ein Leben auf einer Ranch bekommen hätte.«

Christine lehnte sich zurück und schloss die Augen. »Das Leben ist oft sonderbar, nicht wahr? Ich las als junges Mädchen *Vogue* und *Glamour* und träumte von einem Apartment an der Fifth Avenue mit Blick auf den Central Park.«

»Ach ja, dein neues Apartment, Christie. Wo liegt es eigentlich?«, fragte er mit gespieltem Desinteresse, was ihr keinesfalls entging.

Trotzdem widerstand sie dem Impuls, ihn anzusehen. »Am Central Park West. Warum?«

»Tolle Aussicht?«

»Hmm.«

»Du scheinst nicht ganz glücklich damit zu sein.«

»Ich werde glücklich sein, wenn es fertig ist.«

»Macht dir das Erreichte vielleicht etwas Angst, Christie?«

»Überhaupt nicht. Ich genieße meinen Erfolg richtig.«

»Und ist es genau das, was du erreichen wolltest?«

»Ich hatte nicht immer die Wahl, Joe«, antwortete sie und ihre Augen wurden groß.

Joe starrte auf das dunkle Band der Straße. Er antwortete nicht. Das brauchte er auch nicht. Sie wusste, dass er sie verstanden hatte. Das konnte sie an der Art und Weise sehen, wie er die Kiefer zusammenpresste und mit dem rechten Zeigefinger aufs Lenkrad trommelte.

Da-da-dumm. Da-da-dumm. Und dieses Trommeln erinnerte sie an die Zeit vor zehn Jahren, an den Anfang ihrer Beziehung.

Wie oft waren sie diese Straße gefahren? Ebenfalls nachts, mit viel Kaffee, um wach zu bleiben, und Schokoriegeln. Und sie hatten geredet und geredet – sogar die Existenz Gottes hatten sie angezweifelt. Christine hatte Vorträge gehalten und Joe geschrien, bis ihre Diskussion in Schimpfwörtern endete. Doch dann liebten sie sich mit derselben Leidenschaft, mit der sie alles taten.

Seither war sie so von Joe geprägt, dass sie die Menschen und Dinge mit seinen Augen sah – vielleicht war das nicht fair. Aber mit der Heirat hatte sie ihm ihr Herz geschenkt und sie gehörte noch immer ihm. Doch das konnte sie ihm nicht sagen.

Damals lag sie nachts manchmal wach und betrachtete ihren schlafenden Mann, weil sie das Wunder ihrer Beziehung nicht fassen konnte. Er war anders als alle Menschen, die sie kennen gelernt hatte: laut und aggressiv, gerissen und über alle Maßen ehrgeizig. Er war zu hundert Prozent das Produkt der Armenviertel in New York – ein Straßenkind – wie sie eine Ranchertochter war. Doch in den wesentlichen Dingen des Lebens waren sie einer Meinung, mehr noch, eine Einheit.

Sie hatte seinen Körper und seine Seele und seinen Geist geliebt und sie hatte den Gedanken genährt, dass das Schicksal sie noch mehr beschenken und sie mit einem Kind segnen möge, das an ihrem Reichtum teilhaben konnte.

Doch in jenem Jahr hatte das Schicksal mit Wundern gespart.

»Wie wär's mit etwas Musik?«, fragte Christine nach einer Weile. Sie durfte sich nicht länger ihren Erinnerungen hingeben und brauchte eine Ablenkung, die sie in die Gegenwart zurückbrachte.

»Jaaa«, sagte Joe und suchte nach einem Sender. »Keine schlechte Idee.«

Slade hatte keine Lust, seine Tonbänder an Barry Manilows Gesangskunst zu verschwenden. Also steckte er den Recorder in seine Hosentasche, wo er gegen die Münze stieß, die er Marina im Hotel gemopst hatte. Diese Münze sei ihr Glücksbringer, hatte sie gesagt. Er fand, dass diese Münze nun ebenfalls sein Glücksbringer sei. Denn wenn ihn nicht alles täuschte, würde ihm diese Münze eine Menge über Marina und die seltsame Ehe mit dem Pfadfinder erzählen. Dass es sich dabei weder um einen Rubel noch um eine Kopeke handelte, wusste er bereits, doch bald würde er mehr erfahren.

Christine glaubte, Marina stamme aus England, so wie er. Aber er hatte sofort herausgehört, dass Marina nicht in Großbritannien geboren war – auch wenn sie mit diesem Upperclass-Akzent sprach. Da war ein gewisser Unterton in ihrer Stimme, ein Akzent, den er nicht identifizieren konnte. Noch nicht.

Doch er wusste, was für Leute ihre Kinder in exklusive Internate zu schicken pflegten.

Nämlich reiche Leute, die sichergehen wollten, dass ihr kleiner Achmed oder ihre kleine Pamela so früh wie möglich die richtigen Kontakte knüpfte.

Er stopfte sich sein Jackett in den Nacken und lehnte sich zurück. Die letzte Unterhaltung über Zeitschriften und Fernsehserien war enttäuschend gewesen. Er hatte mehr auf die Enthüllung kleiner Geheimnisse der beiden gehofft.

»Bist du wach?«, flüsterte Marina, obwohl niemand sie über Barrys nasalem Gesinge hören konnte.

»Was gibt's denn, Schätzchen?«, fragte Slade und täuschte ein Gähnen vor.

»Deine Augen sind offen.«

Er drehte sich zu ihr um. Ihr Gesicht war vom Schlaf zerknittert und ihre mausbraunen Haare standen wie Stacheln vom Kopf ab. Als Nachfolgerin der strahlenden Christine gab sie eine lächerliche Figur ab.

»Hat dich der Schnulzensänger auch geweckt?«

»Mir gefällt das«, sagte sie zu seiner Überraschung.

»Du brauchst Sauerstoff«, sagte er und kurbelte das Fenster herunter.

Sie beugte sich vertraulich vor. »Worüber haben die beiden geredet?«

»Was hast du gehört?«, stellte er die Gegenfrage.

»Erzähl mir alles!«, befahl sie. »Jede Einzelheit.«

»Sie haben über die Ranch und Zeitschriften gesprochen. Du hast nichts verpasst«, sagte Slade und sah Marina prüfend an. »Bist du auf die erste Mrs. McMurphy eifersüchtig?«

»Überhaupt nicht«, antwortete sie.

Entweder war Marina die geborene Schauspielerin oder sie sagte die Wahrheit. Seltsamerweise glaubte Slade ihr.

»Interessierst du dich nicht für die Menschen?«, fragte sie nach einer Weile. »Was sie zusammenbringt oder warum sie auseinander gehen?«

»Nur, wenn ich dabei Fotos schießen kann, die sich gut verkaufen«, antwortete Slade. »Sonst ist es mir scheißegal, was die Leute tun oder mit wem sie es tun.«

Marinas Augen verschleierten sich. Sie sah aus, als täte er ihr Leid. Noch so eine Träumerin, dachte er. Genau wie der Pfadfinder. Vielleicht passten sie trotz allem gar nicht schlecht zusammen.

»Glaubst du, dass sie sich noch immer lieben?«, fragte Marina. Er hätte ihr von dem Baby erzählen können, von der knisternden erotischen Spannung im Wagen – aber das war nicht der richtige Zeitpunkt dafür. Jedenfalls redete sich Slade das ein. Doch sogar er war nicht so kaltschnäuzig, der Kleinen die Wahrheit zu sagen.

»So richtig können sie sich nicht leiden«, antwortete er schließlich und hoffte, sie wäre zu jung um zu merken, dass dies keine Antwort auf ihre Frage war.

»Wir sind fast da«, sagte Christine, als die über den Bergen aufgehende Sonne die Landschaft in rosa Licht tauchte. »Noch etwa eine Stunde Fahrt oder so.«

»Wie kannst du das wissen, Schätzchen?«, fragte Slade. »Hier sieht doch alles immer irgendwie gleich aus.«

Joe saß wieder auf dem Beifahrersitz. Jetzt kurbelte er das Fenster herunter.

»Seht ihr den Felsvorsprung da drüben?«, sagte er und deutete in die Ferne. »Dort wollte Sams Großvater das erste Haus bauen. Am Tag seiner Hochzeit mit Grace markierte er die Stelle. Aber dann gab es irgendwelche Probleme mit den Wasserrechten und er baute weiter im Norden.«

»Wer ist Sam?«, fragte Marina.

»Sam ist mein Dad«, antwortete Christine, die seit einer Stunde unter Magenkrämpfen litt.

»Er ist der Letzte einer aussterbenden Rasse«, fügte Joe hinzu. »Nur einmal hat er seinen Grund und Boden für längere Zeit verlassen. Weil er im Zweiten Weltkrieg gekämpft hat. Die Ranch ist sein Ein und Alles.«

»Und sie ist ein Verlustgeschäft«, sagte Christine. »Meine Eltern haben noch nie Gewinn gemacht. Jetzt logieren sogar die feinen Pinkel aus der Stadt bei ihnen.«

»Was? Sie beherbergen Gäste?«, fragte Joe entsetzt.

»Ja. Im Frühling und im Herbst. Die helfen beim Viehtrieb. Dann müssen sie weniger Lohn für die Mannschaft zahlen und können ein paar Rechnungen begleichen.«

Schon oft hatte sie ihrem Vater finanziell unter die Arme greifen wollen, aber Sam war so stur, dass er sich von niemandem helfen ließ, nicht einmal von seinen Kindern.

»Weniger Löhne?«, fragte Joe erregt. »Sam hat nicht einmal Zeke gefeuert; und dieser Bastard hat damals Geld unterschlagen. Die Hälfte der Mannschaft deines Vaters ist über sechzig. Ich kann mir nicht vorstellen, dass Sam sie vor die Tür setzt«, sagte er, weil er Christines Vater fast so gut kannte wie sie.

»Sie wurden frühpensioniert«, erklärte Christine grinsend. »Und bekommen ihre Rente plus freie Unterkunft und Verpflegung.«

»Mein Alter hätte ihre Renten beim Würfeln verzockt und sie auf die Straße gesetzt.«

»Hast du ihn mal angerufen, seit du zurück bist?«

»Oh, ja«, sagte Joe. »Wir hatten eine dreiminütige Unterhaltung, die damit endete, dass er mir Grüße an meine kleine Frau auftrug.«

»An Marina?«

»An dich. Er hat mir überhaupt nicht zugehört«, sagte Joe und fuhr sich mit der Hand durch sein dichtes, braunes Haar. »Eigentlich sollte mich das nicht wundern, denn ich war schon in der Highschool, bis er sich meinen Vornamen merken konnte.«

Darauf wusste selbst Christine keine Antwort. John McMurphy war ein verbitterter, schwieriger Mann, der nie ein gutes Wort für seinen Sohn gehabt hatte. Auf ihre zahlreichen Einladungen hatte sie von Joes Vater immer wieder dieselbe stereotype Antwort bekommen: »Ich hab zu tun. Vielleicht ein anderes Mal.« Joe hatte ihr geraten, den alten McMurphy zu vergessen und gesagt, dass sie beide seinem Vater völlig egal seien – aber Christine konnte das nicht hinnehmen.

Joe war die Familie wichtig. Christine konnte es schon daran erkennnen, wie er ihren Clan begrüßte und wie er von ihren Verwandten begrüßt wurde. Sie verstand und teilte dieses Bedürfnis und hatte oft seine Tanten zu Thanksgiving oder Weihnachten zu Gast, doch am meisten wünschte sie sich, seinen Vater für sich zu gewinnen. Doch ihr Schwiegervater – ein unverbesserlicher Spieler – zog die Gesellschaft seiner Kumpane oder illegaler Buchmacher in zwielichtigen Kneipen vor.

Marina beugte sich nach vorn und sagte zu Christine: »Das ist alles ganz anders als ich es mir vorgestellt habe. Ich dachte, Sie wären in einem Herrenhaus mit Dienern und Luxuslimousinen aufgewachsen.«

»Was für eine sonderbare Meinung Sie von mir haben, Marina. Ich wurde nicht als Prinzessin geboren.«

Joe und Marina tauschten viel sagende Blicke.

»Was ist denn?«, fragte Christine. »Habe ich etwas verpasst?«

»Ich möchte gern mehr über die Christine als Cowgirl hören.«

»Ich war nie ein richtiges Cowgirl«, antwortete sie und schüttelte den Kopf. »Ich habe als Einzige in der Familie mehr Zeit mit Lesen als draußen in der Natur verbracht.«

»Trotzdem fällt mir die Vorstellung schwer, dass Sie wie ein ganz normaler Mensch aufgewachsen sein sollen«, fuhr Marina fort. »Sie sind so ganz anders als alle Menschen, die ich bisher kennen gelernt habe.«

»Das liegt an den Kontaktlinsen«, sagte Joe.

»Wie?«, fragte Marina und sah ihn überrascht an.

»Ach, vergiss es«, sagte Joe. »Das war nur ein Scherz.«

»Ich trage Kontaktlinsen«, sagte Christine sauer. »Dadurch sehen meine Augen blauer aus als sie sind. Aber das sieht besser vor der Fernsehkamera aus.«

»Idiotisch«, sagte Joe.

»Kümmere dich um deinen Kram«, blaffte Christine. »Wenn ich Kontaktlinsen trage, geht dich das gar nichts an.«

»Du hast doch wunderschöne blaugraue Augen«, sagte Joe.

»Nimm die Dinger doch mal raus, Schätzchen«, meldete

sich Slade vom Rücksitz. »Lass mal sehen, wie sie von Natur aus sind.«

»Ich möchte eines Tages auch gern getönte Kontaktlinsen tragen«, sagte Marina zu aller Erstaunen. »Smaragdgrüne.«

»Könnten von diesem Geld nicht acht Familien eine Woche lang leben?«, fragte Slade, ziemlich fassungslos.

»Eine Frau hat das Recht, so gut wie möglich aussehen zu wollen«, sagte Christine und schenkte Marina ein Lächeln. »Das Äußere von Frauen wird viel kritischer als das von Männern betrachtet. Und wenn ein Paar Kontaktlinsen einer Frau Auftrieb geben, dann soll sie sie eben tragen.«

»In dieser von Männern bestimmten Welt sind Frauen nichts als Marionetten«, konstatierte Marina erregt. »Und deshalb müssen wir mit jeder uns zur Verfügung stehenden Waffe kämpfen, auch wenn diese Waffe manchmal scheußlich ist«, fügte sie wehmütig hinzu.

Der Wunsch, gut auszusehen beherrscht alle Menschen, ganz gleich, welchen Alters oder sozialen Standes sie sind, dachte Christine und sie fragte sich kurz, welches Leben sie führen würde, wäre sie nicht schön gewesen.

»Du enttäuschst mich, Kid«, sagte Joe zu Marina. »Ich habe geglaubt, dass du den Versuchungen dieser sündigen Welt widerstehst.«

»Lass sie in Ruhe«, sagte Christine zu Joe. Slade lauschte mit großen Ohren. »Man kann Kontaktlinsen tragen und sich trotzdem sozial engagieren.«

»Wahrscheinlich bist du auch der Meinung, dass man ein Lifting von der Steuer absetzen sollen könnte«, konterte Joe.

»Natürlich denke ich das!«, gab Christine zurück. »Im Fernsehen ist die Karriere einer Frau mit fünfunddreißig zu Ende, wenn sie nicht etwas nachhilft.«

»Du bist fünfunddreißig!«, stellte Joe fest. »Wie viele kosmetische Operationen hast du hinter dir?«

»Ich bin vierunddreißig«, korrigierte sie ihn, »und habe mich noch nie liften lassen. Doch sollte es nötig sein, lasse ich mich operieren.«

»Das ist erbärmlich«, sagte Joe.

»Das ist die Realität«, sagte Christine.

»Du bist eine schöne Frau. Du brauchst diesen ganzen Mist nicht.«

»Mein Job ist ein Tanz auf dem Seil; und wenn ich am Ball bleiben will, muss ich das tun.«

Er sah sie an, sie erwiderte seinen Blick. Und dann fingen beide zu lachen an.

»Ich kann nicht fassen, was ich da gesagt habe«, verkündete Christine und wischte sich die Lachtränen vom Gesicht. »Von all den dummen ...«

Er beugte sich zu ihr und strich ihr eine Haarsträhne aus der Stirn. »Ändere dich bloß nicht, Christine. Du darfst es nicht zulassen, dass dich dieser Job in einen Menschen verwandelt, der du nicht bist.«

Küss sie!, dachte Marina, als Joseph seine Hand widerstrebend von Christines Gesicht nahm. Siehst du denn nicht, dass sie das möchte?

Was war nur los mit ihm? War er blind und erkannte Christines Bereitschaft nicht? Ihr Gesicht war ganz weich geworden. Und Joe hatte diesen weggetretenen Ausdruck in den Augen, den sie von Zee kannte, wenn er besonders verliebt war.

Am Abend vor ihrer Abreise nach Nevada hatte sie im Fernsehen einen Film angeschaut. Die beiden Hauptdarsteller hatten sie an Christine und Joe erinnert. Sie, eine schöne, aber steife Lady aus New England; und er, ein barscher New Yorker hatten sich heroische Wortgefechte geliefert, die sie an die Kämpfe in New Jersey erinnerten.

»Ach, Katherine Hepburn und Spencer Tracy«, hatte Slade zwischen zwei Schlucken Bier kommentiert. »Rutsch rüber, Schätzchen, und zeig ihm, wie man's macht.«

In Wahrheit würde sie ihr letztes Hemd darauf wetten, dass Christine und Joseph ein Liebespaar waren. Die Atmosphäre war geradezu elektrisch geladen und voller unterschwelliger

Spannungen, wenn die beiden in einem Raum waren. Sie stritten, sie lachten, wenn man es am wenigsten erwartete, und sie warfen sich verstohlene Blicke zu, wenn sie sich unbeobachtet glaubten.

Marina fand Joseph nicht besonders attraktiv, aber sie musste zugeben, dass er durch seine Anwesenheit Christine förmlich zum Leuchten brachte.

Sie strahlte, auch wenn sie ihn anschrie oder ihm eine Zeitschrift an den Kopf warf. Das Leben wurde dann heller und aufregender.

»Du hast ein Problem«, sagte Slade so leise zu Marina, dass nur sie es hören konnte.

»Ich weiß«, sagte sie und sah dann Slade an. »Du siehst entsetzlich aus.«

»Mir ist übel.«

»Ja, du bist ganz grün«, bestätigte Marina und befürchtete das Schlimmste.

»Fahr rechts ran!«, sagte Slade und tippte Christine auf die Schulter.

»Wir sind fast da«, entgegnete sie. »Kannst du nicht noch etwas warten?«

Wenn sie hier hielt, bestand die Möglichkeit, dass sie aus dem Auto springen und den ganzen Weg nach New Jersey zurücklaufen würde.

»Halt den Scheißkarren an!«

Christine ließ den Ford in einer Staubwolke auf dem Bankett ausrollen und Slade stürzte ins Freie.

»Ihm ist schlecht. Er verträgt das Autofahren nicht. Aber er war zu stolz, es Ihnen zu sagen«, erklärte Marina.

»Mir bricht das Herz«, murmelte Joe.

»Ich muss aufs Klo«, sagte Marina.

»Ich auch«, sagte Christine.

»Da drüben steht eine Palme«, sagte Joe und deutete auf eine etwa zwanzig Meter entfernte Stelle.

»Lieber sterbe ich«, sagte Marina.

»Gut gesagt«, meinte Christine.

»Du bist doch gestern Abend hinter einer Yucca-Palme verschwunden«, sagte Joe zu seiner Frau.

»Gestern Abend war es dunkel«, sagte Marina.

»Eine absolut logische Erklärung«, sagte Christine.

»Ich schaue nicht hin«, sagte Joe und grinste.

»Wie geht es Ihnen?«, rief Joe Slade zu, der von hinten wieder auf den Wagen zuging.

»Lassen Sie mich in Ruhe!«, antwortete er mit gequälter Stimme.

Christine und Marina sahen sich an. Ein Ehemann zwischen zwei Frauen. Ein kranker Fotograf. Und zwei Frauen auf der Suche nach einem Klo.

»Fahren Sie so schnell wie möglich«, bat Marina.

»Mit Lichtgeschwindigkeit«, versprach Christine.

9

Samuel Clemens Cannon begrüßte gewöhnlich den anbrechenden Tag auf dem Rücken seines Pferdes. Für ihn gab es keinen schöneren Anblick als die aufgehende Sonne über dem Höhenzug im Osten, dem schönsten Platz auf dieser Erde.

Er vermutete, dass die meisten Männer ihre Heimat liebten, doch er war besonders stolz auf seine Ranch. Zwar war sie nicht die Größte in Nevada und bei weitem nicht die profitabelste, aber jeder Quadratmeter Boden war mit der Geschichte seiner Familie durchtränkt.

Sam kannte die Stelle, wo sein Vater seiner Mutter einen Heiratsantrag gemacht hatte. Und in der Schlucht hinter den Stallungen hatte seine Frau, Nonie, ihm anvertraut, dass sie ihr erstes Kind erwarte. Wo auch immer er hinblickte – das alles war Teil seines Lebens und anders wollte er es nicht haben.

Er schätzte sich glücklich, hier geboren worden zu sein und hatte Mitleid mit den Städtern. Welches Leben konnte ein Mann – zwischen Stahl und Beton eingesperrt – schon führen? In dem Smog und Dunst, wo man nachts nicht einmal die Sterne sehen konnte?

Das Leben in der Stadt bedeutete Sam überhaupt nichts und er betrachtete sich als glücklich, weil seine Frau und seine Kinder ebenfalls das Leben auf dem Land liebten – demselben Land, das schon sein Vater und sein Großvater bewirtschaftet hatten.

Keines seiner Kinder hatte die Heimat verlassen, obwohl sie verschiedene Berufe ausübten, wenn sie nicht auf der Ranch gebraucht wurden.

Keines war in die Stadt gezogen, bis auf Christine, seine Lieblingstochter. Schon seit frühester Jugend hatte sie eine ihm unerklärbare Rastlosigkeit an den Tag gelegt, doch er wusste von ihrer Geburt an, dass dieses Mädchen etwas Besonderes war. So hatten beide, Sam und Nonie, den Werdegang ihrer Tochter immer mit einer Mischung aus Ehrfurcht und Bewunderung begleitet.

Natürlich hatten sie im Lauf der Jahre Sammelalben angelegt, eine Menge Videofilme ihrer Shows gesammelt und unzählige Hochglanzporträts von ihr aufbewahrt.

Wenn sie das Titelblatt der *Time* schmückte, war Sam richtig stolz. Doch nie war er stolzer als an ihrem Hochzeitstag gewesen.

Er erinnerte sich an diesen Tag als wäre es gestern gewesen.

Die Sonne schien, die Lupinen blühten und die Familie und die Gäste hatten sich versammelt, um die Hochzeit zweier ganz besonders brillanter junger Leute zu feiern.

Tränen waren ihm damals in die Augen getreten und Nonie hatte ihm ein Taschentuch gereicht.

»Ich schäme mich meiner Rührung nicht«, hatte er gesagt. »Denn das ist ein ehrliches Gefühl und diese Ehrlichkeit hat all die Jahre unsere Liebe wachsen lassen, Nonie. Und genau dieses Gefühl wird unsere Christie mit Joe zusammenschweißen, auch wenn mal schlechte Zeiten kommen.«

Damals hatten viele Leute geschmunzelt, denn jeder wusste, dass Sam Cannon kein Mann vieler Worte war. Doch dies war ein besonderer Tag, der Tag, an dem seine jüngste Tochter, sein Liebling, diesen phantastischen Burschen heiratete.

»Ich wünsche euch ein langes und glückliches Leben«, hatte er mit vor Rührung versagender Stimme gesagt. »Das Leben ist nicht immer einfach. Aber es lohnt sich immer, für das Gute zu kämpfen.

Auch wünsche ich euch, dass der Herr euch mit Kindern

segnet, denn ich wüsste keine besseren Eltern, jungen Menschen den Weg zu weisen.

Herr, also lege ich Josephs und Christines Schicksal in deine Hände. Möget ihr immer so glücklich wie heute sein – und mögen wir immer zur Stelle sein, wenn ihr die Familie braucht.«

Tränen waren über Sams wettergegerbtes Gesicht gelaufen, als er mit seiner Frau auf das Brautpaar anstieß: »Auf Christie und Joe!«

Dann war ein unbeschreiblicher Jubel ausgebrochen. Christine war eine der ihren, doch als Einzige dazu bestimmt, die Enge der Heimat zu sprengen und die Welt zu entdecken. Ja, sie sogar zu prägen. Zwar hatte sie nie richtig zu ihnen gepasst, aber irgendwie spielte das keine Rolle.

Sie ist anders, dachte Sam. Sie ist immer anders gewesen. Sie denkt anders, sie sieht die Dinge anders. Wer durfte ihr das vorwerfen? Auf der Ranch groß zu werden, ist für sie nicht einfach gewesen. Und weder ihre Schönheit noch das viele Geld haben sie vor den Tiefschlägen des Lebens bewahren können.

Deshalb hat Joe so gut zu ihr gepasst. Dass der Junge aus New York stammt, hat mich nie an ihm gestört. Er kann ebenso gut aus der Hüfte schießen wie meine Jungs; und er hat meine Christie auf wunderbare Weise geliebt.

Sam schloss die Augen und sah das Bild wieder vor sich: das glückliche Brautpaar, der perlende Champagner in den Kelchen, die glänzenden Ringe an ihren Fingern … Und dann hörte er sie lachen, erst leise, dann lauter, bis alle in dem Festsaal lachten. Sie strahlten so viel Freude aus, dass jeder davon angesteckt wurde.

Als der Bandleader Sam ein Zeichen gegeben hatte, war er aufgestanden und zu seiner strahlenden Tochter gegangen. Beim Näherkommen seines Schwiegervaters hatte Joe sich erhoben, eine Geste, die Sam noch mehr für seinen Schwiegersohn einnahm. Jovial hatte Sam ihm auf die Schulter geklopft.

»Ich glaube, der nächste Tanz gehört mir. Darf ich ihn

mit … deiner Frau tanzen?«, hatte Sam gebeten, obwohl ihm solche Worte alles andere als leicht gefallen waren.

Und Christie war in seinen Armen wie eine Feder in glitzerndem Weiß über die Tanzfläche geschwebt. Damals wäre er vor Stolz fast geplatzt – ein unvorstellbares Gefühl.

»Das letzte Mal, dass ich mich so gut gefühlt habe, war der Tag, an dem du geboren wurdest.«

»Ach, komm schon, Pop. Das hast du zu uns allen sieben gesagt«, hatte sie mit einem bezaubernden Lächeln erwidert.

»Du warst immer etwas Besonderes, Christie. Die Tochter, auf die ich einmal besonders stolz sein würde.«

In ihren Augen – so blaugrau wie der Himmel in Nevada kurz vor einem Gewitter – hatten Freudentränen geglänzt. »Ich wünsche mir nur, dass ich dir Enkel schenken kann, Pop. Das ist das Einfachste auf der Welt, und …«

»Du bist ein Segen für uns, Christie. Du und dieser feine junge Mann, mit dem du jetzt verheiratet bist. Enkelkinder habe wir bereits jede Menge.«

Jedes Wort hatte er so gemeint wie er es gesagt hatte. Sam kannte sich mit der Zucht von Tieren aus, und ein Blick auf seine schöne Tochter und seinen gut aussehenden Schwiegersohn sagte ihm, dass sie prächtige Kinder bekommen würden. Groß und stark, intelligent, aber nicht ohne Mitgefühl für die Schwachen dieser Erde.

Diesen beiden stand die Welt offen, eine andere Welt, als die Welt von Sam vor vielen Jahren. Seine Tochter konnte alles erreichen, was sie wollte. Trotzdem hätte er es vorgezogen, sie hätte ihre Träume hier auf der Ranch verwirklichen können.

»Ich liebe dich, Pop«, hatte sie geflüstert. »Habe ich dir das in letzter Zeit einmal gesagt?«

Und während er mit seiner Tochter tanzte, sah er zuerst sie und dann den Mann an, den sie liebte. Wie sehen eure Träume aus?, hatte er sich gefragt. Und was wird aus euch, wenn sie nicht wahr werden?

Doch das alles war jetzt schon sehr lange her.

Sam öffnete die Augen und schaute in die Ferne. Die Sonne stieg über den Bergen auf und tauchte die Landschaft in Licht.

Man konnte alles richtig machen, trotzdem war das keine Garantie für Glück. Letztendlich kam es nur darauf an, was ein Mann und eine Frau füreinander fühlten.

Da hörte er die Schritte seiner Frau näher kommen. »Samuel?«, sagte sie, von einer nach Rosenwasser duftenden Wolke umgeben, »ich dachte, du wärst mit Smoky ausgeritten?«

»Heute nicht, Nonie«, sagte er grinsend.

»Du weißt es also doch, oder?«, fragte sie und legte ihren Kopf an seine Schulter. »Seit fünfzig Jahren versuche ich immer wieder einmal, ein Geheimnis vor dir zu bewahren, und ich schaffe es einfach nicht.« Sie bohrte ihm ihren Zeigefinger in die Rippen. »Wie hast du herausgefunden, dass Christine zur Goldenen Hochzeit kommt?«

»Na ja, sogar ein alter Kerl wie ich wird im Lauf der Jahre schlauer.«

»Natalie hat es dir erzählt, nicht?«, fragte Nonie mit blitzenden Augen. »Sie kann einfach nicht ihren Mund halten.«

»Natalie hat mir überhaupt nichts erzählt. Ich hab's erraten. Ständig ward ihr am Tuscheln – da müsste ich doch dämlich gewesen sein, wenn ich nicht zwei und zwei zusammengezählt hätte.«

»Und jetzt … aber mach dir bloß keine Hoffnungen.«

»Sprich nicht in Rätseln, Frau!«, bellte er. »Warum soll ich mir Hoffnungen machen, wenn uns unsere Tochter zu unserer Goldenen Hochzeit besucht?«

»Ich rede nicht von ihr, ich rede von Joe.«

»Joe kommt auch?«, fragte Sam und fast wäre ihm der Mund offen stehen geblieben.

»Hach!«, triumphierte Nonie und lachte laut. »Also weißt du doch nicht alles.«

Er packte seine Frau um die Taille und wirbelte sie herum, vielleicht nicht mehr so schnell wie früher, aber voller Begeisterung für seine über siebzig Jahre.

»Christie ist so schlau wie ein Fuchs«, sagte Sam. »Ich wette, sie haben sich all die Jahre nicht aus den Augen verloren.«

Das würde vielleicht erklären, warum sich Christine so lange nicht hat sehen lassen.

Nonie runzelte die Stirn und legte ihre Hand auf den Unterarm ihres Mannes. »Mach dir keine zu großen Hoffnungen, Samuel. Ich glaube, Joe kommt nur, um uns zu gratulieren.«

»Das kann man auch am Telefon tun«, sagte Sam. »Wenn er mit Christine hierher kommt, heißt das, dass etwas im Busch ist.«

»Das müssen die beiden miteinander ausmachen. Uns geht das überhaupt nichts an.«

»Ach, das weiß ich doch«, sagte Sam und legte den Arm um seine Frau. Aber er konnte nicht anders: Er hoffte dennoch auf ein Wunder.

Eine alte Yucca-Palme, zwei Meilen vom Haupthaus entfernt und westlich der Hauptstraße, markierte die Stelle, wo die Farm der Cannons begann.

»Endlich fährst du etwas langsamer«, sagte Joe zu Christine.

»Das tue ich nicht«, entgegnete sie.

»Doch, das tust du, Schätzchen«, sagte Slade. »Du fährst jetzt sogar wesentlich langsamer.«

»Ich genieße die Fahrt eben«, sagte sie grimmig. »Ihr alle seid so angenehme Reisegefährten, dass ich mir wünsche, die Fahrt würde nie enden.«

Sie hörte Marina auf dem Rücksitz unterdrückt lachen und musste widerwillig grinsen. Denn jetzt war sie mit ihrem Latein am Ende. Der Augenblick der Wahrheit rückte unerbittlich näher. Am liebsten hätte sie den Rückwärtsgang eingelegt, betrachtete dieses Manöver aber als zu feige. Was war denn wirklich wichtig?

Sie liebte ihre Familie.

Sie hatte ihre Familie vermisst.

Sie würde gleich ihre Familie wieder sehen.

Und warum hatte sie dann diesen Knoten im Magen?

Es liegt an der Ranch, dachte Christine. Wohin ich auch

blicke, jeder Baum, jeder Winkel, jeder Stein, überall sehe ich mich mit Joe. Es ist, als wäre ich mit Hilfe einer Zeitmaschine in die Vergangenheit zurückgekehrt und bin gezwungen, meine Fehler zu wiederholen, ohne sie korrigieren zu können.

Hinter ihr löste Marina plötzlich ihren Gurt und kniete sich auf den Rücksitz, damit sie aus dem Heckfenster schauen konnte.

»Schnallen Sie sich wieder an, Marina!«

»Jemand folgt uns!«, sagte Marina nervös. »Ein Reiter.«

»Leg dich auf den Boden!«, befahl Joe. »Schnell! Auf den Boden!«

Christine sah im Rückspiegel, wie Marina abtauchte.

»Ihr beide seid wirklich komisch. Marina, setzen Sie sich wieder hin.«

Sie kam sich vor, als hätte sie Kinder im Auto. Nur dass diese Kinder ihr Ex-Mann und seine Frau waren.

»Halt den Mund und fahr!«, sagte Joe und warf ihr einen Blick wie Clint Eastwood in einem Dirty-Harry-Film zu.

»Den Mund halten und fahren?«, lachte Christine. »Ich glaube, du tickst nicht richtig.«

»Verzeih mir bitte, Schätzchen, wenn ich mich einmische. Aber du solltest lieber auf ihn hören. Denn ich glaube, der einsame Ranger da draußen hat eine Waffe.«

Das Pferdegetrappel kam näher. Christine sah im äußeren Rückspiegel einen großen Rappen, auf dem ein ganz in Blau gekleideter stattlicher Reiter mit einem schwarzen Stetson saß. Seine Stiefel aus Schlangenleder glänzten in der Sonne.

Sie trat so fest auf die Bremse, dass Joe gegen das Armaturenbrett geschleudert wurde.

»Scheiße!«, brüllte Joe. »Was machst du da?«, fragte er, ernsthaft besorgt, was Christine überhaupt nicht begreifen konnte.

»Es ist Franklin«, sagte sie.

Joe wandte den Kopf nach dem näher kommenden Reiter. »In Stiefeln aus Schlangenleder? Niemals. Los, gib Gas! Bring den Karren in Fahrt!«

»Was soll das? Wir sind hier auf dem Grund und Boden der Cannons. Andere Leute als unsere laufen hier nicht rum.«

»Woher willst du wissen, dass das Franklin ist?«

»Und wenn er es nicht ist, dann jemand, der bei uns angestellt ist. Was ist denn los?«

»Mir gefällt das nicht«, murmelte Joe.

»Mir noch weniger«, gab Christine zurück. »Was ist mit dir los, Joe?«, wiederholte sie. Dann kam ihr ein entsetzlicher Gedanke. »Du lieber Himmel! Du wirst doch nicht etwa von der Polizei gesucht?«

»Wie kommst du denn auf diese absurde Idee?«

»Wie wohl?«, sagte sie, jetzt fast hysterisch. »Seht euch doch mal an. Du drehst fast durch und deine Frau versteckt sich am Boden. Was würdest du denn daraus schließen?«

»Na, dann benachrichtigen wir eben die Polizei«, schlug Slade vor.

»Halten Sie den Mund!«, sagte Joe.

»Der Teppich stinkt«, beschwerte sich Marina dumpf. »Wie lange muss ich noch …«

Christine hielt, öffnete die Tür und stieg aus. »Jetzt reicht's!«, schimpfte sie. »Ihr macht mich alle verrückt. Den Rest des Wegs gehe ich zu Fuß.«

Na ja, sie würde nur so weit gehen, bis Franklin sie eingeholt haben würde und sie dann mitnähme. Wenn Joe und Marina vor der Polizei davonliefen, war das ihr Problem. Vielleicht würde Slade dann ihr Foto ans FBI schicken und die Beamten würden sie in Eisen legen; ein Schicksal, das zumindest Joe mehr als verdient hatte.

Sie lief schnell die Straße entlang, noch immer wütend, und merkte weder, wie süß die kühle Morgenluft roch, noch dass ihr Bruder dabei war, sie mit seinem Pferd über den Haufen zu rennen.

»Christie!«, dröhnte da Franklins Stimme in ihren Ohren. »Mach dich bereit!«

Sie grinste und blieb stehen.

Als Kids hatten beide die Rollen der Hollywood-Stars in

den Western nachgespielt, einschließlich komplizierter Überfälle und Fluchten oder Kidnappings.

Ein Kidnapping-Stunt, dachte Christine und stand wie erstarrt da, als er auf sie zu galoppierte. Und in diesem kurzen Moment des Wartens, ehe ihr großer Bruder sie packen und auf sein Pferd setzen würde, wusste sie, dass sie zu Hause war.

»Der Reiter hat sie gekidnappt!«, rief Marina, als Pferd, Reiter und Christine in einer Staubwolke verschwanden. Sie klopfte Joe auf die Schulter. »Fahr hinterher, Joseph!«

Doch Joe kurbelte sein Fenster herunter, lehnte sich hinaus und schaute dem Pferd mit seinen beiden Reitern hinterher, bis nichts mehr zu sehen war.

»Bist du verrückt?« Marina klopfte noch stärker. »Sie wurde entführt. Christine ist in Gefahr.« Sie versuchte, auf den Fahrersitz zu klettern. »Wir müssen …«

»Reg dich ab, Kid!«, sagte Joe mit unverzeihlicher Gefühllosigkeit. »Christine ist nicht in Gefahr.«

»Sie wurde von einem Verrückten gekidnappt. Dieser Mann kam wie aus dem Nichts und hat sie wie eine Puppe gepackt … und ihr … ihr tut nichts! Ihr seid Monster. Alle beide.«

Joe glitt hinters Lenkrad und sagte mit nervtötender Gelassenheit: »Das war ihr Bruder.«

»Ich glaube dir nicht.«

»Wir sind hier im Wilden Westen, Mädchen«, sagte Slade und imitierte die amerikanische Sprechweise. »Hier gelten andere Gesetze.«

»Dein amerikanischer Akzent ist schauderhaft«, sagte Marina. Und an Joe gewandt: »War das *wirklich* ihr Bruder?«

»Ja. Franklin Cannon«, bestätigte Joe. »Der älteste Sohn und Vormann auf der Ranch.«

»In Stiefeln aus Schlangenleder?«, sagte Slade und verzog das Gesicht. »Großer Gott.«

»Das hat mich auch gewundert«, sagte Joe. »Frank trug früher nur Stiefel aus Rindsleder.«

»Hast du gesehen, wie er sie vom Boden gehoben hat?«,

fragte Marina, jetzt fasziniert, weil die Gefahr kein Thema mehr war. »Wie in einem Film!«,

»Wart's nur ab!«, meinte Joe. »Das war noch gar nichts.«

Alles war ihm plötzlich wieder so vertraut: Die Schönheit des Landes, der weite, von Wolken zerklüftete Himmel, die Anmut von Pferd und Reiter.

»Sie haben ein tolles Foto verpasst«, sagte er über die Schulter zu Slade, als er den Motor anließ. »Wie viel hätten Sie für eine Aufnahme kassiert, auf der Christine von einem Cowboy entführt wird?«

»Einen Haufen Geld«, antwortete Slade. »Vor allem, wenn keiner weiß, dass es ihr Bruder war.«

»Seit wann haltet ihr Jungs euch denn an die Wahrheit?«, fragte Joe lachend.

Er war froh, dass der Fotograf diese Aufnahme nicht gemacht hatte. Nicht nur, weil er alles hasste, was der Brite repräsentierte, sondern weil dieser Augenblick ein ganz besonderer gewesen war. Er hasste sogar die Tatsache, dass andere Zeugen dieses Moments gewesen waren.

Als Christine ausgestiegen und mit ihren Sandalen und beigen Hosen die Straße entlang gestolpert war, hatte sie zuerst lächerlich gewirkt. Die Städterin in der Rolle der Landfrau. Doch im nächsten Moment saß sie auf dem Pferd, ihr Haar wehte im Wind, sie lachte – und Joe verliebte sich wieder in sie.

Ein Gefühl, das er ein für alle Mal aus seinem Herzen verbannen musste, am besten noch ehe er am Ranchhaus vorfuhr.

»Du hast schon immer gewusst, wie man wirkungsvoll auftritt«, sagte Franklin, als sie zum Haus galoppierten. »Heute, das wird Pas großer Tag.«

»Sind denn alle zu Hause versammelt?«, fragte Christine und umklammerte den Sattelknauf. »Ich setze mich nämlich nicht gern umsonst ins Szene.«

»Ja, zum Teufel. Alle sind zu Hause. Sie zählen bereits die Minuten.«

»Freuen sie sich, weil Joe kommt?«

»Für die anderen kann ich nicht sprechen, aber ich freue mich viel mehr, Joe zu sehen als dich, kleine Schwester.«

»Stinktier«, sagte sie und knuffte ihn mit dem Ellbogen in den Magen. »Dein Bauch ist noch immer so flach wie ein Waschbrett.« Ein Fitness-Studio hatte Franklin nicht nötig, sein Leben hielt ihn in Form.

»Dein Haar ist heller als beim letzten Mal«, bemerkte er. »Ich habe dich auf der Titelseite gesehen. Und seit wann hast du blaue Augen?«

»Das sind Kontaktlinsen.« Was sollte dieses Interesse für ihre Augenfarbe?

»Du hast doch schöne Augen. Was ist daran verkehrt?«

»Das wirkt besser im Fernsehen«, sagte sie und fragte sich, warum diese Erklärung von Mal zu Mal dümmlicher klang.

Sie erreichten den Hügelkamm und beim Anblick ihres Elternhauses machte Christines Herz einen Sprung. Sie hatte das Gefühl, das Haus würde mit jedem verstreichenden Jahr größer und einladender. Und trotz dieses Eindrucks dachte sie, es gebe nicht genug Platz für sie darin.

Ich fange nicht an zu heulen, sagte sie sich und zwinkerte wie verrückt. Dieses Mal veliere ich bei meinem Besuch nicht die Fassung.

»Halt dich fest, Schwester! Jetzt geht's erst richtig los!«, sagte Franklin und gab seinem Pferd die Sporen. In vollem Galopp rasten sie den Hügel hinunter aufs Haus zu.

Sam war der Erste. Wie ein junger Mann lief er über die Veranda und die Treppe hinunter, noch ehe Nonie aus der Tür getreten war. Dann hörte Christine aufgeregtes Geschrei aus der Scheune. Ein Schwarm Kinder lief zum Haus, gefolgt von ihrer Schwester Natalie.

Das sind doch alle meine Blutsverwandten, warum fühle ich mich nur so verdammt einsam?, dachte sie.

Von überallher schienen sie zu kommen, aus dem Haus, der Scheune und den Stallungen. Sie lachten und riefen alle durcheinander. Und Christine sah sich wieder als kleines

Mädchen – zu klein, um mit den Älteren zu spielen, und zu groß, um mit den Jüngeren etwas anfangen zu können. Deshalb hatte sie immer nach einem Versteck gesucht, wo sie träumen konnte – von dem Tag, an dem sie reich und berühmt sein würde.

Überlege gut, was du dir wünschst …

Augenblicke später umarmte ihr Vater sie mit seinen mächtigen Armen, die sie wie Bärentatzen umschlangen.

»Du bist viel zu dünn, mein Mädchen«, sagte er und hielt sie von sich, damit er sie besser betrachten konnte. »Machst du etwa so eine dämliche Diät?«

»Vor der Kamera wirkt man immer dicker, Daddy. Das Fernsehen ist gnadenlos.«

»Komm her, Baby!«, sagte ihre Mutter mit weit ausgebreiteten Armen. »Jetzt bist du endlich daheim und ich sehe zu, dass du etwas Ordentliches zu essen bekommst.«

Ihre Mutter duftete wie immer nach Rosenwasser, ein tröstlicher Geruch, der Christine lächeln ließ.

»Hast du eine neue Frisur, Mom?«, fragte Christine, als sich die beiden umarmt hatten.

Nonie betastete ihr Haar und drehte eine Pirouette. »Natalie meinte, es wäre höchste Zeit.«

»Das predige ich dir schon seit fünf Jahren«, sagte Christine etwas pikiert. »Ich hätte dich doch letztes Jahr mit zu meinem Friseur in L.A. genommen.«

Nonie krauste die Nase und sagte: »Weißt du, in deinem schicken Schönheitssalon hätte ich mich nicht wohl gefühlt, Christie. Natalie hat mich mit zu ihrer Freundin in Branchwater genommen und ich bin zufrieden.«

Da Christine ihre Schwester kannte, ahnte sie, dass diese Freundin wahrscheinlich mehr Pudel als Frauen frisierte. Trotzdem sagte sie: »Du siehst sehr gut aus, Mom.« Und sie meinte es auch so.

»Aber es wäre schön gewesen, wenn ich auch etwas Besonderes für dich hätte tun können.«

Nonie tätschelte ihrer Tochter die Wange, als wäre Christine noch ein kleines Kind und sie hätte die Gefühle der Kleinen verletzt. »Du arbeitest hart für dein Geld, Baby. Ich will nicht, dass du es für deine alte Mutter ausgibst.«

»Nat arbeitet auch hart, aber da lässt du es zu.«

»Das ist etwas anderes.«

»Warum ist das anders?«

»Natalie hat einen Mann.«

»Mutter!«, sagte Christine und ihre Stimme wurde eine Oktave höher. »Das ist einfach lächerlich. Was hat ein Mann damit zu tun? Worin liegt der Unterschied?«

»Erst einmal muss man mehr Wäsche waschen.«

In dem Augenblick kam Natalie angestürmt, ihr schlanker Körper strahlte eine geschmeidige Grazie aus.

Die Schwestern umarmten sich liebevoll. »Und wie geht's dem Kater, den du vor kurzem gerade kastriert hast?«, fragte Christine, nachdem sie auch Natalies neue Frisur bewundert hatte.

»Er hat schlechte Laune«, antwortete Nat mit einem Grinsen, das dem ihres Vaters glich. »Das wird wohl noch etwas länger anhalten.«

»Wo ist Karl?«

»Er hält die Stellung. Zwei Hündinnen werfen heute. Die Zwillinge kommen zum Lunch. Aber Marks Töchter sind hier und die kleine Bree.«

Christine warf einen Blick auf die in der Nähe der Rosenbüsche spielenden Kinder. »Bin ich mit all denen da drüben verwandt?«

»Ellen verdient sich öfter gern etwas als Babysitter dazu, weil sie sowieso mit Bree zu Hause ist. Und etwas Extrageld kann nie schaden.«

Christine versuchte, das immer lauter werdende Motorengeräusch des sich nähernden Wagens zu ignorieren. »Und wo sind die Zwillinge?«, fragte sie fröhlich. »Ich habe sie seit einer Ewigkeit nicht gesehen, seit …«

»Ich habe eine ganz andere Frage«, unterbrach Natalie ihre Schwester. »Wo steckt Joe eigentlich?«

»Da kommt er gerade«, antwortete Christine und deutete zu dem Ford.

Sam schirmte die Augen mit der Hand vor der blendenden Sonne ab und sagte: »Da hast du ja noch ein paar Leutchen mitgebracht, Christie.«

»Ach, Daddy. Es ging alles so schnell, dass ich keine Zeit mehr hatte, dich zu informieren. Slade ist mein Fotograf und ...«

Verdammt! In diesem Moment drückte Joe auf die Hupe, was die Familie mit entzückten Rufen und Beifall quittierte. Du lieber Himmel, mussten die Cannons ihre Begeisterung immer mit voller Lautstärke verkünden?

Joe hielt den Wagen ein paar Meter vor Franklins Pferd an und stieg aus.

Sofort war er von Cannons jeden Alters und jeder Größe umgeben, wie Christine von der Veranda aus feststellte. Der Lärm lockte Trace aus dem Stall. Als er Joe entdeckte, stieß er einen Jubelschrei aus und rannte seinen ehemaligen Schwager fast über den Haufen.

Sprachfetzen drangen an Christines Ohr: »Mann, ist das gut, dich zu sehen, Joe ... wie ist es dir ergangen ... du bist viel zu dünn ... wo stecken denn die Zwillinge?«

Da wurde die Hintertür des Fords aufgestoßen und Slade entstieg dem Auto. Er sah sehr britisch und vollkommen fehl am Platz aus.

Christine löste sich aus ihrer Erstarrung und lief die Verandatreppe hinunter.

»Das ist Slade«, sagte sie und zerrte den widerstrebenden Fotografen zu ihrem Vater. »Slade, das ist Sam Clemens. Mein Vater.«

Sam streckte dem jungen Mann seine schwielige braune Hand hin. »Nett, Sie kennen zu lernen.« Die beiden schüttelten sich die Hände. »Haben Sie auch einen Familiennamen?«

Slade schaute Sam mit großen Augen an und Christine sagte schnell: »Slade kommt aus England und heißt nur Slade, Daddy.«

»Sie müssen doch bei Ihrer Geburt zwei Namen gehabt haben«, beharrte Sam in seiner unverblümten Art. »Ich weiß nicht viel über England, aber ich denke, dass dort jeder auch einen Familiennamen hat.«

»Die Queen nicht«, sagte Slade.

Sams Augen wurden zu schmalen Schlitzen. Joe grinste seine Ex aus dem Pulk ihrer Verwandten an.

»Slade macht einen Witz, Daddy«, sagte Christine, der Friedensengel. Sie warf dem Fotografen einen beschwörenden Blick zu. Sag was, flehte sie innerlich. Sag einfach, dein Name ist Schmitt.

»Ainsley«, sagte Slade schließlich.

Christine stieß einen Seufzer der Erleichterung aus. Doch jetzt kletterte Marina aus dem Wagen.

Slade, ein fieses Grinsen in seinem schmalen Gesicht, schlenderte zu ihr. »Und das ist Marina«, stellte er sie Sam offensichtlich in der Erwartung vor, Christines Dad würde nach ihrem Familiennamen fragen.«

Doch Sam antwortete zu seiner Verblüffung: »Sie sind aber ein süßes kleines Ding«, ergriff ihre Hand mit seiner großen Tatze und schüttelte sie begeistert. »Sieht sie nicht wie eine unserer Enkelinnen aus, Nonie?«

»Ja«, stimmte Nonie zu und rief dann über den Hof, außer sich vor Freude: »He, Leute! Habt ihr keinen Hunger? Wenn jetzt ein Wind aufkommt, werdet ihr alle weggeblasen.«

Ich werde noch verrückt, dachte Christine. Sie konnte bereits die Pfunde auf ihren Hüften fühlen und die Hamsterbacken im Spiegel sehen.

Und was bildete sich Slade eigentlich ein? Er tat so, als gehöre Marina zu ihm. Joe benahm sich noch schlimmer. Drüben bei den Rosenbeeten ließ er sich anhimmeln und genoss die Aufmerksamkeit mit der Gier eines halb verhungerten Hundes vor einem vollen Fressnapf. Seine Frau ignorierte er vollständig.

Nimm's nicht so schwer, redete sie sich dann gut zu. Eines Tages wirst du in der Erinnerung darüber lachen.

Jetzt bat ihre Mutter alle ins Haus.

»Du schläfst in deinem alten Mädchenzimmer, Christie«, bestimmte sie, ganz Herrin des Hauses. »Joe, du kannst im Zimmer der Zwillinge wohnen.« Dann ließ Nonie ihren wohl wollenden Blick auf Marina und Slade ruhen. »Und ihr lieben Kinder könnt das Gästezimmer haben.«

Christine sah Joe an. Joe sah Marina an. Marina sah Slade an. Und Slade starrte vor sich hin.

»Na, dann wollen wir mal ordentlich reinhauen!«, befahl Sam. »Nonie hat ein richtiges Ranch-Frühstück vorbereitet.«

»Hm … Sam«, stammelte Joe verlegen. »Wir … wir haben da noch ein kleines Problem mit den Zimmern …«

»Zum Teufel, Junge! Du musst nicht im alten Zimmer der Zwillinge kampieren. Wenn du woanders schlafen willst, nur raus damit. Das ist dein Heim, genauso wie es Christies ist. Sag, was du auf dem Herzen hast.«

Slade räusperte sich.

»Wage nicht einmal daran zu denken«, zischte Christine ihm zu.

Slade zuckte mit den Schultern und machte sich klein. Da trat Marina neben Joe. Und Joe legte mit einem gequälten Lächeln seinen Arm um die schmalen Schultern des Mädchens.

Plötzlich herrschte Stille im Raum und aller Blicke waren abwechselnd auf Christine und Joe gerichtet.

Christine musste ihre ganze Kraft zusammennehmen, um nicht panikartig die Flucht zu ergreifen.

Natalie fasste sich schließlich ein Herz und fragte: »Was hat das alles zu bedeuten, Joe? Du bist also nicht mit Christine hier, sondern mit …«

»Ja. Mit Marina«, vollendete Joe den Satz. »Wir sind verheiratet.«

10

»Es tut uns wirklich Leid, Marina«, entschuldigte sich Sam. »Wir wollten Sie nicht verletzen.«

»Schon gut«, sagte Marina mit einem angedeuteten Lächeln.

Sogar Joe merkte, dass seine junge Frau alles andere als glücklich aussah. Also würde der Familie das ebenfalls auffallen.

»Na, dann will ich dir mal gratulieren!«, sagte Natalie. Sie umarmte ihn, aber er sah die Frage in ihren Augen. Sie wandte sich an die junge Frau: »Und Ihnen auch, liebe Marina.«

Natürlich schlossen sich alle Cannons Natalies guten Wünschen für das junge Ehepaar an und wenn sie auch aufrichtig waren, konnte man ihnen ebenso eine gewisse Enttäuschung anmerken.

Christine lehnte an der Küchentür. Joe warf ihr einen um Verzeihung bittenden Blick zu und wünschte, sie könnte seine Gedanken lesen. Du hattest Recht, dachte er. Ich hätte nicht hierher kommen dürfen. Dass ich Sam und Nonie verletzen könnte, habe ich mir überhaupt nicht überlegt.

Im Gegensatz zu ihm benahmen sich die Cannons sehr taktvoll, das musste Joe anerkennen. Und jetzt kam er sich ganz elend vor, wie ein Schuft. Aber er konnte an der Situation nichts mehr ändern. Es war klar, dass alle auf seine Versöhnung mit Christine gehofft hatten und bereits der Champagner kalt stand, um dieses Ereignis gebührend zu feiern.

Dass er die Unverschämtheit haben würde, mit seiner frisch angetrauten Frau im Schlepptau hier zu erscheinen, hätte die Familie sich wohl niemals träumen lassen.

»Ihr wollt euch sicher vor dem Frühstück erst einmal frisch machen«, sagte Nonie fröhlich, nachdem alle das Paar beglückwünscht hatten.

Ja, dachte Joe, natürlich möchte ich mich frisch machen. Und das am besten während der ganzen Reise zurück nach New Jersey.

»Um uns brauchst du dich nicht mehr zu kümmern, Mom«, sagte Christine mit ihrer schönsten Talkshow-Stimme. »Wir finden schon allein in unsere Zimmer.«

»Hast du gemerkt, wie sie dich alle angeschaut haben?«, fragte Joe leise, als die vier in den Schlaftrakt des Ranchhauses gingen.

»Und wer ist daran schuld?«, fuhr Christine ihn an. »Ich wollte nicht, dass du mitkommst!«

»Ich wünschte, ich wäre in New Jersey geblieben.«

»Und wie ich mir das erst wünsche!«

Marina und Slade spitzten die Ohren, damit ihnen ja nichts entging. Lass sie doch, dachte Joe. Vielleicht lernen sie dann etwas. Er jedenfalls hatte seine Lektion gelernt.

»Das ist dein Zimmer, Slade«, sagte Christine und deutete auf die erste Tür nach dem Badezimmer für Gäste.

Slade nickte nur und ging ohne ein Wort des Dankes hinein.

»Es ist noch schlimmer als ich dachte, oder?«, fragte Joe. »Sogar unser kleiner Fotograf ist verstummt.«

»Du weißt ja, wo du logierst«, sagte Christine und warf ihm einen bösen Blick zu. »Und den Weg in die Küche kennst du auch.«

Dann marschierte sie den Gang hinunter, in Richtung ihres alten Mädchenzimmers.

»Worauf wartest du?«, brummte Joe. »Geh rein.«

»Wie kannst du es wagen, mir Befehle zu erteilen! Niemand schubst mich rum«, fauchte Marina, angriffslustig das Kinn gereckt.

»Rein mit dir!«, sagte er mit knirschenden Zähnen.

Demonstrativ ließ sie ihre Reisetasche zu Boden fallen.

»Heute nicht, Marina.«

»Heute nicht, Marina«, äffte sie ihn höhnisch nach.

»Du hast es nicht anders gewollt«, sagte er, schwang das kleine Persönchen über seine Schulter, stürmte ins Zimmer und warf seine Last aufs Bett. »Mach doch, was du willst!«, blaffte er. »Ich jedenfalls frühstücke jetzt.«

Während Slade seine Ausrüstung und ein paar Kleidungsstücke im Wandschrank verstaute, sah er sich um. Die Wände waren dünn. Vielleicht würde es hier gar nicht so schlecht sein, wie er anfangs gedacht hatte.

Er hörte, wie der Pfadfinder aus dem Nachbarzimmer stürmte und dann Marinas Weinen.

Slade hatte noch nie eine gute Gelegenheit versäumt.

Fluchend stolperte er über Marinas Gepäck im Flur und wollte schon in ihr Zimmer gehen, als ihm eine Idee kam: Vielleicht wäre es nicht schlecht, den Hilfsbereiten zu spielen.

»Zimmerservice!«, rief er und stieß die Tür auf. Mit dem Gepäck in der Hand betrat er das Zimmer. »Wo sollen deine Sachen hin, Schätzchen?«

Marina saß mit gekreuzten Beinen auf dem Bett und weinte. »Bring sie nach New Jersey.«

Er stellte das Gepäck am Fußende des Bettes ab und setzte sich auf die Kante. »Das ist alles ziemlich beschissen, oder?«

»Ich komme mir vor wie eine Gefangene«, antwortete sie und nickte.

»Redest du von deiner Ehe oder von diesem Ort hier?«, fragte er grinsend.

Sie senkte den Blick und rote Flecken breiteten sich auf ihren Wangen aus. »Über dieses Thema kann ich nicht mit dir reden.«

Slade schickte einen übertrieben scheinheiligen Blick zur Decke. »Betrachte mich als einen Priester«, sagte er. »Nichts, was du mir anvertraust wird jemals diese vier Wände verlassen.«

Marina sah so jung aus, wie sie da saß. Wäre er nicht derart skrupellos gewesen, hätte sie ihm Leid tun können.

»Ich kann nicht«, sagte sie nach einer ganzen Weile.

»Vielleicht würdest du dich hinterher besser fühlen.«

»Oder vielleicht würdest *du* dich dann besser fühlen.«

Marina war zwar jung, aber nicht ohne Scharfsinn. Das musste er immer in Betracht ziehen.

»Na gut«, sagte er, freundlich lächelnd. »Wenn ich zu weit gehe, sag mir einfach, dass ich 'ne Fliege machen soll.«

Zu seiner Erleichterung lächelte sie zurück und sagte: »Mach 'ne Fliege.«

»Internat, richtig?«

Sie nickte.

»Im Norden von London?«

Sie nickte wieder.

»Aber du wurdest woanders geboren?«

Sie schwieg. Aber eine Erklärung war gar nicht nötig. Früher oder später würde er alles herausfinden, was er wissen wollte.

Christine legte ihre Unterwäsche in eine Schublade und hängte dann ihre restliche Garderobe auf. Wenn sie damit fertig war, könnte sie ihre Schuhe im Wandschrank in eine ordentliche Reihe stellen und sich in ihrem Zimmer einschließen, bis es Zeit war, nach New Jersey zurückzukehren.

Die unendliche Enttäuschung im Gesicht ihres Vaters war ihr nicht entgangen, als Joe Marina als seine Frau vorgestellt hatte. Doch Sam liebte Joe viel zu sehr, um ihm nicht alles Gute zu wünschen.

Und das war der Unterschied zwischen ihrem Vater und ihr: Sam wollte Joe glücklich sehen, während sie ihm alles Elend dieser Welt an den Hals wünschte. Warum das so war, diese Frage wagte sie noch nicht zu stellen.

»Reg dich nicht so auf, Nonie«, sagte Sam zu seiner Frau. Sie schlug Eier in die Pfanne. »Der Junge hat das Recht zu heiraten.«

»Das weiß ich doch.« Nonie erntete etwas Petersilie aus einem Topf auf dem Fensterbrett.

»Man konnte von ihm doch nicht erwarten, dass er so lange solo bleibt, bis Christie wieder vernünftig wird.«

»Das habe ich nie erwartet, vor allem nach dem, was sie ihm angetan hat.«

»Manche Menschen kommen mit Liebeskummer besser zurecht als andere«, sagte Sam und mopste eine Scheibe Schinken von der Platte mit Aufschnitt. »Du weißt doch, warum sie ihn verlassen hat, Nonie.«

Jeder, der die damalige Situation kannte, musste Christines Entscheidung respektieren, denn sie hatte geglaubt, in Joes Interesse zu handeln. Nur Nonie hatte dieses Argument nie akzeptiert.

Jetzt drehte sie sich mit blitzenden Augen zu ihrem Mann um und sagte: »In einer Ehe gibt es keine Garantien, du alter Dummkopf.« Sie wedelte mit ihrem Wender vor Sams Nase herum, doch er wich keinen Zentimeter zurück, das war er sich schuldig. »In guten und in schlechten Tagen. Wie es sich gehört.«

»Sie liebte ihn so sehr, dass sie ihm die Freiheit zurückgab.«

Damit Joe eines Tages mit einer neuen Frau eine Familie gründen konnte.

»Und jetzt hat sie ihn ein für alle Mal verloren«, sagte Nonie und attackierte wütend die Spiegeleier. »Sie ist fast fünfunddreißig und allein. Und wenn du ihre Situation als glücklich bezeichnest, bist du nicht so klug wie ich immer gedacht habe, Samuel Clemens Cannon.«

Sam öffnete den Mund, um seiner Frau eine passenden Antwort zu geben, fand zu seiner Überraschung aber kein Gegenargument, denn im tiefsten Innern hatte er die Scheidung seiner Lieblingstochter nie akzeptiert. Außerdem glaubte er noch immer fest daran, dass Christie und Joe wieder zueinandern finden würden, wenn er auch nicht wusste, warum.

»Sam!«, schreckte ihn die Stimme seiner Frau auf. »Hol die Platte mit dem blauen Blumenmuster für die Eier!«

Er tat wie ihm geheißen und Nonie ließ die Eier aus der Pfanne darauf gleiten.

»Lass sie nicht kalt werden. Ich bringe gleich den Rest.«

Er ging ins Esszimmer. Normalerweise aßen Nonie und er in der Küche. War aber die ganze Familie versammelt, brauchten sie mehr Platz.

»Frühstück«, verkündete er und stellte die Platte mit einem eleganten Schwung auf den Tisch. Seine Familie – die Söhne und Töchter, deren Ehegatten und Kinder – lächelte ihn an. Er aber sah nur Joe und dessen junge Frau.

Und was er sah, machte ihn froh und stimmte ihn voller Hoffnung, denn er dachte: Sie lieben sich nicht. Sie haben sich nie geliebt und sie werden sich auch nie lieben.

»Dad?«, fragte da Christine, die neben ihn getreten war. »Wo soll ich sitzen?«

Er legte den Arm um seine jüngste Tochter. »Neben mir, natürlich«, sagte er und küsste sie auf die Wange. »Wir haben eine Menge nachzuholen.«

Er schaute auf sie hinunter und sah, dass sie mit Joe Blicke tauschte. Und das genügte ihm, um an ein Wunder zu glauben.

Als Christine zehn Jahre alt war, verbrachte sie den ganzen Sommer in der Überzeugung, berühmt zu werden. Obwohl ihre Familie diese Idee als pure Spinnerei abtat, die von einer Überdosis Fernsehen und ihrer lebhaften Phantasie genährt wurde, und alle behaupteten, dass von der Cannon-Ranch nie jemand zu Ruhm gelänge, hielt sie an ihrer Vorstellung fest und verkündete: »Nicht irgendjemand von der Ranch wird berühmt, sondern ich!«

Damals pflegte sie sich mit einer Flasche Limonade und einem Apfel auf dem Heuboden zu verstecken und Romane über reiche, berühmte Leute zu verschlingen, die ein glanzvolles, aufregendes Leben führten. Und sie träumte von dem Tag, an dem sie im Rampenlicht stehen würde.

Und wie es aussah, hatte sie dieses Ziel wohl erreicht.

»Die Spiegeleier sehen köstlich aus«, sagte sie und setzte sich lächelnd. »Wo ist Mom?«

In diesem Augenblick kam die Herrin des Hauses mit einer Platte voll gebratener Würstchen und Schinken ins Esszimmer gestürmt und rief: »Fangt an! Nichts schmeckt schrecklicher als kalte Spiegeleier. Dann kann man gleich einen Gummiadler essen, wenn ihr mich fragt.«

Marina kicherte. Nonie sah sie an. »Sie sind ja wirklich nur ein Strich in der Landschaft. Joseph, pass auf, dass sie richtig isst.«

Joe wedelte mit seiner Gabel. »Mach ich.«

Slade sah Christine an und hob seine Kaffeetasse zu einem spöttischen Toast. Am liebsten hätte sie ihm in sein grinsendes Gesicht geschlagen. Er war nach Nevada mitgekommen, weil er gehofft hatte, in Las Vegas ein paar VIPs vor die Linse zu kriegen. Und jetzt ließ er sie seine Enttäuschung spüren.

Das letzte Mal, dass Joe vollkommem glücklich war, war hier auf der Ranch gewesen. Christine hatte gerade erfahren, dass sie schwanger war und beide waren überglücklich.

»Wie geht es dir?«, hatte er jedes Mal gefragt, wenn sie vom Klo zurückkam. »Schon wieder diese Morgenübelkeit?«

»Mir ist morgens, mittags und abends übel. Ist das nicht wundervoll?«

Die meiste Zeit während dieser Reise zur Ranch ihres Vaters war Christine schlecht gewesen, aber sie hatte nicht einmal geklagt.

»Ich glaube, sie werden verrückt vor Freude sein«, sagte sie damals, als sie den Höhenzug passierten und das Haus im Tal sahen. »Wer hätte das gedacht?«

»Es gibt noch Wunder«, hatte Joe gesagt und Christine übers Haar gestrichen. »Ist das nicht die Devise deines Vaters?«

Sams fester Glaube an das Unmögliche hatte Joe immer verwundert, denn sein Schwiegervater war ein sehr pragmatischer Mann.

Der ganze Cannon-Clan war damals im Esszimmer versammelt gewesen, als die beiden die Neuigkeit zur Begeisterung der Familienmitgleider verkündet hatten.

Kurze Zeit später fand Joe Sam auf der hinteren Veranda. Tränen der Freude waren dem alten Mann übers Gesicht gelaufen, und das ihm, der sich sein gebrochenes Bein vom Arzt ohne Betäubung hatte richten lassen, weil er fand, dass etwas Schmerz zur Charakterbildung beitrage. Sam Cannon war ein harter Mann – mit einem weichen Kern.

Dann hatten sich die beiden umarmt, wobei auch Joe mit den Tränen kämpfte.

Über dieses Ereignis sprachen sie nie, aber es markierte den Beginn ihrer tiefen Beziehung – der eines Vaters zu seinem Sohn. Und daran hatte Joe sehr oft denken müssen, als seine Ehe in den folgenden Monaten zu zerbrechen begann.

»Joseph«, sagte Marina und klopfte mit ihrer Gabel auf den Rand ihres Tellers. »Wach auf.«

Als er hochblickte, sah er, dass alle ihn anschauten. »Ich werde alt«, entschuldigte er sich, »und verliere mich in Tagträumen.«

Natalie lachte aus vollem Herzen. »Ich habe dich gerade gefragt, ob du mich in die Tierklinik begleiten möchtest. Ich habe einen ganzen Wurf Welpen, die Pflege brauchen und dabei kannst du mir helfen.«

Er sah Marina fragend an, doch ihre Miene war undurchdringlich. Noch immer fürchtete er, sie könne weglaufen und vor allem fürchtete er die Fragen der neugierigen Cannons.

»Welpen, wie alt?«

»Drei Wochen«, grinste Natalie.

»Mach dir keine Sorgen, Joe«, sagte Christine mit einem strahlenden Lächeln. »Wir kümmern uns um Marina.«

»Spiel du nur mit kleinen Hunden«, meinte Marina gähnend. »Ich gehe schlafen.«

»Eine ausgezeichnete Idee«, sagte Slade, ebenfalls gähnend.

Joe starrte den Fotografen böse an. Der Typ hatte eine Art, selbst die harmloseste Bemerkung zweideutig klingen zu lassen.

»Was machst du dir Sorgen?«, fragte Christine. »Wir alle verkriechen uns in unseren Zimmern.«

»Worüber sollte Joe sich Sorgen machen?«, meinte Sam lachend. »Der nächste Nachbar ist meilenweit entfernt und für den würde ich meine Hand ins Feuer legen.«

Joe saß in der Klemme, aber er konnte Marina nicht vierundzwanzig Stunden am Tag überwachen. Wenn sie reden wollte, war er dagegen machtlos, ebenso falls sie versuchte zu fliehen. Doch hier waren sie glücklicherweise so weit von jeder Zivilisation entfernt, dass sie kaum einen Fluchtversuch unternehmen würde. Also schob er seinen Stuhl zurück, warf seine Serviette auf den Tisch und sagte: »Komm, Nat. Fahren wir zu deinen Hunden.«

Als Joe und Natalie in der Tierklinik ankamen, säugte die Hündin ihre Welpen.

»Ich dachte, die Mutter sei krank«, sagte Joe und betrachtete die Idylle.

»Tja, da muss wohl ein Wunder geschehen sein«, meinte Natalie lächelnd.

»Kommen wir zum Wesentlichen«, sagte Joe und lehnte sich gegen den Schrank mit den Karteikarten.

»Keine einleitenden Worte?«

»Zwischen uns?«, grinste er. »Das ist reine Zeitverschwendung.«

»Ist sie nicht etwas zu jung für dich, Joe?«

»Ich wusste nicht, dass dich das stören würde.«

»Sie könnte deine Tochter sein.«

»Nur, wenn ich sehr jung geheiratet hätte.«

»Du weißt, wovon ich rede.«

»Sie ist volljährig, wenn du das meinst.«

»Ja. Aber das ist nur ein Teil meiner Frage.« Sie atmete tief ein und fuhr fort: »Was tust du hier, Joe?«

»Hast du damit ein Problem, Nat?«, konterte er.

»Ich weiß es nicht«, sagte sie mit entwaffnender Offenheit. »Ich frage mich nur, ob das gegenüber Christie fair ist.«

»Du hast mich eingeladen.«

»Stimmt«, sagte Natalie, »aber ich wusste nicht, dass du deine Frau mitbringen würdest. Das hättest du mir sagen müssen, Joe.«

»Ja, das hätte ich. Entschuldige bitte.«

»Ich mache mir um Daddy Sorgen. Er hat so gehofft, dass ihr beide wieder zusammenkommt. Sein ganzes Herz hat er daran gehängt.«

»Ich rede mit ihm.«

»Er ist kein junger Mann mehr«, fuhr sie fort. »In seinem Alter kann er das nur schwer verkraften.«

»Ich habe geheiratet, Nat, nicht eins eurer Pferde gestohlen.«

»Du weißt, wovon ich rede«, beharrte sie. »Du und Christie, ihr hattet immer eine ganz besondere Beziehung. Niemand hat erwartet, dass eure Ehe zerbricht.«

»Ja. Ich habe damit auch nicht gerechnet.«

»Was meinst du jetzt?«

»Sagen wir mal, das war eine ganz spontane Eheschließung.«

»Wann hast du geheiratet?«

Joe schaute auf seine Armbanduhr.

»Mach keine Witze«, sagte Natalie und lachte.

»Er macht keine Witze«, hörten die beiden Christines Stimme. »Wie lange ist es her, Joe? Zwei Wochen? Drei Wochen?«

Natalie und Joe drehten sich um und starrten verblüfft die junge Frau an.

Natalie ließ den Blick zwischen ihrer Schwester und Joe hin und her wandern und räusperte sich dann. »Ich habe dich nicht kommen hören, Christie«, sagte sie und schaute aus dem Fenster. »Wo ist dein Auto?«

Christine deutete zum rückwärtigen Teil des Hause, ohne den Blick von Joe abzuwenden. »Das gehört zu meinen beruflichen Tricks oder vielmehr Qualitäten«, meinte sie mit erzwungener Ruhe in der Stimme, »sowie das Fehlen jeglicher

Moral, dazu Undercover-Arbeit und das Lauschen an Türen. Ich denke, diese Vorgehensweisen sind auch Joe nicht ganz fremd.«

»Ich glaube, mein Piepser hat sich gerade gemeldet«, sagte Natalie.

»Ich habe nichts gehört«, entgegnete Joe.

»Da, er piept wieder.« Natalie eilte zur Tür. »Im Kühlschrank ist Eistee. Ich komme gleich zurück.«

»Und weg ist sie«, staunte Christine, als ihre Schwester verschwand.

»Das muss in der Familie liegen«, meinte Joe.

Christine ignorierte seinen Kommentar und kniete sich neben die Hündin mit ihren Welpen. Sie streichelte das Tier und sprach leise zu ihm. »Ich könnte einen Eistee vertragen.«

Joe wollte ihr schon sagen, sie solle sich ihren Tee selber holen, doch dann brachte er für jeden ein Glas und kauerte sich neben sie.

»Prost«, sagte er und gab Christine ein Glas. »Also, was tust du hier?«

»Dasselbe wie du.« Sie trank einen Schluck. »Ich wollte mir die Welpen anschauen.«

»Scheiße.«

»Was für ein Ausdruck«, sagte sie und zuckte zusammen. »Nicht vor den Kindern.«

»Du wolltest wissen, was los ist.«

»Und wenn es so wäre?«, fragte sie und reckte kämpferisch ihr Kinn. »Schließlich ist sie meine Schwester.«

»Sie wollte mir die Welpen zeigen.«

»Ja, ja«, sagte Christine. »Und ihr wart so schnell verschwunden, dass niemand euch begleiten konnte.«

»Dich hat das doch nicht aufgehalten, oder?«

»Nein. Warum auch?« Wieder nippte sie an ihrem Tee. »Hat Nat dir damit gedroht, den Kinderschutzbund zu verständigen?«

Joe leerte sein Glas. »Deine Witze sind allmählich alt und abgedroschen, Christine.«

»Die Witze sind zwar alt, aber deine Frau ist jünger als der Frühling.«

»Hör auf damit!«, warnte er sie.

»Bist du plötzlich empfindlich geworden? Ach, du Armer. Vielleicht hättest du darüber nachdenken sollen, ehe du Lolita geheiratet hast.«

»Du weißt nicht, wovon du redest.«

»Dann erkläre es mir.«

Das läuft ja wieder mal prima, McMurphy. Nichts wie weg hier, dachte Joe. »Vergiss es!« Er stand auf und stellte sein leeres Glas in die Spüle. »Ich gehe zur Ranch zurück.«

»Nimm das Auto. Die Schlüssel liegen im Wagen«, bot ihm Christine an. »Nat bringt mich nach Hause.«

Joe nickte. Eigentlich hätte er schon längst auf halbem Weg zum Wagen sein müssen, stattdessen stand er immer noch da und starrte seine Exfrau an.

»Lass dich durch mich nicht aufhalten«, sagte Christine. »Du hast doch zu tun. Du musst deiner Frau die Windeln wechseln.«

»Verdammt noch mal!«, explodierte Joe. »Diese Scheiße muss aufhören. Wir benehmen uns wie in einer billigen Sitcom.«

»Eher Seifenoper«, sagte sie. »Sitcoms sind lustig. Doch unsere Situation ist alles andere als lustig.«

»Da hast ausnahmsweise du mal Recht«, gab er zu. »Sie ist überhaupt nicht lustig. Ich hätte niemals hierher kommen dürfen.«

»Nein«, sagte Christine und ihre Stimme zitterte. »Ich hätte nicht kommen dürfen. Ich wusste, dass es verkehrt ist.«

»Ich habe dich gedrängt.«

»Ich hätte mich nicht drängen lassen dürfen«, wandte sie ein und sah ihm in die Augen.

»Ich ließ dir keine andere Wahl.«

»Eben das hätte ich nicht zulassen dürfen.«

»Und ich hätte Nat erzählen müssen, dass ich Marina geheiratet habe.«

»Da hast verdammt noch mal du Recht.« Sie schwieg kurz und fügte dann hinzu: »Und ich wünschte, ich hätte es Mom und Daddy vorher erzählt.«

»Warum hast du es denn nicht getan?«

»Deinetwegen«, sagte sie und stieß einen tiefen Seufzer aus. »Ich wollte dir weh tun, dich bloßstellen.«

»Gütiger Himmel«, murmelte er. »Wie konnten wir nur so weit kommen?«

»Mit etwas Glück und einem perfekten Timing«, sagte sie. »Hast du meine Karriere nicht so definiert?«

»Ich war nicht ganz bei mir, als ich das gesagt habe, Christine. Unsere Ehe zerbrach; du zogst dich von mir zurück; und ich war kein naiver kleiner Junge mehr.«

»Aber ein Körnchen Wahrheit steckt doch darin, oder?«

Das konnte Joe nicht leugnen. »Aber du kannst mir nicht vorwerfen, dass auch ich meine Chancen nutzen wollte.«

»Ich werfe dir nur vor, dass du mir meine Chance nicht wirklich gegönnt hast.«

»Glaubst du das tatsächlich?«, fragte er.

Nach einem Schweigen, das ewig zu dauern schien, antwortete Christine: »Ja. Das glaube ich.«

»Wärst du denn bei mir geblieben, wenn ich anders reagiert hätte?«

»Nein«, flüsterte sie, »das wäre ich nicht.«

»Das habe ich mir gedacht.«

»Vielleicht weißt du nicht mehr genau, wie es damals war, Joe. Aber ich erinnere mich. Wir sahen uns kaum noch. Ich arbeitete bis spät in die Nacht und du trankst zu viel – Wochen vergingen, ohne dass wir uns berührten, geschweige den miteinander schliefen.«

»Also hast du jemanden kennen gelernt, der das mit dir tat«, sagte Joe und bei dem Gedanken wurde ihm fast schlecht.

Christine wurde rot.

»Na, komm schon, Chris. Seitdem ist viel Wasser den Bach runtergeflossen. Was macht das heute noch für einen Unterschied?«, fragte er, denn er war kein Idiot und wusste, dass es einen anderen Mann gegeben haben musste, als sie ihn verlassen hatte.

»Es gab keinen anderen, Joe«, sagte Christine so leise, dass er glaubte, sich ihre Worte nur eingebildet zu haben.

Er sah ihr in die Augen. »Was war das eben?«

»Ich habe nichts gesagt.«

Sie ging zum Kühlschrank und nahm den Krug mit Eistee heraus. Dann spülte sie ihr Glas aus und füllte es wieder. Den Krug stellte sie zurück. Sie drehte sich um und sah ihn an.

»Ich dachte, du wolltest zur Ranch zurückfahren?«

»Du hast doch etwas gesagt. Was war es?«

»Nichts.«

»Ich habe dich gehört.«

»Das musst du dir eingebildet haben.«

Das muss ich wohl, dachte er auf der Fahrt zu Nonie und Sam, weil diese Worte alles verändert hätten.

11

»Ich dachte, du wärst längst heimgefahren«, sagte Natalie eine Stunde später zu Christine. »Habe ich nicht ein Auto gehört?«

»Das war Joe.« Christine saß bei den Welpen auf dem Fußboden. »Er ist zur Ranch zurückgefahren.«

»Wahrscheinlich vermisst er seine kleine Frau.«

Christine blickte zu ihrer älteren Schwester hoch. Allein Natalie konnte sich eine solche Ausdrucksweise erlauben. »Dieser Satz bekommt jetzt eine neue Bedeutung, nicht?«

Natalie setzte sich neben Christine und murmelte Koseworte, als einer der winzigen Hunde auf ihren Schoß krabbelte. »Also, was weißt du über diese Ehe?«

»Nicht viel. Ich hatte gehofft, dass er dir gegenüber mitteilsamer wäre.«

»Um eine Liebesheirat handelt es ich wohl kaum, wenn du das meinst.«

»Ja, das meine ich«, sagte Christine.

»Ich wusste gar nicht, dass Joe ein solcher Geheimniskrämer sein kann. Fast sieht es aus, als müsse er etwas verbergen. Er reagierte richtig gereizt, als ich ihn fragte.«

Christine wusste nur zu gut, wovon ihre Schwester redete. Schon die ganze Zeit über hatte sie das Gefühl, hinter Joes Ehe müsse etwas anderes stecken. Sie rang sich ein Lächeln ab. »Hast du ihn etwa damit aufgezogen, ein Kind entführt zu haben?«

»Dieser Versuchung konnte ich einfach nicht widerstehen«, gab Natalie zu und grinste.

»Die Kleine sieht auch nicht viel glückicher als er aus, oder?«

»Ich muss gestehen, dass ich sie mir noch nicht näher angeschaut habe. Sie ist so unscheinbar.«

»Nur auf den ersten Blick. Marina hat Verstand und zögert nicht, ihn zu gebrauchen.«

»Aber sie gehört nun wirklich nicht zu dem Typ Frau, auf den Joe fliegt, geschweige denn heiratet.«

»Weil sie nicht hübsch ist?«

»Erst einmal das. Dir kann keine so leicht das Wasser reichen, Christie. Ich hätte erwartet, dass er eher mit so einer Art Model mit Löwenmähne daherkommt.«

»Vielleicht wollte er mal was ganz anderes.«

»Ich wette, dass er das nicht gefunden hat.«

»Na ja, jedenfalls weiß ich eins: Mit mir hat er seine Ideal-Frau auch nicht gefunden.«

»Vielleicht doch, wenn du ihn nicht verlassen hättest.«

Christine presste eins der Hundebabys gegen ihre Wange. »Nein«, sagte sie leise, »denn er sucht nach dem Einen, das ich ihm nicht geben konnte.«

Als Joe mit röhrendem Motor die Auffahrt hochfuhr, saß Marina mit Slade und einem halben Dutzend Cannons – an deren Namen sie sich nicht erinnern konnte – auf der Veranda. Er stieg aus dem Ford und stürmte, eine Wolke Staub aufwirbelnd in Richtung Stallungen, ohne von irgendjemandem Notiz zu nehmen.

»Was hat der denn für ein Problem?«, murmelte Slade.

»Wie soll ich das wissen«, antwortete Marina. »Ich bin nur seine Frau.«

»Ich wünschte, du würdest nicht solche Sachen sagen, Schätzchen. Das lenkt meine Phantasie in gefährliche Bahnen.«

Das war Marina im Augenblick ziemlich egal. Sie langweilte sich hier zu Tode, hockte am Ende der Welt, eine Gefangene gewisser Umstände, über die sie keine Kontrolle hatte. Das Einzige, was sie aus dieser verfahrenen Situation noch gewinnen konnte, war ein besseres Kennenlernen ihrer Bewacher.

»Kanntest du Christine schon, als sie noch mit Joseph verheiratet war?«, fragte sie deshalb.

Slade lehnte sich zurück und stützte sich auf seine Ellbogen, während er die langen Beine von sich streckte. »Ich wünschte, ich hätte sie gekannt. Ich weiß nicht, wie's dir geht, Schätzchen, aber ich kann mir die beiden nicht zusammen vorstellen.«

»Ich weiß genau, was du sagen willst! Sie sind grundverschieden. Trotzdem habe ich das Gefühl, dass sie sich einmal sehr geliebt haben.«

Slade musterte eingehend seine Füße in den schäbigen Turnschuhen. »Weiches Kalbsleder in dunklem Cognacbraun.«

»Slade!«, sagte Marina ungehalten. »Wovon redest du eigentlich?«

»Von einem Paar Schuhe, die mir gefallen.«

»Warum sprichst du jetzt über Schuhe?«

»Wenn von Christine und dem Pfadfinder die Rede ist, denke ich automatisch an Schuhe.«

»Du bist ein sonderlicher Kauz.«

Er lachte und sagte: »Wenigstens verstecke ich keinen Schmuck im Wandschrank, Schätzchen.«

Marina schrak zusammen. »Ich … ich weiß nicht, wovon du redest.«

»Ach, das ist nichts als eine Unterhaltung zwischen zwei diebischen Elstern.«

»Du irrst dich.«

»Das glaube ich nicht«, sagte er und tätschelte seine Kamera, die er sich umgehängt hatte. »Wie heißt es doch so schön? Ein Bild sagt mehr als tausend Worte.«

Er musste lügen, denn er hätte sie niemals dabei fotografieren können, wie sie ihre Beute im Wandschrank versteckte. Etwas anderes durfte Marina gar nicht denken. Deshalb sagte sie: »Mangelnder Schlaf hat die seltsamsten Auswirkungen aufs Gehirn. Das musst du dir eingebildet haben.«

»Ein Objektiv, die Armbanduhr des Pfadfinders und Christines Diamant-Armband. Soll ich noch mehr aufzählen?«

»Nein, das reicht«, sagte Marina.

»Ich bewundere einfallsreiche Frauen. Du hast einfach nur die Gelegenheit beim Schopf gepackt, um später etwas Kapital daraus zu schlagen.«

»Das stimmt so nicht ganz.«

»Arme Mrs. Cusumano. Kein Wunder, dass du eines meiner Objektive wieder herausgerückt hast.«

»Ich habe sie gefunden«, sagte Marina bescheiden. »Eigentlich solltest du mir dankbar sein, anstatt mich anzuklagen.«

»Und du solltest endlich die Wahrheit sagen.«

»Die würdest du nicht begreifen«, sagte Marina mit hämmerndem Herzen.

»Natürlich würde ich das. Wir sind aus demselben Holz geschnitzt, Marina. Keiner von uns beiden besitzt annähernd halb so viel, wie wir gern haben möchten.« Mit einem verschwörerischen Lächeln fügte Slade hinzu: »Aber wir sind dabei, ein kleines Vermögen anzuhäufen, nicht wahr?«

Natürlich hätte sie das alles vehement bestreiten können, aber sie hatte es gründlich satt, länger das kleine Dummchen zu spielen. Es tat richtig gut, nun einmal Geist und Stärke zu demonstrieren.

Deshalb meinte sie lächelnd: »Ja, wir sind dabei, ein kleines Vermögen anzuhäufen.«

»Die Frage ist nur, *warum* wir das tun«, sagte Slade und sie bedeutete ihm nach einer kurzen Pause weiterzusprechen. »Ich war sehr arm, Marina. Und das hat mir überhaupt nicht gefallen. Komischerweise habe ich bei dir den Eindruck, dass du keinen Schimmer hast, wovon ich rede.«

»Sieh mich doch mal an«, erwiderte sie und deutete auf ihre einfache Kleidung. »Jeder weiß sofort, dass ich nicht reich bin.«

Er sah sie nachdenklich an. »Dein Argument ist nicht

schlecht, Schätzchen. Aber das zieht bei mir nicht. Dein Mangel an Stil ist keine ökonomische Notwendigkeit.«

»Wie kommst du denn auf so etwas?«

»Ich kenne Typen wie dich. Die habe ich schon früher getroffen: das hässliche kleine Entlein mit sozialem Gewissen.«

»Das ist gar nicht nett, was du da sagst!«

»Du läufst doch absichtlich so rum. Eine neue Frisur, etwas Make-up …«

»Das meine ich nicht«, unterbrach sie ihn, ungeduldig mit der Hand fuchtelnd. »Ein soziales Gewissen zu haben, hört sich bei dir an, als wäre es etwas Fürchterliches.«

»Das ist ein Klischee, Schätzchen. Nichts als eine abgedroschene Redensart. Ein soziales Gewissen ist ein Hindernis, dass dein Bankkonto fett wird.«

»Du bist zynisch.«

»Stimmt haargenau. Doch arme Leute verstehen das.« Und mit einem triumphierenden Lächeln fügte Slade hinzu: »Und auf diese Weise habe ich auch herausgefunden, dass du in eine reiche Familie hineingeboren wurdest.«

»In eine privilegierte«, korrigierte sie ihn und genoss trotz der damit verbundenen Gefahr die verbale Auseinandersetzung. »Das ist ein Unterschied.«

»Nicht für mich.«

»Wirst du das meinem Mann erzählen?«, fragte sie und dachte, schlimmer wäre es, er würde Christine etwas verraten.

»Sollte ich das denn tun?«

»Das entscheidest doch du allein, oder nicht?«, meinte sie lächelnd. Was Joe von ihr dachte, spielte keine Rolle, war ohne Konsequenzen. Bei Christine war das anders. Zum Glück wusste Slade das nicht.

»Ich könnte eventuell geneigt sein, dein Geheimnis zu bewahren.«

»Ich schlafe auf keinen Fall mit dir, wenn du das meinst.«

Slade lachte und Marinas Gesicht verfinsterte sich. »Was bildest du dir überhaupt ein? Dass du der Traum jeder Frau bist?«

»Deswegen lache ich nicht, Schätzchen. Mein Schweigen ist viel teurer.« Er beugte sich vor und kniff ihr in die Wange. »Deinen Körper will ich nicht, Marina. Ich will deine Geschichte. Diesen Pfadfinder im Ruhestand, deinen Mann, liebst du doch nicht. Und was schließe ich daraus? Dass es einen verdammt guten Grund für eure Ehe geben muss.«

»Wie kannst du es wagen …«

»Den Rest der Welt kannst du ja anlügen, aber mich nicht. Wir sind vom selben Schlag.«

»Was für ein entsetzlicher Gedanke«, sagte sie erschaudernd.

Er schlug die Beine übereinander und betrachtete wieder seine Turnschuhe. »Was hältst du von cognacfarbenen Slippern?«

»Schuhe scheinen dich ja zu faszinieren. Warum?«

»Wenn du mir deine Geschichte erzählst, Schätzchen, erzähle ich dir meine. Vielleicht wäre das ein ganz netter Zeitvertreib, hier draußen, weit von jeder Zivilisation entfernt.«

»Niemals.«

»Ach, die Jugend!«, stöhnte Slade, der kaum älter als fünfundzwanzig war. »Weißt du nicht, dass man niemals nie sagt?«

»Willst du mich erpressen?«

»Was für ein hässliches Wort.« Er stand auf. »Denk dran, was ich gesagt habe, Marina. Wenn wir erst wieder in New York sind, ist es zu spät für deine Geschichte.«

Als Joe Christines Familie zum ersten Mal besucht hatte, musterte Sam den Großstädter, der seiner Tochter den Hof machte, misstrauisch – dann streckte er ihm seine Hand entgegen.

Noch nie im Leben hatte Joe vor einem Mann so großen Respekt gehabt, der fast an Ehrfurcht grenzte, aber dieser schlanke, groß gewachsene Rancher hatte ihn mit einem einzigen Blick beeindruckt.

»Was halten Sie von Pferden? Welche Gefühle bringen Sie

ihnen entgegen?«, hatte Sam mit einem amüsierten Funkeln in den Augen gefragt.

»Das kommt ganz darauf an, was für Gefühle sie mir entgegenbringen«, war Joes Antwort gewesen, wobei er seinen letzten Mut zusammenkratzen musste.

An jenem Tag hatte er gelernt, was Bescheidenheit, ja Demut, bedeuteten. Denn es war so gut wie unmöglich, weiterhin den überlegenen, coolen Typ zu mimen, wenn man auf dem Rücken eines bockenden Broncos saß, der nur danach trachtete, einen abzuwerfen. Oder wenn man Ställe ausmistete und unter Hühnerärschen nach Eiern suchte.

Und noch etwas hatte er in jener Woche gelernt: wie man Teil einer Familie wird. Wenn Joe mit den Cannons am Tisch saß und ihren Gesprächen während der Mahlzeiten zuhörte, kam er sich wie ein kleiner Junge vor, der zum ersten Mal am Tisch der Erwachsenen sitzen durfte. Er verstand nicht alles, doch er begriff eins: Das war Leben!

Er hatte eine Ahnung davon bekommen, wie ein Leben in der Familie sein könnte, bis seine Mutter starb. Doch diese Erfahrung dauerte nur wenige Jahre an, denn sein Vater war ein zorniger, verbitterter Mann, der ebenso wenig vom Glücklichsein verstand wie von der Erziehung eines kleinen Jungen. Joe lebte während seiner Teenager-Jahre meistens auf der Straße mit seinen Kumpeln – allein und auf sich selbst angewiesen. Ein Zustand, der zwangsläufig in einer Sackgasse enden würde.

Als sein bester Freund im zweiten Highschool-Jahr in eine Besserungsanstalt geschickt wurde, begriff Joe endlich, dass er den Rest seines Lebens in Brooklyn vergammeln würde, machte er sich nicht schleunigst an die Arbeit. Die Angst vor einer schäbigen Zukunft verlieh ihm Flügel, und da er etwas Geld von seinem Großvater mütterlicherseits fürs Studium geerbt hatte, wurde er zu einem fleißigen Schüler, bestand seine Prüfungen und bekam sogar ein Teil-Stipendium für die New York University.

Dort lernte er Christine kennen. Sie besaß eine Art Selbstvertrauen, das er bisher bei keinem Menschen angetroffen hatte. Die Wurzeln seines Selbstvertrauens waren Zorn, ihres stammte jedoch aus einem Gefühl der Sicherheit. Zwar meinte sie, nicht zu ihrer Familie zu passen – aber sie liebte sie; und sie wusste, dass sie wiedergeliebt wurde. Das war der Unterschied. Ein großer Unterschied.

Bei seinem ersten Besuch auf der Ranch hatte er das Gefühl gehabt, nach Hause zu kommen. Zum ersten Mal in seinem Leben fühlte er sich zu Hause. Zwar konnte er eine Axt nicht von einem Beil unterscheiden, aber er war bereit zu lernen. Und alle behandelten ihn wie ein Familienmitglied: direkt, lässig, fair – und was das Wichtigste war – mit aufrichtiger Zuneigung.

Angefangen bei Sam, dem Oberhaupt der Familie, der rau, aber herzlich war, bis zu seiner Frau Nonie mochten ihn alle. Nonie war mit fünf Jahren Waise geworden und von der Witwe des ehemaligen Trail-Boss' der Cannons aufgezogen worden. Die Familie bedeutete ihr alles. Sie lebte für ihren Mann und ihre sieben Kinder – für andere Dinge hatte sie kaum Zeit und auch kein Interesse.

Als Joe die Cannons verloren hatte, war das für ihn fast ebenso schmerzvoll gewesen wie Christine zu verlieren. Wenn man sich scheiden lässt, verliert man oft viel mehr als nur eine Ehefrau. Er fragte sich, warum dieses Thema nie in den Talk-Shows behandelt wurde. Denn er hatte seine Familie verloren, Menschen, die ihm so nahe wie Geschwister standen.

Und jetzt saß er wieder an ihrem Tisch, nach sechs Jahren. Und es kam ihm vor, als wäre er nie fort gewesen.

»Rostbraten, Kartoffelbrei und Soße«, sagte Nonie und reichte ihm einen voll beladenen Teller. »Eins deiner Lieblingsgerichte, Joe.«

Traces Frau, Suzanne, wollte gerade eine ihrer Tiraden über Cholesterin vom Stapel lassen, doch ein Blick ihres Schwiegervaters ließ sie mitten im Satz verstummen.

Christine musste lächeln. Ihr Vater wusste genau, dass sie

keine Soße und auch sonst nur sehr wenig essen würde. Und vielleicht würde er sie später dabei erwischen, wie sie Karotten aus dem Kühlschrank nahm. Ach, es war so schön zu wissen, dass sich nichts geändert hatte.

»Es schmeckt phantastisch, Nonie«, sagte Joe und schlang einen großen Bissen mit Soße hinunter.

»Ich wette, so was kriegst du in einem deiner schicken Restaurants nicht zu essen, Christie«, sagte Franklin zu seiner Schwester. Ihm war es immer noch unbegreiflich, warum sie die Ranch verlassen hatte.

»Niemand kocht wie Mom«, bestätigte Christine. »Wenn sie wollte, könnte sie einem Drei-Sterne-Koch Konkurrenz machen.«

Als Joe sah, wie Slade süffisant grinste, wäre er am liebsten auf ihn losgegangen. Das kapierst du nicht, du Bastard, dachte er. Wie denn auch? Aber Christie meint es ehrlich. Die Liebe und der Respekt, die sie ihren Eltern entgegenbringt, sind Teil ihres Wesens und Seins. Doch so etwas würde ein widerlicher Opportunist wie Slade niemals verstehen.

Während Joe seinen Teller leer aß, hörte er der lebhaften Unterhaltung der Cannons um den großen Esstisch zu.

»Was höre ich da gerade? Ihr nehmt Gäste auf?«, fragte er Sam nach einer hitzigen Diskussion über die Rentabilität einer Ranch.

»Ja. Leider ist es so weit gekommen«, sagte Sam. »Vor zwei Jahren haben wir damit angefangen, als der Letzte von unserer alten Mannschaft in Rente ging. Wir müssen das Vieh noch immer auf die Sommerweiden treiben, hatten aber nicht genug Leute für den Job.«

Marta, das dritte Kind und jetzt Rechtsanwältin, legte ihre Gabel nieder. »Andere Rancher haben das auch schon getan, aber das macht man natürlich nur, wenn alle Stricke reißen.«

»So schlecht steht es?«, fragte Joe.

Sam brummte und trank einen Schluck Wasser. »Schlechter als schlecht. Seit die Regierung neue Gesetze für die Weiderechte erlassen hat, haben wir finanzielle Schwierigkeiten.«

Doch die Weiderechte waren nur die Spitze des Eisbergs. Joe hörte zu, als Sam, Franklin und Marta ihm den Ernst der Situation schilderten.

»An allem gibt man uns die Schuld, angefangen beim Ozonloch bis hin zum Wassermangel«, knurrte Sam.

»Sam, reg dich nicht auf!«, sagte Nonie und legte ihre Hand auf seinen Arm. »Denk an deinen Blutdruck.«

»Der kann mir gestohlen bleiben. Jeder stirbt irgendwann an irgendetwas. Und ich mache lieber den Mund auf als mich feige zu verkriechen.«

Gegen diese Logik konnte man schlecht etwas einwenden. Es gab nur noch wenige aufrechte Männer und Sam Cannon gehörte zu dieser aussterbenden Rasse, was Joe zutiefst schmerzte.

»Und dann diese Leute, die gegen das Abholzen kämpfen. Was ist mit denen?«, fragte Mark, Christines jüngerer Bruder. »Sie stecken ihre Nase in Dinge, die sie nichts angehen.«

»Das sehe ich nicht so«, entgegnete Sam zu Joes Überraschung. »Sie haben ein Recht, für den Erhalt der Wälder zu kämpfen. Wir Viehzüchter haben eine Menge Schaden angerichtet und es ist Zeit, dass wir einen Teil davon wieder gutmachen.«

»Diese verdammten Hurensöhne!«, explodierte R.J., Marks Zwillingsbruder. »Sie haben unsere Zäune durchgeschnitten, unser Wasser vergiftet und ein paar Idioten haben sogar die Windmühlen auf der Bar W Ranch in der Nähe von Elko zerstört.«

»Öko-Terroristen sind das«, sagte Joe. »Dieselben Typen, die Pelzmäntel mit roter Farbe beschmieren. Wer vertritt eure Interessen?«

»Wen meinst du?«, fragte Marta. »Unseren Kongressabgeordneten oder den Lobbyisten?«

»Beide«, antwortete Joe. »Und jeden, der eure Probleme landesweit publik macht.«

»Landesweit publik macht?«, sagte Sam. »Da kenne ich niemanden. Aber unser Kongressabgeordneter ist …«

Christine beobachtete ihren Exmann. Er kritzelte Namen und Telefonnummern an den Rand einer Dollar-Note, einen fiebrigen Glanz in den Augen. Er sprach leise, mit einem drängenden Unterton. Seine Bewegungen waren schnell.

Oh, ja, dachte sie und schlürfte ihren Eistee. Der edle Ritter kämpft wieder einmal für die Interessen der Benachteiligten. Sie sah ihn vor sich, wie er die Flammen der Ungerechtigkeit mit bloßen Händen erstickte. Genau dafür hatte Joe sein ganzes Leben gelebt, für den mythischen Kampf zwischen den bösen und den guten Jungs, den Kampf des aufrechten, freien Mannes gegen das seelenlose Unternehmen.

Wie konnte er nur immer so weiter kämpfen? Die meisten Menschen verloren, wenn sie älter wurden, mit ihrem Elan auch ihre Ideale.

Ihre Familie schwatzte weiter laut durcheinander, doch sie beteiligte sich nicht an der Unterhaltung. Ihre Gedanken schweiften ab. Den Morgen hatte sie mit dem Betrachten der Hundemutter verbracht und wie sie – halb schlafend – ihre acht gesunden Welpen säugte. Auch Scout und Blackfoot mussten jeden Tag werfen. Zwei Stuten hatten im Frühling gefohlt und die Fohlen sprangen übermütig auf der Weide umher. Die Frau ihres jüngeren Bruders, Tracy, war hochschwanger mit ihrem ersten Kind. Bobby hatte zwei Kinder und Marta eine kleine Tochter, Charlotte. Nicht zu vergessen Natalies stramme Zwillinge, die gerade die Ferien zu Hause verbrachten und Franklins vier Kinder, dessen eine Tochter bald ihr zweites Kind bekommen würde.

Trächtige Hündinnen, trächtige Stuten, schwangere Schwägerinnen, sie hätte sich nicht gewundert, wenn ihre fast siebzigjährige Mutter ebenfalls schwanger gewesen wäre.

Zum Teufel mit dieser Fruchtbarkeit!, dachte sie und trank einen Schluck Tee. Sie hätten die Cannon-Ranch besser »Fruchtbares Land« nennen sollen. War es ein Wunder, dass sie so schnell wie möglich ihr Elternhaus verlassen hatte? Alle taten, als wäre es so einfach ein Kind zu bekommen wie sich die Zähne zu putzen. Sie unterdrückte ein bitteres Lachen. Manchmal brauchte sie etwas schwarzen Humor, um mit einer Situation wie dieser fertigzuwerden.

Sie hätte in diesem Moment zum Telefon greifen und ein paar Minuten später mit dem Präsidenten der Vereinigten Staaten plaudern können. Oder sie hätte eine Party geben können: Mindestens acht Oscar-Preisträger oder Preisträgerinnen, vier Senatoren und mehrere Kandidaten für höchste Staatsämter wären ihrer Einladung gefolgt.

Verdammt noch mal!, dachte Christine. Reicht das denn nicht, um jede Frau glücklich zu machen? Ich habe vier »Emmys« gewonnen, war auf der Titelseite von *Times* und habe eine brillante Zukunft vor mir. Ich kann die Erfolgsleiter so hoch klettern wie ich will.

Aber es gab etwas, das sie nicht tun konnte und das sie sich hier eingestehen musste: Sie konnte keine Kinder bekommen und deswegen war ihre Ehe gescheitert – wie sie glaubte. Hier – auf der Ranch ihrer Eltern – musste sie der Wahrheit ins Gesicht sehen, denn auch alle Erfolge dieser Erde konnten sie über ihre Unfruchtbarkeit und ihre tiefe Einsamkeit nicht hinwegtrösten.

Aufgewachsen war sie mit endlosen Diskussionen über Blutlinien, Tragezeiten, Kreuzungen. Das Dasein auf einer Ranch wird von Furchtbarkeitszyklen und dem daraus ständig neu entstehenden Leben bestimmt, doch Christine hatte schon früh geahnt, dass ihr Leben nie nach diesem naturgegebenen Rhythmus verlaufen würde.

Trotz zweier kleiner chirurgischer Eingriffe hatte sie mit Beginn der Pubertät Schwierigkeiten mit ihrer Periode gehabt, auch wenn ihr Arzt versuchte, ihre Befürchtungen zu zerstreuen.

Und eine Zeit lang hatte sie geglaubt, dass alle ihre Träume – Reichtum, Ruhm und eine eigene Familie – sich erfüllen würden.

Vom dröhnenden Lachen ihres Vaters aus ihren Gedanken gerissen, blickte sie auf und sah, dass Marina sie mit ihren dunklen Augen nachdenklich betrachtete.

Wirst du es tun?, fragte sich Christine, als sie Marinas Blick erwiderte. Wirst du ihm das Einzige geben, das ich ihm nicht geben konnte?

»Hey, Joe!«, rief da Trace, ihr jüngster Bruder, über den Tisch hinweg. »Suzanne will mir nicht glauben, dass du von einer Lawine verschüttet wurdest und überlebt hast. Erzähl ihr die Geschichte als Beweis, dass ich nicht gelogen habe.«

Marina sah Joe an. Offensichtlich kannte sie die berühmte Geschichte, wie der Junge aus Brooklyn von einem Königssohn gerettet wurde, noch nicht.

»Ach, das habt ihr doch schon tausendmal gehört«, sagte Joe.

»Stimmt es denn?«, fragte Suzanne und verschränkte die Hände vor ihrem mächtigen Bauch.

Marina spielte mit ihrem Wasserglas. Christine konnte nicht anders, aber das Mädchen tat ihr Leid. Sie war vor Verlegenheit ganz rot geworden. Es musste peinlich sein, wenn man über die Vergangenheit des eigenen Mannes erst von der Familie seiner Ex-Frau erfuhr.

Dann erzählte Joe eine sehr gekürzte Version des Ereignisses, die Suzanne aber noch immer beeindruckte, während sich Marina überhaupt nicht wohl zu fühlen schien.

Joe flüsterte seiner jungen Frau etwas ins Ohr. Sie schüttelte den Kopf. Er sagte noch etwas, da nickte sie und lächelte.

»Willst du nicht auch etwas zum Besten geben, Christie?«, meinte ihr Vater lächelnd. »Bisher haben wir fast nur über die Ranch geredet. Planst du noch immer, den Präsidenten und die First Lady zu deiner Show einzuladen?«

Christine machte den Mund auf, aber es fehlten ihr die Worte. Ihre Show, der Präsident, Einschaltquoten, das alles war unwichtig geworden.

Nur eins war wichtig: Der geliebte Mann saß neben seiner jungen Frau und sie hatte sich noch nie so einsam und verloren gefühlt wie in diesem Augenblick.

12

Christine schob ihren Stuhl zurück, stand auf und floh aus dem Esszimmer, als würde sie von Höllenhunden gejagt. Wüsste Joe es nicht besser, hätte er geglaubt, sie wäre den Tränen nahe.

»Habe ich was Falsches gesagt?«, fragte Sam Nonie.

Nonie tätschelte den Arm ihres Mannes. »Nein, du nicht.«

»Dieses Ranch-Gerede hat sie noch nie gemocht«, sagte Franklin und sah seine Frau Annie an.

»Vielleicht leidet sie unter Jetlag«, meinte Annie.

»Oder ihr ist übel«, sagte ihre Jüngste, die 18-jährige Hallie.

»Oder sie langweilt sich«, hörte Joe Slade murmeln. Er warf dem Klugscheißer einen mörderischen Blick zu. Sein Drang, dem Kerl den Schädel einzuschlagen, wurde von Minute zu Minute stärker.

Jetzt schob auch Slade seinen Stuhl zurück, murmelte etwas Unverständliches und war mit ein paar Schritten an der Tür. Der Scheißkerl war zwar jung, aber Joe war schnell.

»Wo, zum Teufel, wollen Sie hin?«, fragte er und versperrte dem Fotografen im Flur den Weg.

»Die Lady braucht einen Freund.«

»Vielleicht braucht die Lady einfach nur Ruhe.«

Slade duckte sich unter Joes Arm hindurch, aber Joe holte ihn nach ein paar Schritten wieder ein.

»Sie sind nicht mehr mit ihr verheiratet, Pfadfinder.«

Das war eine Warnung und gleichzeitig ein unmissverständlicher Hinweis. Marina war im Esszimmer von Fremden umgeben – den angeheirateten Verwandten ihres jetzigen Mannes –, eine Situation wie in einer Seifenoper. Doch davon ließ Joe sich nicht aufhalten.

»Slade.« Beide Männer drehten sich um. Nonie stand in der Tür. »Marina sagt, Sie können Suzannes Fragen über Prinzessin Di beantworten.«

»Tun Sie's«, sagte Joe leise, aber mit einem drohenden Unterton.

Joe war zur Hintertür hinausgeflitzt, noch ehe Slade wieder auf seinem Stuhl im Esszimmer hockte. Die Schönheit des nächtlichen Himmels über Nevada hatte ihn immer beeindruckt, doch heute hatte er keinen Sinn dafür. Er wusste, wo er Christine finden würde – es gab nur einen Ort. Er umrundete den Stall und ging dann die Böschung hinunter, zum Bach. Dort gab es zwischen Pappeln ein Versteck, das man erst sah, wenn man direkt davor stand. Und dort fand er sie auch.

Sie saß mit angezogenen Beinen da, den Rücken an einen Baum gelehnt, das Kinn auf die Knie gestützt. Ihre blonde Mähne verdeckte ihr Gesicht, so dass er nicht darin lesen konnte. Doch er spürte, dass sie geweint hatte – oder den Tränen nahe war.

»Was für ein Abgang«, sagte er und kauerte sich neben sie.

»Verschwinde«, murmelte sie mit abgewandtem Kopf.

»Unser Freund Glade wollte dir zu Hilfe eilen, aber ich habe ihn abgefangen.«

»Ich halt das nicht länger aus, Joe.« Ihre Stimme war so schmerzerfüllt, dass sie ihn wie ein Messerstich traf. »Hier zu sein, tut zu weh. Jeder Ort, den ich sehe, alles, was ich berühre – erinnert mich daran, was wir verloren haben.«

»Ich weiß«, sagte er und legte seine Hand an ihre Wange.

»Nein, das glaube nicht«, entgegnete sie, wich aber nicht zurück.

»Du hast an unser Baby gedacht.«

Sie wandte ihm halb ihr Gesicht zu. »Bin ich so durchschaubar?«

»Für mich schon.« Mit dem Zeigefinger folgte er der Linie ihres Kinns. »Ich war bei dir, Christie. Ich weiß, was du empfindest.«

»Du kennst mich überhaupt nicht, Joe. Nicht mehr. Du hast keine Ahnung, wer ich bin noch was ich will oder wohin ich gehe.«

»Menschen ändern sich nicht.«

Sie hob das Gesicht, sah ihn an und sagte: »Du irrst dich.« Ihr Lachen klang bitter. »Die Menschen ändern sich, und dagegen kann man, verdammt noch mal, nichts tun.«

»Die Umstände ändern sich«, beharrte er, »aber wir uns nicht.«

»Du bist ein Narr, Joe«, stellte sie einfach nur fest. Er hätte es lieber gehabt, wenn sie auf ihn wütend gewesen wäre. »Wirst du es denn nie leid, aussichtslosen Fällen hinterherzujagen?«

»Nein.«

In der Nachtluft hing der Duft ihres Parfüms. Christine senkte den Kopf. »Selbst ich bin für dich ein zu aussichtsloser Fall. Geh zu Marina zurück. Da gehörst du hin.«

Sag's ihr, McMurphy. Sie war deine Frau. Du kannst ihr vertrauen …

»Der Schein trügt, Christie. Marina …«

»Versteht dich nicht? Das habe ich schon mal gehört, Joe. Vielleicht tausendmal von tausend Männern.«

Das Messer in seinem Innern bohrte sich noch tiefer. »Das sagt viel über dein gesellschaftliches Leben aus.«

»Nein«, sagte sie, so leidenschaftlich wie früher. »Es sagt viel über meinen *Mangel* an gesellschaftlichem Leben aus. Würdest du mich so gut kennen wie du glaubst, wüsstest du, dass ich nichts für Männer übrig habe, die so etwas sagen.«

»Ich hab's nicht gesagt«, entgegnete er grinsend.

»Das weiß ich.« Und nach einer kurzen Pause: »Haben sich die anderen aufgeregt?«

»Weil du einfach rausgerannt bist?«

Christine nickte.

»Sie haben's auf den Jetlag geschoben«, entgegnete er schulterzuckend. »Mach so was nicht noch mal morgen Abend.«

»Ich glaube nicht, dass ich es bis morgen Abend aushalte.« Sie schloss kurz die Augen. »Morgen früh fliege ich nach New York. Terri hat mir angeboten, bei ihr zu wohnen, bis meine Wohnung fertig ist.«

Jetzt zerzauste er ihr Haar, wie früher, als sie noch verheiratet waren. Seltsam, dass eine längst vergessene Geste so vertraut, so richtig sein konnte. »Die Feier stehst du schon durch.«

»Wie kannst du dir da so sicher sein?«, fragte sie mit gehobenen Brauen.

»Weil du Sam und Nonie liebst«, antwortete er. »Du weißt, was es den beiden bedeutet, dich dabei zu haben.«

»Wie einfach das klingt.«

»Es ist einfach. Du gehörst hierher, Christie.«

»Ich habe nie dazugehört. Von Anfang an bin ich die Außenseiterin gewesen. Und daran hat sich nichts geändert.«

»Quatsch!«

»Du weißt nicht, wovon du redest.«

»Dieser Ort ist ein Teil von dir. Alles, was du bist, alles, was du je sein wirst, hat hier seinen Ursprung.«

Dann senkte sich schmerzliches Schweigen über beide und dehnte sich aus, als würde es nie enden.

»Solltest du nicht lieber zu deiner Frau zurückgehen?«, fragte Christine schließlich.

»Ja, bald.«

»Warum nicht gleich jetzt? Ich bin hierher gekommen, um allein zu sein, Joe.«

»Du hast doch gewusst, dass ich dir folgen würde.«

»Ich habe nichts dergleichen gewusst«, entgegnete sie. Er jedoch hörte die Hoffnung in ihrer Stimme … oder hallte in seinem Kopf nur die sechsjährige Leere wider?

»Du weißt doch, dass ich dir die ganze Geschichte erzählen will, Christie. Jede verdammte Einzelheit.«

»Was gibt's da zu erzählen?« Ihre Stimme klang spröde. »Du bist ein glücklich verheirateter Mann.«

»Das stimmt nur zur Hälfte.«

Christine rutschte von ihm weg. »Davon will ich nichts hören. Das ist mir gegenüber nicht fair und, verdammt noch mal, vor allem Marina gegenüber nicht.«

»Zwischen Marina und mir ist nichts so wie du glaubst«, sagte er und wusste, dass er sich auf gefährliches Terrain wagte. Er konnte jedoch der Versuchung nicht widerstehen. »Wir schlafen nicht miteinander.«

»Das geht mich nichts an.« In ihren Augen war ein Leuchten, das zuvor nicht da gewesen war.

»Ach ja?« Plötzlich erfüllte Hoffnung – verrückt und völlig unlogisch – sein Herz. »Ich glaube schon.«

Sie sah ihn an.

Er sah sie an.

Dann holte sie aus und schlug ihm mit der Faust in den Bauch.

»Herrgott noch mal!«, stotterte er. »Wofür, verdammt, war das denn?«

»Ich schlafe nicht mit verheirateten Männern. Nicht einmal mit meinem Exmann.«

»Vertrau mir, Christie«, sagte er eindringlich. Er wollte, dass sie ihn verstand. »Du kennst mich doch. Du weißt, wie ich bin. Nie würde ich …«

»Du bist verheiratet«, wiederholte sie und suchte eine Ausflucht.

»Zwischen Marina und mir ist nichts«, wiederholte er. »Vertrau mir. Ich gebe dir darauf mein Wort.«

»Ich traue niemandem, Joe. Nicht einmal mehr mir selbst.«

»Aber du möchtest mir gern trauen, oder?«, drängte er. »Gib's doch zu, Christie.«

Sie sprang auf.

»Ja, ich möchte dir vertrauen. Aber was würde das für einen Unterschied machen? Das ändert doch nichts an den Tatsachen. Du wärst trotzdem verheiratet. Und ich wäre nicht die Frau, die du brauchst. Verdammt, nichts würde sich ändern.«

»Ich liebe sie nicht.«

Ungeweinte Tränen machten ihre Augen sanft. »Mein Gott, Joe. Ihretwegen hoffe ich, dass sie dich nicht liebt.«

»Sie kann mich nicht ausstehen.«

»Warum hast du sie dann geheiratet?«, ließ Christine nicht locker. »So verrückt kannst auch nur du sein.«

»Du musst mir vertrauen, Christie«, sagte er, stand auch auf und nahm sie in die Arme. Sie sträubte sich nicht. »Ich tue dir nicht weh.«

»Natürlich tust du das«, flüsterte sie, legte den Kopf in den Nacken und schaute ihm in die Augen.

Ihre Lippen waren weich, leicht geöffnet. Er nahm das als Einladung. In seinem Kuss lagen Rache, Sehnsucht und Verwunderung zugleich. Ihre Arme hingen an den Seiten herunter. Er fühlte ihr Herz an seiner Brust hämmern, hörte sie stoßweise atmen und der Duft ihres Parfüms füllte seinen Kopf mit Träumen.

Er erinnerte sich an die kehligen Geräusche, die sie machte, wenn sie sich liebten. Das Beben ihres Körpers, wenn die Ekstase nachließ. Alles war noch da und wartete nur darauf, dass sie ihrer Leidenschaft nachgaben.

Marina stand im Schatten der Bäume und beobachtete Joe und Christine. Mit jeder Faser ihres Seins spürte sie dieses Verlangen, das so stark war wie ihre Sehnsucht nach Zee. Diese durchdringende, schmerzende Leere in ihrem Herzen, die wie das Atmen ein Teil von ihr war.

Das Leben war gemein; und daran war nur ihr Vater schuld. Christine und Joe gehörten zusammen. Nur diese Schein-Ehe stand zwischen ihnen und trennte sie von Zee.

Marina wich tiefer in die Schatten zurück. Sie spürte einen schmerzhaften Stich im unteren Teil ihres Rückens und rieb sich geistesabwesend die Stelle. In letzter Zeit fühlte sie sich so alt und schlaff, als würden sich die Muskeln und Knochen ihres Körpers auflösen oder zerbrechen. In amerikanischen Zeitschriften stand, dass alle Leiden die Folgen andauernder Stress-Situationen seien. Solchen Überlegungen hatte sie bisher nie viel Bedeutung beigemessen. Im Kampf um die reine Existenz ging es einfach nur ums Überleben, dem alle Probleme untergeordnet wurden. Doch seit sie mit Joe verheiratet war, plagten sie alle möglichen Wehwehchen, angefangen von Schlaflosigkeit bis hin zu Bauchschmerzen.

Christine löste ihren Mund von seinem und legte ihren Kopf an seine Schulter. Marina stiegen Tränen in die Augen. Die beiden passten so gut zueinander, so als hätte Gottes Hand sie füreinander bestimmt. Dieser Anflug von Empathie wich jedoch plötzlich dem Gefühl einer so maßlosen Ungerechtigkeit, dass ihr schwindelig wurde.

Christine und Joe umarmten sich im romantischen Mondenschein. Marina und Zee waren durch die Arroganz und Machtgier ihres Vaters getrennt worden. Christine besaß alles: Schönheit, Reichtum, Anerkennung und einen Mann, der über glühende Kohlen gehen würde, nur um ihr nahe zu sein. Marina hatte nichts, außer der wachsenden Gewissheit, dass sie weder Zee noch ihr Heimatland je wieder sehen würde – es sei denn, sie kümmerte sich selbst um die Vorbereitungen für ihre Rückkehr.

Alles, was sie brauchte, war in New Jersey. Bestimmt hatte sie genügend Wertsachen angehäuft, um damit ihr Flugticket zu bezahlen. Hier, auf der Cannon-Ranch, saß sie in der Falle und besaß keine Handlungsfreiheit. Aber in Hackettstown würde sie eine Möglichkeit finden, wieder selbst über ihr Leben bestimmen zu können. Auch wenn das bedeutete, dass sie Slade ins Vertrauen ziehen musste.

Es galt, Joe aus dem Weg zu gehen.

An diesem Abend sperrte sich Christine in ihrem Zimmer ein und hätte am liebsten den Schlüssel zum Fenster hinausgeworfen. Er legte es darauf an, sie zu verführen. Das war eine Sünde. Und als braves katholisches Mädchen wusste sie alles über die Sünde. In ihrem Leben war sie zwar viele Kompromisse eingegangen – manche waren schwer zu rechtfertigen gewesen –, aber an ihrer Einstellung verheirateten Männern gegenüber hielt sie kompromisslos fest. Und das musste auch so bleiben.

Marina hat Besseres verdient, dachte Christine und – ehrlich gesagt – ich auch.

Es spielte keine Rolle, warum Joe Marina geheiratet hatte. Die Tatsache allein gab ihr Aufschluss über seinen Charakter. Klar, könnte sie mit ihm schlafen, aber wohin würde sie das bringen? Diesen Trip in die Vergangenheit wollte sie sich doch nicht antun. Der Sex zwischen ihnen war immer leidenschaftlich und explosiv gewesen. Und es gab keinen Grund anzunehmen, dass es nicht wieder so sein würde.

Christine saß auf der Bettkante und wartete darauf, dass sich der Aufruhr in ihr legte. Sie war wütend und traurig und durchlebte ein wahres Wechselbad an Gefühlen. Vor allem hatte sie das Gefühl, voller Leben zu sein. Zutiefst vibrierend und wundervoll lebendig.

Und sie sehnte sich mehr denn je nach Joe.

Miteinander zu schlafen würde ihre fast bis zur Lächerlichkeit schwierige Situation nur noch mehr komplizieren. Sie würde anfangen, vom Happy End zu träumen, an das Unmögliche zu glauben und sich fragen, ob die Liebe im zweiten Anlauf wirklich schöner war.

Dafür war sie zu klug. Man wurde schließlich nicht die Nachfolgerin von Barbara Walters, wenn man dumme Fehler machte. Zu lange und zu hart hatte sie an ihrer Karriere gearbeitet, um sich jetzt auf eine Liebe einzulassen, die ihr nur das Herz brechen würde – und vielleicht auch Marinas Herz.

Nicht, dass sie sich auch nur einen Deut um Marina scherte. Das Mädchen bedeutete ihr nichts. Vor noch nicht einmal knapp drei Wochen hatte sie noch keine Ahnung von der Existenz der Kleinen gehabt. Und diese mütterlichen Gefühle, die sie der neuen Frau ihres Ex-Mannes gegenüber entwickelt hatte, waren ziemlich bizarr und ihr unverständlich.

Wenn ihr Leben wieder in normalen Bahnen verlief und sie sich in ihrer Wohnung in New York eingerichtet hatte, würde sie sich eine Katze zulegen und dieses glückliche Geschöpf mit ihren mütterlichen Gefühlen überhäufen.

»Warum schaust du so?«, fragte Joe Marina, als er sich bis auf seine Shorts auszog. Er war müde, hungrig und konnte nicht aufhören, an Christies Lippen zu denken.

»Was tust du da?«, fragte Marina entsetzt. »Zieh sofort deine Hosen wieder an.«

»Hör mal, Kid. Auf dem Boden zu schlafen ist schon schlimm genug. Aber ich denke nicht daran, dabei auch noch Hose und Hemd anzubehalten.«

»In New Jersey hast du in deinen Kleidern geschlafen.«

»Auch in New Jersey hatte ich nur meine Shorts an.«

»Aber du hast die Hose in einem anderen Zimmer ausgezogen.«

»Wo liegt da der Unterschied?«

»Es gibt einen«, sagte sie. »Dir zuzusehen, wie du deine Hose runterlässt, ist zu intim.«

»Dann mach doch die Augen zu«, schlug er vor. Was machte es für einen Unterschied, ob er seine Hose vor ihr, im Bad, Flur oder auf dem Dach auszog? Es gab nur eine Frau, die er haben wollte, und mit der war er nicht verheiratet.

Marina saß in einem ihrer schlichten, weit geschnittenen und bis zum Hals zugeknöpften Nachthemden auf dem Bett. In dem wallenden Gewand wirkte sie verloren.

»Trägst du eigentlich nie etwas, das dir richtig passt?«, fragte er und legte sich auf die Decke vor dem Fenster.

»Mir machen ganz andere Dinge Sorgen.«

»Schmiedest du etwa Pläne, für die du einen Pass brauchst?«, fragte er, weil ihm der Ausdruck in ihren Augen nicht gefiel.

Ihr Blick veränderte sich nicht, als sie antwortete: »Ich werde das tun, was ich für richtig halte.«

»Klingt sehr rätselhaft, Grashüpfer«, sagte er. »Könntest du mir erklären, was du damit meinst?«

Marina legte sich auf den Rücken und schloss die Augen.

»Wenn du mich fragst, auch ich wünsche mir, diese ganze absurde Geschichte wäre vorbei, Kid.«

Joe war sich nicht sicher, aber er glaubte, ein Lächeln auf ihrem Gesicht zu sehen.

»Was für eine prima Idee«, sagte Christine ein paar Tage später, als ihr Vater frühmorgens den Motor seines Trucks startete. »Seit ich da bin hatten wir kaum Zeit füreinander.«

Sam durchbohrte seine Tochter mit Blicken. »Mir kam es so vor, als würdest du mir aus dem Weg gehen, Christie.«

»Wie kommst du nur auf diesen Gedanken?«, entgegnete sie und erhöhte das Strahlen ihres Lächelns gekonnt um ein paar Watt.

»Versteck dich nicht hinter diesem TV-Grinsen, Tochter. Damit kannst du deine großkotzigen Freunde in der Stadt reinlegen, aber nicht deinen Pa.«

»Ich will dir nichts vormachen«, entgegnete Christine, etwas kleinlauter als zuvor. »Aber du musst zugeben, dass alles ein bisschen hektisch war.«

»Und was ist daran so ungewöhnlich?«

»Du weißt, was ich meine, Daddy.« Der Truck machte einen Satz nach vorn und Christine stemmte die Hände gegen das Armaturenbrett. »Das Wiedersehen, die Party, der ganze Wirbel …«

»Mir kommt es vor, als hättest du genug Zeit zum Telefonieren gehabt.«

»Ich habe dir und Mom doch erklärt, dass ich mit meinem Büro in Verbindung bleiben muss. So kurz vor der Premiere meiner Show muss ich am Ball bleiben und alle koordinieren.«

»Ich dachte, du hast Leute, die das für dich tun.«

»Es ist meine Show«, sagte sie, als der Truck über den Feldweg holperte, »und das heißt, ich muss mich darum kümmern.«

Was nicht ganz stimmte, aber plausibel klang.

»Was ist mit diesem Engländer?«, fragte Sam und schaltete herunter. »Ständig schleppt er seine Kamera mit sich rum, macht aber keine Fotos.«

»Wahrscheinlich wartet er damit bis zur Party.«

Sam warf seiner Tochter einen schrägen Blick zu. »Mir scheint, er verbringt zu viel Zeit mit Joes Frau.«

»Das ist mir noch nicht aufgefallen.«

»Mir scheint, du verbringst zu viel Zeit mit Marinas Mann.«

Christine fuhr herum. »Was soll das denn heißen?«

»Es heißt, was es heißt«, sagte ihr Vater. »Ein Blinder würde sehen, dass diese Ehe nicht von Dauer sein wird.«

Christine entgegnete lachend: »Die beiden sind frisch verheiratet und müssen sich erst noch kennen lernen.«

»Marina und dieser Engländer sind dabei, sich kennen zu lernen. Joe ist ständig mit dir zusammen, wenn er uns nicht gerade dabei hilft, die Fenster in der Schlafbaracke zu ersetzen.«

»Du wirst alt, Daddy«, sagte Christine leichthin, als sie auf die Hauptstraße einbogen. »Deine Phantasie geht mit dir durch.«

Sam trat so fest auf die Bremse, dass der Truck mit quietschenden Reifen quer über die Straße rutschte. »Zum Teufel!«, brüllte er. »Wage nicht, so herablassend mit mir zu reden, Mädchen. Meine Augen und mein Gehirn funktionieren noch sehr gut. Und was ich sehe, bedeutet Ärger. Du liebst Joe noch immer.«

»Ist das eine Frage?«

»Komm mir bloß nicht frech, Christie. Du redest mit deinem Daddy. Das habe ich nicht verdient.«

Christine sackte auf dem alten Ledersitz zusammen und merkte kaum, dass sich eine abgebrochene Sprungfeder in den vierten Wirbel ihres Rückgrats bohrte. »Du hast Recht«, sagte sie. »Du hast etwas Besseres verdient. Entschuldige bitte.« Als er die Hand ausstreckte und ihre Schulter tätschelte, fing sie zu ihrem Entsetzen an zu weinen. »Er … er sagt, sie seien nicht … nicht richtig verheiratet, dass dahinter eine Geschichte stecke, die er mir noch nicht erzählen könne, aber ich …« Sie verbarg ihr Gesicht in den Händen.

»Ich glaube ihm«, sagte Sam.

Christine spähte durch ihre Finger. »Wirklich?«

»Ja«, sagte Sam, offensichtlich überzeugt. »Ich kenne diesen Jungen durch und durch und weiß, dass er dich heute so liebt wie an dem Tag, als ihr den Bund fürs Leben geschlossen habt.«

»Seitdem ist viel passiert, Daddy.«

»Mag sein. Aber das ändert nichts an der Tatsache, dass ihr zwei zusammengehört.«

»Als Nächstes wirst du mir erzählen, ich soll Liebesromane lesen.«

»Was gibt's an Liebesromanen auszusetzen? Die haben Ma und mir über schwere Zeiten hinweggeholfen.«

»Sieben Kinder«, sagte sie. »Ihr habt euch Zeit genommen für die Liebe.«

»Kinder sind nicht alles im Leben«, sagte er und schaute ihr in die Augen.

»Das weiß sogar ich«, murmelte sie.

»Ich hätte deine Mutter auf jeden Fall geliebt.«

»Dessen kannst du dir nicht sicher sein.«

»Von wegen. Letzten Endes bedeutet mir nichts etwas, ohne deine Ma an meiner Seite.«

Schöne Worte, die Christine jedoch nicht überzeugten. Ob ihr Vater es zugeben wollte oder nicht: Die Familie ging ihm über alles. Auch weil er für den Fortbestand der Ranch auf die Mitarbeit jedes Familienmitglieds angewiesen war.

Nur Christine bildete eine Ausnahme.

»Es ist sinnlos, weiter darüber zu reden«, sagte sie. »Joe ist verheiratet und das nicht mit mir. Fall abgeschlossen.«

»Fall nicht abgeschlossen. Nicht, bis ihr zwei euch zusammensetzt und eure Meinungsverschiedenheiten beilegt.«

»Wir haben keine Meinungsverschiedenheiten, Daddy. Wir haben gar nichts.«

»Ihr habt das Beste von allem«, sagte Sam. »Ihr habt eine gemeinsame Vergangenheit.«

»Mag sein«, sagte Christine, »aber Marina ist seine Zukunft.«

»Das glaubst du genauso wenig wie ich.«

»Ich weiß nicht mehr, was ich glauben soll, Daddy. Mein Herz sagt so, und mein Verstand sagt was anderes.« Ihr Lachen klang hohl.

»Das war keine Liebesheirat, Christie. Nicht im Entferntesten. Welchen Grund er auch gehabt haben mag, dieses Mädchen zu heiraten – mit Liebe hatte es nichts zu tun.«

»Also, was ist zwischen den beiden?«, fragte Christine Slade nach dem Abendessen bei einem Spaziergang am Teich.

»Sex«, sagte Slade und machte einen Schnappschuss von ihr, um ihre Reaktion festzuhalten.

»Quatsch«, sagte sie und bespritzte ihn mit Wasser.

Seine Nikes waren staubig. Wenn er erst mal seine Guccis hatte, gab es keine Spaziergänge mehr wie diesen. »Hat der Pfadfinder dir erzählt, dass er den keuschen Bräutigam spielt?«

»Joe hat mir überhaupt nichts erzählt. Ich verlasse mich ganz auf meine weibliche Intuition.«

Das kaufte er ihr nicht ab. »Ich habe das Zimmer neben den Frischvermählten«, erinnerte er sie.

»Und du presst wahrscheinlich jede Nacht dein Ohr an die Wand.«

»Du kränkst mich, Schätzchen. Ich gehe viel subtiler vor.« Und bin viel gefährlicher, als du denkst, fügte er in Gedanken hinzu.

Erstaunt beobachtete er, wie die kühle Christine Cannon darum kämpfte, ihre Gefühle zu beherrschen. Was müsste wohl passieren, damit diese Yankees in diesem eintönigen, gottverlassenen Land ihre Maske fallen ließen?

»Hast du auch gemerkt, dass sich die beiden nicht besonders mögen?«, fragte sie und tat, als sei ihr das verdammt egal.

»Keine Ahnung, Chris, Schätzchen. Ich bin viel mehr an dir interessiert.«

Sie schenkte ihm ihr perfektes strahlendes Lächeln. »Nicht mehr lange«, sagte sie und warf ihr blondes Haar zurück. »Ende der Woche steigt die Party. Am Morgen danach reisen wir ab, das verspreche ich dir.«

»Meinetwegen brauchst du nichts überstürzen«, sagte er leichthin, »denn ich werde allmählich ein richtiger Cowboy.«

Beide lachten über diese absurde Behauptung, doch es steckte mehr Wahrheit dahinter, als Christine je erfahren würde. Denn jeden Tag kam er der Wahrheit näher, und gottverdammt noch mal, er würde nicht abreisen, ehe er alle ihre Geheimnisse ausspioniert hatte.

13

Die Heilig-Herz-Kirche war dreißig Meilen von der Cannon-Ranch entfernt. Zwar hatte sich Pfarrer Bill erboten, die Zeremonie anlässlich der Goldenen Hochzeit im Haus vorzunehmen, doch Sam und Nonie waren strikt dagegen gewesen.

»Die Zeremonie findet in der Kirche statt.«

»Nach fünfzig Jahren müssen wir diese Ehe endlich neu legalisieren«, hatte Sam zugestimmt.

Und alle hatten darüber gelacht. Doch für Sam und Nonie war das die Wahrheit. Sie wollten ihr Gelübde vor dem Altar in Anwesenheit ihrer Verwandten und Freunde bestätigen. Eine Europareise oder eine Kreuzfahrt, so etwas kam für sie überhaupt nicht in Frage.

»Das brauchst du wirklich nicht zu tun«, wiederholte Christine am Morgen des großen Tages, als sie Slade eine Krawatte ihres Vaters gab.

»Verschwinde, Schätzchen«, sagte Slade fröhlich, als er sich das gute Stück umband. »Ich bin der beste Fotograf hier. Warum sollte ich dieses Ereignis nicht für die Nachkommen festhalten?«

Christine küsste Slade auf die Wange. »Du bist nicht halb so schlimm wie du immer tust«, sagte sie und wischte eine Spur Lippenstift von seiner Wange. »Mom und Dad sind schon ganz aus dem Häuschen, so freuen sie sich über das Video, das du gemacht hast.«

»Hoffentlich denkst du daran, wenn du über die Fotos meckerst, die ich für *Vanity Fair* mache.«

»Ich meckere doch nicht! Du musst mich mit jemandem verwechseln.«

»Ich kenne diesen Ausdruck in deinen Augen, Schätzchen. Es ist höchste Zeit, dass du dich wieder an deine Arbeit machst.«

Christine lachte zwar, stritt es aber nicht ab, denn sie war es leid, überall, wo sie hinging, mit Erinnerungen konfrontiert zu werden. Genau das war heute Morgen wieder geschehen.

Christine hatte sich als kleines Mädchen mit einem Buch auf der Veranda sitzen sehen, während ihre Brüder und Schwestern Ställe ausmisteten, Kühe molken und Pferde striegelten.

»Christie ist nicht so wie wir«, pflegten ihre Eltern dann zu sagen. »Dieses Mädchen hat andere Dinge im Kopf.«

Lange hatte Christine geglaubt, sie sei keine Cannon, sondern ein von einer Fee der Familie untergeschobenes Kind. Sie wollte Aufregung, fremde Menschen und fremde Orte kennen lernen. Sie wollte jemand Besonderes innerhalb der Cannon-Kinder sein.

Zwar liebte Christine ihre Familie über alles und sie wäre für alle durchs Feuer gegangen, doch im tiefsten Innern hatte sie von klein an gewusst, dass das Schicksal etwas anderes für sie bereithielt. Für ihre Geschwister war der Lebensweg so einfach, so vorhersehbar gewesen: Liebe, Heirat, Kinder ... Und das Seltsamste war, dass alle Geschwister wussten, wie reich sie beschenkt worden waren. Und dafür dankten sie Gott jeden Tag.

Das hatte Christine in Natalies Augen gesehen. Oh, Natalie hörte sich gern die Klatschgeschichten aus Hollywood an, doch Christine wusste, dass Natalie ihr Leben voller harter Arbeit niemals gegen Christines Luxus eintauschen würde.

»Mach dich fertig«, sagte sie zu Slade. »Inzwischen tausche ich meine Ohrringe gegen ein anderes Paar aus.«

Slade war zu scharfsinnig. Und ihr waren ihre Gefühle zu leicht anzumerken. Das alles hatte er bereits mit seiner Kamera eingefangen und bald würde sie ihr Innerstes auf den Seiten von *Vanity Fair* abgebildet sehen und die ganze Welt würde es sehen!

Du kannst und du musst mit dieser Situation fertigwerden, sagte sie sich, als sie den Flur entlangging. Morgen um diese Zeit würde sie auf dem Weg nach Osten sein, zurück in ihr wirkliches Leben. Ein Leben, das sie kontrollieren konnte. Sie musste wieder arbeiten, in eine Welt zurückkehren, die sie verstand, und ihren Job machen, in dem sie sehr gut war. Diese gefühlsmäßigen Verwirrungen brauchte sie nicht, dieses Gefühl, auf Treibsand zu stehen.

Joe hatte sie von ihren Plänen nichts gesagt. Die vergangenen zwei Tage hatte sie ihn tunlichst gemieden, ebenso war er ihr aus dem Weg gegangen. Das Haus in Hackettstown konnte er gern behalten. Gestern hatte sie ein paar Telefonate erledigt: ein paar Leuten unverschämt hohe Bestechungsgelder angeboten; Terri gepriesen, weil sie eine so gute Freundin war; in Erfahrung gebracht, dass ihre Wohnung in Manhattan Ende der Woche fertig und alles für den Umzug arrangiert sein würde.

Mit ihrer Vergangenheit hatte sie abgeschlossen. Ein für alle Mal. Und ein Leben zu führen, wie ihre Eltern und Geschwister es taten, das war nichts für sie und würde nie etwas für sie sein. Das Schicksal hatte sie vor langer Zeit einen anderen Weg einschlagen lassen. Nun war es Zeit, damit Frieden zu schließen.

»Tante Chris!«, rief da Hallie, eine von Franklins Töchtern, ihr im Flur zu. »Ich kann mein Kleid nicht zumachen.«

»Oh, Hallie, wie hübsch du aussiehst«, staunte Christine und bewunderte ihre Nichte in dem elganten hellblauen Kleid.

»Meinst du wirklich?«

»Aber ja.« Christine trat einen Schritt zurück und musterte Hallie noch einmal von Kopf bis Fuß. »Ich brauche vier Leute, damit ich nur halb so gut aussehe.«

Hallie wurde rot und starrte zu Boden. Christine lächelte und legte die Hände auf die Schultern des Mädchens.

»Dreh dich um, Hallie«, sagte sie, »damit ich dein Kleid zuknöpfen kann.«

Du wirst alt und sentimental, Cannon, dachte sie, als ihre Finger über die kleinen Perlmuttknöpfe glitten. Gleich erzählst du dem armen Mädchen, wie du seine Windeln gewechselt und ihm den Popo gepudert hast.

»So, jetzt bist du fertig, Hallie.«

Hallie drehte sich um und grinste. Christine schluckte schwer. In diesem Grinsen erkannte sie ihren Vater und ihren Bruder und sie wusste, wie Hallie die Zukunft sah: voller Glanz und Hoffnung.

»Bist du okay, Tante Christie?«

»Mir geht's gut«, sagte sie und warf mit einer Kopfbewegung ihr Haar in den Nacken. »Ich habe mir nur gerade überlegt, dass noch etwas an deinem Kleid fehlt. Etwas stimmt nicht ganz.«

»Die Schuhe!«, stöhnte Hallie. »Ich wusste, ich habe die falschen Schuhe angezogen.«

»Deine Schuhe sind perfekt«, sagte Christine und tätschelte die Schulter ihrer Nichte. »Nein, was wir brauchen, ist irgendein Schmuck.«

»Aber ich habe keinen ...«

»Doch, du hast«, unterbrach Christine sie. »Warte hier.«

Sie lief in ihr Zimmer und kramte in der obersten Schublade ihrer alten Frisierkommode. Schließlich fand sie in der hintersten Ecke einen Samtbeutel mit einem Medaillon.

Kurz darauf legte sie die Kette des Schmuckstücks um Hallies schlanken Hals. »Das hat mir dein Großvater Sam zu meinem sechzehnten Geburtstag geschenkt. Dieses Medaillon hat eine besondere Bedeutung für mich.«

»Es ist sehr schön, Tante Christie«, sagte Hallie und bewunderte das Oval aus Gold auf ihrer Brust. »Sofort nach dem Fest gebe ich es dir zurück.«

»Nein«, sagte Christine. Sie räusperte sich, um ihre Rührung zu verbergen. »Ich möchte, dass du es behältst. Es gehört dir.«

»Das kann ich nicht annehmen. Du hast gesagt, es sei etwas ganz Besonderes für dich.«

»Das ist es auch. Und genau aus diesem Grund möchte ich, dass du es trägst. Zwar sehe ich dich nicht oft, Liebes, aber das heißt nicht, dass du nicht in meinem Herzen bist.«

Eines Tages wirst du dieses Medaillon deiner kleinen Tochter schenken, Christie. Und wenn du das tust, wirst du an deinen Pa denken, hörte sie ihren Vater sagen. Sie würde nie ein kleines Mädchen haben, aber das Schmuckstück jetzt Hallie geschenkt zu haben, linderte ihren Schmerz.

Hallie umarmte ihre Tante und hatte es dann eilig, ihren Schatz stolz den anderen zu zeigen.

»Verdammt noch mal!«, flüsterte Christine und betupfte ihre Augen mit den Fingerspitzen. Warum konnte sie nicht immer so cool und kontrolliert sein wie vor den Fernsehkameras?

»Nette Geste von dir.«

Als sie Joes Stimme in ihrem Rücken hörte, schrak sie zusammen. »Wie lange bist du schon hier?«, fragte Christine.

»Lange genug«, antwortete Joe und kam näher.

»Sie sah sehr hübsch aus, nicht wahr?«, sagte Christine.

»Das tust du auch.«

Sie kämpfte gegen dieses Gefühl der Vertrautheit, das sein Kompliment in ihr weckte, und sagte stattdessen: »Wann hast du dir das letzte Mal eine solche schmale Western-Krawatte umgebunden?«

»An unserem Hochzeitstag.«

»Entschuldige, dass ich gefragt habe«, sagte sie leichthin. Es war unerträglich, dass er einen so schönen Mund hatte. Unterlippen wie seine hätten zur Gefahrenzone erklärt werden müssen.

Obwohl er sie nicht berührte, hatte Christine das Gefühl, er hätte es getan. »Damals schien die Sonne und die Lupinen standen in voller Blüte.«

Ihr Herz hämmerte. »Daddys Toast. Ich hätte nicht geglaubt, dass du dich daran noch erinnerst.«

»Das war der schönste Tag in meinem Leben, Christie.«

»Was du wohl über den Hochzeitstag mit deiner zweiten Frau nicht sagen kannst, oder?«

Joe sagte nichts, er sprach mit seinen Augen. Sein Blick war so intensiv, dass sie das Gefühl hatte, zu schweben.

»Tut-tut!«, riefen zwei kleine Mädchen in rosa Festkleidchen. Charlotte und Alice Ann – zwei von Christines Nichten – rannten kichernd die Treppe hinunter.

»Das Haus platzt aus allen Nähten«, sagte Christine, als sie und Joe den Kindern hinterher sahen. Nicht nur Kinder bevölkerten die Ranch, sondern auch Tanten, Onkel, Cousins und Cousinen und die vielen Freunde. Wer im Haupthaus keinen Platz mehr hatte, übernachtete in einer der zwei Schlafbaracken.

»Gestern Abend bin ich auf dem Weg zum Bad über ein Dreirad gestolpert. Fast hätte ich mir den Hals gebrochen.«

Spontan berührte sie seinen Arm und war sofort wie elektrisiert. Du machst nichts als Fehler, Cannon, und bist kurz davor, den Verstand zu verlieren.

Sie nahm ihre Hand weg und sagte: »Ich muss nach Mom sehen. Vielleicht braucht sie Hilfe.«

»Ja«, entgegnete Joe. »Und vielleicht braucht Sam ein paar aufmunternde Worte.«

Das war ein kümmerlicher Scherz, aber beide lachten pflichtschuldig.

Inzwischen war eine fast unerträgliche Spannung zwischen ihnen entstanden, der sich beide nur zu bewusst waren. Es war Zeit, dass sie wieder in die Wirklichkeit zurückkehrten.

»Hat Marina das Kleid gefallen, das ich für sie ausgewählt habe?«

»Das Kleid ist schick, aber sie feiert nicht mit. Sie streikt sozusagen.«

»Wen bestreikt sie denn? Unsere Party oder ihren Ehemann?« Christine bereute ihre Worte sofort. Das war kleinlich und bösartig. Deshalb fügte sie schnell hinzu: »Tut mir Leid, dass ich das gesagt habe.«

»Mir auch.«

Sie hatte nur die Spannung zwischen ihnen lösen wollen

und war zu weit gegangen. »Soll ich mit ihr reden? Ich kann sehr überzeugend sein.«

»Das wäre nicht ratsam«, sagte Joe, wenig begeistert.

»Es kommt immer auf einen Versuch an«, beharrte Christine, als ob dieser Vorschlag etwas an dem ändern könnte, was zwischen ihr und Joe passiert war. Ohne seine Antwort abzuwarten, ging sie den Flur hinunter und klopfte an die Tür des Gästezimmers.

»Marina?«

Keine Antwort.

Sie klopfte fester. »Marina, ich möchte mit Ihnen reden.«

Die Tür wurde aufgerissen. »Wenn es sein muss.«

Marina trug noch immer ihr sackartiges Nachthemd, das ihren ausgezehrten Körper jedoch nicht verbergen konnte. Ihr braunes Haar stand in allen Richtungen ab und sie war fast so weiß wie die Bettwäsche. Das Kleid hing an der Schranktür.

Christine zupfte an einer Rüsche und sagte: »Das ist wohl nicht Ihr Stil, wie?«

»Ach, wissen Sie, Exzesse aller Art liegen mir nicht.«

»Das haben Sie schon mal gesagt.«

Marina setzte sich aufs Bett und bedeutete Christine, sich ebenfalls zu setzen. Doch Christine konnte den Gedanken nicht ertragen, sich auf das Bett zu setzen, das Joe mit seiner Frau teilte. Deshalb stellte sie sich vors Fenster.

»Joe sagte mir, dass Sie heute nicht mit uns feiern wollen.«

»Ja, das stimmt«, sagte Marina.

Lächelnd entgegnete Christine: »Ich weiß, dass Ihnen eine Goldene Hochzeit nicht besonders verlockend vorkommen muss, aber vielleicht wären Sie überrascht. Denn die Cannons sind berühmt für ihre Partys. Es gibt viel gutes Essen und Getränke, gute Musik, es wird getanzt …«

»Danke, doch ich bleibe lieber hier.«

»Das liegt natürlich ganz bei Ihnen, Marina. Aber könnte ich Sie nicht doch überzeugen …«

»Ich weiß, was ich will«, erklärte Marina bestimmt. »Und ich bleibe hier.«

Wider Willen ging Christine zum Bett und sagte: »Fühlen Sie sich auch wohl, Marina? In den letzten paar Tagen habe ich Sie kaum gesehen.«

»Danke. Mir geht es gut.«

»Sie sehen so blass aus.«

Marina schwieg. Die Morgensonne schien durchs Fenster und ließ den Ehering an ihrem Finger aufblitzen.

Christine wandte den Blick ab.

»Mein Magen …«, fing Marina an und sagte dann nichts mehr.

»Haben Sie Schmerzen?«

»Ich weiß es nicht«, antwortete Marina und zuckte die mageren Schultern.

»Also mehr ein Unwohlsein?«

Die junge Frau nickte.

»Haben Sie mit Joe darüber gesprochen?«

»Das geht ihn nichts an.«

Daher wehte also der Wind. »Wenn Sie einen Arzt aufsuchen möchten, bringe ich Sie gerne hin.«

»Ich brauche keinen Arzt, danke. Ich glaube, es handelt sich eher um ein rein weibliches Problem.«

Christine hatte geglaubt, Marina habe gravierende Probleme, doch sie hatte nur eine schmerzhafte Periode. Deshalb sagte sie: »Im Arzneischrank im Badezimmer sind Medikamente. Und meine Mutter schwört auf Heizkissen. Wenn Sie wollen …«

»Nein!«, unterbrach Marina Christine in einem Ton, der zugleich arrogant und kindlich war.

»Na gut«, resignierte Christine. »Dann eben nicht.«

Sowie Christine die Tür hinter sich zugemacht hatte, ließ Marina ihre Maske fallen. Sie rollte sich wie ein Fetus auf dem Bett ein und überließ sich ihrer Angst, die wie ein wildes Tier, das sich aus seiner Gefangenschaft befreien will, in ihrer Brust tobte.

Letzte Nacht waren die Schmerzen wieder gekommen. Sie

war aus dem Bett geschlüpft und leise ins Bad geschlichen, wo sie sich eingeschlossen hatte, um endlich einmal allein zu sein. Doch das rastlose Auf- und Abgehen hatte ihre Schmerzen nicht gelindert. Nichts linderte ihre Schmerzen. Sie waren ihr ständiger Begleiter.

Christine war so einfühlsam und verständnisvoll gewesen, dass Marina fast nachgegeben und sich ihr anvertraut hätte. Denn sie brauchte Hilfe. Sie spürte, wie sie immer mehr die Kontrolle über ihr Leben verlor und sie konnte nichts dagegen tun.

Aus den Medien hatte sie von neuen Kämpfen in den Bergen ihrer Heimat erfahren. Diese Nachricht hatte sie mit einer unbändigen Wut erfüllt; und sie hatte Joseph gebeten, sein Möglichstes zu tun, um mehr über die politische Lage herauszufinden. Doch er hatte nichts Neues zu berichten gewusst. Marina fragte sich, ob er es überhaupt versucht hatte.

Tausende von Meilen entfernt waren ihr Vater und ihr geliebter Zee in tödliche Kämpfe verstrickt. Und sie saß hier – in einem weiten, öden Land gefangen! Sie kam sich unbedeutender als je in ihrem Leben vor und bald würde sie ganz von dieser Erde verschwinden und sie fragte sich, ob sich dann noch irgendjemand an ihren Namen erinnern würde.

»Ich muss mich bei dir für dieses Arrangement entschuldigen«, sagte Christine, als Joe sie in die Kirche begleitete. »Aber meine Familie leidet unter dem Arche-Noah-Syndrom.«

»Mach dir deswegen keine Sorgen.«

»Meine Idee war das wirklich nicht.«

»Das habe ich auch nicht behauptet.«

»Ich möchte nur, dass du nicht auf falsche Gedanken kommst.«

Joe folgte Christine zur ersten Bankreihe. »Ich komme nicht auf falsche Gedanken.«

»Das freut mich«, erwiderte Christine.

»Dann ist ja alles gut«, meinte Joe.

»Ja. Dann ist alles gut«, wiederholte sie.

»Die Bänke sind alle besetzt«, sagte Joe und reckte den Hals.

»Das sind wahrscheinlich alles Verwandte. Du weißt doch, was die Leute hier in der Gegend sagen: ›Du brauchst bloß einen Kaktus anzubohren und findest einen Cannon drin.‹«

Ein seltsamer Ausdruck huschte über Joes Gesicht. »Deine Familie hat mir wirklich gefehlt.«

»Du hast ihnen auch gefehlt. Aber du hättest sie doch besuchen können.«

»Nein«, sagte Joe langsam. »Das hätte ich nicht tun können.«

Nicht was Joe gesagt hatte, sondern wie er es gesagt hatte, ließ Christine aufhorchen. Ganz plötzlich begriff sie, wie viel er verloren hatte, als sie ihn verließ. Nicht nur seine Frau und Geliebte, sondern auch die Familie, Liebe und Unterstützung, Dinge, die er nie zuvor gekannt – und wahrscheinlich seit ihrer Scheidung auch nicht mehr erfahren hatte.

Sie räusperte sich und sagte: »Ich wünschte, es wäre anders gekommen.«

»Es hätte anders kommen können«, sagte er und sah ihr in die Augen.

»Wir diskutieren wieder einmal dasselbe Thema, Joe. Das führt zu nichts. Ich habe mit meiner Vergangenheit Frieden geschlossen. Ich rate dir, dasselbe zu tun.«

»Du bist mir noch etwas schuldig, Christine.«

»Ich schulde dir überhaupt nichts.«

»Nicht einmal eine Erklärung?«

»Wie deine Erklärung wegen Marina?«

»Das ist etwas anderes.«

»Genau diese Antwort habe ich von dir erwartet.«

Eigentlich glaubte Christine, diese Gefühle der Offenheit und Hoffnung, gemischt mit Angst hinter sich gelassen zu haben. Doch jedes Mal, wenn sie Joe sah oder seine Stimme hörte, wurde sie wieder zu dem kleinen Mädchen, das sie früher einmal gewesen war und das damals an Wunder geglaubt hatte.

Schließlich fanden die beiden noch zwei Plätze neben Franklin und seiner Familie. Sie schwiegen und lauschten der

Orgelmusik und dem aufgeregten Flüstern, während noch mehr Gäste in die Kirche strömten.

Hallie saß neben Joe und als Christine sah, wie ihre Nichte ihm unverhüllt bewundernde Blicke unter dichten Wimpern zuwarf, spürte Christine Eifersucht, wie einen Messerstich in ihrer Brust. Hallie hatte große Ähnlichkeit mit Christine als junges Mädchen – hungrig nach Leben, aber noch jung und unschuldig.

Genauso habe ich dich angeschaut, Joe, dachte sie. Kannst du dich daran noch erinnern?

Zum ersten Mal seit er den Boden in Nevada betreten hatte, drängte es Joe davonzulaufen. Die Ereignisse stürzten auf ihn ein wie diese Lawine vor vielen Jahren, der er es verdankte, dass er nun in Schwierigkeiten steckte. Vergangenheit, Gegenwart, Zukunft – alles war nur noch ein einziges Durcheinander und Christine steckte mittendrin.

Hatte sie eine Ahnung, wie sehr Hallie ihr glich? Die hohen Wangenknochen, der schöne Mund, die Linie ihres Kinns. Die beiden hatten sogar dieselben blaugrauen Augen. Es gab nur einen Unterschied: Hallies Augen waren voller Zuversicht, während Christines Augen sogar hinter ihren blauen Kontaktlinsen Enttäuschung verrieten.

Noch vor ein paar Wochen hätte er das nicht für möglich gehalten. Christine hatte ihre wöchentliche Talkshow zur besten Sendezeit, erschien auf dem Titelblatt der *Time* – die Welt lag ihr zu Füßen. Die letzten sechs Jahre hatte er damit verbracht, sie zu hassen – und sich selbst dafür zu hassen, weil sie ihm noch etwas bedeutete. Nachdem sie ihn verlassen hatte, um ein luxuriöses und schöneres Leben zu führen, als die Ehe ihr bieten konnte, vor allem die Ehe mit einem Irren, der ewig nur gegen Windmühlen kämpfte, hatte sie sicher nur an ihn gedacht, weil sie dem Himmel dankte, so klug gewesen zu sein, rechtzeitig ihr Leben in die eigenen Hände zu nehmen.

Plötzlich war sich Joe nicht mehr so sicher, ob seine Version des Geschehenen stimmte, denn er hatte die Einsamkeit in ihr gespürt. Christine Cannon ein aussichtsloser Fall? Die meisten Leute hielten sie für einen Liebling der Götter. Doch Joe hielt sich nicht für alle Leute – denn er sah Dinge, die den anderen verborgen blieben.

Allmählich nahm das Puzzle Gestalt an. Während der drei Wochen in Hackettstown hatte sie nur mit einer einzigen Freundin telefoniert. Auch hatte sie niemanden privat angerufen, es ging immer nur um ihren Beruf. Dieser Fotografen-Rotzlümmel war der einzige Mann in ihrer Nähe, doch Joe zweifelte nicht daran, dass dieser Bastard Christine bei der erstbesten Gelegenheit an den Meistbietenden verkaufen würde.

Vielleicht war es der Duft von Orangenblüten oder die Melodie des Hochzeitsmarsches oder vielleicht auch die Tatsache, dass er es satt hatte, allein zu sein; dass er es satt hatte, sich ständig zu fragen, was hätte sein können; dass er es satt hatte, nach einer anderen Frau Ausschau zu halten, wo er doch wusste, dass es keine andere Frau auf Erden für ihn gab – aus welchem Grund auch immer, ganz plötzlich wusste er: So kann es nicht weitergehen!

Nonie und Sam nahmen vor dem Altar Platz.

Der Geistliche räusperte sich und sagte: »Meine lieben Freunde, heute haben wir uns hier versammelt …«

Joe sah Christine an.

»… um eines der größten Geheimnisse des Lebens zu feiern …«

Christines Augen füllten sich mit Tränen.

»… das Wunder der Ehe, die Verbindung zwischen einem Mann und einer Frau …«

Joe nahm Christines Hand.

»… die uns eingeladen haben, damit wir uns mit ihnen freuen, weil sie uns gezeigt haben …«

Christine sah Joe an.

»… dass die Liebe über alle Widrigkeiten des Lebens triumphieren kann.«

Sie drückte seine Hand.

Er erwiderte den Druck.

Hochzeiten haben auf Frauen seltsame Auswirkungen. Sie glauben dann an das Unmögliche, an Happy Ends und an ein kleines Haus in einem Rosengarten – auch wenn sie eine ungewisse Zukunft erwartet, denn ihre Liebe füreinander wird sie stählen und ihnen helfen, alle Schwierigkeiten des Lebens zu meistern.

Als Christines Eltern nun zum zweiten Mal das Ehegelübde ablegten, leuchtete das Gesicht ihrer Mutter vor Glück und ihr Vater strahlte eine zufriedene Gewissheit aus. Ihr Leben war hart und voller Arbeit und Kummer gewesen. Zwei Kinder hatten sie in jungen Jahren verloren.

Und noch immer standen sie aufrecht da und sprachen mit derselben Überzeugung wie beim ersten Mal und ohne Zittern in der Stimme die vorgeschriebenen Worte.

In schlechten Zeiten hatte ihre unverbrüchliche Liebe zueinander ihnen jene Kraft verliehen, mit allen Schicksalsschlägen fertigzuwerden.

Christine hatte ihre Eltern immer für die glücklichsten Menschen auf dieser Erde gehalten, doch nun fragte sie sich, ob das stimmte. War es nur Glück oder war es die Tatsache, dass sie hart für ihr Glück arbeiteten, genauso wie sie sich immer bemüht hatten, gute Eltern und gute Bürger zu sein?

Noch vor ein paar Wochen wäre sie einer solchen Frage ausgewichen, doch jetzt drängte es sie, mehr zu erfahren.

Ein Reporter hatte sie einmal gefragt, woran man feststellen könne, ob man erwachsen sei. Ihre Antwort war, in dem Moment, wo man keiner Selbsttäuschung mehr erliege. Und sie beide hatten gefunden, dass das verdammt schade sei.

Doch als sie jetzt Hand in Hand mit Joe auf der Kirchenbank saß, fühlte sie einen Schmerz in ihrer Brust, und sie fragte sich, ob es Liebe sei oder das Fehlen der Liebe, an dem ihr Herz zu zerbrechen drohte.

14

»Gott sei gepriesen!«, sagte Amelia Sweeney und drückte Christine und Joe an ihre knochige Brust. »Deine Ma ist bestimmt außer sich vor Freude, dass ihr zwei wieder zusammen seid.«

»So wahr ich lebe und atme!«, erklärte Buzz Wyman und schwenkte Joes Arm wie einen Pumpenschlegel auf und ab. »Ich habe immer gewusst, dass du eines Tages zurückkommen würdest.« Mit einem Zwinkern sagte er zu Christie: »Und du auch, Missy. Wie ich mich freue, dass ihr euch wieder versöhnt habt. Besser spät als nie, sage ich immer.«

Amelia und Buzz waren nicht die einzigen Gratulanten. Jedes Mal, wenn Christine und Joe sich umdrehten, beglückwünschten sie andere Verwandte oder Freunde, dass sie wieder ein Paar waren.

»Ich hätte ihnen sagen sollen, dass du verheiratet bist«, sagte Christine, als die Mallorys, Cousins zweiten Grades, ausschwärmten, um die Neuigkeit zu verbreiten. »Nein, *du* hättest ihnen sagen müssen, dass du verheiratet bist.«

»Warum soll ich ihnen die Freude verderben?«, fragte Joe schulterzuckend. »Außerdem gehört dieser Tag deinen Eltern. Lass den Leuten doch ihre Illusionen.«

»Christie!«, dröhnte da die Stimme ihres Bruders Mark über den Hof. »Kommt her und begrüßt Walt Dailey.«

»Wer ist Walt Dailey?«, fragte Joe. »Ich kann mich nicht an ihn erinnern.«

»Ich auch nicht«, sagte Christine.

Joe nahm ihre Hand. »Stürzen wir uns ins Getümmel.«

Sie hätte ihm ihre Hand entziehen oder etwas sagen können, tat aber keins von beiden. Der Nachmittag kam ihr so unwirklich vor, dass sie das Gefühl hatte, durch den Weltraum zu schweben. Sie war einfach unfähig, etwas zu tun oder zu sagen, damit der Bann brach, unter dem sie seit dem Gottesdienst in der Kirche stand. Und warum sollte sie ihn auch brechen? Nichts hier war wirklich. Morgen früh würde sie auf dem Weg zurück in den Osten sein. Dann würde diese Episode nur noch ein Teil ihrer Erinnerungen, tief in ihrem Herzen verborgen sein.

Wie sich herausstellte war Walt Dailey ein Rancher, der das Land des alten Jackson gekauft hatte, das nördlich an die Cannon Ranch grenzte. Dailey gehörte der neuen Generation von Ranchern an; er hatte studiert, war umweltbewusst und doch fest in den alten Traditionen verwurzelt. Mit Joe war er einer Meinung, dass die Regierung Land zur Verfügung stellen müsse und die beiden Männer unterhielten sich angeregt, was bald zu einer hitzigen Diskussion führte, an der auch Christies Vater, Brüder, Verwandte und Freunde teilnahmen.

»Bleib«, sagte Joe, als Christine ihm ihre Hand entzog.

Sie schüttelte den Kopf und drängte sich durch die Menge zum Haus. Vor dem Büfett traf sie Natalie und Hallie.

»Du siehst völlig abgekämpft aus«, sagte ihre Schwester und reichte ihr ein Glas Limonade. »Es ist verdammt heiß hier draußen.«

»Danke.« Christine trank einen Schluck und seufzte dann anerkennend. »Schmeckt herrlich. Sag's nicht weiter, aber deine Limonade schmeckt besser als Moms.«

Hallie strahlte. »Ich habe die Limonade, die Bowle und den Krautsalat gemacht. Ich wollte auch noch Sushi-Rollen machen, aber Mom meinte, das sei ein zu gefährliches Terrain.«

Christine legte den Arm um ihre Nichte. »Du fängst im September an der University of Pennsylvania an zu studieren, richtig?«

Hallie nickte.

»Ich schick dir mal an einem Wochenende einen Wagen, und dann touren wir durch Manhattan. Ich kenne ein Lokal an der Columbus Avenue, da gibt es das beste Sushi in New York.«

Hallie stieß einen Freudenschrei aus, umarmte Christine und lief davon. Ihre Brüder würden bestimmt grün vor Neid werden.

Natalie lachte schallend. »Hallie erinnert mich manchmal so an dich, dass ich fast die vierzehn Stunden Wehen vergesse, die sie mir eingebrockt hat.«

»Mir ist es ernst, mit dem, was ich vorhin gesagt habe. Ich kümmere mich gern um Hallie, wenn sie an der Penn studiert.«

»Du wirst mit deiner Show sehr beschäftigt sein«, sagte Nat. »Aber es ist nett von dir, sie eingeladen zu haben.«

Christine legte ihre Hand auf den Arm ihrer Schwester. »Wirklich, Nat. Ich weiß, ihr habt mich während der letzten Jahre nicht oft gesehen, aber ich liebe euch alle. Hallie ist ein großartiges Mädchen. Ich würde ihr gern helfen, wenn ich kann.«

»Das wäre mir wirklich sehr lieb, denn Hallie ist eine Träumerin. Und die Welt ist zu Träumern nicht nett.«

Die hochschwangere Suzanne schlenderte mit dem kleinen Bree an der Hand vorbei.

»Was bin ich froh, dass ich alle meine Kinder im Frühling, vor den Hundstagen, gekriegt habe. Wie gut, dass Marta ihren Verstand benutzt hat.«

»Marta? Meinst du etwa …«

Natalie errötete. »Daddy sagt immer, mein Mund wäre so groß wie der Grand Canyon. Marta und David wollen erst später heute Abend die Katze aus dem Sack lassen.«

»Ich erzähl's keiner Menschenseele«, versprach Christine und dachte über die Ungerechtigkeiten des Lebens nach. Marta war fast fünfundvierzig. Wie viele Wunder es doch für Frauen im gebärfähigen Alter und darüber hinaus gab, doch keines war für sie übrig geblieben.

Natalie und Christine tranken schweigend ihre Limonade. Im Hof wurde lautstark diskutiert. Joes Stimme übertönte das Gemurmel der Rancher.

»… ihr müsst euch Gehör verschaffen … euch bemerkbar machen … und eine Stimme am richtigen Ort …«

»Mir kommt's vor, als sei er nie weg gewesen, stimmt's?«, sagte Natalie.

Christine nickte. »Er hat immer besser hierher gepasst als ich.«

»Wie kannst du so etwas Verrücktes sagen. Du bist hier zu Hause.«

»Schon seit langem nicht mehr, Nat. Und ich bin mir nicht sicher, ob ich es je war.«

»Du bist eine Cannon. Dieses Land gehört dir genauso wie jedem von uns.«

»Ich bin nicht wie ihr. Ich kann nicht gut mit Pferden umgehen, ich bin nicht gern im Freien und ich …« Sie verstummte abrupt.

»Habe keine Kinder?«

Christine schaute ihre Schwester an, reckte das Kinn und sagte: »Ja. Ich habe keine Kinder.«

Mit einer weit ausholenden Geste umfasste Natalie die im Vorgarten herumtobenden Kinder. »Reichen die nicht für alle?«

»Du weißt, wovon ich rede, Nat.«

»Ich glaube nicht«, antwortete Natalie langsam. »Jedenfalls nicht wirklich. Ich habe nie darüber nachgedacht, wie es wäre, keine Kinder zu haben.«

»Warum solltest du auch? Ebenso könntest du die Tatsache in Frage stellen, dass du atmest.«

»Du bist glücklich mit deinem Leben, nicht wahr, Christie?«

Diese Frage überraschte sie. »Ich denke schon«. Und nach einer kurzen Pause: »Natürlich bin ich glücklich.«

»So sicher scheinst du dir aber nicht zu sein.«

»Deine Frage hat mich überrascht. Mehr nicht.«

»Würdest du mir so eine Frage stellen, wüsste ich die Antwort darauf.«

Christine sagte lächelnd zu ihrer älteren Schwester: »Ich wüsste die Antwort auch, Nat. Du bist eine glückliche Frau. Das zeigt sich in allem, was du tust.«

Natalie widersprach nicht. Sie warf Joe einen Blick zu und wurde nachdenklich. »Irgendwas stimmt doch nicht, wenn man vergisst, dass ein Mann frisch verheiratet ist.«

Christine lächelte.

»Fällt dir dazu nichts ein, Christie?«

»Kein Wort.«

»Ich frage mich ständig, was Joe und dieses Mädchen verbindet.«

»Ja«, sagte Christine und stieß einen tiefen Seufzer aus. »Das habe ich mich auch gefragt.«

»Er liebt dich noch immer.«

Christine versuchte, die freudige Erregung zu ignorieren, die Natalies Worte in ihr weckte. »Das hat doch nichts zu bedeuten, oder?«

»Doch. Wenn du ihn auch noch liebst.«

Natürlich liebte sie Joe nicht mehr. Dieses Gefühl war schon vor Jahren versiegt. Sie liebte ihre Arbeit, ihre Unabhängigkeit und Cristal Champagner. Joe McMurphy liebte sie nicht.

»Hör auf, ihn so anzustarren«, sagte Slade, der ein paar Minuten später plötzlich neben ihr auftauchte. »Er ist verheiratet.«

Christine warf dem Fotografen einen angewiderten Blick zu und stolzierte in Richtung Stall davon.

»Was sind wir doch empfindlich, ein richtiges Mimöschen.« Slade ging neben ihr her. »Sei froh, dass ich kein Foto gemacht habe.«

»Ich bin nicht in Stimmung für deine Scherze, Slade.«

»Eindeutig überempfindlich«, konstatierte Slade und betrachtete sie nachdenklich. »Ich tippe auf eine gewisse, hormonell bedingte Unpässlichkeit.«

»Kümmere dich um deinen eigenen Kram.«

»Hast du etwa vergessen, Schätzchen, dass du mein ›Kram‹ bist? Jedenfalls zurzeit.«

»Ich habe dich mit diesem rothaarigen Cowgirl mit dem Silikon-Busen gesehen. Nennst du das etwa Arbeit?«

»Ich wollte nur herausfinden, wie einst der Westen erobert wurde.« Er lehnte sich gegen den Zaun. »Na, und wo steckt die junge Frau des Pfadfinders?«

»In ihrem Zimmer. Es geht ihr heute nicht gut.«

»Gibt dir sozusagen freie Hand. Wie, Schätzchen?«

Christine nutzte diese freie Hand und gab ihm eine Ohrfeige.

Sie schlug fest zu.

»Du verlierst die Nerven, Schätzchen«, sagte Slade und rieb sich die Wange. »Noch vor ein paar Wochen hättest du darüber gelacht.«

Er hat Recht, dachte Christine und wandte sich von ihm ab. Slade wusste jedoch nicht, dass sie schon seit Monaten eine Krise durchmachte, weil ihr alle Dinge, die jetzt in unmittelbarer Reichweite waren, plötzlich unwichtig geworden waren.

Ob sie es sich nun eingestehen wollte oder nicht, in dem Augenblick, als sie Joe vor ihrem Bett gesehen hatte, war ihr die Wahrheit vor Augen gestanden. Sie verlor nicht nur die Nerven. Sie verlor auch ihr Herz.

Christine stand am Rand der provisorischen Tanzfläche in der alten Schlafbaracke und beobachtete, wie ihr Vater ihre Mutter zu den Klängen der Musik, die über Lautsprecher aus dem Haupthaus kam, herumwirbelte. Das Alter hatte der Schönheit ihrer Eltern nichts anhaben können, sondern ihre Liebe füreinander und für die Menschen, mit denen sie lebten, nur noch verstärkt.

Christine machte sich so klein wie möglich, als sich ihre Brüder und Schwestern mit ihren Ehepartnern zu Sam und Nonie auf die Tanzfläche gesellten. Die Frauen trugen wallende Tanzkleider in Regenbogenfarben, während sich die Männer im Western-Look herausgeputzt hatten.

»Du gehörst auch auf die Tanzfläche, Christie.«

Beim Klang von Joes Stimme an ihrem Ohr zuckte sie zusammen.

Er war ihr so nahe, dass sich die Wärme seines Körpers auf ihren übertrug und ihr vor Erregung ganz heiß wurde. Und da war sein Geruch, so vertraut, so berauschend, so sehr Teil von ihm, dass sie ihn als sinnliche Erinnerung all die Jahre, die sie getrennt gewesen waren, in sich bewahrt hatte. *Diese auf so dumme Weise vergeudeten Jahre …*

»Sie fragen nach dir«, sagte er und legte den Arm um ihre Taille.

»Das glaube ich nicht.«

»Doch, denn du bist eine von ihnen, Christie.«

»Da gibt's aber ein Problem«, sagte sie und fühlte seinen heißen Atem auf ihrem Nacken. »Ich habe niemanden, mit dem ich tanzen könnte.«

Er lachte und ihr lief ein freudiger Schauder das Rückgrat hinunter und ließ ihre Nervenenden vibrieren, als er sie im Takt der Musik wiegte. »Wir konnten's immer gut miteinander.«

Sie drehte sich um und wollte etwas sagen, aber die Worte blieben ihr im Hals stecken. Es war wie in einem dieser Träume, in dem man durch ein Universum der Möglichkeiten wirbelt und verzweifelt versucht, sich an dem festzuhalten, was von seinem Herzen noch übrig geblieben ist.

Eben noch hatte sie allein am Rand des Lebens gestanden und jetzt tanzte sie in den Armen des einzigen Mannes, den sie je geliebt hatte, darauf zu. Der magische Kreis schien sich gerade lange genug zu öffnen, um sie aufzunehmen. Sie verschmolzen mit den anderen und ihr Lachen schwebte durch die sanfte Nachtluft zu den Sternen empor.

Christine wurde Teil der Erde unter ihren Füßen, der rötlichbraunen Hügel hinter der Ranch, des Himmels über ihr und des Wehen des Windes in den Bäumen. Aber vor allem war sie ein Teil dieser Menschen. Zutiefst in ihrem Herzen kannte sie deren Hoffnungen und Träume. Das Blut ihrer Familie floss durch ihre Adern. Sie könnte bis ans Ende der Welt reisen und würde niemals Menschen finden, die sie mehr liebten – oder einen Ort, an dem sie willkommener wäre.

»Die Leute werden über uns reden«, sagte Joe, als sie im Mondlicht tanzten.

»Das ist mir egal«, sagte Christine und legte den Kopf an seine Schulter. Dies war die Wahrheit. Sie gehörte in Joes Arme, an diesen Ort, von ihrer Familie und ihren Jugendfreunden umgeben. Sie wusste, dass dieser Zustand nicht ewig andauern konnte, dass dieser Zauberbann irgendwann im Morgengrauen schwinden würde, aber das war jetzt nicht wichtig. Nur dieser Augenblick, dieser köstliche Augenblick zählte, ganz gleich, was danach kam.

Christine wusste nicht, wie lange sie tanzten. Zeit spielte keine Rolle. Nur die Kraft seiner Arme, das starke Schlagen seines Herzens, die Gewissheit, auf etwas zuzutreiben, das sie nicht aufhalten konnte, waren wichtig.

Gegen Mitternacht kam noch einmal Hochstimmung auf, weil Nonie die Gäste zu Steak mit Eiern und selbst gebackenem Brot ins Haus lud.

»Ich habe keinen Hunger«, sagte Christie.

»Ich auch nicht«, sagte Joe.

Ein Blick genügte und beide huschten aus dem Lichtkreis im Hof in die Schatten. Ihr Bedürfnis allein zu sein, war so heftig, dass es sie mit jeder verstreichenden Sekunde näher zueinander hinzog. Christine stolperte über einen Stein und Joe griff nach ihrem Arm, um sie zu stützen. Sie lehnte sich an ihn, genoss seine Kraft und Wärme, ließ ihre Hände auf seiner Brust ruhen.

Die nächtliche Brise trug Gelächter aus dem Haus zu ihnen. Der Mond tauchte hinter einer vorbeischwebenden Wolke wieder auf und ergoss sein silbernes Licht über die Landschaft. Er segnet uns, dachte Christine. Eng einander geschmiegt gingen sie zur Scheune, verschmolzen mit dem Halbdunkel.

»Endlich sind wir allein«, sagte Joe, als sie in die kühle Stille des Gebäudes traten. Wie gut Christine seine Stimme kannte. Dieses vor Erregung heisere Zittern.

»Ich möchte nicht reden.« Ihr stockte der Atem.

»Ich auch nicht.«

Er zog sie an sich.

An ihn geschmiegt, bedeckte sie seinen Hals, sein energisches Kinn, sein Ohr mit Küssen. *Ich liebe dich*, dachte sie. *In all den Jahren habe ich nie aufgehört, dich zu lieben,* wollte sie ihm sagen. Wollte den letzten Rest ihres Widerstands fallen lassen, damit er auf dem Boden zerbrach und ihm ihr Herz zu Füßen legen.

Er strich ihr Haar zurück und vergrub sein Gesicht an ihrem Hals. Eine Hitzewelle breitete sich in ihrem Körper aus, stieg ihr in Arme und Beine, strömte in ihre Brust und ihren Bauch. Danach hatte sie sich gesehnt, nach diesem schmerzlich wundervollen Gefühl, lebendig bis in die letzte Zelle, die kleinste Nervenfaser zu sein.

Er hatte längst seine Krawatte abgestreift und sie knöpfte ihm mit zitternden Fingern sein Hemd auf. Mit gesenktem Kopf schmeckte, roch sie ihn. Umkreiste mit der Zunge seine Brustwarze, genoss seine schaudernde Reaktion. Alle sinnlichen Reize, ekstatischen Erregungen wollte sie tief in ihrem Herzen aufbewahren für die Zeit, wo sie wieder allein sein würde.

»Das reicht mir nicht«, sagte er und öffnete den Reißverschluss ihres Kleides. Sie fühlte, wie der Stoff an ihrem Körper hinabglitt. Die kühle Nachtluft auf ihrem Rücken ließ sie erschaudern. Dieses Gefühl brachte sie in die Wirklichkeit zurück, wenn auch nur für einen Augenblick.

»Marina«, brachte sie, vor Begierde völlig benommen, über die Lippen. »Ich möchte ihr nicht weh tun.«

»Wir tun ihr nicht weh.«

»Ich möchte dir gern glauben, Joe, aber es fällt mir schwer. Diese Situation ist alles andere als normal.«

»Läge es nur an mir, würde ich dir die Geschichte erzählen, die uns zusammengeführt hat. Du musst mir …«

»Joe, bitte! Sag nicht …«

»Vertrau mir, Christine.«

»Genau das wollte ich nicht hören – dieses Klischee. Leere Worte.«

»Nein.« Er zog sie an sich. »Nicht von mir.«

Er hatte sie in all den Jahren, die sie ihn kannte, nicht einmal belogen. Jeder wusste, dass irgendetwas an seiner Ehe mit Marina nicht stimmte. Das einzige Herz, das gebrochen werden konnte, war ihres. Lieber ein gebrochenes Herz, als die Leere und Einsamkeit, die so lange ihre einzigen Begleiter gewesen waren.

»Vertrau mir«, wiederholte er.

»Ja«, flüsterte sie. »Das Ganze ist zwar verrückt, aber ich vertraue dir.«

Sein Kuss war lang und leidenschaftlich. Sie sanken zu Boden. Christine schrie auf. Der Stiel einer Heugabel streifte ihr Bein.

»Hier ist es zu gefährlich«, sagte sie.

Er schob die Gabel beiseite. »Jetzt nicht mehr.«

Christine deutete zur Tür. »Nicht deswegen. Jemand könnte reinkommen.«

Er stand auf. »Der Heuboden.«

Kichernd sagte sie: »Noch ein Klischee. Du überwältigst mich, Joe.«

»Genau das möchte ich tun, Christie. Dich überwältigen.«

Wieder erschauderte sie, doch dieses Mal nicht wegen der kühlen Nachtluft.

Sie kletterten die Leiter zum Heuboden hoch.

»Endlich sind wir allein«, sagte sie so sanft, dass sie fast ihre eigene Stimme nicht erkannt hätte.

Sie kämpfte mit seinem Hemd. Er hatte Schwierigkeiten mit den Haken ihres Büstenhalters. Einer ihrer Schuhe polterte die Leiter hinunter.

»Elegant ist das nicht, was wir da machen«, sagte sie.

»Die fehlende Eleganz gleichen wir mit Enthusiasmus aus.«

»Ich bin völlig aus der Übung.«

»Rad fahren verlernt man auch nicht.« Lachend fielen sie sich in die Arme.

»Das war Klischee Nummer drei.«

Er rieb sich an ihr. »Ich gebe mir Mühe.«

»Das spüre ich.«

Er hatte Recht. Beide folgten nur noch ihren Instinkten. Diesem elementaren, ursprünglichen Bedürfnis, sich mit dem Mann zu vereinen, den man liebt, immer lieben wird. Sie nahm ihn in die Hand, fühlte seine Kraft und Stärke, fühlte wie das Blut in ihm pulsierte. Er streichelte sie, erregte und erforschte sie mit dem Finger, bis sie glaubte, vor Wonne zu vergehen.

Sie lagen zusammen auf einem Bett aus Kleidungsstücken und Heu, und sie öffnete ihm ihr Herz und ihren Körper. Ihr Liebesakt war weder elegant noch romantisch. Dazu gab es weder leise Musik und Kerzenlicht noch Blumen oder ein weiches Bett. Nur sie beide, nackt und gierig, lodernd vor Leidenschaft. Sie spürte einen stechenden Schmerz, nahm ihn jedoch als Beweis dafür, dass sie lebte und nach allen Wundern gierte, die das Leben ihr zu bieten hatte.

Er war in ihr.

Er überwältigte sie.

Er brachte sie zu Reaktionen, die aus den verborgensten Ecken ihrer Seele kamen.

Sie hielt ihn fest, als er zum Höhepunkt kam und ihr Körper reagierte mit ekstatischer Lust. Sie schrie auf, schrill und hoch, als ihr letzter Widerstand zerbrach.

Danach lagen sie eng umschlungen da, einander zugewandt. Sie sah ihr Gesicht in seinen Augen und fand darin die Frau, die sie vor langer Zeit verloren hatte.

»Ich fühle dich überall in mir«, flüsterte sie an seinen Lippen.

»Weil du mir gehörst.« Seine Stimme war rau, so unerträglich sexy. »Du hast mir immer gehört.«

Er bewegte sich in ihr und sie biss sich auf die Unterlippe.

»Habe ich dir weh getan?«

»Ein bisschen.«

»Warum hast du nichts gesagt?«

»Weil du dann aufgehört hättest. Und das wollte ich auf keinen Fall.«

»Für dich war es seit langer Zeit das erste Mal, wie?«

»Ja, seit sehr langer Zeit.«

»Das freut mich.«

»Mich auch«, sagte sie lächelnd.

»Ich schlafe nicht mit Marina.«

»Das hast du mir schon gesagt«

»Ich liebe sie nicht.«

»Das weiß ich.«

»Sie mag mich nicht einmal.«

»Jeder weiß das.«

»Ich möchte dir die ganze verdammte Geschichte erzählen …«

»Die ist nicht wichtig, Joe. Ich glaube dir.«

Sein Gesichtsausdruck veränderte sich, wurde finster. »So wie ich dir vor Jahren geglaubt habe.«

Ihr Herz tat so weh, dass sie kaum atmen konnte. »Du hast das geglaubt, was ich dir gesagt habe. Etwas Wichtigeres gab es damals nicht für mich.«

»Es ist nie nur um das Baby gegangen, Christie. Ich wusste, dass ich dich verloren hatte, fand aber keine Möglichkeit, dich zurückzuholen.«

Sie presste ihr Gesicht an seine Schulter. »Ich wollte nicht zurückkommen, Joe. Ich musste gehen … deinetwegen und meinetwegen. Ich wollte, dass du eine Frau findest, mit der du lachen kannst, die dir all das geben kann, was ich nicht konnte.« Sie hatte den Schmerz hinter sich lassen und sich neu erschaffen müssen, mit Menschen, die nicht wussten, wie viel sie verloren hatte.

Er nahm sie wieder. Schnell und hart und ohne Vorspiel. Sie nahm seine Wut und seinen Schmerz in sich auf und fand in seiner Erleichterung ihre Absolution.

Danach schwiegen beide. Joe hielt Christine fest und fragte sich, ob er jemals wieder zur Vernunft kommen würde oder ob er dazu verdammt war, ständig in dieser seltsamen Mischung aus Wut und Freude zu leben.

Er hatte die Beherrschung verloren und das machte ihm Angst. Sie hatte ihre Ehe, ihre Träume von einer gemeinsamen Zukunft aufgegeben und er hatte nie eine Chance gehabt, alles wieder gutzumachen, weil sie nicht an ihn geglaubt hatte.

Er, Joe McMurphy, der Meister aller Schwachen und Verlierer, hatte nicht gemerkt, dass seine schöne junge Frau vor seinen Augen ertrank. Nur, weil sie schön und intelligent, in einem liebevollen Elternhaus aufgewachsen war, hatte er wie alle anderen geglaubt, nichts was ihr jemals im Leben widerfahren würde, könnte ihr schaden.

Er hätte es besser wissen müssen. Immer hatte es Hinweise gegeben, aber er war zu blind und meistens zu betrunken gewesen, um die Zeichen zu erkennen. Er hatte sich nur seinem Schmerz hingegeben und darauf gewartet, dass Christine ihn in die Arme nahm und alles wieder in Ordnung brachte. Als sie das nicht getan, sondern sich immer mehr von ihm zurückgezogen hatte, war ihm alles genommen worden, was ihm wichtig war. Christine war sein Zuhause, seine Familie, und ohne seine Frau war ihm nur noch eine unbändige Wut geblieben.

Lange lagen sie so beieinander und hörten die Musik, die Stimmen und das Lachen aus dem Ranchhaus. Und dann das Geräusch der Motoren, als die Gäste sich in ihren Autos und Trucks auf den Heimweg machten.

»Wir sollten zurück ins Haus gehen, Joe«, sagte Christine, als es draußen immer stiller wurde. »Den anderen wird auffallen, dass wir nicht da sind.«

Er verschloss ihr die Lippen mit einem Kuss.

»Es ist mir ernst damit, Joe«, sagte sie und schob ihn von sich. »Ich möchte niemandem weh tun.«

Wem tun wir denn weh, dachte er. Nur wir beide leiden. Er hielt es jedoch für besser, seine Gedanken für sich zu behalten. Dann half er ihr beim Aufstehen und sie zupften sich gegenseitig lachend Heu aus den Haaren.

»Etwas Verräterisches gibt es nicht«, sagte er und fuhr mit der Hand durch ihre seidige blonde Mähne. »Heu lässt sich nicht wegerklären.«

»Stimmt«, sagte Christine, wischte Halme von Joes Rücken und gab ihm einen Klaps auf den Po. »Absolut verräterisch.«

Er sagte, was er mit ihr machen wollte … für sie … und sie senkte den Kopf, damit er die Freude in ihrem Gesicht nicht sehen konnte.

Schnell zogen sie sich an und kletterten die Leiter hinunter.

»Wir können nicht zusammen zurückgehen«, sagte Christine. »Dann würden sie bestimmt über uns reden.«

»Das tun sie doch längst.«

»Hoffentlich nicht.«

Wie kann sie mich nur mit so großen, unschuldigen Augen ansehen, nach dem, was wir gerade getan haben, fragte sich Joe verwundert. Aber gerade diese Naivität habe ich schon immer so attraktiv an ihr gefunden.

»Sie reden schon über uns«, sagte Joe und umfasste Christines Kinn.

»O Gott«, sagte sie leise. »Glaubst du wirklich?«

»Verlass dich darauf.«

»Was ist mit Marina?«

»Ich kümmere mich um sie.«

»Ich möchte ihr nicht weh tun.«

Erstaunlicherweise dachte Joe dasselbe. Immerhin war sie Rics Tochter. Verdammt, und sie war jung genug, um *seine* Tochter zu sein. Wie schwer es für sie sein musste, mit einem Fremden verheiratet zu sein und in einem fremden Land ohne Freunde und Familie leben zu müssen. Noch vor ein paar Wochen wäre ihm dieser Gedanke nicht gekommen.

»Irgendwann erwarte ich Antworten von dir«, sagte Christine ruhig.

»Die kriegst du, Christie. Aber jetzt noch nicht.«

»Ich muss die Wahrheit wissen.«

»Du wirst sie erfahren«, sagte er. »Gib mir noch ein bisschen Zeit.«

Dann küssten sie sich noch einmal, ehe sie getrennt zum Haupthaus zurückgingen.

Liebe macht Frauen sanft, dachte er, als er ihr zusah, wie sie mit den Fingern ihr Haar kämmte und dann wieder ihr strahlendes Lächeln aufsetzte. Und es ist Liebe. Er zweifelte nicht daran und hoffte, dass Christine seine Gefühle teilte.

15

»Christie!«

Aller Augen richteten sich auf Christine, als sie die Küche betrat. Sie wissen es, dachte sie verstört. Jeder weiß es.

»Wo ist Joe?«, fragte ihr Vater über den Rand seiner Kaffeetasse hinweg. »Seit der Tanz vorbei ist, suche ich euch.«

Das ist wie ein Fernsehauftritt, redete sie sich ein und schlenderte zum Tisch. Immer lächeln, ununterbrochen reden, sich nichts anmerken lassen. »Dasselbe wollte ich dich fragen«, sagte Christine, setzte sich zwischen Sam und Marta und goss sich Kaffee ein. »Ich habe ihn schon eine ganze Weile nicht gesehen.« Sie trank einen Schluck. »Köstlich.«

»Trace und ich haben euch in der Nähe der Scheune gesehen«, sagte Suzanne. Sie merkte nichts von der unterschwelligen Spannung, denn sie zwinkerte Christine zu. »Wärt ihr zwei nicht geschieden, könnte man meinen, ihr seid ineinander vernarrt ... au!« Sie warf ihrem Mann einen bösen Blick zu. »Was soll das denn? Warum trittst du mich?«

Marta räusperte sich. »Ist noch was von deinem Zimtbrot da, Mom? Ich habe ganz vergessen, wie groß mein Appetit immer ist, wenn ich für zwei esse.«

Langsam entspannte sich die Atmosphäre und die Gespräche plätscherten wieder normal dahin. Christine unterhielt sich angeregt mit ihrer Familie, trank Kaffee, kaute an einem Stück Brot und betete, dass niemand merkte, wie knapp sie an einer Katastrophe vorbeigeschlittert war. Die arme Suzanne wand sich vor Verlegenheit. Am liebsten hätte sie die junge Frau umarmt und ihr ihre Befangenheit genommen. Schließlich hatte nicht Suzanne eben mit dem Mann einer anderen Frau geschlafen.

»Wir wär's mit einer Runde Poker?«, fragte Sam und nahm ein Kartenspiel vom Büfett hinter seinem Stuhl. »Heute bin ich sicher unschlagbar.«

Das allgemeine Stöhnen sprach Bände.

»Leg schon mal die Kröten auf den Tisch«, sagte Franklin.

»Neben Daddy bist du die beste Pokerspielerin in der Familie«, sagte Nat zu Christine. »Verteidigst du unsere Ehre?«

Christine unterdrückte ein Gähnen. »Nicht heute Abend. Ich weiß nicht, wie es euch geht, aber ich bin so müde, dass ich kaum mehr aus den Augen schauen kann.« Sie gab ihrem Vater einen Kuss auf die Wange und sagte: »Es war eine tolle Party, Daddy. Ich bin sehr froh, dass ich zu eurem Fest gekommen bin.«

Er umarmte Christine fest, und sie sah Tränen in seinen Augen glitzern. Als sie ihre Mutter umarmte, stieg ihr der vertraute Duft nach Seife und Vanille in die Nase.

»Morgen früh mache ich das Frühstück«, sagte Christine zu ihr. »Eier Benedict für alle.«

»Du bist unser Gast«, protestierte Nonie, »und Gäste haben in meiner Küche nichts zu suchen.«

»Keine Widerrede«, argumentierte Christine mit dem Lieblingsspruch ihrer Mutter.

Sie schwebte förmlich über den Flur zu ihrem Zimmer. Plötzlich fühlte sie sich weiblich und stark. Seit langem hatte sie nicht mehr dieses berauschende Gefühl gehabt. Ihre Rückkehr nach Hause war auf ungeahnte Weise auch eine Rückkehr ins Leben geworden.

Die Tür zu Joes Zimmer stand einen Spalt offen. Christine zögerte kurz und fragte sich, ob Joe ins Haus geschlichen war, während sie mit ihrer Famile in der Küche gesessen hatte. Wäre es nicht auch das Zimmer von Marina gewesen, hätte sie einen Blick hineinwerfen können.

Dann fiel ihr auf, dass die Tür zum Bad weiter unten im Flur geschlossen war. Sie hörte Wasser rauschen und wimmerndes Weinen. Marina? Es ging sie zwar nichts an, wenn Marina weinte, sie konnte aber auch nicht einfach weggehen. Sie klopfte.

Keine Antwort, nur dieses leise Wimmern von drinnen.

Wieder klopfte sie. »Marina, ist mit Ihnen alles in Ordnung?«

Noch immer keine Reaktion. »Entschuldigen Sie bitte«, sagte Christine und öffnete die Tür. »Vielleicht mache ich mir unnötig Sorgen, aber ich will mich vergewissern, dass Sie …« Die Worte erstarben ihr auf den Lippen. »Oh, mein Gott!«

Marina lag zusammengerollt neben der Badewanne in einer Blutlache. Christine stieg der typisch süßliche Geruch in die Nase, sie musste schlucken, damit ihr nicht schlecht wurde.

Sofort kniete sie neben der jungen Frau. »Was ist denn passiert?«, fragte sie mit erzwungener Ruhe. »Sind Sie gestürzt?« Bis auf die grässliche Lache konnte sie keine Anzeichen einer Verletzung entdecken.

Marinas Stimme war nur ein entsetztes Flüstern. »Nein, ich bin nicht gefallen … Es tut so weh …« Ihre Worte verloren sich, als sie Christines Hand umklammerte. »Bitte, helfen Sie mir! Ich weiß nicht, was mit mir los ist.«

Da Marina weder gefallen noch sich sonst wie verletzt hatte, gab es nur eine Erklärung. Christine half Marina, sich aufzusetzen und lehnte sie mit dem Rücken gegen die Wanne. »Sie haben eine außergewöhnlich starke Blutung«, sagte Christine, weiterhin betont ruhig. »Hatten Sie in letzter Zeit öfter derart starke Blutungen?«

»N… nein eigentlich nie«, antwortete Marina.

»Fühlt es sich anders an als während der Periode?«

»Nein … ja … ich weiß nicht. Ich spüre einen entsetzlichen Druck …«

Christine kam ein fürchterlicher Gedanke, den sie jedoch schnell verdrängte. Das war unmöglich. Musste unmöglich sein. »Ist Joe in eurem Zimmer?«

»Ich habe ihn seit heute Morgen nicht gesehen,«, sagte Marina kopfschüttelnd.

Christine faltete ein Badetuch zu einem Kissen und steckte es Marina in den Rücken. »Bleiben Sie ganz ruhig sitzen!«, sagte sie und stand auf. »Ich bin gleich wieder da.«

Sie ließ die junge Frau nicht gern allein. Dieser angstvolle Blick in Marinas weit aufgerissenen Augen berührte sie zutiefst. Und sie hätte alles dafür gegeben, dieses schmerzlichste Erlebnis in ihrem Leben, an das sie jetzt wieder erinnert wurde, vergessen zu können.

Sie lief in die Küche und sagte: »Ich brauche Hilfe! Marina ist zusammengebrochen.«

»Wo ist Joe?«, fragte Sam.

»Das weiß ich nicht.«

Natalie stand sofort auf. »Was ist mit ihr?«

»Sie blutet«, sagte Christine und nach einem kurzen Zögern: »Ich glaube, sie hat eine Fehlgeburt.«

»Heiliger Strohsack«, flüsterte Natalie. »Ich schau sie mir an.«

»Um Himmels willen, du bist doch Tierärztin, Nat.«

»Und ich kenne mich in der Anatomie aus.« Zu ihrem Mann sagte Natalie: »Fahr den Pickup vors Haus. Wir bringen sie ins Krankenhaus.«

»Sucht Joe«, warf Christine über die Schulter zurück, als sie Natalie über den Flur zum Bad folgte. »Er wird hier gebraucht.«

»Er ist schon da!«

Als Joe völlig unbekümmert zur Haustür hereinschlenderte, blieb Christine abrupt stehen.

Sein Grinsen erstarb jedoch, als er Christines Gesichtsausdruck sah.

»Was ist denn los?«, fragte er.

»Ich glaube, deine Frau hat eine Fehlgeburt«, sagte Christine kalt und schonungslos. Etwas anderes hatte er nicht verdient.

»Was sagst du da?« Er raufte sich die Haare. »Das ist …«

»Unmöglich?«, zischte sie giftig wie eine zubeißende Schlange. »Du warst schon mal besser, Joe.«

Er *war* besser gewesen, als er ihr eingeredet hatte, sie hätten eine Chance für einen Neuanfang.

»Sie kann gar nicht schwanger sein.«

»Eine unbefleckte Empfängnis? Das kommt mir irgendwie bekannt vor.«

Joe packte Christines Arm. »Ich sage die Wahrheit, Christie. Ich habe nie mit Marina geschlafen.«

»Nicht das mit ihr Schlafen macht mir Sorgen, Joe«, sagte sie, einer Hysterie nahe. »Sondern das, was vorher passiert ist.«

»Ich brauche Hilfe!«, rief Natalie aus dem Badezimmer. »Sofort!«

Ich werde nicht darüber nachdenken, sagte sich Christine und brachte Natalie Binden und ein sauberes Nachthemd. Jetzt denke ich nur an Marina.

»Kommst du mit?«, fragte Natalie, als Joe seine Frau in den Pickup hob.

»Nein«, entgegnete Christine und wich Joes Blick aus. »Nein, ich komme nicht mit.«

»Christine!«, rief Marina da in ihrer Not. »Lassen Sie mich nicht allein.«

Christines Magen krampfte sich zusammen. »Joe und Natalie sind bei dir«, sagte sie und duzte die junge Frau spontan.

»Bitte!« Marina wollte aus dem Auto klettern, aber Joe hielt sie fest. »Ich brauche dich!«, sagte Marina sofort flehentlich zu Christine.

»Steig endlich ein!«, befahl Natalie ihrer Schwester. »Wir werden im Krankenhaus erwartet.«

Ich kann nicht, dachte Christine. Bitte mich nicht darum. Sie hatte dasselbe durchgemacht … diese Blutung … diese Angst.

Doch sie war damals nicht allein gewesen … Ihre Gedanken schweiften zu jenem Tag zurück.

»Alles wird gut, Christie«, sagte Joe und drückte ihre Hand, als sie durch die dunkle Nevada-Nacht zum Krankenhaus fuhren.

»Wie willst du das wissen?«, fragte sie und schluckte ihre Tränen hinunter. »Das kannst du mir gar nicht versprechen.«

»Doch, ich verspreche es dir.« Weder seine Stimme noch sein Verhalten verrieten, ob auch er Angst hatte. Vielleicht war alles nicht so schlimm, wie sie fürchtete. »Denk daran, was wir in dem Buch über Braxton-Hicks-Kontraktionen gelesen haben. Die hast du jetzt.«

Christine musste Joe glauben. Sie war erst im fünften Monat. Und wenn jetzt vorzeitig die Wehen einsetzten, würde das Baby nicht überleben.

»Ich darf dieses Kind nicht verlieren, Joe.« Ihre Stimme zitterte vor Angst. »Diese Schwangerschaft ist ein Wunder. Du weißt, dass wir keine zweite Chance bekommen.«

»Wir brauchen keine zweite Chance«, entgegnete er heftig. »Alles wird gut.«

In jener entsetzlichen Nacht hatte sie sich an ihn geklammert, während die Ärzte sie untersucht hatten – diese qualvollen Untersuchungen … und danach, während der endlosen Zeit, als beide darauf warteten, dass jemand kam und ihnen sagte, sie müssten sich keine Sorgen machen, sie würden in vier Monaten ein schönes, gesundes Baby bekommen.

Aber die spastischen Schmerzen kamen schneller, immer schneller hintereinander, bis sie nicht mehr atmen, nicht mehr denken konnte … Als Letztes erinnerte sie sich an die Stimme, die sagte: »Es tut mir Leid …«, und an das Weinen ihres Mannes …

Sie legten die Strecke zum Krankenhaus in Rekordzeit zurück. Natalie hielt mit quietschenden Reifen vor der Notaufnahme. Minuten später lag Marina auf einer Bahre und wurde in den Behandlungsraum gerollt. Es herrschte kurz Aufregung, als zwei Ärzte Christine erkannten und sie gleich darauf von Neugierigen umringt war. Doch sie schaffte es, höflich zu bleiben, während sie darauf hinwies, jetzt sei wohl nicht der richtige Augenblick, Autogramme zu geben.

Natalie verschwand auf der Suche nach einer Telefonzelle in einem Flur. Christine und Joe blieben allein im Wartezimmer zurück. In einer Ecke dröhnte ein Fernseher.

»Hast du was dagegen?«, fragte Joe und griff nach der Fernbedienung.«

»Bitte sehr«, sagte Christine.

»Wir müssen miteinander reden«, sagte Joe, als Stille herrschte.

»Du hast das Bedürfnis zu reden«, schoss Christine zurück. »Aber ich muss dich nicht anhören.«

»Ich muss dir etwas erklären.«

»Mir ist es scheißegal, was du musst oder nicht, Joe. Vielleicht solltest du ausnahmsweise mal daran denken, was deine Frau braucht.«

»Bei den Ärzten ist sie in guten Händen.«

»Du bist abscheulich«, fauchte sie wütend. »Dieses Kind kriegt ein Baby. Wie kannst du nur so gefühllos sein?«

»Wenn Marina schwanger ist, dann nicht von mir.«

»Du Bastard. Das Spiel ist vorbei. Du könntest wenigstens mir gegenüber ehrlich sein.«

»Das ist nicht mein Kind.«

Bebend vor Wut stand sie auf. »Spar dir deine Worte. Und rühr mich ja nicht an!«

Joe lehnte mit geschlossenen Augen an der Wand. Du hast zu viel von mir verlangt, Ric, dachte er verzweifelt. Warum, zum Teufel, hast du mir nicht gesagt, dass Marina schwanger ist? Natürlich war es möglich, dass Ric nichts davon gewusst hatte. Herrgott noch mal! Marina war so dünn wie eine Bohnenstange und aß kaum genug, um selbst am Leben zu bleiben, geschweige denn, ihr Baby in sich wachsen zu lassen.

Und, verdammt noch mal, warum musste es ausgerechnet hier passieren? Dieses Krankenhaus war voller Erinnerungen. Hier war für ihn und Christine alles zu Ende gegangen. Ihre

Träume, ihre Pläne für die Zukunft … alles war innerhalb von ein paar Stunden vorbei gewesen.

Christine stand mit gesenktem Kopf am Fenster. Durch den Raum fühlte er ihren Schmerz, sah, wie sie immer verzweifelter wurde. Sie hatte nicht nach Nevada kommen wollen, aber er ließ ihr keine Ruhe, bis sie schließlich nachgab. Und jetzt wurden ihre schlimmsten Ängste wahr. Sieben lange Jahre hatten beide versucht, ihre Erinnerungen zu begraben, doch jetzt hielt die Vergangenheit sie im Würgegriff. Und er konnte nichts tun, um Christines Schmerz zu lindern. Nicht, ohne Marinas Leben zu gefährden.

»Mr. McMurphy?« Er zuckte zusammen, als eine junge Ärztin namens Serrano auf ihn zukam. »Ihrer Frau geht es den Umständen entsprechend recht gut.«

»War sie … ist sie …« Ihm fehlten die Worte.

Christine jedoch platzte heraus: »Wie geht's dem Baby?«

Die Ärztin warf Joe einen fragenden Blick zu.

»Reden Sie ruhig. Christine darf alles erfahren«, sagte er.

»Ihr Blutdruck ist etwas zu hoch, und ihr Gebärmutterhals macht uns Sorgen. Ich möchte Ihre Frau gern über Nacht zur Beobachtung hier behalten.«

»Klar«, sagte Joe. »Wie Sie meinen.« Die Ärztin sah ihn mit unverhohlener Neugier an. »Ihre Frau schien … überrascht zu sein, als sie erfuhr, dass sie schwanger ist.«

»Nicht nur sie – ich auch«, sagte Joe und war sich nur zu sehr Christines zweifelndem Blick bewusst.

»Wie auch immer – jedenfalls ist Mrs. McMurphy im siebten Monat schwanger und …«

Christine schnappte nach Luft. »Im siebten Monat? Mein Gott, das sieht man ihr wahrhaftig nicht an.«

»Ich weiß zwar nicht, wo Sie hingeschaut haben«, entgegnete die Ärztin scharf, »aber Ihre junge Frau ist im siebten Monat und braucht bis zur Geburt Ruhe und Pflege.«

Die Ärztin bezweifelte offenkundig, dass Marina bei Joe in guten Händen war. Er hätte es ihr nicht verübelt, wenn sie ihn wegen Kindesvernachlässigung angezeigt hätte.

»In einer Woche möchte ich Ihre Frau noch einmal gründlich untersuchen.«

»Wir sind hier nur zu Besuch«, sagte Joe. »Darf Marina reisen?« Dr. Serrano stieß einen tiefen Seufzer aus und machte sich Notizen. »Geben Sie mir Ihre Flugnummer, dann treffe ich die nötigen Vorkehrungen.«

Christine straffte ihre Schultern. »Darf ich Marina sehen?«

Dr. Serranos Blick schweifte von Christine zu Joe. »Vielleicht sollte zuerst ihr Mann ...«

Wie schade, dass ihr Mann nicht daran gedacht hatte.

Christine saß neben Marinas Bett, hielt ihre Hand und redete beruhigend auf sie ein, während Joe rastlos in dem kleinen Zimmer auf und ab ging und sich wünschte, er wäre an jedem anderen Ort der Welt, nur nicht hier.

Wie mitleiderregend Marina zwischen diesen weißen Bettlaken aussah, an einen Tropf und an einen Monitor angeschlossen, um die Herztöne des Kindes zu überwachen. Ihre Einsamkeit fiel sogar ihm auf. Er kam sich ganz klein und unzulänglich vor. Alles, was er sagte, klang entweder banal, unaufrichtig oder herzlos. Am liebsten hätte er sie bei ihren schmalen Schultern gepackt und sie gefragt, was sie sich dabei gedacht habe, ihre Schwangerschaft unter schlabbrigen Pullovern zu verstecken. Und damit sich und ihr Kind zu gefährden. Ganz zu schweigen von dem Chaos, das sie in seinem Leben angerichtet hatte.

»Also«, sagte Joe schließlich, weil er die Ungewissheit nicht länger ertragen konnte. »Wer ist der Vater des Kindes?«

Marina starrte nur weiterhin stumm auf den Fernseher, in dem eine Wiederholung von *Mary Tyler Moore* lief.

»Marina.« Joe stellte sich ans Bettende und versperrte ihr den Blick auf den Fernseher.

»Lass sie ihn Ruhe!«, fauchte Christine.

»Ich habe ihr nur eine Frage gestellt.«

»Erspar ihr deine Fragen. Für heute hat sie doch schon genug durchgemacht. Quäle sie nicht noch mehr.«

»Ich quäle sie nicht. Ich will nur eine Antwort haben.«

»Die kriegst du heute Nacht nicht.«

»Verdammt, das wollen wir doch mal sehen.«

Christine stellte sich Joe in den Weg. »Du lässt sie jetzt in Ruhe!«

Joe wollte etwas sagen, doch da brach Marina laut schluchzend in Tränen aus.

»Bist du jetzt glücklich?«, fauchte Christine.

»Überglücklich«, knurrte er zurück. »Es gibt nichts Schöneres, als schwangere Frauen zum Weinen zu bringen.« Er kam sich wie der letzte Scheißkerl vor, und es gab nichts, was er dagegen tun konnte.

Wütend stapfte er hinaus und überließ die beiden Frauen sich selbst. Sollen sie sich doch gegen mich verbünden oder was auch immer, dachte er. Hätte er nur Natalie nicht gesagt, sie solle nach Hause fahren. Gerade jetzt hätte er ein freundliches Gesicht bitter nötig gehabt. Natürlich konnte er ihr nicht erzählen, wie er in diese schwierige Situation geraten war. Er hatte Ric sein Wort gegeben und fühlte sich noch immer an sein Versprechen gebunden. Jetzt, da er allmählich wieder klar denken konnte, wurde ihm bewusst, dass Ric wahrscheinlich nichts von der Schwangerschaft seiner Tochter gewusst hatte. Auf keinen Fall hätte Ric das Leben seiner Tochter und seines Enkelkindes aufs Spiel gesetzt. Ric hätte zwar trotzdem diese Ehe arrangiert aber verdammt noch mal dafür gesorgt, dass Marina die medizinische Betreuung bekam, die sie brauchte.

Jetzt ging's darum, irgendwie mit Ric Kontakt aufzunehmen, um ihn über die veränderte Situation zu unterrichten. Aber der Kerl steckte irgendwo mitten im Kriegsgebiet.

Joe fragte eine Krankenschwester, die gerade an ihm vorbeieilen wollte: »Wo finde ich eine Telefonzelle?«

»In der Eingangshalle, neben dem Snack-Automaten.«

Wenn Ric kein Mobiltelefon in seinem Bunker hatte, steckte Joe in der Klemme. Aber, verdammt noch mal, er musste etwas unternehmen, sonst würde er noch verrückt werden.

»Wie schön, dich zu sehen«, sagte Slade. Er saß auf der Terrasse, als Christine am späten Vormittag zur Ranch zurückkam. »Wie geht's der jungen Mutter?«

»Gut.« Christine setzte sich erschöpft auf die unterste Stufe und stützt ihren Kopf in die Hände. »Ich bin fix und fertig.«

»So siehst du auch aus«, sagte er und fügte theatralisch hinzu: »Was für eine kleine Geheimniskrämerin sie doch ist.«

Christine fand seine Bemerkung nicht witzig. »Marina hätte beinahe ihr Baby verloren.«

»Wie das den Pfadfinder freuen muss.«

Christine schwieg. Slade wusste schon mehr über die ganze verfahrene Sitution, als er hätte erfahren dürfen, denn sie vertraute ihm noch weniger als sich selbst. Im Augenblick ging es allein um Marina.

Und um ihr Baby.

Das Letzte, was Christine wollte, war, sich um Marina kümmern zu müssen. Reichte es denn nicht, dass ihr durch eine grausame Fügung des Schicksal zugemutet worden war, Kindermädchen für die schwangere Frau ihres Ex-Mannes in dem Krankenhaus spielen zu müssen, in dem sie ihr Kind verloren hatte? Nachdem Marina und das Baby außer Gefahr gewesen waren, hätte sie sich abwenden, wie immer ihre Gefühle unterdrücken und Joe die Sorge um Marina überlassen sollen. Aber das war ihr nicht gelungen. Auf halbem Weg zum Krankenhausausgang war sie von einer Flut von Erinnerungen überwältigt worden, die sie fast in die Knie gezwungen hätten.

Du kannst Marina jetzt nicht allein lassen. Noch ist sie nicht über dem Berg. Bring sie nach New York zurück, schick sie zu deinem Gynäkologen und erst dann kannst du die ganze Geschichte vergessen.

Denn sie hatte nichts mehr zu verlieren. Ihr Herz war bereits gebrochen.

»... ist wohl überglücklich wegen des Kindes.«

Christine schaute auf. »Was hast du gesagt?«

»Wie überglücklich dein Ex wegen des Kindes sein muss.«

»Das wären doch die meisten Männer«, sagte sie unverbindlich. Jemand, der den Familiennamen weiterführte, für den Fortbestand der Blutlinie sorgte. War das nicht für jeden Mann der heilige Gral?

»Und wie denkst du darüber, Schätzchen?«

Gefährliches Terrain. Sie musste vorsichtig sein. »Ich freue mich, dass es Marina gut geht.«

»Und was ist mit dem Baby?«

»Worauf willst du hinaus, Slade? Ich bin zu müde für deine Spielchen. Natürlich bin ich froh, dass Marina ihr Kind nicht verloren hat.«

»Das gibt ihrer Ehe ein ganz anderes Gesicht, meinst du nicht auch?«

»Die Ehe der beiden geht mich nichts an.«

»Warum bist du dann im Krankenhaus geblieben?«

»Weil mich Marina gebraucht hat.«

»Und wie ist's mit dem Pfadfinder? Wollte er auch, dass du dort bleibst?«

»Ich weiß nicht, worauf du hinaus willst, Slade. Jedenfalls gefällt mir diese Unterhaltung nicht«, sagte sie vorsichtig.

»Ich passe nur auf dich auf, Schätzchen«, sagte er mit einem strahlenden Lächeln, das ihr seltsamerweise das Blut in den Adern gefrieren ließ. »Dafür sind Freunde doch da, oder?«

Sie hätte abreisen können. In ihrer Handtasche steckte das Flugticket und ihr blieb noch Zeit genug, um rechtzeitig zum Flughafen zu kommen. Nichts hielt sie davon ab, ihre Koffer zu packen und alles und jeden hinter sich zu lassen. Im Abhauen war sie gut. Das hatte sie doch schon mal gemacht. Eine bewährte Methode, Schwierigkeiten auszuweichen.

Joes Frau war schwanger. Was das bedeutete, wusste jedes Mitglieder ihrer Familie und auch Dr. Serrano im Krankenhaus – und sogar Slade. Wenn Christine ihren angeborenen Verstand benutzte, würde sie sofort die größtmögliche Distanz zwischen sich und Joe legen.

Für sie beide gab es keine Zukunft. So viel war klar. Für ein paar Stunden auf dem Heuboden hatte sie geglaubt, es gebe für Joe und sie noch eine Chance. Aber jetzt war sie zur Vernunft gekommen. Dafür hatte Marinas Schwangerschaft gesorgt.

Trotzdem klammerte sich ein winziger, irrationaler Teil ihres Gehirns hartnäckig an die Hoffnung, dass die Situation nicht ganz so war, wie sie den Anschein hatte.

16

Drei Tage nach dem Fest anlässlich der Goldenen Hochzeit der Cannons saß Slade in einem Jumbo zurück zum Newark Airport. Kein Erster-Klasse-Luxus auf diesem Flug. Der kleine Junge war nach hinten zu den Billigfliegern verbannt worden. Aber das Airfone half ihm, sich die Zeit zu vertreiben.

»Am Flughafen wartet ein Krankenwagen auf sie«, erzählte er der Frau am anderen Ende der Leitung. »Sie wird ins …« Er warf einen Blick auf seine an den Rand des *People*-Magazins gekritzelten Notizen, »… St. Claire's Hospital in der Nähe von Hackettstown gebracht.«

»Trägt sie den Familiennamen ihres Mannes?«

»So weit ich weiß, ja.«

»Und wie ist ihr Mädchenname?«

»Tut mir Leid, Schätzchen. Ich habe nicht den blassesten Schimmer.«

»Das ist nicht viel, was du mir da an die Hand gibst, mein Freund«, seufzte die Frau. »Nicht einmal den Namen ihres Heimatlandes.«

»Mehr ging nicht, Schätzchen. Ich hatte nur ein paar Minuten, um in den Sachen des Mädchens zu stöbern. Mehr als diese Zeitungsausschnitte habe ich nicht gefunden.«

»Bist du noch unter derselben Nummer zu erreichen?«

Er wiederholte die Telefonnummer in Hackettstown und wies seine Gesprächspartnerin darauf hin, dass dies der Anschluss der Beteiligten sei. »Beeil dich, ehe der Pfadfinder Wind davon bekommt und unseren Ermittlungen einen Riegel vorschiebt.«

»Bald kannst du deine Turnschuhe gegen Guccis eintauschen, mein lieber Junge.«

»Sag ich doch.«

Ursprünglich war geplant, dass Joe seine Frau ins Krankenhaus bringen sollte. Als Marina jedoch hörte, dass Christine sie nicht begleiten würde, bekam sie einen derartigen Wutanfall, dass dieser Plan schnell verworfen wurde.

»Will das kleine Frauchen seinen Mann nicht bei sich haben?«, fragte Slade in einem Ton, der Christine durch und durch ging.

»Das ist eine rein weibliche Angelegenheit, dabei haben Männer nichts zu suchen«, sagte Christine. Eine lahme Ausrede, aber besser als die Wahrheit.

Ganz gleich, wie sie und Joe über die Situation dachten, beide stimmten darin überein, dass man Slade nicht allein im Haus lassen konnte, ohne eine Katastrophe heraufzubeschwören.

Also fuhr Christine mit Marina ins Krankenhaus und hielt während der unangenehmen Untersuchungen ihre Hand. In den sieben Jahren seit Christines Fehlgeburt hatte die Medizin zwar immense Fortschritte gemacht, aber dieses Gefühl, hilflos einer demütigenden Situation ausgeliefert zu sein, war unverändert geblieben.

Und dieses hilflose Ausgeliefertsein sah sie in Marinas Augen. Als der Arzt verkündete, Marinas Zustand sei stabil genug, um nach Hause gehen zu können, sackte die junge Frau in Christines Armen zusammen, als wäre ihr die Erleichterung eine unerträgliche Last. Christines Impuls, so viel Zeit und Raum wie möglich zwischen sich und diesen Schlamassel zu bringen, war heftig, aber sie blieb bei Marina sitzen, hielt ihre Hand und fragte sich, wie das alles wohl enden würde.

»Wir müssen wieder eine Haushälterin einstellen«, sagte Christine zu Joe, nachdem sie Marina ins Haus gebracht und versorgt hatte.

»Ich mochte Mrs. Cusumano.«

»So? Aber ich bezweifele, ob Mrs. Cusumano uns auch noch mag.« Haushälterinnen reagieren äußerst empfindlich, wenn sie fälschlicherweise des Diebstahls bezichtigt werden.

»Hast du eigentlich deinen Schmuck wieder gefunden?«

»Nein.« Bis zu diesem Augenblick hatte sie nicht einmal an die fehlenden Schmuckstücke gedacht. Ihr Leben war in den letzten Wochen derart in Aufruhr geraten, dass sie manchmal Mühe hatte, sich an ihren eigenen Namen zu erinnern.

»Ich habe mir überlegt, stundenweise eine Krankenschwester zu engagieren, die sich um Marina kümmert.«

»Was du machst, geht mich nichts an, Joe«, entgegnete Christine, schob ihren Stuhl zurück und stand auf. »Ich habe morgen eine Besprechung in der City. Es wird Zeit, dass ich ins Bett komme.«

Vor allem war es höchste Zeit, dass sie endlich wieder an ihre Karriere dachte. Eine brillante Karriere. Eine Zukunft, die sie gestalten und kontrollieren konnte.

Etwas, worauf sie bauen konnte und das sie nicht im Stich lassen würde.

In dieser Nacht schlief Christine nicht gut. So viel war passiert, seit sie das letzte Mal unter diesem Dach geschlafen hatten. Jedesmal, wenn sie die Augen schloss, fühlte sie Joes Arme um sich, seinen muskulösen Körper, die Schauder der Erregung bis hin zum Höhepunkt, der sie erschöpft und doch auf herrliche Weise beflügelt hatte.

Das geschieht mir nur recht, dachte sie am nächsten Tag während der Fahrt nach Manhattan. Mein Gehirn ist leer, mir fällt nichts Originelles mehr ein. Ich bin wie benebelt und kann mit der Welt nicht mehr Schritt halten, so als wäre nur mein Körper und nicht meine Seele nach New Jersey zurückgekehrt.

Das war ihre Strafe. Sie hatte mit dem Mann einer anderen

Frau geschlafen – auch wenn dieser Mann ihr Exmann war – und bekam jetzt nur, was sie verdient hatte. Selbst eine 14-Jährige hätte Joe die Story, er sei mit Marina nicht »wirklich« verheiratet, nicht abgekauft. Aber sie war zu verblendet, zu einsam und zu liebesbedürftig gewesen, um das zu begreifen.

Und wenn er doch die Wahrheit gesagt hat?, dachte sie. Wenn es wirklich nur eine Scheinehe und das Baby nicht von ihm ist?

»Träumerin«, sagte sie laut.

Der Chauffeur warf ihr im Rückspiegel einen Blick zu und fragte: »Ma'am?«

Christine setzte ihr automatisches Lächeln auf und sagte: »Würden Sie mich bitte wecken, wenn wir beim Studio angekommen sind?«

»Ja, Ma'am.«

Sie schloss die Augen, sah aber vor sich nur eine Zukunft, die wie ein endloser Highway durch die Wüste ins Nichts führte.

»Diese junge Frau ist unmöglich, Mrs. Cannon«, klagte die Krankenschwester. »Ich wollte sie mit einem feuchten Schwamm abreiben, da hat sie mich in die Hüfte getreten.«

Christine sank auf die oberste Verandastufe und verbarg ihr Gesicht in den Händen. Seit zehn Tagen versuchte sie in Manhattan die Vorbereitungen für ihre Show und in Hackettstown diese bizarre Situation unter einen Hut zu bringen.

Jetzt war sie mit ihrem Latein am Ende.

»Das heißt, Sie kündigen, nicht wahr?« Warum sollte diese Schwester länger aushalten, als die drei Pflegerinnen vor ihr?

»Sollte sie mich noch einmal treten, gehe ich sofort. In meiner Berufsbeschreibung steht nichts von körperlicher Misshandlung.«

»Gepriesen seist du«, flüsterte Christine, als die Schwester ins Haus zurückging. Und deine Kinder und Kindes-Kinder. Es war zwar nur eine Frage der Zeit, bis Marina auch diesen Menschen vergraulte, aber ihr war wenigstens eine Atempause gegönnt.

In dem Moment kam Joe mit Slade die Auffahrt hochgefahren. Die beiden hatten eingekauft; der Kofferraum war voller Lebensmittel. Slade schnappte sich das Bier, behauptete, er habe Rückenschmerzen, ging die Verandatreppe hoch und verschwand im Haus.

»Diesem Bastard hat der Rücken auch nicht weh getan, als er heute früh Liegestützen machte«, sagte Joe und lehnte sich ans Geländer. »Wenn er denkt …«

»Ich gehe«, sagte Christine plötzlich und ihre Worte überraschten sie offensichtlich ebenso wie Joe.

»Wohin gehst du?«

»So kann ich nicht weitermachen, Joe. Ich ziehe in meine Wohnung in Manhattan.«

Er hörte die Worte, begriff jedoch deren Sinn nicht. Ihre Augen sind grau, dachte er und starrte Christine an. Dunkel blaugrau wie das Meer an einem stürmischen Tag. Er konnte den Blick nicht von ihr lösen.

»Joe!«, sagte sie schneidend. »Hast du mich verstanden?«

»Nein«, entgegnete er. »Kein Wort.« Ein Stirnband hielt ihr Haar zurück. Sie war nicht geschminkt, trug abgeschnittene Jeans und ein T-Shirt mit der Aufschrift LIVE FREE OR DIE. In diese junge Frau hatte er sich auf den Stufen der New York University verliebt und tat es gerade wieder.

»Ich fahre heute Abend nach Manhattan zurück.«

Er runzelte die Stirn, wollte die Worte nicht begreifen. »Hast du morgen früh eine Besprechung?«

»Ich ziehe endgültig nach Manhattan. So kann ich nicht weiterleben. Diese Situation übersteigt meine Kräfte.«

»Soll ich noch eine Hilfe engagieren?«

»Darum geht es nicht, Joe.«

Christine war wegen Marina innerlich zerrissen, und das wusste er. »Nein, wir gehen. Ich habe noch meine Wohnung an der West Side.«

»Das ist lächerlich. Meine Wohnung ist bezugsfertig. Ich hatte sowieso nicht vor, für immer hier zu bleiben.«

Die Worte hingen zwischen ihnen in der Luft. Am liebsten

hätte er sie gepackt, wäre mit ihr ins Auto gestiegen und geflohen. Er wollte Marina und das Baby vergessen, alles vergessen, bis auf die Tatsache, dass sie einander wieder gefunden hatten.

»Und was wird aus Slade?«, fragte er.

Christine antwortete nicht.

Er presste die Kiefer zusammen. »Wird es nicht allmählich Zeit, dass er sich eine eigene Wohnung sucht?«

»Er hat eine Wohnung in L.A.«

»Und warum ist er nicht dort?«

Christine stieß einen lauten Seufzer aus. »Weil wir die Fotoserie für *Vanity Fair* machen müssen. Dann fliegt er nach L.A. zurück.«

»Er muss doch, verdammt noch mal, schon genug Fotos von dir haben.«

»Das geht dich überhaupt nichts an.«

Er wusste, dass er kein Recht hatte, sich in ihre Angelegenheiten zu mischen, ließ sich aber nicht davon abhalten und sagte: »Schlaf ja nicht mit ihm. Für dich ist er bei weitem nicht gut genug.«

Ihr Lachen klang schrill, fast hysterisch, als sie antwortete: »Wie Recht du doch hast«, sagte sie. »Da halte ich mich lieber an einen verheiraten Mann, dessen Frau schwanger ist.«

»Herrgott noch mal, Christine ...«

»Was willst du eigentlich von mir, Joe? Soll ich nebenher deine Geliebte sein, während du den stolzen Vater für Marinas Baby spielst? Diese Situation bringt mich um und ich will dieses Gefühl keine Sekunde länger ertragen.«

Ehe er reagieren konnte, lief sie schon barfuß die mit Kies bestreute Auffahrt hinunter. Was hatte er nur an sich, dass seine Frauen immer vor ihm davonrannten? Eins musste er Christine lassen: Trotz ihrer grazilen Figur wäre sie für jede Sportlerin eine ernsthafte Konkurrenz. Erst auf der Straße holte er sie ein.

»Chris! Bleib stehen ... lass mich ...«

Sie lief schneller.

Er auch. »Wir müssen miteinander reden, Chris.«

Ihr Vorsprung vergrößerte sich.

»Verdammtes Weib!«, brüllte er. »Ich liebe dich.«

»Scher dich zum Teufel!« Sie wusste immer eine Antwort, seine Christine.

Da blieb ihm nur eins zu tun.

»Bist du verrückt?«, schrie sie, als beide auf den Grasstreifen stürzten. Und dann prügelte sie mit Fäusten auf seine Schultern ein.

»Au!« Er versuchte, ihr auszuweichen, aber sie war unerbittlich. »Willst du mich umbringen oder was?«

»Ich *sollte* dich umbringen!«, schrie sie und schlug weiter auf ihn ein. Er hörte auf, sich zu wehren und wartete ergeben auf ihren nächsten Schlag. Aber es kam nicht nur einer, sondern ein halbes Dutzend. Und jeder tat mehr weh. »Du Bastard! Du verdammter fieser Scheißkerl!«

Als sich ihm eine Chance bot, packte er ihre Hände und drehte ihr die Arme auf den Rücken. »Diese Ehe wurde arrangiert und besteht nur auf dem Papier, Christie. Ich habe Marina ein paar Minuten vor meinem Ja-Wort kennen gelernt. Es ging allein um ihre Sicherheit, und dafür musste ich garantieren.«

»Sicherheit nennst du das?«, schrie Christine und befreite sich aus seinem Griff. »Verdammt, sie ist schwanger!«

»Nicht von mir.«

»Von wem denn sonst? Von einem Geist?«

»Kann sein. Ich weiß es nicht.«

Der Ausdruck in ihren grauen Augen veränderte sich, wurde weniger feindselig. In ihm regte sich Optimismus.

»Marina ist dein Problem, Joe, nicht meins. Ich will damit nichts zu tun haben.«

»Darum habe ich dich nie gebeten.«

»Aber Marina, und das ist noch schlimmer.«

»Ich erkläre ihr die Situation. Ich erzähl ihr von dem Baby und warum du uns verlassen willst. Sie wird das verstehen.«

Christine trat ihn gegen das Scheinbein. »Du Idiot! Einer

schwangeren Frau erzählt man doch nicht, dass die erste Frau eine Fehlgeburt hatte. Marina hat genug Sorgen und braucht nicht noch einen lebenden Beweis dafür, dass schlimme Dinge passieren können.«

»Marina hat schon viel Schlimmes erlebt, Christie. Vor ein paar Jahren wurde ihre Mutter vor ihren Augen ermordet.«

Er fühlte, wie ihre Kampflust nachließ und ihr Körper sich entspannte. »Oh, Gott …« Und dann: »Aber das ist keine Erklärung für alles andere, Joe. Verdammt, es erklärt nicht, warum du sie geheiratet hast.«

Er zögerte. »Wegen einer alten Schuld.«

»Einer alten Schuld«, wiederholte sie lachend. »Die meisten Männer begleichen alte Schulden mit Schecks. Du heiratest. Was für eine verrückte …« Christine verstummte. Er sah, dass ihr etwas dämmerte.

»Die Lawinen-Geschichte«, sagte sie mehr zu sich selbst. »Ich habe mich schon gefragt, warum es dir und Marina so peinlich war, als Suzanne dich danach gefragt hat.« Jetzt sah sie ihm in die Augen. »Du hast Ric gefunden?«

Ihre Worte klangen seltsam und irreal, als sie ihr über die Lippen kamen. Solche Dinge passierten in der Wirklichkeit einfach nicht. Ein Junge wurde nicht aus einer Lawine geborgen, um zwanzig Jahre später mit der Tochter seines Retters verheiratet zu werden.

Oder doch?

Joe wich ihrem Blick nicht aus. »Sechs Monate habe ich nach Ric gesucht. Und dann hat er mich eine Stunde vor meinem Rückflug am Flughafen abgefangen.«

»Was hat er getan? Hat er dich mit vorgehaltener Pistole gezwungen, seine schwangere Tochter zu heiraten?«

»Gib mir eine Chance, Chris, bitte.« Er fuhr sich mit der Hand durch sein dichtes dunkles Haar.

»Entschuldige«, murmelte sie verlegen. »Macht der Gewohnheit.«

»Er hat zwei seiner Männer geschickt, die mich zu einem ausgebombten Gebäude im Stadtzentrum gebracht haben. Du kennst die Lage dort. Er steckte in einer Zwickmühle. Er ist bereit, sein Leben für das Land zu geben, dessen König er einmal war. Aber er will nicht auch noch seine Tochter opfern. Er hat schon Helena verloren.«

Christine schaute auf ihre Hände. »Und du warst der Glückspilz.«

»Ja«, sagte er mit bitterer Ironie in der Stimme. »Ich war der Glückspilz.«

»Warum musstest du Marina heiraten? Du hättest sie doch einfach mit nach Amerika nehmen können.«

»Die Emigrationsgesetze dort stammen noch aus der Steinzeit. Nur eine – vorzugsweise mit einem Amerikaner – verheiratete Frau darf ausreisen.« Wieder fuhr er sich mit der Hand durchs Haar.

Christine musste unwillkürlich lächeln. »Ein widerstrebender Bräutigam und eine rebellische Braut. Das muss ja eine verdammt tolle Hochzeit gewesen sein.«

Joe sah sie an und sagte: »Nicht zu vergleichen mit unserer, Christie.«

»Nein«, sagte sie leise. »Das kann ich mir vorstellen.«

Zuerst überkam Christine ein unendliches Gefühl der Erleichterung, weil ihr allmählich klar wurde, dass Marina nur Joes Frau und nicht die Mutter seines Kindes war. Sie hätte sich damit abfinden können, dass er mit Marina verheiratet war, dass sie seine Geliebte war, aber niemals hätte sie akzeptieren können, dass eine andere Frau ihm ein Kind gebar.

Christine wusste, dass ihre Gefühle irrational und ungerecht waren. Aber dazu stand sie jetzt. Jahrelang war sie stolz auf ihre Selbstbeherrschung gewesen und darauf, wie es ihr gelungen war, ihre Gefühle zu kontrollieren. Denn diese Kontrolle über sich selbst machte es ihr erträglicher, mit ihrer Einsamkeit fertig zu werden.

Doch jetzt floss ihr Herz vor Liebe, Verlangen und Angst über. Und sie empfand ein unerwartet tiefes Mitgefühl für die ihrer Heimat beraubten schwangere junge Frau.

Joe erzählte ihr weiter, dass Marinas Leben in Gefahr sei,

weil die Revolutionäre, die Ric an der Machtergreifung hindern wollten, sogar Kontakte bis nach Amerika hätten. Deshalb dürfe Marinas Aufenthaltsort nicht bekannt werden.

»Ich glaube, Ric irrt sich«, sagte Christine. »Überall auf der Welt sind Unabhängigkeitsbestrebungen im Gang. Er wird den Freiheitskampf in seinem Land nicht aufhalten können.«

Dann hörte sie aufmerksam Joes Schilderungen zu, der kurz umriss, wie sich Ric die Zukunft seines Landes vorstellte, und musste schließlich zugeben, dass Rics Strategie Erfolg haben könnte. Juan Carlos war es gelungen, im Spanien der Post-Franco-Ära die etablierte Monarchie in eine Demokratie zu integrieren und damit das Land zu stabilisieren.

»Warum hast du mir das alles nicht schon früher erzählt«, fragte Christine mit neu entflammtem Zorn. »Hast du mir etwa nicht vertraut?« Sie wartete auf eine Antwort. »Joe. Sag was.«

Sie las die Antwort in seinen Augen. »Ich habe Ric mein Wort gegeben, Christine. Ich musste mein Versprechen halten.«

»Auch um den Preis, dass wir einander verlieren könnten?«

»Ich bin für Marinas Sicherheit verantwortlich und durfte kein Risiko eingehen.«

»Du vertraust mir nicht.«

»Das habe ich nicht gesagt.«

»Aber auch nicht geleugnet.«

»Willst du unbedingt die Wahrheit hören, Chris? Eine Prinzessin im Exil, die eine Scheinehe mit einem Amerikaner eingegangen ist, wäre doch der Hit für deine Show.«

»Du Scheißkerl!«, schrie sie und schlug ihn ins Gesicht. »Kennst du mich denn so wenig?«

Glaubte er wirklich, sie würde die junge Frau aus reinem Opportunismus kompromittieren? Würdest du es denn tun, Cannon? Bist du dir absolut sicher, dass du dir diese Chance entgehen lassen würdest?

»Du bist sehr ehrgeizig, Christine«, sagte Joe ruhig, fast

kühl. »Ich wusste einfach nicht, wie weit du für deine Karriere gehen würdest.«

»Nein, es geht darum, dass du nicht weit genug gegangen bist.«

»Wir hatten von Anfang an unterschiedliche Ziele.«

»Aber nur, was unsere beruflichen Perspektiven betraf.«

»Und willst du diese anderen Dinge immer noch, Christie?«, fragte er. »Ein Heim, eine Familie und alles, was dazu gehört?«

Sie sah ihm in die Augen und öffnete ihm ihr Herz. »Mehr, als du auch nur ahnen kannst.«

Bildlich gesehen verglich Marina ihre Schwangerschaft mit dem Leben in einem kleinen Land, das von feindlichen Staaten umgeben ist. Ständig verletzte jemand ihr Hoheitsgebiet und sie musste ihr Territorium verteidigen, um ihre Unabhängigkeit zu beweisen.

»Nehmen Sie das wieder mit!«, fuhr sie die Pflegerin an und schob das Tablett von sich. »Ich hasse Fisch. Bringen Sie mir Hähnchen in Soße mit Gemüse.«

»Ich bin Krankenschwester und keine Köchin«, empörte sich die junge Frau und stürmte aus dem Zimmer.

Wider Willen musste Marina die Selbstbeherrschung dieser Schwester bewundern. Sie zuckte nicht einmal zusammen, wenn ein Pantoffel gegen den Türpfosten klatschte. Ihre Vorgängerin war weinend zu Joseph gelaufen und hatte sich beklagt, noch nie im Leben so schlecht behandelt worden zu sein.

Das Baby bewegte sich in Marinas Bauch und sie strich geistesabwesend über die runde Wölbung. Sie war schwanger – erst allmählich begriff Marina, dass in ihr ein neues Leben heranwuchs. Joe hatte sie gefragt, wie es möglich sei, dass sie nichts von ihrer Schwangerschaft gemerkt habe. Da sie keine der üblichen Symptome wie das Aussetzen ihrer Periode, Übelkeit und andere Beschwerden gehabt hatte, war sie von der Diagnose ebenso schockiert gewesen wie Christine und Joe.

»Das muss aufhören, Marina.«

Christine stand im Türrahmen und sah die junge Frau vorwurfsvoll an.

»Ich hasse Fisch!«, entgegnete Marina und wurde vor Verlegenheit rot.

»Du musst an dein Baby denken.«

»Meinem Baby schmeckt Fisch auch nicht.«

»Sehr komisch«, sagte Christine und setzte sich auf Marinas Bett. »Hör mir gut zu, Kid. Ich habe gesehen, wie du vier Stück Pizza und noch eine Calzone verschlungen hast. Jetzt erzähl mir bloß nicht, dass in deinem Magen kein Platz für ein Seezungen-Filet ist.«

»Krieg ich denn nie, was ich will?«, fauchte Marina. »Ich möchte Hähnchen – keinen Fisch.«

»Letzte Woche wolltest du Lamm statt Hähnchen.«

»Ich bin schwanger«, sagte Marina und recke streitlustig ihr Kinn. »Und schwangere Frauen haben eigenartige Gelüste.«

Christine stützte den Kopf in ihre Hände und fragte: »Wie lange bist du schon schwanger? Seit zwei, drei Jahren?«

»So kommt es mir vor. Jetzt bin ich mehr denn je eine Gefangene in diesem Haus.«

»Wie außerordentlich schlimm für dich«, sagte Christine lakonisch. »Jetzt musst du allerdings Rücksicht auf deine Gesundheit ... und die des Babys nehmen.«

Marina musterte Christine aufmerksam. Irgendetwas war anders an ihr ... »Deine Augen«, sagte sie plötzlich. »Sie sind grau.«

»Blaugrau«, korrigierte Christine.

»Diese Farbe gefällt mir besser.«

»Tja, im Fernsehen kommt das Blau besser rüber.«

»Du änderst die Augenfarbe wegen eines Jobs?«

Christine entgegnete lachend: »Du sagst das, als hätte ich mich prostituiert.«

»Ist das nicht dasselbe?«

»Ich glaube nicht, Marina. Was ist verkehrt daran, wenn man sein Aussehen verändert?«

Marina zupfte an ihrem strähnigen braunen Haar. »Ich wüsste nicht einmal, wo ich damit anfangen sollte.«

»Wie wär's zuerst mal mit einer schicken Frisur. Du hast sehr schönes dickes Haar.«

»Es ist glatt wie Stroh.«

»Nach einem guten Schnitt würde es sich leicht wellen.«

»Meinst du?«

»Glaub mir«, sagte Christine. »In solchen Sachen bin ich Expertin.«

»Ich habe keine Geduld für Kosmetik und solche Dinge.«

»Weil du nicht weißt, wie man sie anwendet.«

»Meine Mutter war darin sehr geschickt.«

»Joe hat mir erzählt, was für eine schöne Frau sie war.«

»Ja. Sie war alles, was ich nicht bin.«

»Du hast andere Reize«, sagte Christine und tätschelte Marinas Bauch, »die offensichtlich jemand erkannt hat.«

»Zee liebt mich wegen meines Geistes«, entgegnete Marina errötend.

»So heißt er also.«

»Was?«

»Zee«, sagte Christine. »Natürlich habe ich mich gefragt, wer der Vater deines Kindes ist.«

»Das wollte ich dir nicht verraten.«

»Ich weiß. Aber ich bin froh, dass du es getan hast.«

Seltsamerweise war auch Marina froh darüber. Sie schleppte schon so lange Geheimnisse mit sich herum, dass sie manchmal dachte, sie müsse unter deren Last zusammenbrechen.

»Es war nicht meine Absicht, dir und Joe Probleme zu machen.«

»Joe und ich haben genug eigene Probleme. Du warst nur eins mehr in diesem Haufen.«

»Aber ihr seid euch nicht mehr böse.«

Christine schenkte ihr dieses strahlende Lächeln, um das Marina sie so beneidete. »Nein. Wir sind uns nicht mehr böse.«

»Er liebt dich«, sagte Marina und streichelte ihren Bauch.

»Wie willst du das wissen?«

»Der Ausdruck in seinen Augen, wenn er dich ansieht, verrät es mir. Diesen Blick habe ich gleich in der ersten Nacht gesehen, als wir in dein Schlafzimmer kamen.«

»Ich glaube, da hat er eher überrascht ausgesehen.«

»Nein«, sagte Marina kopfschüttelnd.

»Und was ist mit Zee?«, fragte Christine. »Siehst du ihn auch so an?«

»Ich träume von ihm«, sagte Marina, »und von meiner Heimat.« Bei diesen Worten spürte sie einen seltsamen Druck in ihrer Brust, eine Schwere, die ihr das Atmen erschwerte.

»Und diese Träume machen dich traurig?«

»Nein, die Träume sind schön«, sagte Marina und schüttelte den Kopf. »Aber ich habe das Gefühl, weder Zee noch meine Heimat je wieder zu sehen.« Sie schämte sich, weil ihr plötzlich Tränen über die Wangen liefen. Hastig griff sie nach einem Papiertaschentuch und schnäuzte sich.

»Du wirst nach Hause zurückkehren«, sagte Christine. »Sobald sich die politische Situation in deiner Heimat stabilisiert hat. Joe zieht Erkundigungen ein, während er in Washington ist.«

»Ich weiß«, sagte Marina, »aber mein Vater lebt im Untergrund. Wie will er da Neues erfahren oder ihn finden?«

»Du wärst überrascht, was Joe fertig bringt, wenn er sich einmal etwas in den Kopf gesetzt hat.«

»Ich weiß so wenig über ihn, obwohl wir …«

»… verheiratet sind«, vollendete Christine lächelnd den Satz. »Du kannst es ruhig aussprechen. Ich verstehe jetzt eure Situation. Aber ich glaube, du hast keine Ahnung, was für ein Mann Joe wirklich ist.«

Marina hörte aufmerksam zu, als Christine mit unverhohlenem Stolz Joes journalistische Leistungen und Auszeichnungen aufzählte.

»Aber er ist doch nicht reich, oder?«, fragte Marina. »Ich dachte immer, in Amerika führt beruflicher Erfolg automatisch zu Reichtum.«

»Leider ist das nicht immer der Fall. Weißt du, dein Mann

hat eine Schwäche für Verlierer und sozial Benachteiligte, auch wenn er deswegen seine Rechnungen nicht bezahlen kann.«

»Diese Seite kenne ich gar nicht an ihm«, sagte Marina und dachte über Christines Worte nach. Sie wusste, dass Joe Artikel für ein angesehenes Nachrichtenmagazin schrieb und auch an einem Buch arbeitete, aber darüber hinaus hatte sie nur verschwommene Vorstellungen, was Joe betraf. »Anscheinend hat er Bewundernswertes geleistet«, sagte sie.

»Mehr, als du ahnst«, entgegnete Christine und räusperte sich. »Ich verspreche dir, dass du deine Heimat und Zee und deinen Va...«

»Du verstehst mich nicht«, fiel ihr Marina ins Wort. »Diese Träume ... diese Gefühle sind eine Vorahnung.«

»Du glaubst also, dass dir etwas Schreckliches zustoßen wird?«

»Ja«, sagte Marina und beugte sich vor, so weit es ihr Bauch erlaubte. »Etwas Furchtbares.«

Christine tätschelte ihre Hand. »Diese Anwandlungen sind bei schwangeren Frauen etwas ganz Normales«, sagte sie irritierend fröhlich.

»Du weißt nicht, wovon du redest.«

»Doch, das weiß ich.«

»Das ist unmöglich.«

»Ich habe viele schwangere Frauen interviewt.«

»Aber die meinst du nicht, oder?«

»Nein«, sagte Christine leise. »Die meine ich nicht.«

Wieder liefen Marina Tränen über die Wangen. »Du und Joseph ...«

»Das ist lange her.«

»Das Baby ... was ist passiert?«

Christine zögerte und warf einen Blick zur Tür, als suche sie nach einer Fluchtmöglichkeit. »Ich war im fünften Monat schwanger«, sagte sie so leise, dass Marina Mühe hatte, sie zu verstehen. »Das Baby ... ich hatte eine Fehlgeburt. Es war ein kleiner Junge ... ein perfekter kleiner Junge.«

Marinas Hände fingen an zu zittern. Sie versteckte sie hinter ihrem Rücken. »Das tut mir so Leid.«

Der gehetzte Ausdruck wich aus Christines Augen, als sie Marina mitfühlend ansah. »Ach, Liebes, versteh mich bitte nicht falsch. Das Baby … die Fehlgeburt hatte bei mir physische Ursachen. Dir wird das nicht passieren.«

Auf keinen Fall wollte Marina Christine noch mehr Kummer bereiten. Deshalb setzte sie ein Lächeln auf und sagte, sie mache sich wirklich keine Sorgen, sei nur gefühlsduselig und benehme sich töricht. Christine solle sich keine Gedanken machen.

Christine schien überzeugt zu sein, denn sie sagte: »Ich sehe jetzt mal nach, ob noch ein Brathähnchen im Kühlschrank ist.«

»Das kann ich selber tun«, protestierte Marina und schwang ihre Beine aus dem Bett.

»Unter keinen Umständen«, sagte Christine streng. »Es sei denn, du willst dich mit mir prügeln.«

Marina wartete, bis sie Christines Schritte im Flur nicht mehr hörte. Dann stand sie auf, nahm von der Kommode Schreibblock und Stift und ging wieder ins Bett.

Die Welt ist ein viel gefährlicherer Ort, als ich mir vorgestellt habe, dachte sie und schrieb einen kurz gefassten Bericht auf ein Blatt liniertes Papier. Ohne näher über die Bedeutung ihrer Zeilen nachzudenken, überflog sie den Text noch einmal und nickte dann zufrieden. Sie faltete das Blatt und steckte es unter ihre Unterwäsche in die Kommodenschublade. Dann versuchte sie, nicht mehr an das Geschriebene zu denken.

Aber es war da – und wartete im Verborgenen.

17

»Möchten Sie Kaffee, Sir?«

Joe schaute zu dem lächelnden Steward im Washington, D.C.-Shuttle nach Newark hoch und schüttelte den Kopf. »Nein, danke. Ich bin von dem vielen Koffein schon völlig überdreht.« Er beobachtete, wie sich der Steward mit stereotypem Lächeln dem nächsten Passagier zuwandte, einem Typen in einem teuren, maßgeschneiderten Nadelstreifenanzug, an dem alles »Lobbyist« schrie.

Nach drei Tagen in der Hauptstadt war Joe verdammt gut darin geworden, solche Leute auf den ersten Blick zu erkennen. Man halte Ausschau nach einem modischen Haarschnitt, einem eleganten Aktenkoffer aus Leder und einer Ausstrahlung, die versprach, den Gewinn zu verdoppeln. Dann stand man mit Sicherheit jemandem gegenüber, der sein Geld mit dem Dealen von Beziehungen macht.

Nicht, dass Joe etwas dagegen hatte, auf Beziehungen zurückzugreifen. Wenn man etwas brauchte, wandte man sich eben an die Lobbyisten. Die kleinen Rancher hatten eine ziemlich effektive Lobby, die Joe mit einem Stapel Notizen und Telefonnummern versorgt hatte, die allein schon die Reise nach Washington wert gewesen waren. Es war ihm auch gelungen, den Staatssekretären von Nevada und Oklahoma das Versprechen abzuringen, ihm bei dem jährlichen Presse-Dinner nächste Woche in Manhattan ein offizielles Interview zu geben.

Leider waren seine Nachforschungen im Außenministerium weniger erfolgreich verlaufen. Er hatte sich eine Weile in den Foyers herumgetrieben, mit alten Freunden geredet und literweise Kaffee getrunken, bis er den Staatssekretär in Richtung Lift hatte gehen sehen.

Es war erstaunlich, was ein hartnäckiger Journalist zwischen Tür und Angel erreichen konnte. Der Staatssekretär hatte ihm erzählt, die Kämpfe in Marinas Heimatland zwischen den sozialistischen Aufständischen und den demokratischen Monarchisten seien so heftig, dass U.N.-Beobachter mit einem Ende des Bürgerkriegs innerhalb eines Monats rechneten. Wer allerdings gewinnen würde, wüssten nur die Götter.

»Ich kann Ihnen nichts versprechen«, hatte der Staatssekretär gesagt, als Joe ihm in die Cafeteria gefolgt war, »aber ich werde mich bemühen, in Genf Informationen über die aktuelle Lage zu bekommen.«

Joe lehnte sich im Sitz zurück und schloss die Augen. Er hatte dem Staatssekretär versichert, er rechne nicht mit einem Wunder, doch genau das brauchte er im Augenblick. Ein Wunder, um Ric inmitten eines Bürgerkriegs und ein noch größeres Wunder, um Zee, den Mann, den Marina liebte, ausfindig zu machen.

Und eines hatte Joe während der letzten Wochen gelernt: Wunder geschahen tatsächlich. Er und Christine hatten sich wieder gefunden, und wenn das kein Wunder war … Das Timing war verkehrt, die Umstände bizarr, aber er hatte das Gefühl, das Schicksal sei ihm wohl gesonnen.

Wäre er nicht schon mit einer schwangeren Prinzessin verheiratet gewesen, er hätte sich Christine geschnappt und vor den nächsten Altar geschleppt.

Diese Vorstellung war so absurd, dass er grinsen musste. Gleichzeitig gestand er sich ein, dass er angefangen hatte, Rics Tochter zu mögen. Dieses Mädchen hatte mehr Mumm, als er ihr zugetraut hatte. Er wusste, was es hieß, für die Underdogs zu kämpfen. Er hatte jedoch schon vor langer Zeit die Hoffnung aufgegeben, die Welt verändern zu können. Nicht so

Marina. In ihr brannte die Flamme der sozialen Gerechtigkeit. Sie und ihr Rebellen-Freund glaubten tatsächlich daran, das Unmögliche möglich machen zu können.

Die Schwangerschaft hatte ihren Lebensplan durcheinander gebracht, doch sie bekämpfte jede Schwäche in sich mit derselben grimmigen Entschlossenheit wie sie ihre Fluchtversuche geplant hatte. Marinas Courage war wirklich zu bewundern. Tausende Meilen von zu Hause entfernt, schwanger von dem Mann, den sie liebte und verheiratet mit einem Mann, den sie kaum kannte – dieses Kid war stärker als zehn Männer. Joe nahm sich dabei nicht aus.

Er und Marina schliefen noch immer im Gästezimmer. Da dieser verdammte britische Fotograf ständig herumschnüffelte, durften sie kein Risiko eingehen. Sollte Slade auch nur den geringsten Verdacht schöpfen, dass er und Christine ein Liebespaar waren, würden ihre Gesichter auf der Titelseite der *New York Post* prangen, und das wäre erst der Anfang einer unerbittlichen Hetzkampagne.

Joe musste sich ehrlich eingestehen, dass er gern für ein paar Tage verreist war. Die Anspannung, mit Christine im selben Haus zu sein, ohne sie berühren oder umarmen oder ihr die Dinge sagen zu dürfen, die er ihr sagen wollte, zerrte mächtig an seinen Nerven.

Sie müssten irgendwo allein sein können, ohne Slade und Marina und auch nicht in ihrem Haus in Hackettstown. An einem Ort, an dem sie nicht von der Vergangenheit eingeholt werden würden, damit sie herausfinden konnten, ob sie eine gemeinsame Zukunft hatten.

»Ich hätte nicht herkommen sollen«, murmelte Christine, als sie auf den Klingelknopf des Apartments 9D drückte. Der anonyme Telefonanruf war gegen Mittag gekommen. *Höchste Einschaltquote garantiert. 18:00 Uhr. Quelle verifiziert.* Die Adresse in der 72nd Street West sagte ihr nichts.

Obwohl sie drei Tage vor der Premiere ihrer Show bis an die Grenze ihrer Belastbarkeit gestresst war, konnte die Journalistin in ihr nicht widerstehen. »Wir schneiden morgen früh«, hatte die Aufnahmeleiterin gesagt, als sie ihre Sachen zusammensammelte und gehen wollte. »Matt wollte das schon heute Abend bis in die Nacht durchziehen.«

Christine hatte mit ihrem gelben Notizzettel gewedelt und gemeint: »Ein heißer Tipp. Mit dieser Story könnten wir alle Quoten brechen.«

Die vergangenen Wochen waren ein chaotisches Durcheinander von Besprechungen, Terminen und Lamaze-Kursen gewesen. Als Marina Christine gefragt hatte, ob sie sie bei der Schwangerschafts-Gymnastik unterstützen wolle, sträubte sich zunächst alles in ihr. Doch dann hatte sie tief Luft geholt, ein Lächeln aufgesetzt und Marina versprochen, für sie da zu sein. Während Marina zu Hause privat von einer Hebamme betreut wurde, besuchte Christine in Manhattan Gymnastikkurse unter dem Vorwand, Nachforschungen für ihre Show zu machen.

Und mitten in diesem ganzen Chaos gab es auch noch Joe. Er war Teil ihres Herzens konnte aber nicht Teil ihres Lebens sein. Nicht, solange Slade bei ihnen wohnte. Christine verbrachte immer mehr Zeit in Manhattan, um die Spannung zu lindern, die sie jedes Mal überkam, wenn Joe – ganz männliche Vitalität und Attraktivität – das Zimmer betrat. Sie begehrte ihn, sie brauchte ihn und sehnte sich nach ihm auf eine Weise, die jeder Logik widersprach. Sie waren verwandte Seelen, er war ihr Freund und das Objekt ihrer sexuellen Phantasien. Seit ihrer Rückkehr aus Nevada hatten sie wegen ihrer unmöglichen Situation kaum mehr als ein paar sehnsüchtige Blicke im Flur tauschen können.

Christine klingelte wieder. In der Gegensprechanlage knisterte es, dann Stille. Ungeduldig mit dem Fuß auf den Marmorfußboden tappend, wartete sie. Du bist reingelegt worden, Cannon, dachte sie. Jemand hat sich einen Scherz mit dir erlaubt. Sie wollte schon gehen, als der Türöffner summte. Eine Minute später stand sie im Lift und fuhr zum elften Stockwerk hoch. Der Lift hielt erst gut fünfzehn Zentimeter über dem Ausstieg. Christine schlüpfte aus ihren Pumps, sprang hinunter und verstauchte sich prompt den Knöchel.

Sie zog ihre Pumps wieder an, machte einen Schritt und schrie vor Schmerz auf.

»Verdammt!«, sagte sie und humpelte zum Apartment 9D. Ich werde einen großartigen Eindruck machen, dachte sie. Berühmte Talkshow-Moderatorin macht sich barfuß auf die Suche nach einem heißen Tipp. Ihr Knöchel schmerzte höllisch, aber es war ein herrliches Gefühl, keine Pumps anzuhaben.

Drei Minuten, dachte sie und drückte auf die Klingel. Einhundertachtzig Sekunden für die Story, sonst verschwinde ich wieder. Sie war müde und hungrig und wünschte sich, sie müsse nie wieder in ihrem Leben Pumps anziehen. Oder eine geistreiche Unterhaltung führen. Oder sich die Haare tönen lassen. Oder sich Gedanken um Kontaktlinsen, Kameraeinstellungen oder Einschaltquoten machen müssen.

Die Tür wurde geöffnet und sie stand Joe gegenüber. Er trug ein Paar eng anliegende Jeans und ein am Hals offenes Arbeitshemd. Seine Füße waren nackt, sein Haar war frisch gewaschen und in dem Ausdruck seiner Augen fand sie alles, was sie sich je gewünscht und nie geglaubt hatte, es bekommen zu können.

Er grinste wie an jenem ersten Tag, als sie sich auf der Treppe zur Bibliothek kennen gelernt hatten.

Sie grinste zurück und fühlte sich wie damals – vor so langer Zeit.

»Willst du den ganzen Tag da draußen stehen bleiben, oder kommst du rein?«

Sie tat, als würde sie einen prüfenden Blick auf die Apartment-Nummer werfen. »Ich kann mir nicht vorstellen, dass du der Typ mit der heißen Story bist, oder?«

»Könnte schon sein.«

Sie schenkte ihm ihr schönstes professionelles Lächeln. »Warum bittest du mich dann nicht rein?«

Er warf Christine über seine Schulter und machte die Tür zu.

»Lass mich runter, Joe!«, befahl sie lachend, als er sie ins Wohnzimmer trug. »Du kriegst einen Leistenbruch.«

»Dafür bist du zu dünn.«

»Sieht aber besser vor der Kamera aus.«

»Das hast du auch von den Kontaktlinsen behauptet«, sagte er und schaute ihr in die Augen. »Du trägst sie immer noch nicht.«

»Aber bald wieder.«

»Mir gefällst du ohne besser.«

»Du bist in der Minderheit.«

»Ganz gut.«

Er warf Christine auf die Couch und legte sich der Länge nach auf sie. Jetzt war sie seine Gefangene, seine freiwillige Gefangene. Sie sah ihm in die Augen und all die Jahre, die sie voneinander getrennt gewesen waren, existierten plötzlich nicht mehr. Dies war ihr Mann.

»Du hast mir so gefehlt«, sagte sie und bedeckte seinen Mund, seine Nase und seine Stirn mit Küssen. »Es ist grausam, mit dir zusammen zu sein ohne dich berühren zu dürfen.«

»Ich weiß«, stöhnte er, knöpfte ihre Bluse auf und streifte sie zusammen mit ihrem seidenen Jäckchen über ihre Schultern.

»Oh, Gott, Joe.« Als er mit dem Mund ihre Brustwarze umschloss, wölbte sie sich ihm entgegen. Sie war pure Lust, süße Leidenschaft und gefährliches Verlangen. Er saugte hart an ihrer Brust und sie spürte ein heftiges Ziehen tief in ihrem Leib, dem Zentrum ihrer Existenz.

Sie zog ihm das Hemd aus dem Hosenbund, gierte nach seinem Geruch und dem Gefühl seiner nackten Haut an ihrem Mund, an ihrem Körper.

Als sie nach seiner Gürtelschnalle griff, hielt er ihre Hand fest.

»Nicht hier«, sagte er.

»Doch.«

»Nein, im Bett.«

»Jetzt.«

Irgendwie fanden sie den Weg ins Schlafzimmer … zu dem breiten, einladenden Bett vor dem Fenster. Zusammen mit ihrer Kleidung warfen sie ihre Hemmungen ab, kamen zueinander wie beim ersten Mal vor vielen Jahren, mit Hoffnung und Freude und der Gewissheit, dass sich noch nie zwei Menschen je so geliebt hatten oder lieben würden.

Später saßen sie auf dem Fußboden im Wohnzimmer, aßen chinesische Speisen aus Pappkartons und sahen sich die Abendnachrichten an. Christine, frisch geduscht, hatte nur einen Slip und ein weißes Hemd von Joe an. Nie hätte er gedacht, dass er sein Hemd beneiden würde, aber er tat es. Das nasse Haar hatte sie sich glatt aus ihrem makellos schönen Gesicht zurückgekämmt. Er begehrte sie wieder.

»Möchtest du Moo Shu-Schweinefleisch oder Kung Po-Hähnchen?«, fragte sie.

Er setzte sich näher zu ihr. »Dich.«

»Ich stehe nicht auf der Speisekarte.«

Mit der Zunge folgte er der Linie ihrer Wade. »Das solltest du aber.«

»Du bist unersättlich«, sagte sie und lächelte wohlig.

»Ist das ein Vorwurf?«

Christine nahm einen Happen Kung Po-Hähnchen und schüttelte den Kopf. »Oh, nein. Keineswegs.«

»Bleib heute Nacht hier, Christine,« sagte er drängend. »Vielleicht ist es das letzte Mal für lange Zeit.«

Christine legte ihre Gabel hin und sah Joe an. »Was sollen wir nur tun, Joe?«, fragte sie leise. »Was wird aus uns?«

»Wir werden zusammenleben«, sagte Joe und nahm sie in die Arme. »Darauf kannst du dich verlassen.«

Christine versteifte sich und wich zurück. »Wir können uns auf gar nichts verlassen. Da sind Marina und das Baby und Slade … Weiß Gott, wie das alles enden wird.«

»Glücklich«, sagte er. »Es wird ein Happy End geben.«

»Du glaubst noch immer an Wunder, wie?«, fragte Christine, traurig lächelnd.

»Wir sind doch zusammen, oder nicht? Wenn das kein Wunder ist, dann weiß ich nicht.«

»Zusammen zu bleiben, das wäre ein Wunder.«

Er lehnte sich gegen das Sofa und drückte sie an seine Brust. »Wir werden nicht noch einmal dieselben Fehler machen.«

»Wie willst du das wissen?« Ihre Stimme klang gedämpft. »Wir haben noch immer dieselben Probleme.«

»Du meinst Kinder?«

Christine nickte. »Ich kann keine kriegen. Du aber solltest welche haben.«

»Ich kann auch ohne Kinder leben.«

»Dessen kannst du dir nicht sicher sein.«

»Ich möchte den Rest meines Lebens mit dir verbringen, Christine. Wenn Kinder nicht dazu gehören, dann ist es eben so.«

»Und wenn du deine Meinung änderst?«

»Ich werde meine Meinung nicht ändern.«

»Das kannst du nicht wissen.«

»Hätte ich Kinder gewollt, hätte ich schon längst welche. Wir waren sechs Jahre getrennt. In dieser Zeit hätte ich eine Familie gründen können.«

Christine zuckte bei seinen Worten zusammen und senkte den Kopf.

»Verdammt noch mal.« Er schob sie von sich, um ihr ins Gesicht sehen zu können. »Ich liebe dich. Ich habe dich vom ersten Augenblick an geliebt, als ich dich auf der Treppe zur Bibliothek stehen sah. Nichts hat sich daran geändert, Christine. Nichts in all den Jahren.«

In ihren Augen glänzten Tränen, aber das hielt ihn nicht auf. Nichts hätte ihn jetzt aufhalten können, selbst wenn sein Leben davon abhinge. »Du hast mich verlassen. Nicht ich dich.« Er stand auf und fühlte die seit Jahren aufgestaute Wut in seiner Brust, dem Explodieren nahe. »Du hast unsere Ehe einfach wie Müll weggeworfen. Ich war's nicht, Chris. Ich wollte den langen Weg mit dir gehen. Du bist ausgebrochen.«

Er spürte, wie sich seine Brust zusammenzog, ging zum Fenster und atmete ein paar Mal tief durch.

»Ich hab's für dich getan«, sagte sie und trat hinter ihn. »Ich bin gegangen, damit du ein Leben führen kannst, wie es dir gebührt.«

»Wie, verdammt noch mal, konntest du bestimmen, was gut für mich ist? Wir haben unser Kind verloren. Wir hätten nicht auch noch unsere Ehe aufgeben müssen.«

»Du hast nicht mit mir geredet, Joe. Ich musste über das Baby reden, aber du hast dich mir verschlossen und mir deine Gefühle nicht gezeigt.«

»Was glaubtest du denn, wie ich mich fühlte? Er war auch mein Sohn. Ich habe ihn genauso geliebt wie du.«

»Das hättest du mir sagen müsen.«

»Du hättest es wissen müssen.«

Diese Worte trafen Christine unvorbereitet und ihr war, als würde sie von allen Seiten mit Gefühlen bombardiert. »Darüber habe ich … nie nachgedacht«, gestand sie stockend.

»Das weiß ich«, sagte er. »Das ist eines der Missverständnisse, die uns damals getrennt haben.«

Christine streckte die Hand nach ihm aus, aber jetzt wich er zurück. Sie ließ ihren Arm sinken und sagte: »Ich wünschte mir, ich wäre nie schwanger geworden. Es hat so weh getan … wie haben wir uns auf das Kind gefreut, es dann zu verlieren … alles zu verlieren.«

»Du hast mich ausgeschlossen, Christine. Dein Kummer war so groß, dass ich dich nicht mehr erreichen konnte. Und das hat mich zu Tode erschreckt. Dir haben deine Freunde und deine Familie geholfen. Du hast mich nicht gebraucht.«

Mit tränenerstickter Stimme entgegnete sie: »Ich habe dich mehr gebraucht als je zuvor, Joe. Aber du warst nie da. Nachts habe ich wach gelegen und darauf gewartet, dass du nach Hause kommst, mich in die Arme nimmst und mir sagst, dass alles gut wird. Aber du …«

»… bist nicht heimgekommen«, vollendete er ihren Satz, fuhr sich mit der Hand durchs Haar und schaute zum Fenster hinaus. »Ich war zu sehr damit beschäftigt, jeden irischen Pub in Manhattan leer zu trinken.«

»Ich habe mich gefragt, ob du eine andere … habe es beinahe gehofft.«

»Für mich hat es nie eine andere Frau gegeben, Christine.«

»Das weiß ich erst jetzt«, flüsterte sie.

»Hast du mich deswegen im Unklaren gelassen, ob es einen anderen Mann für dich gibt?«

Christine nickte und entgegnete kläglich: »Ich wollte es uns beiden leichter … ein Ende machen, ehe alles hässlich wird.«

»Am liebsten hätte ich dich umgebracht«, sagte er in einem Ton, der sie erschaudern ließ. »Als ich mir vorgestellt habe, du liegst in den Armen irgendeines Affen, wäre ich am liebsten losgerannt, hätte dich gesucht und meine Hände um deine Kehle …« Er verstummte abrupt, so als könnte er die entsetzliche Bedeutung seiner Worte nicht ertragen.

»Sag's«, drängte ihn Christine. »Ich will wissen, was du damals gefühlt hast. Wenn es eine Zukunft für uns geben soll, wenn wir es gemeinsam schaffen wollen, müssen wir von Anfang an ehrlich zueinander sein.«

»An dem Abend, als du mich verlassen hast, habe ich eine Frau kennen gelernt«, sagte Joe. »Sie war blond und schön. Für einen Drink und ein paar nette Worte ist sie mit mir gegangen.«

»Hast du mit ihr geschlafen?«, fragte Christine und dachte: Ich habe kein Recht, eifersüchtig zu sein. Dieses Recht habe ich verloren, als ich Joe verlassen habe.

»Ich hab's versucht«, sagte er und sah ihr in die Augen. »Wenn man dich mal gekannt hat, Christine Anne Cannon, kriegt man mit anderen Frauen Probleme.«

»Ich möchte nicht mehr darüber reden«, sagte sie und wandte den Blick ab.

»Du hast doch auch nicht die ganze Zeit enthaltsam gelebt, oder?«

Das war eine Feststellung, keine Frage. Auf ihr lastete das

Gewicht ihrer Fehler, die sie nicht mit einem Achselzucken abtun konnte. Aber sie antwortete nicht.

»Ja«, sagte er nach einer Weile. »Das habe ich mir gedacht.«

Schweigen senkte sich über beide. Christine wusste nicht, ob dieses Schweigen sie trennen oder einander näher bringen würde.

»Ich habe nie aufgehört, dich zu lieben, Joe«, sagte sie nach einer Weile, als sie dieses quälende Schweigen nicht länger ertragen konnte. »Keinen Augenblick lang.«

»Ich habe versucht, dich zu vergessen«, sagte Joe und fuhr sich wieder mit dieser vertrauten Geste durchs Haar. »Aber du warst immer bei mir. Ständig musste ich daran denken, wie es mit uns hätte werden können.«

»Liebst du mich?«, flüsterte sie.

»Habe ich dir das nicht erst vor ein paar Minuten gesagt?«

Mit einer ungehaltenen Bewegung wischte sie seine Frage beiseite. »Ich will wissen, ob du mich *jetzt*, in diesem Augenblick liebst.«

»Verdammt, was denkst du denn?«

»Ich will nicht denken. Ich will, dass du es mir sagst. Wenn du mich liebst, möchte ich diese Worte hören, ehe wir weiter …«

Er riss sie an sich und presste seine Finger hart in das weiche Fleisch ihrer Oberarme, aber sie spürte den Schmerz nicht, sondern nur das heftige Pochen ihres Herzens und dass eine unbändige Hoffnung durch ihren Körper strömte. »Ich liebe dich, Christine. Ich habe dich immer geliebt, und verdammt noch mal, werde dich immer lieben.«

Die Stirn an seine Schulter gelehnt, atmete sie seinen Duft ein. Ich könnte bis ans Ende meines Leben so dastehen und dann glücklich sterben, dachte sie.

»Wir sind nicht mehr dazu gekommen, das alles aufzuessen«, sagte Christine am nächsten Morgen, als sie die Pappkartons in den Mülleimer warf. »Guten Morgen Amerika«, dröhnte es aus dem Fernseher am Ende der Küchentheke.

Joe zwinkerte ihr über den Rand seiner Kaffeetasse zu und fragte: »Tut dir das etwa Leid?«

»Was meinst du denn?«, entgegnete sie lächelnd, umrundete die Theke und legte ihm die Arme um den Hals. »Ich hasse es, dich jetzt verlassen zu müssen.«

»Dann bleib doch.«

»Das geht nicht. Ich kann nicht in denselben Klamotten wie gestern im Studio auftauchen.«

»Fällt den Leuten so was auf?«

Christine verdrehte die Augen und sagte: »Alles wird registriert. Außerdem ist Slade da. Ihm entgeht nichts. Manchmal denke ich, er weiß mehr über mich als ich selbst.«

»Das gefällt mir nicht«, sagte Joe und runzelte die Stirn.

Christine küsste ihn auf den Kopf. »Du bist eifersüchtig«, stellte sie fest. »Wie schön.«

»Ich bin nicht eifersüchtig. Ich glaube einfach nur, dass man diesem Scheißkerl nicht trauen kann.«

»Slade ist nicht so übel«, meinte Christine und schlüpfte in ihre Jacke. »Er ist ehrgeizig, er ist arm und er ist talentiert.«

»Eine gefährliche Mischung.«

»Und er mag mich. »

»Noch schlimmer.«

»Du musst dir keine Sorgen machen«, sagte sie und nahm ihre Handtasche von der Theke.

»Ich sorge mich nicht um mich, sondern um dich, Christine. Der Kerl ist skurpellos.«

»Ach, um Himmels willen, Joe. Warum soll ich …«

Beide sahen es gleichzeitig. Rics Gesicht füllte, zwar verschwommen, aber erkennbar, den Bildschirm.

»Was, zum Teufel …«, rief Joe und stellte den Ton lauter.

»… Aufenthaltsort ist unbekannt. Seit die Rebellen letzte Nacht die Stadt in ihre Gewalt gebracht haben, gibt es nur noch spärliche, unbestätigte Informationen über die Lage. Mehr darüber in den Abendnachrichten mit Peter Jennings.«

»Marina«, sagte Christine. »Hoffentlich hat sie diese Sendung nicht gesehen.«

Joe schaltete den Fernseher aus. »Ich fahre sofort nach Hackettstown.«

»Ich würde ja mitkommen, aber …«

»Fahr ins Studio«, sagte er und küsste sie. »Ich kümmere mich darum.«

Im Studio wartete Sandy, die Aufnahmeleiterin, schon händeringend auf Christine. Und Slade war auch da.

»Wo, zum Teufel, hast du gesteckt?«, brüllte Sandy. »Hier ist die Hölle los und du fragst nicht mal nach, ob es was Neues gibt.«

»Ich habe gestern doch einen heißen Tipp gekriegt und war die ganze Nacht unterwegs, um der Spur nachzugehen«, entgegnete Christine ruhig und lächelte Slade kurz zu.

»Ist die Story gut?«, fragte Sandy mit leuchtenden Augen.

»Das hatte ich gehofft, aber leider hat's nicht geklappt.«

»Verdammt«, schimpfte Sandy und zündete sich eine Zigarette an. »Wir brauchen was Geiles, um die Show aufzupeppen. Sie ist einfach noch nicht gut genug.«

»Doch, das ist sie, Sandy«, widersprach Christine. »Vor allem das Interview mit der First Lady, in dem es um ihre Einstellung zur Abtreibung geht.«

»Nicht spritzig genug.«

»Verdammt, das ist eine Spitzenstory!«

»Aber langweilig. Wir brauchen was Saftiges wie die Casting-Couch-Story, die du in L.A. gemacht hast.«

»Die war dir doch zu anrüchig.«

Sandy donnerte mit der Faust auf den Schreibtisch. »Verdammt, das war sie auch! Bring mir was, das nach einem Skandal riecht.«

Christine unterdrückte den Impuls, der Aufnahmeleiterin eine Ohrfeige zu geben. Alle wussten, dass sie mit einer heißen Story die Nielsen-Einschaltquoten erreichen würden. Aber sie hatte gehofft, ihrer Show einen mehr jounalistischen Hintergrund verleihen zu können. Seriöser zu sein.

»Das Originalkonzept lautete doch: Berichte über VIPs mit

sozialem Gewissen. In der Art, wie ich meine Artikel geschrieben habe.«

»Das haben zumindest die kleineren der uns angeschlossenen Sender verlangt«, gab Sandy Christine Recht. »Aber ich sage dir, damit locken wir in einem dieser gottverlassenen Kaffs niemanden vor den Fernseher.«

»Verdammt, willst du jetzt noch das Konzept ändern, Sandy?«, fragte Christine wütend. Sie ignorierte Slades lebhaftes Interesse an dieser Diskussion und warf einen Blick auf die Wanduhr. »Wir gehen in weniger als sechsunddreißig Stunden auf Sendung.«

»Hör mal, Christine«, sagte Sandy. »Ich sag's dir klipp und klar: Wir haben gestern Abend *TV Guide* und *USA Today* den Rohschnitt gezeigt und bei denen ist die Show nicht gut angekommen.«

»Was habt ihr getan?«, explodierte Christine. »Warum wurde das nicht mit mir abgesprochen?«

»Du warst nicht zu erreichen und hast nicht angerufen«, schoss die Aufnahmeleiterin zurück. »Wir haben alles versucht, dich zu kontaktieren.«

Christine ignorierte diesen Vorwurf und sagte: »Dann nehmen wir eben den Beitrag über Sex am helllichten Tag wieder rein. Stars von Seifenopern locken immer Zuschauer an.«

»Nicht gut genug.«

»Okay. Wir haben noch die Story Sex und Tennis. Das Video ist fertig geschnitten. Ich muss nur noch den Kommentar schreiben und im off sprechen. Das ist machbar.«

Sandy verzog das Gesicht. »Diesen Beitrag nehmen wir vielleicht nächste Woche ins Programm. Aber jetzt brauchen wir was Brandheißes. Slade hat mir von einem Gerücht erzählt, das zu den Nachrichten von heute früh im Fernsehen passt. Wenn du es schaffst, etwas über diese verschwundene Prinzessin auszugraben, hätten wir was Sensationelles.«

Christines Magen krampfte sich zusammen. Bleib cool, Cannon.

Du hast schon schwierigere Situationen als diese durchgestanden, ermahnte sie sich und meinte lächelnd zu Slade: »Ist Prinzessin Margaret mal wieder untergetaucht?«

»Nein«, sagte dieser, ordnete seine schlacksigen Glieder und stand auf. »Die Story spielt mehr in deiner Nähe.«

Bittere Galle brannte in Christines Kehle. »Du verheimlichst mir etwas, mein Freund«, sagte sie und ihr Blick war genauso herausfordernd wie seiner. »Lass mal hören.«

»Wie gesagt, noch ist es ein Gerücht. Nichts Konkretes, Schätzchen. Ich habe nur hier und da was aufgeschnappt.«

»Bleib dran«, sagte sie. »Vielleicht gräbst du was aus.«

Unter dem Vorwand, sich das Interview mit der First Lady noch einmal ansehen zu wollen, ließ Christine die beiden allein und raste in ihre Büro. Dort griff sie zum Telefon und rief in Hackettstown an. Marina schlafe noch, die Haushälterin sei beim Einkaufen und Joe noch nicht da, erzählte ihr die Krankenschwester.

»Kann ich etwas ausrichten, Mrs. Cannon?«

»Nein«, sagte Christine und geriet immer mehr in Panik. »Ich rufe noch mal an.«

Da bemerkte sie eine Bewegung an der Tür und als sie sich umdrehte, sah sie Slade am Rahmen lehnen.

»Herrgott noch mal, hast du mich erschreckt!«, rief sie und rang nach Fassung. »Wie lange stehst du da schon?«

»Noch nicht lange«, sagte er und trat ins Büro.

Christine setzte ihr einstudiertes Lächeln auf und fragte: »Willst du den berühmten TV-Star auf der Jagd nach Einschaltquoten fotografieren?«

Er setzte sich und legte die Beine auf ihren Schreibtisch. »Eigentlich will ich nur wissen, warum du so lange gebraucht hast, Schätzchen.«

»Du meine Güte«, sagte sie, gequält lachend. »Geht die Welt denn unter, wenn ich einmal zu spät zur Arbeit komme?«

»Das wollte ich damit nicht sagen.«

»Hab ich mir doch gedacht. Also, worum geht's?«

»Um die schwangere Prinzessin. Ich frage mich schon die

ganze Zeit, wie lange du noch brauchst, bis du dahinter kommst.«

Leugnen war sinnlos. »Wie lange weißt du es schon?«

»Seit zwei Wochen«, entgegnete er grinsend. »Du siehst überrascht aus.«

»Nur, weil du's für dich behalten hast.«

»Du willst mich doch nicht etwa ausbooten, oder, Chris, Schätzchen? Das ist eine Mega-Story. Supergeil. Wir können uns zusammentun und einen Hit in deiner Show landen.«

Doch Christine ließ sich von Slades Begeisterung nicht anstecken. Sie blieb cool. Loyalität war für Slade ein Fremdwort. Er war vom Ehrgeiz zerfressen. So war's nun mal. Auch sie war ehrgeizig und es wäre eine Lüge gewesen, hätte sie gesagt, dass sie diese Weltklasse-Story, die ihr förmlich in den Schoß gefallen war, nicht verlockend fand.

»Wäre das nicht etwas voreilig?«, fragte sie vorsichtig. »Wir können unmöglich genügend Informationen zusammentragen, um damit morgen für Schlagzeilen zu sorgen.«

»Marina lebt in deinem Haus«, setzte Slade nach. »Du hast sie in der Hand.«

»Denk daran, dass sie schwanger ist«, gab Christine zu bedenken. »Ich bin genauso gierig auf diese Story wie du. Aber ich möchte keine Fehlgeburt auf dem Gewissen haben.«

»Du lässt zu, dass dein Privatleben dein Urteilsvermögen beeinträchtigt, Schätzchen. Ich bin enttäuscht.«

Christine stand auf und ging zum Fenster. Wie tief unten die Straße doch vom vierzehnten Stock aus ist, dachte sie. Slade hat Recht. Diese Story war für Einschaltquoten Gold wert und würde garantiert auch diese Nielsen-Zuschauer, ihre schlimmste Konkurrenz, vor die Glotze locken.

Sie könnte Slade diese Story ins Fernsehen bringen lassen und dann in ihrer eigenen Show ein Feature bringen, das Marina schützen und gleichzeitig ihren eigenen Platz an der Spitze des Feldes sichern würde. Verdammt, schließlich hatte nicht sie das Mädchen geheiratet und nach Amerika, ins Land der Fernseh-Reporter und Paparazzi gebracht. Joe musste gewusst haben, welches Risiko er einging, als er Marina im selben Haus mit einer berühmten Journalistin und einem ehrgeizigen Fotografen unterbrachte.

Wenn die Story sowieso publik wurde, warum sollte es dann nicht sie sein, die den Ruhm dafür einheimste?

Ihre Gegensprechanlage summte. »Das Tonstudio wartet auf dich, Chris«, sagte ihre Assistentin.

»Also, wie entscheidest du dich, Schätzchen?«, fragte Slade. »Geben wir uns mit Bronze zufrieden oder soll ich mir allein die Goldmedaille holen?«

»Ich brauche Zeit«, sagte Christine. »Zuerst muss ich in den Schneideraum und dann mit den Beauftragten der angeschlossenen Sender reden.«

»Die Uhr tickt, Schätzchen.«

»Wir treffen uns um vier«, sagte sie und griff nach ihrer Handtasche. »In meiner Wohnung.«

»Wir sind aus dem gleichen Holz geschnitzt, Schätzchen«, sagte Slade nüchtern. »Wenn ich die Story nicht bringe, wirst du es tun. Dann springt für mich nichts dabei raus.«

»Vertrau mir, Slade«, sagte sie und küsste ihn auf die Wange. »Ich lasse dich nicht im Stich.«

Slade schaute Christine nach, als sie den Flur entlangeilte. Wie sexy sich ihr kurzer dunkelblauer Rock über ihrem knackigen Hintern spannt, dachte er. Schade, dass die meisten ihrer Fans nicht wussten, dass sie den schönsten Arsch von allen Weibern in dieser Branche hat.

»Du kapierst es einfach nicht, wie, Schätzchen?«, sagte er laut ins leere Büro hinein. Denn dieses Mal hielt er alle Trümpfe in der Hand und nicht Christine. Sie besaß zwar ihren Namen, aber er die Fotos. Und diese Fotos würden ihn sehr reich machen.

Er hatte diese Geschichte so lange wie möglich für sich behalten, doch jetzt überkam ihn die Gier. Über Storys dieser Art stolperte man nicht jeden Tag und auf keinen Fall wollte er, dass ihm ein anderer gieriger Fotograf, direkt vor seiner englischen Nase, die Rosinen aus dem Kuchen klaute.

Der schwarze Reporter, Terry Lyons, würde seine Mutter an die Boulevardpresse verkaufen, wenn der Preis stimmte. Ginge es nicht um Christine, hätte er sich schon längst ans Telefon gehängt und mit der Presse über sechsstellige Summen für die Rechte an dieser Story verhandelt. Aber wegen Christine war die Sache nur noch verworrener geworden.

Es passte ihm nicht, dass sie sich mit dem Pfadfinder eingelassen hatte. Dieser blöde Scheißkerl bildete sich ein, seine Gefühle für Christine verbergen zu können, aber selbst ein Blinder würde die knisternden Funken zwischen den beiden mitbekommen. Was für eine Verschwendung, dachte er. Sie hätte was Besseres verdient als diesen ausgebrannten Auslandskorrespondenten. Aber Christine hatte sich für Joe entschieden. Er konnte nur hoffen, dass der Sex mit ihm besser war, als ihre Zukunftsaussichten.

Christine hatte zwar seinen Verdacht, Marina betreffend, bestätigt, aber er brauchte noch ein paar hieb- und stichfeste Beweise, ehe er die Bombe platzen ließ. Auch deshalb hatte er zugestimmt, als Christine ihn gebeten hatte, ihr Zeit zu geben, eine Entscheidung zu treffen.

Ganz gleich, ob Marina nun der Mittelpunkt einer schlüpfrigen ménage à trois mit Christine und Joe war oder eine echte Prinzessin, die ein Prinzlein gebären würde und deren Vergangenheit selbst mit den Affären einer Stephanie von Monaco konkurrieren konnte – für Slade spielte das keine Rolle.

Seine Zukunft war auf jeden Fall gesichert.

18

»Christine!« rief Marina überrascht. Sie lag auf der Couch im Wohnzimmer. »Was machst du denn hier?« Ihr Gesicht war jetzt voller als noch vor ein paar Tagen und dadurch weicher geworden.

»Ich dachte, ich komme mal zum Mittagessen vorbei«, meinte Christine. »Du siehst gut aus, Marina. Wie geht es dir?«

»Fett bin ich geworden«, sagte die junge Frau und strich sich das Haar aus dem Gesicht. »Aber der Arzt ist mit mir zufrieden und meint, ich hätte jetzt endlich mein den Umständen entsprechendes Gewicht.«

Christine spürte einen Anflug von Neid, verdrängte ihn jedoch. »Ist Joe da?«

»In der Küche«, antwortete Marina lächelnd und fragte dann beunruhigt: »Ist was passiert?«

»Nein. Wieso? Ich muss nur was mit ihm besprechen.«

»Gestern Abend habe ich einen Werbespot für deine Show im Fernsehen gesehen. Ich fand's toll.«

»Dein Wort in Gottes Ohren«, sagte Christine und ging in die Küche.

Joe stand am Fenster und aß ein Sandwich mit Erdnussbutter und Marmelade. »Was ist los?«, fragte er sofort.

»Slade weiß alles.«

»Das kann doch nicht dein Ernst sein!«

»Mir ist nicht nach Scherzen zumute.«

»Wie viel weiß er?«

»Genug für eine überzeugende Story, die ihm jeder Redakteur abkaufen würde.«

»Hast du seinen Verdacht bestätigt?«

»Nicht direkt, aber er hat mich überrumpelt, Joe. Leugnen wäre sinnlos gewesen. Er will, dass ich die Geschichte in meiner Show bringe.«

»Wie denkst du darüber?«, fragte er. »Das wäre doch ein verdammt guter Einstieg, nicht wahr?«

»Ja«, sagte Christine, ohne den Blick abzuwenden. »Mit garantiert hoher Einschaltquote.«

»Findest du das nicht verlockend?«

»Und ob! Deshalb rate ich dir, mit Marina so schnell wie möglich von hier zu verschwinden.«

»Bist du dir ganz sicher?«

»Ich war mir noch nie in meinem Leben so sicher.«

Sie sah es in seinen Augen: Liebe und noch etwas anderes, etwas Unerwartetes. Respekt.

»Ich bin genauso überrascht wie du, Joe. Das habe ich mir selbst nicht zugetraut.«

Später würde sie Zeit haben, diesen Respekt zu genießen, doch jetzt gab es Wichtigeres zu besprechen. Marina musste in Sicherheit gebracht werden. Der Anschlag auf das World Trade Center hatte den meisten Amerikanern bewusst gemacht, dass Terror nicht auf die Staaten der Dritten Welt beschränkt ist. Ric hatte Angst um das Leben seiner Tochter gehabt und sie deshalb aus ihrer Heimat verbannt.

Während Joe schnell sein Sandwich aufaß, heckten beide einen Fluchtplan aus.

»Bestimmt ist Slade schon auf dem Weg hierher«, sagte Christine und packte Marinas Koffer. »Ich versuche, ihn aufzuhalten, aber ihr müsst euch beeilen.«

Joe stopfte seine Sachen in eine Reisetasche, während Christine zu Marina ging und ihr die Lage erklärte.

»Und was ist mit dir?«, fragte Marina und fing an zu weinen. »Du und Joseph, ihr liebt euch doch … und ich …« Ihre

Stimme versagte und sie barg das Gesicht in den Händen. Ihr Schluchzen war herzzerreißend.

»Bitte, weine nicht, Liebes. Alles wird gut, du wirst schon sehen.«

»Ich schaffe das nicht ohne dich. Du bist die Einzige, die versteht, wie ich mich fühle.« Marina schluckte ihre Tränen hinunter und fügte flehend hinzu: »Bitte, wenn es so weit ist, wirst du dann …«

Christine nahm die junge Frau in die Arme. Das Baby strampelte in Marinas Bauch und Christine war, als könnte sie dieses Strampeln in ihrem eigenen Körper fühlen. »… bei dir sein. Auch wenn ich deswegen Himmel und Erde in Bewegung setzen muss. Das verspreche ich dir.«

Als Slade kurz nach eins vor dem Haus hielt, lief ihm Christine entgegen und rief: »Der Scheißkerl ist abgehauen!«

Mit dieser Begrüßung hatte er nicht gerechnet. »Du willst mich austricksen.«

»Von wegen. Sieh dich doch um, meine Freund. Steht irgendwo sein Auto?«

»Vielleicht ist er nur kurz weggefahren.«

Christine warf ihm einen bösen Blick zu. »O ja. Mit Frau und Sack und Pack.«

Slade stieg aus dem Auto und legte Christine den Arm um die Schultern. »Ohne ihn bist du besser dran, Schätzchen. Pfadfinder taugen nicht als Ehemänner.«

»Als ob ich das nicht wüsste«, schnauzte sie ihn an.

Die beiden gingen die Verandatreppe hoch. Slades Arm lag noch immer auf ihren Schultern. Er spürte ihre Anspannung. Sie war so groß, dass ihr ganzer Körper zu vibrieren schien. Für diese Anspannung konnte es viele Gründe geben, die nichts damit zu tun hatten, dass ihr Ex-Mann mit seiner schwangeren Frau die Flucht ergriffen hatte. Vielleicht war es nur ein Trick, um ihn von ihrer Spur abzulenken. Doch mit solchen Spielchen kannte er sich aus.

Trotz ihres Ehrgeizes hatte Christine bisher noch nie mit

Tricks oder Lügen gearbeitet. Trotzdem war etwas faul an dieser Geschichte. Und das würde er herausfinden.

»Setz dich«, sagte er im Wohnzimmer. »Du brauchst eine Tasse Kaffee.«

»Du meine Güte«, sagte sie mit bebender Stimme. »Bloß kein Koffein mehr, sonst drehe ich durch.« Und da fing sie an zu weinen, schluchzte zum Herzerweichen.

Slade hatte noch nie erlebt, dass Christine derart die Fassung verlor. Es war für ihn, als ob eine schöne perfekte Marmorstatue direkt vor seinen Augen zerbrechen würde. Er murmelte tröstende Worte und ging in die Küche, um Tee zu machen.

»Trink das, Schätzchen«, sagte er ein paar Minuten später und gab ihr einen Becher Tee. »Das wird dir gut tun.«

Christine trank, noch immer schluchzend und schniefend.

»W… warum bist du eigentlich hier?«, stammelte sie schließlich.

»Dasselbe könnte ich dich fragen, Schätzchen.«

Mit einem Papiertaschentuch betupfte sie ihre Augen und sah ihn dann direkt an. »Ich bin hergekommen, um Joe zu erzählen, dass du die ganze Story kennst.«

»Skrupel hast du wohl keine, wie, Schätzchen?«, fragte er, schockiert über ihre ehrliche Antwort.

»Was spielt das jetzt noch für eine Rolle«, konterte sie, sichtlich wieder zu Kräften gekommen. »Schließlich ist er abgehauen.«

Und Slade meinte zu wissen, was das für sie bedeutete. Jetzt stellte sich die Frage, wie sie damit fertig werden würde.

»Er hat nicht zu dir gepasst, Schätzchen«, sagte er. »Das hättest du doch wissen müssen. Schließlich warst du mal mit ihm verheiratet.« Spätestens dann wissen müssen, als sich herausstellte, dass die Kleine schwanger ist, dachte er.

»Wenigstens bin ich konsequent«, sagte Christine mit einem bitteren Lachen. »Ich mache immer wieder dieselben Fehler.«

Slade grinste. Endlich sah er Licht am Ende dieses Tunnels.

»Du hättest lieber mein Angebot annehmen sollen. Jüngere Männer haben eine Menge Vorzüge.«

»Solange ich lebe, will ich nie wieder an Sex denken«, sagte sie vehement. »Sex macht die Welt kaputt. Ich werde mich in Enthaltsamkeit üben.«

»Wie schade. Was für eine Vergeudung, Schätzchen.«

»Mir fehlt das nicht. Ich schwöre dir Slade: Nie wieder wird mich ein Mann zum Narren halten.«

Slade sah seine Chance und wechselte das Thema: »Ich bringe die Story, Christine.«

»Wo?«, fragte sie und sah ihn mitleidig an. »In einem dieser Käseblätter, für die du so viel übrig hast? Verschwende doch nicht deine Zeit.«

Gierig setzte er nach: »In *Vanity Fair?*«

»Das kann doch nicht dein Ernst sein. Ich bringe die Story in meiner Show und zwar so groß, dass sich Joe und Marina nirgendwo mehr blicken lassen können.«

»Und wo passe ich da rein?«

»Ist dir das denn nicht klar? Du hast die Fotos ... du warst dabei und hast alles mitgekriegt. Du bist mein einziger Zeuge. In der Show erzählst du deine Version der Geschichte und dazu zeigen wir deine Fotos.«

»Das genügt mir nicht«, sagte er. Bei weitem nicht. »Ich will mehr als Ruhm, Christine. Damit will ich das große Geld machen.«

»Das kriegst du auch. Sobald die Show auf Sendung ist, kannst du mit deinen Fotos machen, was du willst. Verkauf sie. Verschenk sie. Verkauf die ganze verdammte Story an jedes Schmierenblatt der Welt. Das ist mir egal. Wenn du mich die Story zuerst in meiner Show bringen lässt, kriegst du einen Start in den Medien, der dich nach ganz oben katapultiert.«

Slade machte es ihr nicht leicht, gab jedoch schließlich nach. Christines Nerven waren zum Zerreißen gespannt. Doch sollte er ihr zu sehr zusetzen, konnte sie ihn noch immer rausschmeißen. Dann musste er dort weitermachen, wo er war, ehe sie in engagiert hatte. Keine Fotoserie in *Vanity Fair*. Keine Erster-Klasse-Flüge mehr. Kein Karrieren-Start.

Für eine so smarte Frau ist Christine erstaunlich dumm, dachte Slade. Schließlich ist sie direkt in die Geschichte involviert. Trotz ihrer Erfahrung im Ausgraben von Klatschgeschichten über Prominente steckt sie jetzt den Kopf in den Sand und begreift nicht, um welche Story es hier eigentlich geht. Verdammt, ich schere mich doch einen Dreck um die Not leidenden osteuropäischen Staaten. Jeder weiß, dass diese Länder keine Bedeutung im Machtpoker haben. Wer interessiert sich schon dafür, ob eine Prinzessin aus irgendeinem dieser maroden Staaten mit einem zweitklassigen Journalisten verheiratet ist?, dachte Slade bei sich.

Hingegen würde ein saftiger Skandal, in den die blonde, sexy Christine Cannon, der TV-Star, ihr Geliebter und Exehemann und dessen schwangere Frau verwickelt waren, wie eine Bombe einschlagen.

Je länger Christine zögerte, die Story in ihrer Show zu bringen, umso größer wurde der Skandal.

Ja, er würde mit der Veröffentlichung noch eine Weile warten, denn er konnte bei dem Deal nicht verlieren, ganz gleich, was passierte.

Vor ein paar Jahren hatte Joe einem der Redakteure der Long Island *Newsday* einen großen Gefallen getan, und diese Schuld hatte er jetzt eingefordert.

»Ein Freund tut das für dich?«, fragte Marina, als sie sich in dem kleinen Apartment über der Garage im Floral Park, an der Grenze von Nassau County einrichteten.

»Kennst du den Begriff ›Handelsvertrag auf Gegenseitigkeit?‹«, fragte er und hängte ihre Kleider in den Schrank. »So etwas ist das, nur auf einer mehr persönlichen Basis.«

»Du scheinst gute Freunde zu haben«, meinte Marina.

»Überrascht dich das?«, fragte er grinsend.

»Ja«, sagte sie und wählte ihre Worte sorgfältig. »Bisher fand ich dich nicht besonders sympathisch.«

»Du hast mich auch nicht mit deinem Charme bezaubert, Kid.«

Marina lächelte, zunächst zaghaft und dann selbstsicherer. »Wir haben uns unter sehr ungünstigen Umständen kennen gelernt. Wie hätte sich da eine Freundschaft entwickeln sollen?«

»Ich glaube, Ric war es verdammt egal, ob wir uns mögen oder nicht. Ihm lag nur deine Sicherheit am Herzen.«

»Ich war doch gar nicht in Gefahr.«

»Du brauchst dich vor mir nicht zu rechtfertigen, Marina. Ich bin nicht dein Vater. Aber ich habe Monate in deinem Land gelebt und kenne die Situation. Bei einem Angriff der Rebellen aus den Bergen wärst du als eine der Ersten gekidnappt oder ermordet worden.«

»Aber ich habe doch zu den Rebellen gehört«, schnauzte sie ihn an. »Zee versteht die einfachen Leute besser als mein Vater.«

Joe wären fast die Augen aus dem Kopf gefallen. »Du hast mit den Revolutionären in den Bergen gelebt?«, fragte er fassunglos und schlug sich mit der Hand gegen die Stirn. »Scheiße, Kid. Warum erzählst du mir das erst jetzt? Mit diesen Insider-Informationen wäre ich bestimmt für den Pulitzer-Preis nominiert worden.«

»Ich habe keine Insider-Informationen.«

»Wenn du da oben in den Bergen gelebt hast, weißt du mehr als die meisten Menschen in deinem Land.«

»Was ich gesehen habe, ist jetzt nicht mehr wichtig«, meinte sie lakonisch. »Die Lage hat sich doch dramatisch verändert.«

»Du könntest mir Hintergrundinformationen liefern.«

»Die wären ohne Relevanz.«

»Die Bewertung kannst du ruhig mir überlassen.«

»Dann käme ich mir wie eine Verräterin vor.«

»Hör mal, Marina, du erzählst mir deine Geschichte und ich dir meine«, sagte er grinsend. »Und wenn du ganz lieb bist, erzähl ich dir vielleicht sogar die Geschichte, wie mich dein Vater aus der Lawine gerettet hat.«

Marina zog den Kopf ein und lächelte.

»Das solltest du öfter tun. Du siehst hübsch aus, wenn du lächelst.«

Ihr Lächeln verschwand so schnell wie es gekommen war. Er verfluchte sich wegen seiner taktlosen Bemerkung. Seufzend sagte Marina: »Ich werde nie so schön wie Christine sein.«

»Das Leben sorgt immer für einen gewissen Ausgleich, Kid. Christine ist zwar schön, aber sie war lange Zeit sehr unglücklich.«

»Wegen des Babys, nicht wahr?«

Joe erstarrte mitten in der Bewegung und ging zur Couch, auf der Marina saß. »Du weißt über das Baby Bescheid?«, fragte er.

Marina nickte. »Ja. Christine hat's mir erzählt.«

Da Joe nicht wusste, was er darauf erwidern sollte, stand er nur da und starrte zum Fenster hinaus.

»Wirst du Christine heiraten?«, fragte Marina.

Er drehte sich um und zupfte an einer Strähne ihres weichen braunen Haars. »Ich kann nicht gleichzeitig mit zwei Frauen verheiratet sein, Kid. Ich dachte, das wüsstest du.«

Marina wischte seinen Einwand mit einer ungeduldigen Handbewegung beiseite und sagte: »Dieser Zustand ist nicht von Dauer. Eines Tages werde ich nicht mehr hier sein, dann könnt ihr – du und Christine – wieder zusammen sein.«

»Ich möchte nicht, dass du das Gefühl hast, uns so bald wie möglich verlassen zu müssen. Es gibt keinen Grund zur Eile«, sagte er in einer Anwandlung echter Zuneigung für Rics Tochter. »Christine und ich können warten.«

»Ihr solltet nicht länger warten. Das Leben ist kurz.«

Aus dem Mund der jungen Frau wirkten solche drängenden Worte seltsam. »Wir haben noch viel Zeit«, entgegnete Joe nach einer Weile. »Jetzt geht es nur darum, dass du ein gesundes Baby zur Welt bringst. Ich möchte deinem Vater mitteilen, dass Mutter und Kind wohlauf sind.«

»Das Kind wird perfekt sein«, sagte Marina.

Joe wartete auf den nächsten Satz, aber er kam nicht. Er

setzte sich zu ihr aufs Sofa und wünschte, Christine wäre hier, um Marina beizustehen. »Hast du Angst?«, fragte er.

»Nur vor dem Unbekannten«, antwortete Marina schulterzuckend.

»Die Ärzte werden dafür sorgen, dass ihr beide die Geburt glänzend übersteht«, versicherte ihr Joe.

Marina sah plötzlich sehr jung und sehr vertrauensvoll aus, als sie fragte: »Wird Christine bei mir sein?«

»Auf jeden Fall. Wir beide werden die ganze Zeit an deiner Seite sein, Kid.« Zu seiner Überraschung bückte er sich und küsste sie auf den Kopf. »Alles wird gut, Marina«, fügte er schroff hinzu. »Ich habe doch deinem Vater versprochen, auf dich aufzupassen.«

Christines neue Show wurde am Donnerstagabend zum ersten Mal gesendet. Sie bekam nur noch die zweite Hälfte in Terris Wohnung mit, als sie aus dem Lamaze-Kurs kam.

»Die Show ist miserabel«, sagte sie und ließ sich tief in die Couch sinken. »Hundsmiserabel.«

»Mir hat sie gefallen, Tante Chris«, sagte Celina und schaute von ihrer Lateinhausaufgabe auf. »Ich musste dabei nicht zu viel denken.«

Terri räusperte sich und sagte: »Warum gehst du mit deinem Julius Cäsar nicht in dein Zimmer?«

Celina murrte zwar, gehorchte aber.

»Kindermund tut Wahrheit kund«, murmelte Christine. »Du hättest sie nicht wegschicken sollen, Terri. Schließlich hat sie Recht.« Mit schmalen Augen musterte sie ihre Freundin und fügte hinzu: »Stimmt doch, oder?«

Terri holte tief Luft, nickte und sagte. »Ja.«

»Sie war also miserabel.«

»Oberflächlich, würde ich eher sagen.«

»Ich fand sie fürchterlich.«

Terri nickte wieder. »Ich kann deine Enttäuschung verstehen.«

»Oh, Gott!« Christine schlug die Hände vors Gesicht.

»Mist, Mist, Mist. Ich hatte ein todsicheres Konzept. Warum habe ich es zugelassen, dass sie mir meine Show vermasseln?«

»Weil du vielleicht andere Dinge im Kopf hattest.«

Christines Lachen klang vor Erschöpfung ganz hohl. »Vielleicht verliere ich auch die Nerven.«

»Warte doch erst mal die Kritiken ab, Christine. Lass das Publikum entscheiden.«

Als Christine am nächsten Morgen ins Büro ihrer Aufnahmeleiterin kam, saß Sandy zusammen mit den Programmdirektoren der angeschlossenen Sender am Konferenztisch. Alle sahen aus, als würden sie eine Wiederholung des D-Day planen.

»Nun, wie lautet das Urteil?«, fragte sie und setzte sich ebenfalls an den runden Tisch.

Sandy bewegte die flache Hand hin und her und sagte: »Akzeptabel. Du hast zwar keinen Volltreffer gelandet, bist aber auch nicht aus dem Rennen.«

»*Mittelmäßig* ist wohl der richtige Ausdruck, nicht wahr?«, hakte Christine mit schneidender Stimme nach.

Einer der Programmdirektoren räusperte sich. »Wir haben einen guten Durchschnitt bei den Einschaltquoten erreicht. Das ist eine solide Ausgangsbasis für die folgende Show.«

»Verdammt!«, giftete Sandy, zerbrach ihren Bleistift und warf die Stücke in den Papierkorb. »Wir wollten einen Superhit landen.«

»Personality-Shows haben immer Anlaufschwierigkeiten«, mischte sich ein anderer Programmdirektor ein. »*20/20* hat ein, zwei Jahre gebraucht, bis die Sendung beliebt wurde. Und *Prime Time Live* musste aufgeben, ehe es sein Publikum gefunden hatte. Ich …«

»Das ist doch Schnee von gestern«, fuhr Sandy dazwischen und funkelte Christine an, die Mühe hatte, cool zu bleiben. »Ihr Typen gebt den Shows doch nie genug Anlaufzeit«, sagte sie zu den Programmdirektoren. »Geplant sind sechsundzwanzig Folgen. Könnt ihr uns die garantieren?«

»Nichts ist in Stein gemeißelt«, entgegnete einer der Direktoren, »aber wir tun alles, um Mrs. Cannons Konzept zur besten Sendezeit zu bringen.«

Mrs. Cannons Konzept! Es kostete Christine enorme Selbstbeherrschung, nicht in schallendes Gelächter auszubrechen. Das endgültige Konzept ihrer Show war für sie eine riesige Enttäuschung gewesen. Das Interview über die aktuellen Macken der Hollywood-Stars hatte zwar Zuschauer angelockt, aber der Nielsen-Quote keinen nennenswerten Schaden zugefügt.

Du hast es zugelassen, Cannon. Du hast dir deine Show stehlen lassen und eine Rolle gespielt, die weit unter deinem Niveau liegt.

Der VIP-Journalismus war ihr Metier. Ihre Zeitschriftenartikel hatten Biss und Schärfe gehabt. Es war ihr sogar gelungen, diesen Biss als Radiomoderatorin bei einem Lokalsender in Los Angeles rüberzubringen. Doch irgendwie war ihr diese Qualität bei der Produktion ihrer Fernseh-Show abhanden gekommen. Zu viele Wünsche waren berücksichtigt, zu sehr auf die Konkurrenz geschielt und empfindliche Egos gestreichelt worden. Und unter diesen Konzessionen hatte ihr Ruf als Top-Moderatorin gelitten.

»Wir schneiden die nächste Folge neu«, sagte Sandy, nachdem die Programmdirektoren gegangen waren. »Und fahren richtig schweres Geschütz auf.«

»Wir haben die First Lady interviewt«, warf Christine ein. »Höher hinaus können wir doch nicht.«

»Diese Story über Drogen in Hollywood«, schlug Sandy vor und wühlte in ihren Papieren auf dem Schreibtisch. »Da klemmen wir uns dahinter.«

»Das Thema ist doch längst tot und begraben. Jeder kennt die neueste Entzugs-Story.«

»Wir schmuggeln jemanden in ein Reha-Zentrum ein und zerren die Patienten vor die Kamera.«

»Das ist Verletzung der Intimsphäre«, empörte sich Christine.

»Sobald VIPs im Rampenlicht stehen, haben sie kein Recht auf ein Privatleben mehr. Dann gehören sie dem Publikum.«

Deine eigenen Worte verfolgen dich jetzt, dachte Christine. Wie oft hatte sie dasselbe über einen Filmstar gesagt, der im Blickpunkt der Öffentlichkeit gestanden und sich bitter über den Mangel an Diskretion beklagt hatte? Ist kein gutes Gefühl, nicht wahr, Cannon?

Ihr hatte es nichts ausgemacht, im Rampenlicht zu stehen, aber es war ihr nie in den Sinn gekommen, dass dieses öffentliche Interesse Menschen schaden könnte, die ihr nahe standen. Slade war jetzt Marina und Joe auf der Spur. Sollte er die beiden aufstöbern, würden ihrer aller Lebensgeschichten auf den Titelseiten der Boulevardpresse in allen Staaten der USA prangen.

Die zweite Folge ihrer Show erzielte höhere Einschaltquoten. Sandy schrieb diesen Erfolg dem Beitrag über Sex in Kinofilmen zu, die Programmdirektoren hingegen den grünen Kontaktlinsen, die Christine hatte tragen müssen. »Blauäuige Blondinen sind Dutzendware«, hatte einer der Typen gesagt. »Aber grüne Augen sind was Neues.«

»Es hat am Wetter gelegen«, meinte Christine zu Joe, als sie am selben Abend telefonierten.

»Regen beeinflusst Einschaltquoten?«

»Ja, wenn es von Omaha bis New York regnet.«

Dann bleiben die Leute zu Hause vor ihren Glotzen. Christine dankte ihrem Glücksstern, dass sich so viele Zuschauer für ihre Show entschieden hatten.

Wegen einer Pressekonferenz des Präsidenten wurde die dritte Folge um eine Woche verschoben. Deshalb hatte Christine Zeit, Slade mit weiteren Aufnahmen zu beschäftigen, damit er ständig in ihrer Nähe sein musste.

»*Vanity Fair* möchte einen handfesteren Beitrag als wir zunächst gedacht haben«, sagte sie zu ihm beim Dinner in der *Taverne on the Green.* »Etwas über enttäuschende Einschaltquoten. Ich sag's dir nicht gern, mein Freund, aber du musst noch eine weitere Woche an mir dranbleiben.« Sie nippte an ihrem Weinglas und fügte scheinbar beiläufig hinzu: »Gibt's was Neues bezüglich Joe? Bist du ihm auf der Spur?«

»Dieser Bastard hat sich in Luft aufgelöst«, schimpfte Slade und trank einen großen Schluck Dom Pérignon. »Aber ich gebe nicht auf.«

Christines Herz fing an wieder normal zu schlagen. »Gibt's irgendwelche Hinweise auf den Aufenthaltsort der beiden?«

»Jemand glaubte, ihn auf dem Markt in Queens gesehen zu haben. Aber das ist nicht sehr wahrscheinlich, oder, Schätzchen?«

»Nein, wirklich nicht«, stimmte sie zu. »Ich tippe eher auf Washington, D.C. Joe hat gute Beziehungen zur Regierung.«

Slade trank seinen Champagner aus und stand auf. »Entschuldige mich bitte, Schätzchen. Aber ich will den letzten Shuttle nach Washington erwischen.«

Christine sah ihm lächelnd nach.

»Freu dich nicht zu früh«, warnte Terri ihre Freundin an diesem Abend. Die beiden aßen chinesische Speisen aus Pappkartons. »Slade ist mit allen Wassern gewaschen. Vielleicht führt er dich an der Nase rum.«

»Nein, das tut er nicht«, entgegnete Christine und griff mit ihren Essstäbchen nach einer Garnele. »Dafür ist er viel zu gierig auf die Story. Deshalb habe ich ihn ja nach Washington geschickt.«

Die beiden tauschten Klatschgeschichten aus, beendeten ihre Mahlzeit, tranken noch eine Kanne Tee und aßen dazu ihre Glückskekse.

Christine brach ihren Keks entzwei und zog den schmalen weißen Papierstreifen heraus. »Gutes widerfährt jenen, die warten können«, las sie laut vor, warf das Papier auf den Tisch und schaute Terri an. »Fragt sich nur, wie lange man warten muss.«

»Dabei fällt mir ein – wie geht es Marina?«

»Ziemlich gut. Sie hat zugenommen und ist auch umgänglicher geworden.«

»Wann ist es denn so weit?«

»In ungefähr zwei Wochen«, entgegnete Christine seufzend.

»Und wie geht's dann weiter?«

»Das weiß ich nicht«, flüsterte Christine. »Ich weiß es einfach nicht.«

Kurz nach drei Uhr früh wurde Christine vom Läuten des Telefons geweckt. Schlaftrunken griff sie nach dem Hörer und murmelte: »Hallo?«

»Es ist so weit, Christie.«

Sie fuhr im Bett hoch. »Marina?«, stammelte sie. »Das Baby?«

»Wir sind auf dem Weg zum North Shore Hospital.« Joes Stimme klang angespannt und das aus gutem Grund. »Die Wehen kommen im Abstand von zehn Minuten.«

Christine strich sich das Haar aus dem Gesicht und unterdrückte ein Gähnen. »Ich komme so schnell ich kann.«

»Wo ist Christine?«, keuchte Marina bei der nächsten Wehe und umklammerte Joes Hand. »Sie ... sie hat versprochen ...«

»Christine ist schon unterwegs, Kid.«

»Hast du sie angerufen? Du hast doch nicht vergessen, sie anzurufen, oder?« Schon mehrfach hatte Marina Joe diese Frage gestellt, konnte sich aber an seine Antwort nicht erinnern.

»Ich habe sie noch vom Apartment aus angerufen«, wiederholte Joe. »Du musst dich jetzt auf deine Atmung konzentrieren, Marina. Na, komm schon!«

Marina versuchte, tief und gleichmäßig zu atmen, keuchte aber nur vor Schmerz, weil tausend Teufel ihren Bauch zu zerreißen drohten. »Pressen, ich möchte pressen«, stöhnte sie.

»O nein, das lassen wir schön bleiben«, sagte die Krankenschwester und befestigte die Elektroden des Monitors zum Abhören der Herztöne des Babys auf Marinas nacktem Bauch. »Der Doktor wird Ihnen sagen, wann Sie pressen sollen. Es ist noch lange nicht so weit.« Dann eilte die Krankenschwester ans Bett einer anderen Patientin.

»Es dauert noch lange?«, wiederholte Marina entsetzt und

versuchte, sich aufzurichten. Joe drückte sie in die Kissen zurück. »Was soll das heißen? Ich ertrage diese Schmerzen keine Minute länger, Joseph! Tu doch was! Sofort!«

»Da, leg dir den Eisbeutel auf die Stirn.«

Marina schlug seine Hand beiseite und klagte: »Wie kann Gott die Frauen nur so leiden lassen?«

»Das sind biologische Gesetzmäßigkeiten«, sagte Joe. »Männer bekommen Herzanfälle und Frauen Kinder. Irgendwie hat das alles seine Ordnung.«

Joe redete Unsinn, aber Marina merkte trotz ihres vom Schmerz benebelten Zustands, dass er sie beruhigen wollte. Schließlich war es nicht Joes Schuld, dass er als Mann geboren worden war und unmöglich begreifen konnte, mit welch unerträglichen Schmerzen eine Geburt verbunden war.

Wo ist Christine?, dachte Marina verzweifelt. Ich brauche Christine. Sie allein versteht, was ich durchmache.

Dann wünschte sich Marina, sie wäre wieder in London bei ihrer Mutter und ihrem Vater, geborgen und in Sicherheit, ehe sich ihr ganzes Leben geändert hatte …

Wieder durchfuhr ein schneidender Schmerz ihren Leib.

»O Gott!«, schrie sie. »Christine!«

Christine könnte ihr helfen …

»Und wenn ich ohnmächtig werde?«, fragte Joe, als er sich die Hände im Waschbecken wusch.

»Du wirst nicht ohnmächtig«, entgegnete Christine und hielt ihre Hände unters heiße Wasser. »Du schaffst das schon.«

»Ich kann kein Blut sehen.«

»Ich weiß, was es dich für eine Überwindung kostet, Joe. Aber du musst nicht dabei sein«, sagte Christine.

»Bin ich denn so durchschaubar?«

»Für mich schon.«

»Kommst du damit zurecht?«

Christine nickte und sagte: »Nie wieder werde ich einem Wunder so nahe kommen. Ich bin froh, dass mich Marina gebeten hat, bei ihr zu sein.«

Dann folgten die beiden der Krankenschwester in den Kreißsaal.

»Christine«, keuchte Marina, als die Schmerzen einer Wehe nachließen. »Gott sei Dank! Ich …«

»Bleib ganz ruhig«, sagte Christine, stellte sich ans Kopfende des Betts und nahm Marinas Hand. »Ich bin bei dir.«

»Die nächste Wehe kommt, Marina«, sagte die Hebamme. »Entspannen Sie sich … geben Sie einfach nach.«

»Ich k-kann n-nicht … Ich …« Marina bäumte sich auf.

Christine zuckte nicht mit der Wimper, als Marina so fest ihre Hand umklammerte, dass sie glaubte, ihre Knochen würden brechen. Vage war sie sich bewusst, dass Joe hinter ihr stand, aber ihre ganze Konzentration richtete sich auf Marina. Lass das Baby bald kommen, betete sie stumm. Marinas Hüften sind so schmal, ihr Bauch so riesig – sie ist zu jung, zu zierlich, um diese Qualen zu ertragen.

»Der Muttermund ist weit offen«, sagte der Arzt zu Marina. »Jetzt dauert es nicht mehr lange.«

Gott sei dank, dachte Christine. Gleich ist es vorbei. Bald sind die Schmerzen nur noch eine Erinnerung und Marina wird einen hübschen kleinen Jungen oder ein Mädchen in den Armen halten – ein Baby, das geliebt und beschützt …

»Doktor«, sagte da die Krankenschwester leise und drängend. »Der Blutdruck steigt.«

Plötzlich schien die Zeit stillzustehen und Christine nahm Geräusche und Bewegungen nur noch vage wahr. Sie umklammerte Marinas Hand noch fester. Dieses Gefühl kannte sie doch …

»Was ist denn los?«, hörte sie Joes Stimme wie aus weiter Ferne. »Stimmt was nicht?«

»Sie müssen jetzt gehen«, sagte die Krankenschwester zu Christine und Joe.

»Gehen?«, wiederholte Joe laut. »Ich bleibe hier, bis …«

Die Krankenschwester fing Christines Blick auf und bat: »Bitte, gehen Sie. Marinas Blutdruck ist zu hoch. Wir müssen einen Kaiserschnitt machen.«

»Darauf sind wir vorbereitet«, sagte Christine.

»Schwester, schaffen Sie die beiden hier raus!«, brüllte da der Arzt. »Sofort!«

Christine und Joe blieben draußen vor der Tür stehen.

»Alles wird gut«, sagte Christine. Ihr war übel vor Angst. »Wir müssen uns an die Krankenhausregeln halten.«

»Mir gefällt das nicht«, sagte Joe und versuchte, durch das Glasfenster in der Schwingtür zu spähen. »Marina braucht uns jetzt. Sie ist viel zu jung, um diese Qual allein durchzustehen.«

»Ich weiß«, flüsterte Christine und schlang ihre Arme um seine Taille. »Aber Marina ist eine starke Frau und weiß, dass wir in ihrer Nähe sind.«

»Verdammt! Warum sagt uns niemand, was los ist?«

»Wir sind erst ein paar Minuten hier draußen, Joe. Ein Kaiserschnitt dauert länger.«

Wieder hatte Christine dieses Gefühl der Entrücktheit, als würde sie über der Situation schweben und nicht wirklich daran teilnehmen. *Es tut uns Leid, Mrs. McMurphy. Wir haben getan, was wir konnten …*

»Oh, Gott«, flüsterte sie und ihr war plötzlich eiskalt. Das darf nicht wieder passieren. Die Wehen haben nur zwei Wochen zu früh eingesetzt. In diesem Stadium kann doch nichts mehr schief gehen.

Da kamen zwei Pfleger den Flur entlang geeilt. Beide schoben bedrohlich aussehende Apparate vor sich her und verschwanden damit im Kreißsaal. Christine und Joe sahen sich entsetzt an.

»Ich fürchte das Schlimmste«, sagte Joe und fing zu zittern an. Christine umarmte ihn fester, als könnte ihre physische Nähe die Dämonen vertreiben.

»Die Ärzte können heutzutage Wunder vollbringen«, sagte Christine. Sie klammerte sich an Strohhalme. »Marina wird nicht dasselbe passieren wie uns, Joe. Sie wird ein gesundes, kräftiges Baby zur Welt bringen. Das weiß ich.«

Die Minuten verstrichen mit quälender Langsamkeit. Zehn Minuten. Fünfzehn. Christine durchlebte ihre Fehlgeburt noch einmal und wusste, dass Joe ebenso litt. Marina würde ein gesundes Kind gebären und bald in ihr Heimatland zu ihrem Vater und zu dem Mann zurückkehren, den sie liebte und einer wundervollen Zukunft entgegengehen.

»Mr. McMurphy.«

Bei der Stimme des Arztes zuckten beide zusammen.

Christine hielt Joes Hand, als er sich räusperte und dann fragte: »Wie geht es ihr … und dem Baby?«

Christine beobachtete den Arzt und dachte: Er lächelt nicht. Gütiger Gott im Himmel, er lächelt nicht.

Wie auf ein Stichwort hin verzog der Arzt seine Lippen zu einem schmalen Lächeln, das sofort wieder schwand. »Sie haben ein gesundes kleines Mädchen, Mr. McMurphy.«

Christine sank erleichtert gegen Joe.

»Wie wunderbar!«, rief Joe und schüttelte die Hand des Arztes, als wäre er wirklich der stolze Vater. »Phantastisch! Und wie geht's Marina?«

»Es tut mir Leid, Mr. McMurphy«, sagte der Arzt und sprach dann diese absolut entsetzlichen Worte aus: »Ihre Frau hat die Geburt nicht überlebt.«

19

»Sie müssen nur noch ein paar Formulare unterschreiben, Mr. McMurphy«, sagte die Schwester mit den freundlichen Augen. »Es tut uns Leid, dass wir Sie ausgerechnet jetzt damit belästigen müssen.«

»Das ist schon in Ordnung«, erwiderte Joe. Er sprach und bewegte sich automatisch, da er noch immer völlig neben sich stand. Dann schaute er sich in dem leeren Korridor um.

»Wo ist sie?«

Die Schwester trat verlegen von einem Bein aufs andere. »Ihre … Ihre Frau wird versorgt.«

Versorgt! Was für ein Euphemismus! Joe räusperte sich und versuchte Marina – jetzt kalt und starr und allein – aus seinen Gedanken zu verbannen. »Nein. Ich meinte meine Freundin.«

Da strahlte die Krankenschwester und schwärmte: »Oh! Mrs. Cannon. Ich bin ein großer Fan von ihr. In Wirklichkeit ist sie noch schöner als im Fernsehen. Aber das wissen Sie ja. Mrs. Cannon ist auf der Damentoilette. Bestimmt kommt sie gleich zurück.«

Im Büro unterschrieb er einen Stapel Formulare, die die Schwester ihm vorlegte. Er wusste nicht, was er da unterschrieb und es war ihm auch egal. Es hätte ebenso sein Todesurteil sein können.

Könnte er doch nur die Wut, die wie ein Klumpen in seiner Brust brannte, hinausschreien! Die Ärzte hatten gesagt, es käme nur einmal in einer Million Fällen vor, dass so etwas passiere. Marina war noch blutjung gewesen und kerngesund – sie hätte die Geburt problemlos überstehen müssen. Sogar ihr bereits in Nevada festgestellter zu hoher Blutdruck war behandelt worden und normal gewesen – bis zu diesem letzten Augenblick, als ein Blutgefäß in ihrem Kopf geplatzt war und sie an einem Gehirnschlag sterben musste.

Und ein junges Leben endete, als ein neues begann.

Vielleicht ist das eine vom Karma bestimmte Wiedergeburt, dachte Joe, aber in diesem Augenblick waren sein Schmerz und seine Trauer zu groß, um in diesem Gedanken Trost zu finden. Er senkte den Kopf, damit die besorgte Schwester seine Tränen nicht sehen konnte. Er hatte kein Recht auf diese Trauer. Dieses Recht hatten allein Ric und der Mann, den Marina geliebt hatte – und alle Neugeborenen, die ihre Mütter nie kennen lernen würden.

»Joe«, sagte Christine da sanft und legte ihm die Hand auf die Schulter. Er saß auf einer Bank im Flur. Sie setzte sich neben ihn und er sah sie an. Sie hatte ihr Haar mit einem weißen Band nach hinten gebunden und sich abgeschminkt und wohl versucht, ihre Tränen abzuwaschen.

»Du hast geweint«, sagte er.

»Ja, auf der Toilette«, entgegnete sie. »Damit mich niemand sieht.«

»Was, zum Teufel, ist da passiert, Christine?«, fragte er und fuhr sich mit verzweifelter Wut durch sein Haar. »Ich weiß nicht, wo Ric steckt. Ich weiß nicht, wer der Vater des Kindes ist …« Er verstummte völlig verstört. »Herrgott noch mal. Was soll ich denn jetzt tun?«

»Wir tun, was wir tun müssen«, sagte Christine mit tränenerstickter Stimme. »Als Erstes gehen wir zu dem Baby.«

»Mein Name steht auf der Geburtsurkunde«, sagte er kopfschüttelnd. »Alle halten mich für den Vater des Kindes.«

»Lass es dabei, Joe. Das geht nur dich und Ric etwas an, nicht das Krankenhauspersonal.«

Marinas Kind lag im ersten Kinderbettchen links neben

dem Fenster der Entbindungsstation. MCMURPHY, weiblich, stand auf dem Schild am Fußende.

»Ist sie nicht schön«, sagte Christine und berührte leicht die Bettdecke. »Und so perfekt.«

»Sieh dir nur dieses Kinn an«, sagte Joe und musste grinsen. »Dieses Mädchen ist Marina wie aus dem Gesicht geschnitten.«

Als die Kinderschwester die beiden vor dem Bettchen stehen sah, sagte sie mitfühlend: »Du meine Güte. Mr. McMurphy, Sie haben die Kleine ja noch nicht auf dem Arm gehabt. Das wollen wir doch gleich mal ändern.«

Joe wollte das Baby nicht halten. Mit Kindern hatte er nie umgehen können, sondern sie immer so schnell wie möglich an jemand anderen weitergereicht. Aber dieses Baby war so klein und ähnelte so sehr Marina, dass das kostbare Bündel, als er es im Arm hielt, seinen Schmerz kurz linderte.

»Sie lächelt«, sagte er und blinzelte seine Tränen weg.

»Das kommt von der Narkose«, sagten Christine und die Schwester gleichzeitig.

Es tat gut, lachen zu können. Noch vor einer Stunde hätte Joe das nicht für möglich gehalten. Doch der menschliche Geist kann Erstaunliches leisten, vor allem wenn er mit der Zukunft in Gestalt eines niedlichen Neugeborenen konfrontiert wird.

»Die Kleine ähnelt Ihnen«, sagte die Schwester. »Sie hat dasselbe dunkle Haar.«

Joe und Christine sahen sich an. In diesem Augenblick verband beide ein derart inniges Verständnis, dass ihm die Knie weich wurden. Dies war die Gelegenheit, die ihnen vor Jahren genommen worden war. Doch beiden entging die Ironie des Schicksals nicht.

»Ric ist der Großvater«, sagte Joe, erstaunt den Kopf schüttelnd. »Er wird dieses Kind lieben.«

»Ich habe deinen Anruf an den Staatssekretär weitergeleitet«, sagte Christine. »Er hat versprochen, sein Möglichstes zu tun.«

»Ich rufe ihn später noch mal an«, sagte Joe und legte das Baby in ihre sehnsuchtsvoll ausgestreckten Hände.

Irgendwie war Joe froh, dass Ric nicht zu erreichen war. Wie sollte er dem Mann, der ihm das Leben gerettet hatte, sagen, dass er nichts habe tun können, um das Leben seiner einzigen Tochter zu retten?

»Ohh«, seufzte Christine, als sich das Baby an ihre Brust schmiegte und an ihrem kleinen Finger saugte. »Wie süß … ich glaube, sie hat Hunger.«

»Wollen Sie ihr das Fläschchen geben?«, fragte die Kinderschwester.

»Geht das denn?«, fragte Christine selig.

Joe hatte das Gefühl, noch nie in seinem Leben dem Himmel näher gewesen zu sein.

»Aber natürlich«, antwortete die Schwester. »Kommen Sie doch bitte mit.«

Was für ein schlichter Akt: Eine Frau gibt einem Baby die Flasche. Wie es überall auf der Welt geschieht. Doch Joe berührte dieser Anblick zutiefst und weckte Gefühle in ihm, die er nicht beschreiben konnte.

Könnte ich diesen Augenblick doch nur für immer festhalten!, dachte er.

Am Montagmorgen um zehn wurde Marina nach einem kurzen Gottesdienst in Joes Familiengrab in Calverton im Osten Long Islands beigesetzt.

Um zwei Uhr nachmittags verließen Christine und Joe das North Shore University Hospital in Manhasset – zusammen mit besten Wünschen, einem Stapel Formulare und dem 3200 Gramm schweren Baby McMurphy. Terri hatte ihnen eine Tragetasche und alle anderen nötigen Dinge besorgt.

»Bei Tageslicht sieht sie viel kleiner aus, nicht wahr?«, fragte Joe, als er das Bündel zum Auto trug.

»Dasselbe habe ich mir auch gedacht«, sagte Christine und wischte sich die feuchten Handflächen an ihrem Rock ab.

Es dauerte zwanzig Minuten, bis die Tragetasche auf dem

Rücksitz mit Sicherheitsgurten fest gezurrt war. Noch nie war sich Christine so ungeschickt vorgekommen.

Das änderte sich zunächst auch nicht, als das Baby auf dem Long Island Expressway zu weinen anfing.

»Oh, Gott, Joe«, sagte sie und beugte sich zu dem Schreihals nach hinten. »Was machen wir jetzt?«

»Ich dachte, du wüsstest das«, entgegnete er.

»Wie soll ich das wissen? Ich hatte nie ein Kind.«

»Ist das nicht eine rein weibliche Angelegenheit?«

»Babys zu stillen, ist eine rein weibliche Angelegenheit, aber nicht, mit schreienden Kindern umzugehen.«

»Vielleicht hat sie Hunger?«

»Sie hat doch im Krankenhaus noch ihr Fläschchen bekommen, weißt du das nicht mehr?«

»Vielleicht muss sie rülpsen.«

»Das hat sie auch schon getan. Woher glaubst du, kommt der Fleck auf meiner Seidenbluse?«

Joe schnupperte. »Vielleicht musst du ihre Windeln wechseln.«

»Das kann doch nicht dein Ernst sein!«

»Doch«, sagte Joe, schnupperte wieder und kurbelte das Fenster herunter. »Riechst du nichts? Es stinkt.«

Joe nahm die nächste Ausfahrt und hielt vor einem Speiselokal am Queens Boulevard. Christine ging mit dem Baby auf die Damentoilette, während Joe noch einmal im Außenministerium anrief. Christine stieß einen Seufzer der Erleichterung aus, als sie den Wickeltisch im Vorraum sah.

»Jetzt musst du mit mir kooperieren, Süße«, sagte sie und legte das Baby auf den Tisch. »Ich kenn mich damit genauso wenig aus wie du.«

Die Kleine strampelte, als Christine ihr die schmutzige Windel abnahm und in den Abfalleimer warf. Und als Christine ihren Po säuberte, trocknete und puderte, schien sie zu lachen.

»Du bist wohl gern nackt, wie?«, scherzte Christine und küsste ihr Bäuchlein. »Wenn du erst mal fünfunddreißig bist und Busen und Po nicht mehr so stramm sind, wird dir das schon vergehen.«

Nur mühsam gelang es Christine, dem strampelnden Kind Windel und Höschen wieder anzuziehen. »Oh, nein, du kleiner Wildfang«, sagte sie schließlich und drückte das Kind an sich. »Du bist zwar bezaubernd, aber ich werde mich nicht in dich verlieben.«

Das darf auf keinen Fall passieren, dachte sie. Diese Situation ist zeitlich begrenzt, sozusagen nur ein Umweg im Lauf der Dinge. Das Kind gehört mir nicht, ich gehöre nicht zu Joe und mir etwas anderes einreden zu wollen, würde nur eine Katastrophe heraufbeschwören.

Joe saß in einer Nische am Fenster, als sie aus der Damentoilette kam.

»Wir haben seit gestern Abend nichts gegessen«, sagte er, als sie die Tragetasche mit dem Baby auf den Stuhl neben sich stellte. »Ich habe Thunfisch-Sandwiches und Kaffee für uns beide bestellt.«

»Danke«, sagte Christine und setzte sich. »Jetzt, wo du es sagst, merke ich erst, was für einen Hunger ich habe.«

Eine Familie mit zwei kleinen Mädchen setzte sich in die Nische hinter Joe. Christina ertappte sich dabei, wie sie die vier voller Neid beobachtete.

»Ich komme damit nicht zurecht«, sagte sie, den Blick auf ihre Hände gesenkt. »Es tut zu weh, Joe. Am liebsten würde ich aufstehen und so schnell wie möglich ganz weit weg rennen.«

Er legte seine Hand auf ihre. »Du hast mit der ganzen Sache nichts zu tun, Christie«, sagte er beschwichtigend. »Dieses Kind ist mein Problem, nicht deins.«

»Nein«, widersprach sie hefig. »Irgendwann ist es auch mein Problem geworden und …« Sie verstummte, fasste sich dann aber und redete gelassener weiter. »Obwohl ich mir wünsche, es wäre nicht geschehen.«

»Steig aus, Christie. Zwischen uns ändert sich nichts. Aber zuerst muss ich diese Angelegenheit …«

Da brachte die Kellnerin den Kaffee und die Sandwiches.

»Es gibt keine Garantien«, sagte Christine leise. »Das Leben spielt uns allen gern Streiche.«

Joe sah das Baby an und dann Christine. »Ich komme damit schon zurecht.«

»Das weiß ich«, sagte Christine. Sie stieß einen tiefen Seufzer aus und ergab sich in das Unvermeidbare. »Aber ich möchte daran teilnehmen«, sagte sie und lächelte, zum ersten Mal seit Tagen. »Es geht um mein Leben, Joe. Es ist meine Entscheidung.«

Seit langem hatte sie nicht mehr dieses fast schmerzliche Gefühl unbändiger Lebenslust und Zuversicht verspürt. Das letzte Mal war sie derart von Gefühlen überwältigt worden, als sie und Joe im Beisein ihrer Familie geheiratet hatten. Große Freude führt oft zu noch größerer Trauer, aber nach all diesen Jahren, in denen sie ihre Gefühle unterdrückt hatte, war sie bereit, dieses Risiko ein zweites Mal einzugehen.

Christine sah zuerst Joe und dann Marinas Baby an. Da wurde sie von einer so überwältigenden Freude erfüllt, dass alle Probleme daneben verblassten. Und wenn es damit endet, dass ich mit einem gebrochenen Herzen zurückbleibe, dachte sie, so ist das immer noch besser, als überhaupt kein Herz zu haben.

Noch vom Lokal aus rief Christine Sandy im Studio an.

»Ich habe dir doch gesagt, dass ich heute zu einer Beerdigung muss«, sagte sie gereizt zu Sandy. »Morgen komme ich ins Studio.«

»Zu spät«, entgegnete Sandy wütend. »Ich brauche dich jetzt – sofort!«

»Das geht nicht.«

»Ich habe mich wohl verhört, wie?«

»Morgen früh«, wiederholte Christine.

»Die Programmdirektoren wollen die Sendezeit für deine Show ändern. Deshalb müssen wir unbedingt sofort eine neue Strategie entwickeln.«

»Verdammt!«, explodierte Christine. »Hast du nicht gehört, was ich gesagt habe, Sandy? Ich komme gerade von der Beerdigung eines Menschen, der mir sehr viel bedeutet hat. Deine Strategie muss eben warten.«

»Du hast das Gespräch einfach unterbrochen«, sagte Joe, als sie ins Auto stieg.

»Ja.«

»War Sandy sauer?«

»Stocksauer.«

»Bedauerst du deine Reaktion?`«

»Noch nicht«, sagte sie grinsend. »Aber der Tag ist noch lang.«

Da wenig Verkehr herrschte, kamen sie gut voran und erreichten die Ausfahrt auf der I-80 nach Hackettstown kurz nach neun Uhr abends.

»Ich habe die Haushälterin entlassen«, sagte Christine.

»Was macht dein Freund Slade?«

»Er ist in Manhattan«, entgegnete sie. »Außerdem hat er keinen Schlüssel zum Haus.«

»Du hast ihn sehr geschickt von meiner Spur abgelenkt. Ich habe gehört, dass er in Washington rumgeschnüffelt hat.«

»Er beherrscht sein Metier«, sagte Christine. »Vergiss das nie. Ihm entkommt gewöhnlich niemand, wenn er sich in eine Story reinkniet.« Kichernd fügte sie hinzu: »Allerdings hat er behauptet, jemand habe dich auf dem C-Town-Markt in Queens gesehen.«

Joe wurde blass. »Dort habe ich tatsächlich eingekauft. Am zweiten Tag, nachdem wir das Apartment bezogen hatten.«

»Was habe ich dir gesagt? Slades Moral ist zwar fragwürdig, aber er ist ehrgeizig und arbeitet entsprechend effizient.«

»Hältst du ihn wirklich für einen so guten Fotografen?«

»Ich weiß, dass er Talent hat. Würde er nicht mehr für diese Schmierenblätter arbeiten, könnte er sich einen guten Namen als ›richtiger‹ Fotograf machen, anstatt wie ein Paparazzo halbseidenen Storys hinterherzujagen.«

Vor der Pizzeria bogen sie ab und folgten der gewundenen

Straße an der Kirche vorbei zur Marlborough Road. Die Blätter an den Bäumen waren herbstlich gefärbt und die Abendluft war kühl.

Joe bog langsam in ihre Straße ein und trat dann voll auf die Bremse. »Was, zum Teufel, ist da denn los?«

Christines Magen verkrampfte sich. »Ich sehe Lichter«, sagte sie und deutete zu ihrem Haus. »Ich glaube, das sind Kameraleute.«

»Scheiße!«, knurrte Joe.

»Dreh um!«, befahl Christine. »Noch haben sie uns nicht entdeckt. Wir können …«

»Ich drehe nicht um, verdammt noch mal! Niemand kann mir den Zutritt zu meinem Haus verwehren.«

»Diese Leute sind erbarmungslos«, sagte Christine. »Sie werden sich mit ihren Kameras auf das Baby stürzen … uns mit Fragen bombardieren. Ich weiß, wie schrecklich diese Hyänen sind …« Sie verstummte und fügte dann hinzu: »Glaub mir, Joe. Denn ich war eine von ihnen.«

Joe wendete den Wagen.

»Fahr ganz langsam zurück, damit wir nicht auffallen«, warnte ihn Christine. »Wir verstecken uns in meiner Wohnung in Manhattan.«

»Du bist gut im Abschütteln von Verfolgern«, sagte Joe.

»Danke«, entgegnete Christine. »Leider nicht gut genug für Slade.«

Terri hielt sie einen halben Block vor Christines Apartmenthaus auf. »Vor deinem Haus wimmelt es von Reportern«, sagte Terri, als Joe am Randstein hielt. »Fahrt einfach dran vorbei.«

Terri hatte Recht. Der Eingang war von Reportern und Paparazzi belagert.

»Diesen Unterschlupf können wir vergessen«, sagte Joe. »Versuchen wir's mit meiner Wohnung.«

»Wie kommst du darauf, dass wir nicht auch dort schon erwartet werden?«

»Weil ich dort zur Untermiete wohne und niemand meine Adresse kennt.«

Joe sprach eine stummes Dankgebet, als sie sich dem Gebäude näherten und keine Reporter entdecken konnten. Nur der Portier stand vor der Eingangstür.

»Du gehst mit dem Baby rauf«, sagte er, nahm die Tragetasche aus dem Auto und gab Christine seine Wohnungsschlüssel. »Ich suche einen Parkplatz und komme nach.«

Als Joe oben ankam, war Christine den Tränen nahe und das Baby weinte.

»Sie trinkt nicht, Joe«, jammerte Christine verzweifelt. »Sie ist doch so winzig ...«

»Du bist erschöpft«, sagte Joe und nahm ihr das Baby ab. »Leg dich hin. Ich kümmere mich um die Kleine.«

»Kannst du das denn?«

»So gut oder so schlecht wie du.«

Christine lächelte unter Tränen. »Das heißt nicht viel.«

»Geh schlafen«, sagte er. »Morgen sehen wir weiter.«

Christine ließ Joe mit Marinas Tochter allein. Sie taumelte fast den Flur entlang bis zum Schlafzimmer.

»Auf der Welt geht's nicht immer so schlimm zu wie heute«, sagte er und setzte sich mit dem Baby aufs Sofa. »Ich weiß, das klingt nicht sehr überzeugend, aber jetzt kann alles nur noch besser werden.« Es gelang ihm, den Sauger zwischen die winzigen Lippen zu schieben. »Zuerst musst du trinken und dann schlafen. Wenn du das gelernt hast, reden wir über eine geregelte Verdauung.«

Die Kleine trank gierig und schmatzend. Joe musste grinsen und murmelte: »Du hast noch einen langen Weg vor dir, meine Süße.«

Er grinste breiter. Er hatte es geschafft, dem Baby das Fläschchen zu geben. Und er würde dafür sorgen, dass Christine das nie vergaß.

Als Christine am nächsten Morgen aus dem Haus trat, um ins Studio zu fahren, lehnte Slade an einem der parkenden Autos.

»Titelseite«, sagte er und drückte ihr eine Ausgabe der *New York Post* in die Hand. »Du hast doch gewusst, dass ich es früher oder später schaffe, oder, Schätzchen?«

Ein Foto zeigte sie, Joe und die offensichtlich schwangere Marina vor dem Haus in Hackettstown. Ein zweites, wie Christine mit dem Baby aus dem Lokal am Expressway kam. Die Schlagzeile lautete: EIN SCHNAPPSCHUSS VON CANNON. Christine wurde übel. Sie warf Slade die Zeitung ins Gesicht. »Jetzt hast du ja, was du haben wolltest, Slade. Geh mir aus dem Weg, verdammt noch mal!«

»Warum bist du so empfindlich? Ersatzmutter zu spielen ist wohl nicht so befriedigend, wie du dachtest, oder?«

»Du Scheißkerl!«, schrie sie. »Wie konntest du mir das antun?«

»Du hast mich reingelegt, also habe ich dich reingelegt«, sagte er, faltete die Zeitung und klatschte damit in seine Hand. »So hätte es nicht kommen müssen, Schätzchen. Ehe der Pfadfinder aufgetaucht ist, waren wir ein tolles Team.«

Da hielt das von ihr bestellte Taxi am Randstein. Christine rauschte an Slade vorbei und riss die Tür auf.

»Den Auftrag für die Fotoserie in *Vanity Fair* kannst du dir sonst wohin stecken«, rief sie über die Schulter zurück und stieg ein.

»Darüber kommst du schon hinweg, Schätzchen«, entgegnete er. »Ich warte auf dich.«

Christine kam schlecht gelaunt im Studio an. Die Auseinandersetzung mit Slade war ihr auf den Magen geschlagen und ihr stand eine weitere unangenehme Diskussion mit Sandy bevor. Der Tag fing ja gut an.

Als Christine die Tür zu ihrem Büro öffnete, saß Sandy an ihrem Schreibtisch und sah nicht sehr glücklich aus.

»Mach's dir ruhig bequem«, meinte Christine trocken und ließ ihren Aktenkoffer auf einen Stuhl fallen.

Sandy lehnte sich in dem eleganten Ledersessel zurück und schlug die *New York Post* auf. »Soll ich dir den Artikel vorlesen?«

»Nein, danke«, entgegnete Christine. »Dieses Vergnügen hatte ich bereits.«

Sandy beugte sich vor und funkelte Christine wütend an. »Du hättest uns die Chance geben müssen, diese Story als Erste zu bringen, Chris.«

»Das ist keine Story, Sandy, sondern mein Leben.«

»Ein Artikel auf der Titelseite ist eine Story.«

»Das sehe ich anders.«

»Warum hast du mir nicht erzählt, dass dein Ex-Ehemann mit einer schwangeren Prinzessin verheiratet ist?«

»Weil es dich nichts angeht.«

»Aber jetzt geht es mich etwas an.«

»Von wegen, verdammt noch mal!«

»Der Sender gibt uns noch eine Chance. In zwei Wochen müssen wir einen absoluten Hit landen, oder die Show ist gestorben. Und mit dieser Story kämen wir an die Spitze.«

Wie oft habe ich das schon zu jemandem gesagt?, fragte sich Christine.

»Du kriegst die Story nicht, Sandy.«

»Ist das dein letztes Wort?«

»Ja.«

Sandy bekam einen Wutanfall und schleuderte die Zeitung durchs Büro. »Du bist suspendiert.«

»Nein«, sagte Christine und griff nach ihrem Aktenkoffer. »Ich kündige. Und zwar sofort.«

»Mrs. Cannon«, sagte der Barkeeper, ging neben Christines Tisch in die Hocke und lächelte freundlich. »Wird es nicht allmählich Zeit, auf Kaffee umzusteigen?«

»Nur zu«, sagte Christine und brach in schallendes Gelächter aus. »Aber ich trinke weiter Champagner-Cocktails.«

Den Blick vom Alkohol benebelt sah Christine, dass Terri dem Barkeeper zulächelte und dann sagte: »Kaffee klingt gut.«

Christine schnitt eine Grimasse: »Weißt du denn nicht, dass man weder zu reich noch zu betrunken sein kann.«

»Doch das kann man«, sagte Terri und stellte beide Gläser auf den Nebentisch. »Dafür bist du der beste Beweis.«

Der Kellner kam mit einem Tablett, auf dem eine große Kaffeekanne und zwei Becher standen. »Das geht aufs Haus«, sagte er.

Christine betrachtete mit zusammengekniffenen Augen die Blechkanne. »Sieht nicht aus wie ein Sektkübel, oder?«, nuschelte sie.

Terri bedeutete dem Barkeeper zu gehen und goss Kaffee in die zwei Becher. »Da, trink das!«, befahl sie und schob Christine einen der Becher zu.

»Damit ich nüchtern werde?«, fragte sie schaudernd. »Ich bin doch nicht verrückt!«

Terri schaute sich in der schummerigen Bar um. »Ich habe ja nichts dagegen, wenn du von Zeit zu Zeit deinen Kummer in Alkohol ersäufst. Aber tu's bitte nicht in der Öffentlichkeit. Komm, wir gehen nach Hause.«

»Ich h…hätte dich nicht anrufen sollen«, sagte Christine und griff nach dem Champagnerglas auf dem Nebentisch. »Du bist eine Spaßverderberin.«

»Ich verstehe viel Spaß«, sagte Terri und nahm ihr das Glas aus der Hand.

»Warum mag ich keinen Scotch?«, quengelte Christine. »Hätte ich Scotch getrunken, wäre ich längst hinüber.«

»Du hast dich mit Champagner abgefüllt«, sagte Terri.

»Ich bin arbeitslos«, nuschelte Christine und lauschte dem Klang dieser Worte. »Mit fünfzehn war ich das letzte Mal arbeitslos. Vor zwanzig Jahren!«

»Du wirst nicht lange arbeitslos sein«, sagte Terri und warf einen sehnsüchtigen Blick zur Tür. »Lass ihnen ein oder zwei Tage Zeit. Dann holen sie dich zurück.«

Christine schnaubte in ihren Becher. »Es ist zum Weinen«, jammerte sie. »Ich habe kein Leben … keine Freunde … keine Familie.« Sie trank einen Schluck Kaffee. Ein paar Tropfen liefen ihr übers Kinn. Sie wischte sie nicht weg. »Keinen Job.« Heute Abend würde ihre Mitleid erregende Lebensgeschichte in *Entertainment Tonight* über die Bildschirme flimmern und auf den Titelseiten des *National Enquirer* und des *Star* prangen. Verdammt, wahrscheinlich stimmten die Facts, aber in keinem Artikel würden auch nur mit einem Wort die herzergreifenden Gefühle erwähnt werden. Und dieser Gedanke machte Christine wütender als alles andere.

Sie schnappte sich ihren Aktenkoffer und stand schwankend auf.

»Wo willst du denn hin?«, fragte Terri.

»Nach Paris«, entgegnete Christine, hysterisch lachend. »Oder nach Hongkong.« Irgendwohin, wo niemand sie und ihre Lebensgeschichte kannte und wo sie vergessen konnte, dass es die letzten paar Tage überhaupt gegeben hatte.

»Setz dich wieder hin«, drängte Terri. »Trink noch mehr Kaffee. Dann überlegen wir uns, wo du untertauchen könntest.«

Christine gehorchte, einfach nur, weil ihr nichts Besseres einfiel.

»Drei Tage«, murmelte sie und stützte den Kopf in ihre Hände. In dieser kurzen Zeit hatte sie ein neugeborenes Kind in dieser Welt willkommen geheißen, die liebenswerte junge Frau ihres Exmannes begraben, war von einem Fotografen verraten worden und hatte ihre Karriere in den Sand gesetzt.

Kein Wunder, dass sie versuchte, sich in einem Meer aus Alkohol zu ersäufen.

Da hörte sie, wie sich Schritte ihrem Tisch näherten. »Keinen Kaffee mehr«, sagte sie, ohne aufzusehen. »Champagner oder gar nichts.«

»Was, zum Teufel, machst du da?«

Christine spähte zwischen ihren Fingern hindurch nach oben. »Das siehst du doch – ich betrinke mich.«

»Hast du noch nicht genug?«

»Bei weitem nicht.«

»Terri hat mir erzählt, was passiert ist.«

»Terri hat eine große Klappe«, sagte Christine und warf ihrer Freundin einen bösen Blick zu.

»Slade verkauft die Story an die Presse.«

»Dieser fiese, gemeine Scheißkerl!«

»Ich habe dich immer vor ihm gewarnt.«

Christine nahm ihre Hände vom Gesicht und sah Joe und das schlafende Bündel an seiner Brust an. »Ein Baby gehört nicht in eine Bar, Joe.«

»Du hast Recht«, sagte er und nahm ihre Hand. »Aber ich weiß, wo wir hingehören.«

Christine sah Terri an. In den Augen ihrer Freundin glänzten Tränen. »Geh schon, du Dummkopf«, sagte ihre Freundin. »Und schau nicht zurück.«

20

Vierundzwanzig Stunden später stand Joe kurz vor Sonnenaufgang auf der Veranda der Cannon-Ranch.

Christine schlief in ihrem Mädchenzimmer unter einer Steppdecke, die ihre Urgroßmutter väterlicherseits genäht hatte, kurz nachdem sich die Cannons in Nevada niedergelassen hatten. Sie war am Ende ihrer Kräfte, doch um sich von dieser Erschöpfung erholen zu können, brauchte sie mehr als Schlaf.

Sie brauchte ihre Familie.

Und Joe hatte gewusst, dass ihre Familie sie willkommen heißen würde – ohne Fragen zu stellen, ohne ihr Vorwürfe zu machen. Und mit offenen Armen war sie in den Schoß der Familie aufgenommen worden. Dort würde sie Ruhe und den Trost finden, der ihre Schmerzen linderte. Aber das größte Wunder war, dass er ebenso herzlich aufgenommen worden war – und auch Marinas Baby, so als wären sie alle Teil der Familie.

Joe lehnte sich gegen das Geländer und lauschte auf die Geräusche des wieder erwachenden Tages.

Dies war Heimat. Auch seine Heimat. Dieses unversöhnliche Land. Diese großmütigen Menschen. Diese Frau, die er von Anfang an geliebt hatte. Das unschuldige winzige Geschöpf, das ihn und Christine so vertrauensvoll ansah. Das alles war wichtig. Wichtiger als irgendeine Karriere oder Geld oder tausend andere Dinge, die innerhalb eines Augenblicks verschwinden können. Denn dieses Leben war wirklich, ehrlich und von Dauer.

Er hatte das immer gewusst. Und jetzt wusste Christine es auch.

Warum hatte erst eine temperamentvolle, couragierte junge Frau sterben müssen, ehe ihnen beiden bewusst geworden war, welches Wunder immer zum Greifen nahe gewesen war?

»Du bist früh auf, mein Junge«, sagte Sam und trat in dem Augenblick auf die Veranda, als die aufgehende Sonne den Horizont blassrosa färbte. »Kannst du nicht schlafen?«

»Ich wollte den Sonnenaufgang nicht verpassen«, sagte Joe und breitete weit die Arme aus.

»Ja, da ist schon was dran, wie?« entgegnete Sam.

Joe sah dem alten Mann in die Augen. »Dafür lohnt es sich doch zu kämpfen, oder?«

Sam lächelte und meinte bedächtig: »Wie ich höre, hast du dich für uns in Washington sehr eingesetzt.«

»Ich habe nur die Vorarbeit geleistet. Es bleibt noch eine Menge zu tun. Ihr Farmer seid ja ein zähes Völkchen, aber die Regierung ist ein verdammt starker Gegner.«

Dann sprach Joe kurz über den Kampf um die Weiderechte, die damit verbundenen Zahlungen und die wenig erfreulichen Zukunftsaussichten.

»Sie werden uns bis aufs Blut bekämpfen«, sagte Sam. »Aber wir sind es gewohnt, Widerstand zu leisten. Außerdem haben wir viel Zeit und noch mehr Geduld.«

»Die werdet ihr brauchen«, bestätigte Joe, »denn uns steht ein langer Kampf bevor.«

Sam klopfte Joe auf den Rücken. »Das höre ich gern, mein Junge. Du hast uns alle die Jahre sehr gefehlt.«

Joe deutete aufs Haus. »Unsere Heimkehr hast du dir wohl anders vorgestellt, was, Sam?«

Er und Christine waren wieder zusammen. Jetzt hatten sie aber ein Kind, dessen Eltern sie nicht waren.

»In meinem Alter hört man auf zu hoffen und nimmt die

Dinge dann doch, wie sie kommen. Das macht das Leben angenehmer.«

»Ich liebe Christie, Sam«, sagte Joe leise, »und möchte sie wieder heiraten – vorausgesetzt, sie will mich noch haben.«

»Für meine Tochter kann ich nicht sprechen, mein Junge. Aber ich weiß, dass die ganze Familie hinter dir steht.« Und grinsend fügte er hinzu, als die Sonne am Horizont glutrot aufging: »Also, wann fragst du sie?«

»Ganz ruhig«, sagte Nonie und gab Christine das Fläschchen. »Du machst dir zu viele Sorgen. Die Kleine weiß, was sie braucht und nimmt es sich auch.«

»Wie kann sie wissen, was sie braucht?«, fragte Christine. »Sie ist doch erst drei Wochen alt.«

Das Baby griff nach dem Fläschchen.

»Na, siehst du, was ich meine?« fragte Nonie.

»Was denn?«

»Sie greift nach der Flasche.«

»Das war nur ein Reflex, Mom. Sie ist noch viel zu klein, um bewusst etwas zu tun.«

»Erzähl du mir bloß nichts über Kinder«, meinte ihre Mutter amüsiert. »Ich habe sieben großgezogen und weiß, was ich tue. Die Kleine will die Flasche haben.«

Christine sah zu, wie das Baby schmatzend und hingebungsvoll saugte. Dann sagte sie zu ihrer Mutter: »Ich nehme alles zurück.«

Nonie tätschelte die Schulter ihrer Tochter.

»Mach nicht mehr aus der Sache, als dran ist. Um für ein Baby zu sorgen, braucht man nur einen gesunden Menschenverstand, das ist alles. Der liebe Gott hat uns ziemlich starke Instinkte mitgegeben, damit wir unsere Kleinen aufziehen können. Wenn du deiner Intuition folgst, kannst du nichts falsch machen.«

»Wenn du das so sagst, scheint es ganz leicht zu sein, Mom«, entgegnete Christine seufzend. »Aber ich frage mich ständig: Trinkt sie zu viel? Trinkt sie zu wenig? Braucht sie zu viele Windeln – wie, um Himmels willen, hast du uns alle überlebt?«

»Euch großzuziehen, waren die schönsten Jahre meines Lebens«, sagte Nonie und warf ihrer Tochter einen bedeutungsvollen Blick zu. »Und nie habe ich härter gearbeitet.«

»Das glaube ich dir sofort«, sagte Christine und rutschte tiefer in den Polstersessel. »Und es ist viel leichter, eine Fernsehshow auf die Beine zu bringen.«

Und dabei zu versagen, aber das war eine andere Geschichte, auf die Christine im Augenblick nicht näher eingehen wollte.

Nonie ging, um die Waschmaschine zu füllen und ließ Christine mit ihren Gedanken und dem Baby allein.

»Erholen Sie sich erst einmal von dem Schock, und dann kommen Sie zurück«, hatte ihr Anwalt während eines langen Ferngesprächs gesagt, nachdem sie über rechtliche Schritte gesprochen hatten, die der Sender eventuell gegen sie unternehmen könnte. »Ihre Karriere ist noch längst nicht vorbei. Der Sender hat zu viel Zeit und Geld in die Show investiert, um Sie jetzt einfach gehen zu lassen. Die melden sich schon bei Ihnen. Vertrauen Sie mir.«

Eigentlich war es Christine völlig egal, ob der Sender sie wieder haben wollte oder ihr endgültig den Laufpass gab. Hier in Nevada, mit Joe, dem Baby und ihrer Familie fühlte sie sich lebendig wie nie zuvor. Der familiäre Alltag, das Geben und Nehmen zwischen Mann und Frau, die Versorgung des Babys – das alles kam ihr plötzlich ganz natürlich vor. Sie musste sich nicht fragen, warum sie hier war, noch was ihr dieser Aufenthalt bringen oder wo sie morgen sein würde.

Zum ersten Mal erkannte sie jetzt die Schönheit des Lebens, in dem sie aufgewachsen und das sie immer als selbstverständlich hingenommen hatte. Kleine Rancher wie ihr Vater waren eine bedrohte Spezies und brauchten jede nur erdenkliche Hilfe. Joe hatte das immer gewusst. Und Christine war froh, dass sie das jetzt auch erkannt hatte.

Zweifelsohne galt es, noch viele Probleme zu lösen, und

Christine wusste, dass dieser wundervolle Aufenthalt hier früher oder später enden würde. Aber das alles spielte im Augenblick keine Rolle. Sie gab sich ausschließlich und voller Leidenschaft der Gegenwart hin, weil dieses Gefühl berauschend war.

Ihr Leben lang hatte sie geglaubt, eine Außenseiterin zu sein und nicht dazuzugehören. Erst jetzt sah sie sich als Teil der Familie. Sie liebte Joe, wie er geliebt werden und wie sie ihn lieben wollte. Es tat weh, ihre Gefühle vor der Welt ausgebreitet zu sehen, aber alles Gute und Schöne war mit einem Risiko verbunden. Und die Liebe war das größte Risiko – vor allem, wenn man ein Baby liebte, das einem nicht gehörte. Doch sie wollte ihre Gefühle, ihre Liebe um keinen Preis wieder irgendwo verstecken und verleugnen.

Zwei Tage später entführte Joe Christine kurzerhand von der Veranda. Die beiden ritten zu dem Teich südlich der Weide. Am Tag zuvor hatte es geregnet und in der kühlen Herbstluft hing ein kräftiger erdiger Geruch. Diesen klaren, dunkelblauen Himmel gab es nur westlich vom Mississippi. Die Sonne stand bereits um die Mittagszeit schräg am Himmel und warf Schatten über die glatte Wasserfläche des Teichs.

»Muss ich jetzt Gewissensbisse haben?«, fragte Christine. Sie breitete unter einer Pappel eine alte grüne Decke aus und legte sich darauf. »Ich komme mir richtig schlecht vor.«

»Marta hat gesagt, sie passt auf das Baby auf, weil sie üben will«, sagte Joe und setzte sich neben sie.

Christine stützte sich auf einen Ellbogen. »Das Baby«, sagte sie kopfschüttelnd. »Das arme kleine Mädchen hat noch nicht einmal einen Namen.«

»Ja«, sagte Joe, »aber …«

Er verstummte abrupt, und Christine verfolgte dieses Thema nicht weiter. Marinas Baby war nur vorübergehend in ihrer Obhut und es wäre ihnen anmaßend vorgekommen, ihm einen Namen zu geben. Dieses Recht blieb dem Vater und Großvater vorbehalten. Außerdem war der Tag zu schön, um sich traurigen Gedanken hinzugeben.

Christine lächelte und schnippte mit den Fingern. »Keine ernsthaften Gespräche, bitte. Dieser Nachmittag gehört uns allein.«

»Dabei fällt mir ein«, sagte Joe und sah ihr in die Augen, »wir müssen etwas besprechen.« Sein Haar glänzte im Sonnenlicht. Christine entdeckte, dass er an den Schläfen ergraute. Ein heftiger, bittersüßer Schmerz durchbohrte ihr Herz. Das Leben war so kostbar, so wundervoll, dass sie jede Sekunde davon mit ihm festhalten wollte.

Ihr Herz fing an zu rasen. Bitte, mach dem kein Ende, dachte sie. Wir haben lange genug gebraucht, um uns wieder zu finden. »Wollten wir nicht einfach diesen schönen Tag genießen?«

»Ja«, stimmte er zu, noch immer viel zu ernst für ihren Geschmack. »Aber mit einer ganz wichtigen Frage haben wir uns noch nicht auseinander gesetzt.«

»Sprichst du damit die Tatsache an, dass wir beide ohne Arbeit sind?«

»Nein, die Tatsache, dass wir nicht verheiratet sind.«

Ihr stockte der Atem. »Joe …«

»Tu doch nicht so überrascht, Christie«, sagte er und nahm ihr Gesicht in seine kräftigen Hände. »Du musst doch geahnt haben, wo uns das alles hinführt.«

»Mir war nur wichtig, dass wir wieder zusammen sind«, flüsterte sie. »Aber inzwischen ist so viel geschehen …«

»Das Leben ist kurz«, sprach er ihren Gedanken aus, »und ich denke im Traum nicht daran, ohne dich zu leben. Wir haben schon zu viele Jahre vergeudet.«

»Wichtig ist doch nur, dass wir zusammen sind, dass ich nie einen Mann so geliebt habe wie dich …«

»… und dass wir wieder heiraten.«

»Mit der Ehe hat's bei uns doch nicht geklappt, Joe. Vielleicht sollten wir einen anderen Weg gehen.«

»Nur zusammenleben?«, fragte er barsch. »Uns alle Möglichkeiten offen halten?«

»Das meine ich damit nicht.«

»Was denn dann?«

»Ich möchte nicht, dass du etwas bedauerst. Ich liebe dich viel zu sehr, um dir die Chance zu verwehren, doch noch Vater zu werden.«

»Ich möchte dich haben, Christine, und alles, was dazugehört – ob gut oder schlecht. Das habe ich dir bereits gesagt. Ich weiß nicht, wie ich es noch deutlicher ausdrücken soll.«

»Das ist schon ziemlich deutlich«, sagte sie und blinzelte ihre Tränen weg. »Hoffentlich weißt du, was du tust.«

Beide spürten die Leidenschaft, die Erregung, aber stärker als Sex und Verlangen war dieses Gefühl des Unvermeidlichen, dass es dieses Mal kein Zurück, kein Ausweichen gab, sondern nur eine gemeinsame Zukunft.

»Komm her!«, sagte er.

Da grinste sie ihn unter Tränen frech an und sagte: »Hol mich doch, Cowboy.«

Mit einem lustvollen Knurren drückte er sie auf die Decke.

»Wir müssen einen neuen Vertrag aushandeln«, sagte er und schob die Hände unter ihren Pullover.

»Vielleicht will ich gar keinen neuen Vertrag«, erwiderte sie und versuchte, seine Hände auf ihrem Körper zu ignorieren.

»Er fiele sehr zu deinen Gunsten aus«, sagte er und rieb sich an ihr. »Und enthielte viele zusätzliche Leistungen.«

»Die könnte ich wohl brauchen«, entgegnete sie und öffnete den obersten Knopf seiner Jeans. »Wahrscheinlich ist es mit meiner Karriere vorbei.«

»Du fällst schon wieder auf die Füße.«

»Dafür gibt es keine Garantie.«

Er umfasste ihre Brüste und streichelte ihre Brustwarzen, bis sie hart wurden.

»Arbeite wieder für die Presse«, sagte er. »Du bist eine hervorragende Journalistin.« Er richtete sich auf und sah ihr in die Augen. »Dann brauchst du keine grünen Kontaktlinsen mehr.«

Sie öffnete langsam seinen Reißverschluss. »Vielleicht gewöhne ich mich auch daran, arbeitslos zu sein.«

»Du nicht«, meinte er. »Dafür bist du in deinem Beruf zu gut. Das wäre die reine Verschwendung eines Naturtalents.«

»Das bist du auch«, sagte sie. »Ein Naturtalent, meine ich.«

Er stieß zischend die Luft aus, als sie ihn berührte. »Dann wollen wir unsere Talente doch nicht vergeuden, oder?«

»Das denke ich auch«, sagte Christine.

Und dann dachten beide lange Zeit überhaupt nichts mehr.

Sam erwartete die beiden auf der Veranda. Joe schaute durchs Fenster und sah Marta, Nonie und das Baby im Wohnzimmer.

»Hey, Sam«, sagte Joe zu dem Rancher. »Ich habe dir doch versprochen, deine Tochter vor Einbruch der Dunkelheit zurückzubringen.«

»Es hat jemand angerufen, der dich sprechen wollte«, sagte Sam.

»Vom Außenministerium?«

»Ja. Ich habe die Nummer aufgeschrieben. Der Anrufer hat gesagt, es gebe Neuigkeiten.«

»Über Ric? Ist er …«

»Der Mann war nicht sehr gesprächig. Es ist wohl am besten, du rufst gleich zurück.«

Darauf hatte Joe sehnlichst gewartet. Warum zögerte er jetzt?

»Wahrscheinlich wartet der Staatssekretär auf deinen Anruf«, drängte ihn Christine.

»Ich weiß«, sagte Joe und fuhr sich mit der Hand durchs Haar.

Ob einer der Beamten Ric wohl vom Tod seiner Tochter in Kenntnis gesetzt hat, oder muss ich diese traurige Aufgabe selbst übernehmen?, dachte er.

Der Staatssekretär war entweder nicht bereit oder nicht in der Lage, ihm nähere Informationen zu geben, sondern wies ihn nur an, so schnell wie möglich zum Flughafen zu kommen und seinen Pass mitzubringen.

»Ich nehme nicht nur meinen Pass mit«, sagte Joe, »sondern auch meine Ex-Frau.«

Nonie und Marta hatten die Koffer der beiden gepackt und auch alles Nötige für das Baby.

»Wo ist die kleine Ledertasche, die Marina gehört hat?«, fragte Christine beim Abschied im Hof. »Sie lag in meinem Schlafzimmer.«

»Da ist sie«, sagte Marta und deutete hinter die Koffer. »Wir haben nichts vergessen.«

Die beiden Schwestern umarmten sich. Joe sah, dass Christine den Tränen nahe war.

»Sag Nat und R.J. und Hallie und Suzanne, dass es uns Leid tut, so plötzlich abreisen zu müssen. Gib allen einen Kuss von mir, ja?«

Marta nickte laut schniefend. »Passt auf euch auf«, sagte sie und umarmte Christine. »Und auf das hübsche Baby.«

Christine legte ihre Hand auf den leicht gewölbten Bauch ihrer Schwester. »Dasselbe gilt für dich, große Schwester.«

»Kommt bald wieder«, flüsterte Marta.

»Das verspreche ich dir«, antwortete Christine.

Nonie und Sam machten der tränenreichen Szene ein Ende, indem sie die beiden Schwestern voneinander trennten und Joe, Christine und das Baby förmlich ins Auto schoben.

»Ruft uns an, wenn ihr angekommen seid«, sagte Sam. »Wir wollen wissen, wie es euch geht.«

»Ja, ich melde mich«, sagte Joe und schüttelte Sams Hand durch das offene Fenster.

»Einen Wunsch habt ihr noch frei«, sagte Sam. »Ihr müsst nur fest an Wunder glauben.«

»Ich liebe euch«, sagte Christine und winkte, als Joe den Motor startete. »Jeden Einzelnen.«

Dann warf sie Joe einen tränenverschleierten Blick zu und deutete auf seine Taille. »Leg den Sicherheitsgurt an.«

»Du auch.«

»Marina hat Sicherheitsgurte gehasst«, erinnerte sich Christine, als sie in Richtung Highway fuhren. »Ich musste sie immer zwingen, ihn anzulegen.«

Joe griff nach Christines Hand. Seine Kehle war wie zugeschnürt, so dass er kein Wort herausbrachte. Dann warf er einen Blick in den Rückspiegel. Das Baby schlief in der fest gezurrten Tragetasche. Du wirst sie lieben, Ric, dachte er. Vielleicht so sehr wie wir.

Der Genfer See sei wunderschön, hatte Christine immer wieder gehört. Doch während der Fahrt zu dem verabredeten Treffpunkt hatte sie weder Augen für das glitzernde saphirblaue Wasser noch die majestätische Pracht der schneebedeckten Alpen. In Gedanken war sie bei Marina, dieser jungen Frau, die viel zu früh gestorben war.

Und bei dem kleinen Mädchen, das sie in ihr Herz geschlossen hatte.

Dazu hätte es nicht kommen dürfen, dachte sie. Mir war von Anfang an klar, wie gefährlich es ist, sich von Gefühlen hinreißen zu lassen. Doch sie hatte sich nicht dagegen wehren können. Jetzt musste sie den bitteren Preis dafür bezahlen.

»Wo bringt uns der Chauffeur hin?«, flüsterte sie Joe zu. Die beiden saßen auf dem Rücksitz einer Daimler-Limousine und Joe hatte die Tragetasche auf dem Schoß.

»Das soll uns wohl verborgen bleiben«, antwortete Joe.

»Macht dich das nicht nervös?«

»In so einer Situation war ich schon einmal. Man gewöhnt sich daran.«

»Komisch«, sagte Christine. »Ich habe ganz vergessen, wie gefährlich das Leben eines Auslandskorrespondenten sein kann.«

»Daran verschwende ich nicht viele Gedanken – aber ja, es ist manchmal ganz schön gefährlich.«

Christine streichelte das Köpfchen des Babys. Joe schwieg. In ein paar Minuten würde er dem Mann gegenüberstehen, der ihm das Leben gerettet hatte und er wusste nicht, was er sagen sollte. »Es tut mir Leid«, genügte wohl nicht. Worte konnten Ric nicht über den Tod seiner Tochter hinwegtrösten.

Der Chauffeuer hielt vor einer ungepflegten Villa am Genfer Stadtrand. An der Haustür wurden sie von zwei Männern in Uniform in Empfang genommen – so wie Joe an jenem Tag vor Monaten am Flughafen abgefangen worden war, als sein Leben völlig auf den Kopf gestellt wurde.

»Setzen Sie sich bitte«, sagte einer der Männer und deutete auf zwei hochlehnige Stühle in dem kleinen, spartanisch eingerichteten Raum und ließ sie allein.

Christine setzte sich. Sie stellte die Tragetasche auf ihren Schoß, nahm das Baby heraus und hielt es im Arm. Dann bedeutete sie Joe, auf dem anderen Stuhl Platz zu nehmen. Aber er war zu nervös, um stillzusitzen und ging rastlos auf und ab.

Da hörten sie Schritte im Flur. Christine sah Joe mit angstvoll geweiteten Augen an. Die Tür wurde geöffnet und Ric trat ein. Er sah viel älter aus, als Joe ihn in Erinnerung hatte – und unendlich erschöpft.

Er weiß es, dachte Joe und ging auf seinen Freund zu. Er weiß es – und das bricht ihm das Herz.

Die beiden umarmten sich unbeholfen, so wie Männer es tun, wenn sie keine Worte für ihre Gefühle finden.

»Es lag nicht in unseren Händen«, sagte Ric schließlich. »Gott hat es so gewollt.«

Er tröstet mich, dachte Joe. Er konnte sich nicht vorstellen, wie er in so einer Situation reagiert hätte. Wütend. Von ungläubigem Zorn übermannt. Aber nicht mit dieser fatalistischen Hinnahme angesichts dieses tragischen Verlusts.

»Wir haben nicht gewusst, dass Marina schwanger war«, stammelte Joe hilflos. »Wenn sie vielleicht …«

»Es ist sinnlos, sich Fragen zu stellen«, sagte Ric mit mehr Verständnis als Joe begreifen konnte. »Ich habe mit dem Schicksal gehadert, als ich Helena verloren habe. Aber das hat sie mir nicht zurückgebracht.«

»Du hast dich verändert, mein Freund.«

»In jeder Hinsicht«, sagte Ric. Er stand kurz davor, die Macht in seinem Heimatland zu übernehmen und dieser Kampf hatte seinen Tribut gefordert.

Dann begrüßte Ric Christine. Sie hatte tiefes Mitleid mit

ihm. Und trotz ihres Mitgefühls drückte sie unwillkürlich das Baby fester an sich.

»Mir ist, als würde ich Sie schon lange kennen, Christine«, sagte er.

Nervös lächelnd entgegnete sie: »Ja, die Lawinengeschichte gehört mittlerweile zur Familienlegende.«

Ric streckte die Hände nach dem Baby aus. Dann zögerte er, als würden widerstreitende Gefühle in ihm kämpfen. Aber Christine wuchs über sich selbst hinaus und legte Ric das Baby in die Arme. Dann ging sie zu Joe, der am Fenster stand, lehnte ihren Kopf an seine Schulter und ließ sich von ihm umarmen. So standen die beiden, wie ihnen schien, unendlich lange da und starrten ohne etwas zu sehen auf den funkelnden See und die majestätischen Berge.

Schließlich räusperte sich Ric und sagte mit heiserer Stimme: »Sie ist ein hübsches Mädchen.«

»Und intelligent«, sagte Christine und zwang sich zu einem Lächeln. »Meine Mutter meint zwar, das sei unmöglich, aber ich bin mir sicher, dass sie alles versteht, was wir sagen.« Mit dem Handrücken wischte sie sich die Tränen ab und griff nach der kleinen Ledertasche, die Marinas persönliche Dinge enthielt. »Ich dachte, Sie sollten das hier haben.«

Das Baby fing zu weinen an und streckte die Ärmchen nach Christine aus, die sich nichts sehnlicher wünschte, als das Kind wieder an sich zu nehmen.

Ric versuchte die Tasche zu öffnen, er schaffte es aber nicht mit dem strampelnden Kind auf den Armen. »Vielleicht geht es besser, wenn ich Ihnen die Kleine gebe.«

»Natürlich«, sagte Christine.

Joe kitzelte das Baby am Fuß und schnitt alberne Grimassen.

»Wir schaffen das schon«, flüsterte er, nur für Christines Ohren bestimmt.

»Ja«, sagte sie, »aber es tut so weh.«

Ric zog einen Umschlag heraus, der zwischen Marinas anderen Sachen gesteckt hatte.

»Was ist denn das?«, fragte Christine Joe leise.

»Ich habe keine Ahnung«, entgegnete er.

Ric öffnete den Umschlag, nahm einen Brief heraus und las ihn. Christine zerriss es das Herz, als er sich abwandte, um seine Fassung wieder zu gewinnen.

In dem Moment kam einer von Rics Assistenten ins Zimmer und sagte: »Das Flugzeug wartet. Wir müssen aufbrechen.«

Ric nickte, den Rücken noch immer Christine und Joe zugewandt.

Jetzt ist es so weit, dachte Christine, drückte ihr Gesicht an das Köpfchen des Babys und atmete diesen süßen Duft ein.

Ric drehte sich um und streckte wieder die Arme nach dem Kind aus. »Sie hat Marinas Augen.«

»Und ihr Kinn«, sagte Christine unter Tränen.

»Und ihr Temperament«, fügte Joe hinzu.

Ric lächelte und drückte dann zu Christines höchster Verwunderung Joe das Baby in die Arme.

»Es ist der Wunsch meiner Tochter, dass ihr das Kind behaltet.«

»Nein«, sagte Joe. »Sie ist deine Enkelin. Sie gehört zu dir.«

In Christines Ohren klangen Joes Worte nicht sehr überzeugend.

»Sie braucht ein Zuhause ohne Waffenlärm und den Geruch des Todes«, sagte Ric entschieden. »Sie braucht Eltern, die ihr dabei helfen, zu einer starken und gefühlvollen Frau heranzuwachsen.

»Und was ist mit ihrem Vater?«, fragte Christine und hatte Angst vor der Antwort. »Wird er nicht …«

Ric schüttelte den Kopf. »Zee wurde ein paar Wochen, nachdem Marina in die Staaten abgereist war, getötet. Das wäre auch Marinas Schicksal gewesen, hätte Joe sie nicht gerettet. Dann aber wäre dieses prächtige Kind nicht geboren worden.« Er gab Joe den Brief. »Es ist Marinas Wunsch. Meine Tochter hat euch beide wie ihre Familie geliebt, und dem kann ich mich nur anschließen.« Er neigte leicht den Kopf und fügte hinzu: »In ein paar Minuten komme ich zurück. Dann sagt ihr mir, wie ihr euch entschieden habt.«

Christine und Joe waren sprachlos und glaubten zu träumen. Marina hatte in wenigen Zeilen verfügt, dass sie Joe und Christina geliebt und gebraucht habe, so wie ihre Tochter sie jetzt brauche. Und deshalb wolle sie ihr Kind der Obhut der beiden anvertrauen.

Da öffnete das Baby die Augen und lächelte seine künftigen Eltern an. Zum ersten Mal seit Wochen konnten Christine und Joe wieder lachen, richtig lachen.

Kurz darauf kam Ric zurück. Für einen Mann, der als Herrscher geboren war, wirkte er sehr verletzlich.

»Habt ihr euch entschieden?«, fragte er.

»Wir nennen sie Marina«, sagte Joe.

»Falls Sie damit einverstanden sind«, fügte Christine hinzu.

Ric beugte sich vor und küsste Marina auf die Stirn. Christine sah die Tränen in seinen dunklen Augen – und die Hoffnung.

Rics Assistent tauchte wieder in der Tür auf. »Es wird Zeit«, sagte er diesmal mit mehr Nachdruck. »Wir müssen fahren.«

»Wie steht's um Marinas Zukunft?«, fragte Joe beim Abschied. »Sie ist die Thronerbin.«

»Wenn Marina erwachsen ist, wird es keinen Thron mehr geben«, sagte Ric bestimmt. »Der Adel hat keine Zukunft mehr. Jedenfalls nicht in meinem Land. Vielleicht soll es so sein. Ermöglicht Marina ein Leben in Geborgenheit und Liebe. Dann hat sie eine Zukunft und die Chance, glücklich zu werden.«

Mit diesen Worten ging er.

»Sag mir, dass ich träume«, flüsterte Christine, als die drei allein waren.

»Du träumst nicht«, entgegnete Joe. »Weißt du noch, was Sam vor unserer Abreise gesagt hat?«

»Einen Wunsch habt ihr noch frei«, sagte Christine leise. »Und nun ist er in Erfüllung gegangen.«

Aber das war kein Wunder, sondern ihr Leben – und Joes und Marinas Leben. Und das war mehr, als sie jemals zu träumen gewagt hatte.

»Marina McMurphy«, sagte Joe grinsend. »Der Name gefällt mir.«

»Die McMurphy-Familie«, ergänzte Christine und sah ihm in die Augen. Da endlich wusste sie, dass es kein Traum war. »Das gefällt mir noch besser.«

»Komm, wir gehen«, sagte Joe und legte Marina in die Tragetasche. »Nach Hause.«

Nach Hause.

Und das gefiel ihr am besten.